Droits d'auteur ©Céline-Natalija Le Goff. 2023. Tous droits réservés.

ISBN : 979-10-415-1808-1

Image : © Stocklib / Robert Zglenicki

Correction : Sébastien Front

Graphisme : Nathalie Cartron

Céline-Natalija Le Goff

RÉVERSION

Roman

À Ursula et Marthe qui ont laissé des braises dans mon cœur de petite fille que je m'efforce de raviver chaque fois que le soleil se lève.

« Tout est énergie, et c'est là tout ce qu'il y a à comprendre dans la vie [...] » Albert Einstein.

Réversion : (Biologie) Retour d'individus modifiés par le croisement, au type primitif, après un certain nombre de générations.

Fréquences :

- **7,83Hz** : la fréquence de Schumann (du nom du chercheur qui l'a découverte en 1957). C'est la fréquence de la terre (chaque astre possède sa propre fréquence). Les anciens Rishis indiens disaient que cette fréquence était aussi celle du son « OM ». Elle serait essentielle à une bonne santé physique et psychologique, idéale pour la méditation au sol et pour se connecter à la terre.

- **174 Hz** : génèrerait un sentiment de sécurité. Cette fréquence serait un anesthésique naturel.

- **285 Hz** : influencerait le champ d'énergie. Cette fréquence permettrait aux tissus de revenir à leurs formes originales. Elle envoie un message destiné à restructurer les organes endommagés.

- **396 Hz** : combattrait la culpabilité et la peur. Elle est reliée au premier chakra. La culpabilité et la peur sont les deux principaux obstacles à la réalisation de soi et à la concrétisation de nos objectifs, la fréquence 396 Hz révèlerait les blocages cachés et les croyances négatives subconscientes et offrirait la possibilité de s'en libérer.

- **432 Hz** : apporterait un état serein car proche de nos symphonies intérieures. Elle est utilisée pour les musiques de méditation ou de relaxation. Elle sert aussi fréquemment pour les exercices de cohérence cardiaque.

- **528 Hz** : elle est appelée la fréquence des miracles. Elle agirait directement sur l'ADN permettant une augmentation de l'énergie vitale, de la clarté de d'esprit, une élévation de la conscience. Elle ouvre les portes de l'imagination, de l'intention et de l'intuition.

- **639 Hz** : ouvre la porte de l'harmonie dans les liens relationnels. Elle permettrait de gérer les problèmes de famille, avec le partenaire, les amis, les collègues.

1 LE TIRAGE

NOSTRA

Jour 1 – Été 100 post effondrement.

— Énarué…

— Énarué !

— Je n'irai pas !

Un coup de poing dans le dos, porté directement sur son TPad, irradia son corps d'une douleur fulgurante. Ses jambes vacillèrent. Un goût de fer sur ses lèvres l'étourdit. Elle s'effondra.

Un agent de la Cohorte la traina de force sur le plateau central de l'Agora. Énarué tendit les mains vers sa mère qui hurlait si fort que sa voix parvenait à couvrir le bourdonnement de la colonie.

Cet été 100 était celui de tous les espoirs. Énarué avait senti les infimes changements dans l'air de la terre. La veille encore, elle avait jeté toutes ses forces dans la planification de la prochaine sortie. Elle avait naïvement espéré qu'elle y échapperait mais la réalité était bien plus abrupte.

Jouan se tenait à genoux à côté d'elle et lui tendait la main. Ses longs cheveux blancs lui tombaient devant les yeux. Son regard la transperçait. Une larme perla lentement sur sa joue, elle s'y accrocha quelques secondes pour oublier l'inéluctable.

— Relève toi Énarué ! Ne leur fais pas ce plaisir ! lui chuchota-t-il.

Ses jambes la soutenaient à peine mais elle parvint à se relever au terme d'un effort démesuré. Son corps tremblait sous l'effet du choc. Sa mère avait cessé de crier. Elle prit alors une grande inspiration et ferma les yeux. L'air était saturé d'images floues et de vibrations. En se concentrant encore d'avantage sur la foule, elle vit naître son univers désormais familier et rassurant.

Le premier air était clair et limpide, elle pouvait nager à travers lui. Les Nostriens étaient en ligne avec les décisions. Pas d'insurrection. Aucun intérêt à la rébellion.

Le deuxième air était bleu turquoise. Le changement. La transformation. Elle ne parvenait pas à comprendre pourquoi, alors que son âme était révoltée et effrayée.

Le troisième air était, comme à son habitude, plus compliqué à assimiler. Elle était encore incapable de le contrôler. Il piquait, électrisait. Mais ses abords n'étaient pas nets, on ne pouvait s'y fier.

— Réveille-toi Énarué ! chuchota Jouan, en l'observant de son habituel air rêveur.

Énarué revint à la réalité, brutale et injuste... elle avait été tirée au sort. L'été 100. Les quatre autres élus attendaient derrière elle, le regard absent et vaincu, comme anesthésiés. Elle qui n'avait connu que l'ambiance feutrée des longs couloirs d'acier et l'amitié inconditionnelle de ses compagnons d'infortune, commençait à comprendre qu'elle entamerait bientôt un voyage sans retour. Son sang se glaça. Elle serra les poings et inspira longuement pour reprendre le contrôle sur la peur qui la paralysait.

La foule aux cheveux blancs et aux visages pâles et émaciés se dispersait dans les différents couloirs de Nostra. L'Agora, pleine de monde il y a quelques secondes, résonnait à présent du silence et de sa peur.

Un claquement sec.

Le bruit de l'eau sur l'acier.

L'agent de la Cohorte les escorta dans le gymnase. Il y faisait sombre, comme partout sous Nostra. L'émotion lui brouilla la vue et elle eut du mal à distinguer les contours de cette pièce pourtant familière. Après quelques secondes elle aperçut l'habituel espace clos fait d'acier inoxydable dans lequel étaient disposés quelques meubles sans âmes. Des lampes à huile suspendues au plafond dégageaient cette odeur rassurante de chaleur et d'habitude. Elle accrocha son regard à l'une d'elle, et se concentra sur l'air qui s'en dégageait pour essayer de l'assimiler, mais elle était trop bouleversée pour y parvenir.

Les agents de la Cohorte avaient prévu un buffet : quelques champignons, de la mousse aromatisée, de l'eau pure et pas cette eau saumâtre servie au quotidien. Pourtant personne ne fit l'effort d'aller se servir. Tout le groupe avait cet air perdu et hagard. Ils n'étaient plus que des corps fantomatiques aux yeux gris et livides, et aux pupilles dilatées et sans vie. Adossée au mur d'acier, elle prit le temps de regarder ses compagnons. Assis en tailleur à côté d'elle se tenait Jouan qui fixait le vide de son regard énigmatique, en marmonnant des mots incongrus. Jouan était un enfant à terme. Dans le jargon des Nostriens cela désignait les troisièmes nés.

Jouan et Jasmine avaient été élevés à part de la colonie. Séparés de leurs parents à la naissance, ils avaient débuté leur entrainement à l'âge de six étés et étaient inscrits d'office à la remontée. Ils ne portaient pas de TPad et leur prénom commençait par la lettre J comme tous les troisièmes nés.

Jasmine se tenait assise face à Jouan. La ressemblance physique était frappante, même coupe de cheveux, même air énigmatique et résigné. Elle dégageait cependant une forte impression de puissance et de détermination. En s'approchant d'eux, Énarué assimila leur air un instant.

Le premier et le second lui paraissaient identiques. Une brume grise fantomatique au goût amer. Un tourbillon l'emporta dans les profondeurs, elle plongea dans son vortex et le troisième air se profila nettement. Il était là !

Luminescent ! Elle pouvait sentir sa force, la toucher du doigt, encore un effort et…

— Énarué stop ! hurla Evan. Tu ne vois pas qu'ils suffoquent ?

Énarué ouvrit les yeux et reprit contact avec la réalité. Jouan et Jasmine étaient allongés, les mains sur leur gorge, le souffle court. Blêmes, ils reprenaient le contrôle de leur respiration.

— Désolée, Evan. J'ai perdu le contrôle, s'excusa-t-elle, penaude.

Evan s'approcha d'elle et posa sa main sur son épaule : « Tu vas devoir apprendre à dompter tes respirations, tu prends l'air de tout le monde dans cette pièce. »

En effet, les lampes à huile qui brillaient quelques minutes auparavant étaient maintenant toutes éteintes. Seule filtrait la lumière du couloir à travers la serrure de la porte. Evan sorti son briquet et ralluma les lampes ; une douce lueur dansait désormais contre les murs. Énarué fixa longuement la flamme vacillante et formula une demande intérieure au destin.

— Ils vont nous faire attendre encore longtemps ?! rugit Evan en arpentant la pièce nerveusement.

Énarué sourit tendrement en l'observant du coin de l'œil. Il n'avait plus besoin de parler, elle parvenait à le comprendre. Ses trois airs n'avaient jamais varié depuis leur plus tendre enfance. Autrefois terrifiants, elle y était désormais habituée. Elle se souvenait encore de cette soirée lugubre lors de laquelle il lui avait fait jurer de ne jamais en parler… Et elle avait tenu sa promesse.

La règle du tirage au sort était implacable. Cinq jeunes de dix-sept étés seraient tirés au sort. Evan n'y dérogeait pas. Mature, solide et confiant, il ne paraissait jamais douter. Sa mère, Bynsa, régentait la vie sous Nostra. Elle avait connaissance de leurs étés de vie passés et possédait les écrits des temps terriens. Evan était son premier-né, et le tirage au sort venait de le désigner à la remontée.

Elet se tenait debout près de la porte d'entrée et semblait attendre quel sort lui serait réservé. Malvoyant depuis sa naissance, il avait cette capacité surprenante à tout observer les yeux fermés. Il disait qu'il arrivait à voir à travers les flux d'air. Il était capable de ressentir parfaitement les changements infimes de pressions, de se déplacer librement dans l'espace et d'anticiper les moindres variations d'humeur et d'émotions de ses congénères. Malgré son handicap, Elet avait réussi à suivre une petite formation scientifique. Sa peau était si translucide que ses veines apparaissaient nettement à la lumière des lampes à huile, elles brillaient comme un faisceau de lumière. Sa présence ici rassura Énarué qui s'en approcha pour assimiler ses airs.

Son premier air était assis, en tailleur et évanescent. Son âme était sous contrôle. Les Nostriens qui l'approchaient s'apaisaient immédiatement.

Son deuxième air était bleu foncé. La couleur de la profondeur, de la confiance et de la sécurité.

Elle n'était cependant jamais parvenue à apercevoir son troisième air. Il refusait obstinément de se présenter à elle.

C'est donc à côté de lui qu'elle prit place, et attendit anxieuse, la suite des événements.

*

Dans la pièce adjacente, Bynsa et Bomty échangeaient fébrilement à voix basse.

— Bynsa, tu ne peux pas envoyer Énarué monter à la surface, elle est différente des autres. Que ferons-nous si elle ne revient pas ? demanda Bomty sur un ton inquiet.

Le visage de Bynsa se crispa. Son œil tressautait.

— Pourtant il le faut. Tu sais parfaitement que notre loi est implacable. Tous les tirés au sort doivent monter à la surface ! Je te rappelle quand même que mon fils fait partie du groupe !

— Mais personne n'en est jamais revenu ! Tu ne le reverras plus jamais !

— Tu crois que je ne le sais pas ? Mais les signes montrent des changements dans nos strates. Tu l'as bien vu ! C'est l'été 100. Ça n'est pas un hasard, je crois en leur chance.

— Je n'ai vu que des changements infimes, rien n'est évident. Il nous faut plus de temps pour les préparer, répondit Bomty en posant ses mains sur les épaules de Bynsa qu'elle repoussa énergiquement.

— Il nous reste deux-cents ans, nous avons consommé le tiers de notre espérance de vie. Je n'ai pas le choix, Bomty, les enjeux dépassent mes sentiments personnels. Nous ne pouvons pas réitérer l'échec de la première civilisation, il nous faut anticiper et réagir avant qu'il ne soit trop tard !

— Alors au moins expliquons leur le véritable enjeu de leur remontée. Pourquoi mentir depuis tout ce temps ?

— Parce qu'ils n'iraient pas à la surface si la vérité était dévoilée. Nous serions alors tous en danger…

L'agent de la Cohorte entra dans la pièce : « Ils sont en place Votre Alter Régente. ».

*

— Ils arrivent. Ils sont deux ! cria Elet en reculant de quelques pas.

Tout le groupe se releva et la porte s'ouvrit sur l'Alter Régente et Bomty, son conseiller et directeur de conscience.

— Toutes nos félicitations chers élèves ! s'exclama Bynsa, souriante. Vous vous inscrivez aujourd'hui comme le centième cercle nostrien à remonter à la surface. Nous aurons désormais trente ombres pour vous préparer à affronter le monde extérieur. Vous êtes néanmoins préparés intellectuellement et physiquement depuis vos six étés. Il nous reste donc peu de temps avant de terminer votre apprentissage. Vous aurez donc trente ombres à partir de demain pour vous préparer, faire vos adieux à votre famille et apprendre à vivre en cercle. C'est pourquoi vous ne serez autorisés à vivre que tous les cinq dès demain et jusqu'à votre retour.

— Tu veux dire jusqu'à notre mort ? éructa Evan.

— Je veux dire jusqu'à votre retour, Evan, souffla Bynsa en ravalant un sanglot.

— Personne n'est jamais revenu, Alter. Ce n'est ni plus ni moins qu'une mission suicide, nous en avons déjà parlé. Pourquoi cet entêtement ? Pourquoi ne pas attendre et partir quand nous serons sûrs de nous ? demanda Elet en fronçant les sourcils.

L'atmosphère était glaciale, on entendait l'habituel bruit hétéroclite des chocs contre la paroi d'acier, de chuintements et le ronronnement des appareils de ventilation. En arrière-plan, la respiration de chacun était palpable, on pouvait sentir l'odeur âcre de leur peur.

— Si vous m'y autorisez, je prends la parole, Alter Régente.

— Allez-y Bomty, je vous en prie.

— La Civilisation 1 raisonnait de cette façon, Elet. Les alertes étaient lancées depuis des centaines d'étés et personne ne les a prises au sérieux. Lorsqu'il était évident que l'humanité ne pourrait plus survivre, les dirigeants ont alors agi dans l'urgence et ont construit notre abri souterrain. Ainsi a débuté la deuxième humanité. Comme vous le savez, ce qui nous entoure et nous protège a une date de fin, et c'est à peine dans deux-cents étés. Nous ne pouvons pas nous permettre de patienter ou reporter les sorties, sinon nous finirons tous par mourir.

— Je ne comprends toujours pas pourquoi continuer à nous envoyer selon le même procédé qu'il y a cent étés. Vous n'avez qu'à y aller vous ! vociféra Elet.

— Ainsi a parlé le tirage au sort, Elet. Je ne vois pas l'intérêt de poursuivre ce débat stérile, dit Bynsa sur un ton dédaigneux.

— Je veux parler à Dérouan, votre Alter Régente ! lança timidement Énarué.

— Je suis navrée mais Dérouan n'est pas visible. Il a perdu la tête depuis son retour de Terra, répondit Bynsa, gênée.

— Alors c'est donc vrai ! Dérouan existe vraiment ! Quelqu'un est revenu de la surface !

Bynsa jeta un regard d'horreur à Bomty. Elle avait parlé trop vite. Ce qu'Énarué pressentait venait d'être confirmé.

Dérouan du cercle quatre-vingt-dix-neuf était revenu vivant !

-
HOOP
-

— Attrape !

Charly avait à peine eu le temps d'esquisser son mouvement, en vain. Ses réflexes s'étaient émoussés avec le temps et la chaleur.

— Tu pourrais prévenir, Curd. Il est cassé maintenant !

— Arrête de bouder s'il-te-plait Charly, ce n'est pas grave. On va le réparer…

Charly lui tendit son bokutô en bois. Le manche était fêlé mais rien d'irréversible. C'était le début de la nuit sur Hoop, mais les jours et les heures se ressemblaient depuis l'Effondrement. La chaleur qui s'écrasait sur les épaules dès le petit matin s'atténuait à peine à la tombée de la nuit. Il était dix-huit heures, l'heure du petit déjeuner, la nuit s'annonçait encore chaude et moite. Les Anciens racontaient que Civilisation 1 vivait la journée ce qui paraissait assez invraisemblable. Les températures de la journée frôlaient les cinquante-sept degrés et le Bravent brûlait les poumons et les voies respiratoires. Cependant ils avaient perdu trois degrés depuis l'Effondrement. Les Anciens y voyaient un espoir. Curd n'y voyait que de la chaleur, de la sueur et de la poussière.

Il travaillait dans l'équipe des surveillants depuis deux étés. Un travail assez fastidieux et routinier. Quelques exercices de combat et de la surveillance du périmètre extérieur essentiellement. De temps en temps, une alerte retentissait mais il s'agissait le plus souvent d'un oiseau coincé dans un piège.

Charly travaillait avec Curd ; il était drôle, vif d'esprit, naturellement grand et musclé. Ses grands yeux bleu pâle lui donnaient un éternel air rêveur, ajouté à cela une longue chevelure blond platine qu'il nouait en catogan. Même s'il se définissait comme timide et réservé, il brûlait d'aventure et d'action, il relisait sans cesse les mêmes romans de Jules Verne et ne rêvait que de découvrir des nouveaux mondes. Charly portait la tenue d'usage sur Hoop, un tee-shirt blanc en lin léger, et un large pantalon gris de la même matière. Curd était né de sexe féminin mais se revendiquait homme. Il coupait ses cheveux blancs très courts, et musclait son corps tous les jours pour ressembler à Charly. Sur Hoop, les genres n'existaient pas comme dans Civilisation 1. Chacun avait le choix d'assumer ses préférences.

Curd adorait s'exercer avec les armes japonaises et le bokutô était son arme favorite. Ils avaient le droit à deux heures de liberté dans la nuit, qu'ils passaient à s'entrainer pour réussir à acquérir une technique que Charly qualifiait de tout juste passable.

— Charly ?

— Oui… répondit Charly, nonchalamment allongé, le regard vissé au plafond.

— Si on partait en mission de reconnaissance, comme quand on était enfants ?

— Laisse tomber, Curd, on va encore avoir des ennuis. Souviens-toi de la dernière fois : trente minutes à l'extérieur en pleine journée. Je ne pourrai pas le supporter une seconde fois.

— Rabat-joie ! J'y vais ! Reste ici si tu veux… souffla Curd en bandant sa poitrine consciencieusement.

NOSTRA

-

Des couloirs à perte de vue. De l'acier. L'obscurité. Le souffle court et la respiration sifflante.

    Les habitants de Nostra s'étaient adaptés depuis cent étés. Les premiers avaient bénéficié d'une installation flambant neuve. Des kilomètres de tunnels en acier réputé inoxydable, des cellules étincelantes dans lesquelles les Terriens avaient installé des dortoirs. Tout fonctionnait à l'eau. Des collecteurs d'humidité récupéraient le gaz des parois, et un petit lac souterrain leur permettait d'avoir de l'eau douce potable. Ils étaient également reliés à une poche d'huile qui leur permettait de se chauffer et d'avoir du feu. Au milieu de cette araignée gigantesque avaient été disposés les espaces communs. Un réfectoire, une infirmerie, un bloc opératoire, une agora, une salle de sport, une école. Ils avaient également bénéficié de vingt ans de vivres mais cela avait pris fin. En plus des rations quotidiennes fournis par Terra, ils avaient obtenu de quoi poursuivre leur survie avec des équipements censés leur permettre d'être auto-suffisants. Ils avaient testé la culture souterraine mais les résultats s'étaient avérés peu probants dès le début. Le manque de luminosité les avait modifiés au fil des années, leur peau était devenue de plus en plus translucide, leurs cheveux avaient blanchi et leurs yeux grisâtres encadraient des pupilles de plus en plus dilatées. Beaucoup de bébés des derniers étés naissaient malvoyants. L'humidité permanente avait abimé leurs installations et les maladies respiratoires, comme la silicose, s'étaient accélérées. Ils avaient perdu beaucoup de Nostriens durant ces cent étés mais ils pouvaient cependant s'enorgueillir d'avoir développé des cultures de plantes qui leur permettaient de régénérer leurs poumons et qui servaient de filtre dans leurs aérations. Toutefois les naissances se faisaient un peu moins nombreuses ; les échecs successifs des remontées entamaient le moral des habitants de Nostra.

Le groupe avançait dans l'obscurité et le silence. Les jambes d'Énarué, plus petites que les autres, étaient lourdes et sa tête résonnait de mille questions. Elle ne s'était pas préparée à la remontée ni à mourir si jeune. La perspective de retrouver la surface l'avait toujours effrayée. Pourtant elle sentait comme un appel qui battait sous sa poitrine. Un élan qu'elle ne parvenait pas à analyser. Son cœur battait de façon anormale depuis ce tirage au sort. Ses sens étaient en alerte, elle parvenait à ressentir toutes les émotions ; l'air était palpable. Si elle se concentrait, elle avait presque la sensation de pouvoir le toucher, le modeler. Il était comme une entité physique, il avait son rythme, sa pulsation, comme un battement qui variait sans cesse.

Elle s'approcha discrètement d'Elet le temps de calmer son bouillonnement. Tout s'apaisa immédiatement et son cœur reprit un rythme normal.

La vue de leur cercle lui arracha un sourire crispé. Ce n'était pas l'image qu'elle se faisait enfant de ces aventuriers intrépides. Ils incarnaient, à l'époque, le courage, la ténacité et la vaillance. La nuit, elle les imaginait partir à l'aventure sur cette Terra colorée, puissante et vivante. Ils expérimenteraient inévitablement la chaleur du soleil qui avait causé la perte de Civilisation 1, même si elle ne parvenait pas encore à comprendre comment ce disque avait pu anéantir l'humanité à lui tout seul.

Et puis il y avait les animaux. Leur Alter Préceptrice les décrivait comme des êtres vivants. Elle en avait vu sur des illustrations mais ne saisissait pas leur utilité. Les livres enseignaient qu'ils vivaient dans la végétation. Cette couleur verte qui lui semblait surréaliste et si vive qu'elle risquait de blesser irrémédiablement ses yeux fragiles. Une bouffée de colère l'envahit. Voilà ce qu'ils attendaient d'elle ! Un sacrifice ! Voler au secours d'une civilisation perdue ! Mourir en terre inconnue. Encore trente ombres et son destin serait scellé.

Elle voyait désormais le groupe tel qu'il était vraiment. Cinq enfants à peine adultes. Des prisonniers que l'on trainait à la mort pour justifier une coutume vieille de cent étés. Cinq chevelures blanches aux habits élimés par le temps et l'humidité. Des vieillards de dix-sept étés.

Une douleur aiguë suivi d'un choc, électrisa le bas de son dos. Son TPad lui faisait mal. Il fallait le faire analyser.

L'allure ralentit soudainement, l'agent de la Cohorte ouvrit une porte jusqu'alors inaccessible. C'était l'entrée réservée aux agents et aux officiels. Énarué franchit son seuil.

2   LE CERCLE

La pièce était si lumineuse que ses yeux peinaient à rester ouverts. Des dizaines de lampes à huile étaient suspendues au plafond d'une grande salle circulaire dégageant une puanteur étouffante. Les murs suintaient d'une graisse noire et épaisse. La lumière se reflétait partout et mettait en valeur une grande bibliothèque aux livres anciens. Quelques fauteuils rapiécés, un tapis élimé et des illustrations de chasse et de pêche de Civilisation 1 étaient accrochées aux murs. Contre la paroi étaient disposées cinq grandes armoires en acier sur lesquelles avaient déjà été inscrits leurs prénoms. Énarué aperçut des couloirs mais il était impossible d'aller les explorer pour le moment. Tout le groupe était réuni au centre de cette pièce en attente de la suite des événements. Les regards se croisaient, timides et inquiets. Enarué accrocha le sien à celui d'Elet. Un long frémissement parcouru son échine.

— Voilà votre pièce de vie et d'entrainement pour les trente prochaines ombres, s'exclama Bynsa. Vous aurez vos ratiopilules et de l'eau. Au bout du couloir à gauche, votre dortoir et dans le couloir de droite, une salle d'entrainement avec des armes de toutes sortes. Choisissez-en une, elle sera votre meilleure alliée. Vous remonterez dans trente ombres à vingt-deux heures, il fera nuit et chaud. Vous n'aurez que quelques heures pour trouver un abri contre la chaleur qui va s'abattre sur vous dès cinq heures du matin. N'oubliez pas de garder vos lunettes de soleil avec vous ainsi que vos vêtements amples en coton. Vous porterez en permanence un pantalon ainsi qu'une grande robe qui vous protègera de la tête aux pieds. Vos yeux ne sont pas adaptés au soleil, donc vous ne devrez les ouvrir la journée sous aucun prétexte sous peine de devenir aveugle. Je préconise de les bander pour ne pas être tenté de les ouvrir.

L'Alter Régente Bynsa venait de prendre la parole mais Énarué n'avait pas écouté un mot de son long monologue. Ses sens étaient brusquement en alerte. Comme un choc dans son épine dorsale. Elle sentait une présence, l'air autour d'elle avait imperceptiblement changé de forme. Pourtant personne n'avait bougé… Tout le groupe semblait totalement absorbé par le discours de Bynsa.

Enarué ferma les yeux et aspira l'air qui vibrait autour d'elle.

Le premier air se présenta. Hermétique et impénétrable. Elle ne parvenait pas à le scinder pour avancer plus loin.

Le deuxième air flottait, mouvant, au-dessus du premier. Un nuage noir orageux duquel s'échappait une plainte aigüe et continue. Chaque partie de son corps souffrait en entendant ce cri, mais elle tint bon. Il entra en elle, se diffusa dans chacune de ses cellules puis elle l'absorba. Alors la plainte s'éteignit.

Le troisième air était bien trop flou, son âme semblait torturée.

Énarué ouvrit les yeux. Sa vision se troubla. Tous les regards étaient fixés sur elle.

— Dérouan est ici ! dit-elle en se levant brusquement, le souffle court.

— Peu importe, Énarué. Dérouan ne vous aidera pas à survivre sur Terra ! répondit Bynsa sur un ton étonnamment calme.

— C'est pourtant le seul qui a survécu ! hurla-t-elle. Vous refusez de nous aider alors que vous nous envoyez à la mort ?

— En effet, Énarué, il a survécu mais il est incapable de se souvenir de quoi que ce soit. Il a totalement perdu la tête. Nous l'isolons pour le protéger de lui-même. Nous n'avons aucune idée de la manière dont il est revenu et ce qui s'est passé sur place. Il est impossible de lui soutirer des informations. Il ne parle plus depuis son retour.

— Eh bien tant pis ! Il doit participer à nos entrainements. Vous le surveillerez si vous voulez !

— Bomty, puis-je vous parler en privé ? demanda Bynsa, en l'entrainant à part du groupe. Je me demande si nous ne devrions pas tenter l'expérience. Après-tout, on ne risque rien, il n'a jamais été violent envers ses congénères. Revoir un apprentissage de Cercle lui rappellera peut-être des souvenirs.

— Je pense que cela peut se tenter, en effet. Mais je demanderai à un agent de rester sur le qui-vive, répondit-elle, en revenant près du groupe, l'air préoccupé.

— C'est d'accord, Énarué, nous vous proposons de laisser Dérouan assister à votre apprentissage. Mais je doute toujours de l'utilité de cette démarche… Il est tard, nous allons vous laisser vous reposer. Vos familles attendent pour vous voir une dernière fois. Vous avez trente minutes.

— Quelle générosité… ricana Evan.

L'agent de la Cohorte ouvrit la porte et la mère d'Énarué entra, suivie des parents d'Elet. Personne ne s'était déplacé pour Jouan et Jasmine, mais Énarué n'en fut pas étonnée. Elet plongea dans les bras des siens et Evan, les bras croisés, le regard noir, ne daignait pas accorder le moindre regard à sa mère. La mère d'Énarué la mena à l'écart du groupe. Grande et svelte, elle dégageait beaucoup de douceur. Ses longs cheveux blancs noués en une longue tresse se balançaient au rythme de ses pas. Énarué respira profondément l'odeur de sa peau dans son sillage. Sa gorge se noua. Sa mère passa sa main dans ses cheveux dans un geste doux et tendre.

— Je sais que tu as peur ma chérie. Mais tu te souviens de la conversation que nous avons eue il y a quelques ombres ?

— À propos des changements ?

— Oui. Tout le monde sent des modifications dans les strates. L'eau est moins terreuse. L'air est plus léger. C'est l'été 100, Énarué ! Ce n'est pas anodin. Je crois en cette mission.

— Maman, je crois que nous nous faisons des idées. Nous partons vers l'inconnu vers un monde qui ne veut plus de nous. J'ai peur, tu sais... Et comment vas-tu t'en sortir sans moi ? Tu es gravement malade, tu as besoin de moi !

— C'est normal d'avoir peur, cela fait de toi quelqu'un de raisonnable et prudent. Je n'ai aucun conseil à te donner à part de nous revenir sauve et porteuse de bonnes nouvelles. Onah s'occupera de moi, je resterai en vie jusqu'à ton retour, lui répondit-t-elle, dans une quinte de toux caverneuse.

Elle essaya tant bien que mal de cacher son mouchoir taché de sang, mais Énarué n'était pas dupe, elle savait parfaitement qu'elle avait besoin de soins médicaux que personne ne pouvait lui apporter sous Nostra. Plus les mois passaient, plus elle faiblissait. Elle commença à comprendre que sa mère n'était pas éternelle et son sang se glaça.

— Je vais essayer, Maman. J'essaierai d'être celle que tout le monde attend, murmura-t-elle le regard baissé.

— Reste toi-même. Sois prudente. N'ouvre pas les yeux et fie-toi à ton instinct, il est excellent.

Énarué plongea son regard dans celui sa mère. Leurs regards parlaient pour elles. Les mots étaient vains. Elle l'embrassa une dernière fois dans le creux de sa nuque et lui chuchota les mots de l'enfance. Ces mots qui la tranquillisaient. L'agent de la Cohorte referma la porte en acier sur sa mère, la seule personne qui savait tout d'elle et de ce monde.

HOOP

—Tu as le don pour t'attirer des ennuis, Curd, souffla Charly sur un ton exaspéré.

— Allez… je sais bien que tu adores partir en exploration, répondit Curd enthousiaste.

— Où veux-tu aller cette fois-ci ?

— À la salle de contrôle !

— Je m'en doutais… répondit Charly, en levant les yeux au ciel.

— Tu sais que la date approche, j'ai envie de réessayer et de réussir cette année !

— Sérieusement ! On a failli être pris l'année dernière, je ne recommencerai pas !

— D'accord, très bien, et si nous allions à la bibliothèque d'Eldorado pour essayer de comprendre ?

— Mais comprendre quoi, Curd ?

— Ce que tout le monde sait ! Ou cache ! Ou tait ! Enfin tu vois parfaitement ce qu'il se passe.

— Je t'accompagne à la bibliothèque, mais uniquement pour que tu arrêtes de me harceler ! lança Charly.

— Ok, alors allons-y !

L'air du début de nuit était insoutenable, même à l'intérieur des habitations protégées de l'ancien site de Mesa Verde. Ce n'était pas tant la chaleur mais le Bravent qui entrait en permanence dans le moindre interstice. Il y en avait partout.

Ce complexe troglodytique situé dans le Colorado de Civilisation 1 était leur refuge. Il était tout ce que Curd et Charly connaissaient depuis aussi longtemps qu'ils arrivaient à s'en souvenir. Ils vivaient depuis cent ans au creux de ce site connu sous le nom de Foothills Mountain Complex, qu'un groupe de nomades paléo-indiens avaient édifié. Mesa Verde avait inévitablement été saccagé, pillé et profané par les habitants de Civilisation 1. Aujourd'hui, ils arrivaient à stabiliser une température de trente-deux degrés toute l'année. Les années n'étaient plus que des étés car les saisons avaient totalement disparu. Leurs corps s'étaient habitués à ce climat désertique. Aucun changement physique notable depuis l'effondrement, si ce n'est une espérance de vie qui n'excédait pas cinquante ans à cause du Bravent qui endommageait irrémédiablement les voies respiratoires.

Il nous reste à peine quelques minutes avant de reprendre nos postes, je veux savoir qui sont ces gens. D'où viennent-ils ? pensa Curd.

La bibliothèque était déserte comme à son habitude. Curd se dirigea vers le rayon Histoire des Civilisations pour effectuer ses recherches pendant que Charly s'affalait nonchalamment dans un fauteuil pour feuilleter un vieil exemplaire de vente par correspondance.

NOSTRA

Jour 1 – 29 ombres restantes.

— Tu nous expliques, Énarué ? dit Elet, un doigt posé sur son torse, le regard froid.

— Que je vous explique quoi ?

— Cette scène étrange pour que Dérouan s'entraine avec nous !

— Je ne sais pas vraiment comment définir ce que j'ai ressenti, mais j'ai le sentiment très net que Dérouan sait des choses qu'il cache à tout le monde. Et je vous rappelle qu'il est notre meilleure chance. Il est le seul à être remonté et redescendu !

— Dans quel état ! intervint Jouan.

— Oui, effectivement, mais faites-moi confiance, je vous assure que je sens chez lui une force et une tristesse que je n'ai jamais ressentie sous Nostra. Je n'aurais pas pris le risque si je ne jugeais pas cela nécessaire.

— De toute façon ça change quoi ? lança Jasmine qui n'avait pas encore prononcé un mot. Qu'il vienne, qu'il ne vienne pas, on restera là-haut de toute façon…

Plus personne ne trouva rien à redire et tout le groupe se mura dans le silence. Au bout de quelques minutes, Énarué décida de partir à l'exploration de cette nouvelle partie de Nostra. Elle avait besoin de bouger pour s'extirper de ses pensées toutes plus sombres les unes que les autres.

— Attends, je viens avec toi, lança subitement Elet en se relevant de son fauteuil.

Ils décidèrent de commencer par le dortoir. Rien de surprenant à ce niveau : les cinq lits en métal étaient tous adjacents. Énarué passa sa main sur les habituels draps blancs, rêches. Aucune lumière n'était installée dans leur chambre. Les économies d'huile étaient passées par là. Les agents techniques n'allumaient les espaces de vie que quelques heures par jour depuis trente étés. Une salle de douche était installée juste à côté de la chambre commune dans laquelle étaient disposés trois éviers, seaux de douche et toilettes sèches. Les déchets organiques étaient recyclés sous Nostra, ce qui permettait à la colonie de se nourrir et de se laver. Cependant, les douches n'étaient autorisées qu'une fois tous les cinq ombres. Elles se prenaient avec l'eau des urines qui avaient été préalablement purifiées via le système d'épuration. Ici, rien ne se perdait et cette même eau était également celle qu'ils buvaient. Elle devenait de plus en plus trouble au fil des étés, mais personne n'aurait osé s'en plaindre.

Debout sur la pointe des pieds pour apercevoir son reflet dans un miroir, elle détourna le regard. Tout en elle la répugnait. De son teint blafard à ses cheveux rêches et à sa taille ridiculement petite. Cette taille qui lui avait valu nombre de moqueries mais qu'elle avait toujours su compenser grâce à son intelligence. Elle avait cependant hérité de la couleur des yeux de sa mère. Des yeux en amande d'une belle couleur bleu pâle qu'elles étaient les seules à posséder dans la colonie.

Elet et Énarué firent demi-tour. Le groupe était tel qu'ils l'avaient laissé. Evan jouait avec son couteau, le regard noir, en le lançant sur un tableau de scène de chasse accroché au mur dans un va et vient agaçant. Jouan et Jasmine étaient assis l'un en face de l'autre et se regardaient fixement en échangeant des signes d'acquiescement. Les enfants à terme avaient inventé leur propre langage visuel et c'était la première fois qu'Énarué le voyait de ses propres yeux. Elet lui fit signe et s'avança, d'un pas lent, vers le deuxième couloir. Elle s'empressa de le rejoindre.

— Il est enfermé ici ! s'exclama brusquement Elet en s'arrêtant devant une porte en acier fermée à double tour.

— Alors toi aussi tu le ressens ?

— Oui bien sûr ! Je comprends que tu souhaites qu'il passe du temps avec nous. Sa force est sous-estimée par les Anhédoniens.

— Les Anhédoniens ? Tu viens de l'inventer, rassure-moi, ricana Énarué.

Elet eut un léger rictus et serra ses poings. Ses traits se déformèrent l'espace d'un instant et son regard se perdit dans le vague. La veine de son cou battait si fort qu'Énarué prit peur. Il reprit son explication, les dents serrées.

— J'étudie Nostra depuis mes six étés et j'observe que de plus en plus de personnes développent des facultés à ressentir les flux d'air, les fréquences et les intuitions. Les Anhédoniens ne ressentent rien, ils sont basiquement humains. Des émotions classiques, une perception de leur environnement banale. Ils sont tout à fait incapables de voir ce qui se cache dans l'atmosphère, les courants d'air et les vibrations.

Regarde-toi, Énarué ! Connais-tu quelqu'un comme toi sous Nostra ?

— Non, en effet, mais il me semble que toi aussi tu es capable de ressentir les flux, répondit-elle.

— J'ai développé mes autres sens depuis ma naissance mais pas à ton niveau ; à ma connaissance, tu es la seule à pouvoir ressentir ce que tu nommes les trois airs.

— Il n'y en a donc que trois ?

— Je pense que oui…

— Que ressens-tu derrière cette porte, Elet ?

Elet se concentra, ferma les yeux et se mit à genoux, les mains sur la porte.

— Je ressens des ondes… Elles forment des vagues. L'air est mouvant tel un ressort, je vois des oscillations électromagnétiques. Elles sont invisibles à l'œil nu mais elles irradient la pièce… Une grande souffrance mentale, j'ai mal, je suis comme électrisé…

— Est-ce que tu l'entends crier ?

— Non, aucun cri. Un silence opaque, je ne perçois aucune respiration.

— Moi je l'entends hurler, Elet ! Il hurle à plein poumon ! s'exclama Énarué.

Après quelques instants, immobiles, à guetter le moindre son ou mouvement, ils continuèrent leur progression dans le silence de leurs pensées respectives. Une pièce qui devait faire office de réfectoire sur leur gauche, quelques tables et chaises et quelques lampes à huile éteintes elles aussi pour le moment. Sur leur droite s'ouvrait une salle bien plus imposante. Des tatamis multicolores jonchaient le sol ; quelques barres de traction étaient rivées au mur d'acier et un cheval d'arçon trônait au centre de la pièce. Une dizaine de lampes illuminaient la pièce d'une douce lueur chaude, de sorte qu'Énarué et Elet parvinrent à distinguer très nettement les différents éléments de la pièce. Contre le mur du fond, quelques armes étaient alignées ; au-dessus d'elles, une étiquette précisait leur nom. Énarué resta interdite devant cet étalage, incapable d'imaginer comment utiliser le moindre de ces équipements.

— Venez voir ! cria Elet en rejoignant le groupe.

Quelques secondes plus tard, alors qu'ils étaient réunis dans la pièce, Evan s'était approché du mur d'un pas décidé pour lire tout ce qui était accroché.

— Alors… Qu'avons-nous là ? Un bokutô, une hache en acier viking, une masse en acier également, une arbalète… C'est tout ! Nous sommes cinq ! Nous avons à peine de quoi nous défendre, dit-il sur un ton agressif.

— Enfin, Evan, nous ne savons même pas si nous devrons nous défendre, rétorqua Jasmine.

Jouan leva les yeux au ciel et prit la parole.

— Écoutez, je crois que nous sommes tous épuisés. Pour ma part, je vais aller dormir, nous verrons demain ce qu'il en est.

— Allez-y, je vais rester ici, lança Evan en décrochant la hache de son support et en passant une main dans ses cheveux en bataille.

Ensemble, ils prirent la direction du dortoir et s'installèrent lourdement sur les lits. Énarué passa sa main sur le sien et songea à tous ses prédécesseurs ; ils avaient eux-aussi posé leur tête sur ce même oreiller et leurs craintes étaient désormais la sienne. Où étaient-ils à présent… Vivaient-ils là-haut… Dormaient-ils d'une nuit sans rêve sous terre… Énarué posa sa tête sur l'oreiller et s'endormit profondément.

Jour 2 – 28 ombres restantes.

Les repères temporels n'existaient plus sous Nostra mais les équipes techniques avaient modifié le fonctionnement des baromètres de Civilisation 1. Le bunker était relié à un câble qui remontait à la surface et les différences de pression atmosphérique étaient enregistrées. Comme la pression était plus élevée la nuit que le jour, ils pouvaient les dissocier. Le travail du veilleur consistait donc à surveiller ces changements de pression pour indiquer le plus précisément les différents temps des activités. Le veilleur frappa à la porte du dortoir et les coups résonnèrent dans toute la chambre, faisant vibrer les corps endormis.

Énarué entrouvrit les yeux et la pénombre habituelle de la pièce la rassura un court instant. Seul un filet de lumière filtrait sous la porte de leur chambre. Elle referma les yeux un instant pour penser à sa mère qui devait toujours insister un peu pour qu'elle se lève. Elle aimait par-dessus tout la voir se pencher sur elle pour lui demander « Est-ce que tu dors encore, Ena ? Tu dois aller travailler… ». Un sourire ému se dessina sur son visage, elle pouvait sentir son odeur sucrée dans son rêve.

Ses pensées se dirigèrent ensuite vers Onah qui serait responsable de sa mère une fois partie. Énarué travaillait avec lui comme soignante depuis ses quinze ombres, et excellait à soigner les problèmes de toux, bronchites ainsi que toutes les maladies des voies respiratoires. Elle esquissa un léger sourire en repensant à ses années d'apprentissage. Sa petite taille, qui avait été un sujet constant de moqueries depuis son plus jeune âge n'avait pas gêné Onah qui ne s'était jamais permis de se moquer d'elle. Elle avait également la formation suffisante pour peser les nouveau-nés, les mettre au sein de leur mère et l'assister pendant les accouchements.

Le stock de médicaments était presque totalement vide, pourtant il leur fallait tenir encore deux cents étés. Encore aujourd'hui, Énarué ne comprenait pas comment cela serait possible, même avec le rationnement strict mis en place par l'Alter Régente Bynsa. Elle estimait que la colonie pourrait encore se soigner à peine cinquante étés supplémentaires et cette perspective effrayante lui faisait perdre le sommeil.

Elle se recroquevilla dans son lit, son TPad la lançait encore d'une douleur vive et persistante.

Quelqu'un frappa doucement à la porte, elle ouvrit les yeux, vaincue par la réalité, et se leva lentement pour se diriger vers le réfectoire d'un pas lourd, les épaules voutées. Jouan et Jasmine marchaient devant elle, main dans la main. Evan et Elet la suivaient ; elle sentait leur présence rassurante dans son dos. Tout le monde s'installa autour de la même table sur laquelle était simplement posé un verre d'eau ainsi que leur ratiopilule.

— J'en ai assez de cette ratiopilule ! Je ne supporte plus son goût… râla Evan en l'avalant.

— Tu peux déjà être content de ne pas mourir de faim… murmura Elet, renfrogné.

— C'est vrai ! Merci Nostra d'être si généreux avec nous ! J'avais oublié à quel point on avait de la chance, ironisa Evan.

— Vous saviez qu'ils distribuaient trois pilules par jour il y a cent ans ? dit Énarué. Je ne suis pas étonnée d'être continuellement fatiguée.

Evan fixait Énarué d'un air narquois, un sourire moqueur accroché à ses lèvres. Elle le regarda en retour et précipita son âme dans la sienne, ce qui eut pour effet immédiat de l'attendrir. Il reporta son attention sur le reflet de sa petite cuillère et esquissa un sourire satisfait. Grand et svelte, Evan coupait ses cheveux blancs et ondulés lui-même ce qui lui donnait une apparence négligée qu'il travaillait consciencieusement en passant régulièrement une main dans les cheveux d'une façon aussi risible que caricaturale. Son visage était harmonieux et de grands yeux gris encadraient son sourire ravageur. Celui qui faisait chavirer le cœur de toutes ses congénères. Il exerçait le métier d'ordonnanceur, ce qui impliquait principalement de contrôler les stocks et de réaliser régulièrement des inventaires. Une aubaine pour lui qui passait son temps à l'Agora à muscler son corps sur les quelques équipements qu'ils avaient à disposition.

— À quoi penses-tu ? demanda Énarué.

— Je ne sais pas, je crois que je suis en colère. Et en même temps, j'ai de plus en plus envie de remonter pour voir ce qu'il se passe sur Terra. Tu n'es pas curieuse, toi ? demanda-t-il nonchalamment avachi sur sa chaise.

— Je ne sais plus ce que je ressens. Tout se mélange. Tu n'as donc pas peur ?

— Non. Ce qui doit arriver arrivera. J'essaie de me persuader que nous allons y arriver. Imagine, Énarué, si nous découvrons que Terra est vivable, nous pourrions alors quitter cet enfer !

— Si tu le dis…

Evan se redressa et posa sa main sur celle d'Énarué. Une douce chaleur électrisa son corps, ce qui piqua sa curiosité. Bynsa entra subitement dans la pièce et jeta un œil alentour ; son regard s'arrêta sur son fils un instant.

— Nous allons pouvoir débuter si vous êtes prêts ! annonça-t-elle les yeux brillants.

Tout le groupe tira alors sa chaise et se mit en ordre de marche derrière Bynsa vers la grande pièce centrale. Chacun prit place sur le tapis en attendant qu'elle prenne la parole. L'écho souterrain emplissait toute la pièce et un clapotis exaspérant résonnait dans le silence. Bynsa s'éclaircit la voix et expliqua.

— Nous allons débuter aujourd'hui par l'histoire de Nostra, suivie de quelques éléments connus de l'histoire de Civilisation 1 ce qui devrait vous éclairer davantage en vous donnant des éléments que personne hormis quelques officiels ont en leur possession. Mais tout d'abord je souhaite vous présenter quelqu'un. Je vous remercie d'avance de ne pas le brusquer, et de ne lui poser aucune question. Il sort de sa cellule pour la première fois en un été et il est extrêmement fragilisé.

Un agent de la Cohorte entra alors dans la pièce en tenant par la main un homme à la mine hagarde. Il se tenait devant eux, les cheveux pêle-mêle, longs et sales, et les vêtements froissés. Ses yeux hallucinés faisaient penser à un animal pris dans un piège que l'on pouvait voir dans les illustrations de Civilisation 1.

— Voilà Dérouan. Dérouan, je te présente le cercle 100. En face de toi et côte à côte : Jouan et Jasmine. Sur ta gauche : Elet, Énarué. Et enfin, voici Evan… mon fils.

Dérouan n'eut aucune réaction, pas un hochement de tête, pas de battement de cils, rien… Il se tenait immobile, aux abîmes de la folie, le corps crispé et le regard absent.

L'agent de la Cohorte installa alors Dérouan sur le tapis juste à côté d'Énarué, juste assez pour qu'elle arrive à sentir son effluve. Elle eut très envie de se concentrer sur l'air qui l'entourait mais sa curiosité l'emporta quand Bynsa reprit la parole.

— Nous avons finalement décidé de vous en dire un peu plus que les précédents cercles. Comme l'a rappelé Elet, nous sommes conscients que les échecs successifs des remontées nous rendent tous très fragiles et que nous devons changer d'approche. Je vous propose de me laisser poursuivre mon récit jusqu'au bout ; je serai à votre disposition si vous avez des questions par la suite. Comme vous l'avez appris dans vos jeunes étés, Civilisation 1 a pris fin en l'an 2622. Nous avons quelques documents à notre disposition laissés là par les constructeurs de Nostra, qui retracent une chronologie des événements. Nous nous doutons que celle-ci est partielle mais je vais vous la livrer telle quelle. Lorsqu'il fut évident que Terra était perdue, les différentes nations ont commencé à prendre la mesure de la situation et à essayer de trouver des solutions. Il était alors bien trop tard pour sauver la population, il a alors fallu agir en urgence.

Deux arches ont alors été créés sous Terra…

Le cœur d'Énarué se mit à battre plus vite, son pouls s'accéléra. Tout le monde se regarda, sauf Dérouan qui fixait le mur, un filet de bave au coin des lèvres.

— Deux arches ! s'écria brusquement Elet. Attendez un instant…

— Vous voulez dire que nous ne sommes pas seuls ? Mais où sont ces gens ? Sommes-nous en contact avec eux ? demanda Elet.

— Je vais poursuivre mon récit, Elet, je répondrai aux questions dans un second temps, intervint Bynsa sèchement.

Nos ancêtres ont donc construit une arche identique à la nôtre, elles ont été disposées dans deux endroits sur Terra mais nous ignorons aujourd'hui où se trouve la deuxième. Nous sommes installés à six kilomètres sous Terra sous les territoires du Nord-Ouest du Canada de Civilisation 1. Les écrits relatent qu'il y aurait eu un tirage au sort mondial pour choisir cinq cents nouveaux-nés. Les TPad leur ont été greffés, ce qui devait les protéger des conséquences du réchauffement climatique et de la vie sous Terra. Ces bébés ont alors été dispatchés dans les deux colonies avec leurs parents jusqu'à l'âge de dix-sept étés. À ce moment-là, les parents ont été renvoyés à la surface pour laisser suffisamment de place, d'oxygène et de vivres aux élus.

— Si je résume bien, vous êtes en train nous expliquer que milles adultes ont été envoyés à la mort ? sur la base d'une décision arbitraire de Terriens vraisemblablement morts depuis vingt étés ! s'exclama Jouan.

Bynsa hocha la tête, et, sans prendre le temps de répondre, continua son récit. Son œil tressautant à chaque syllabe.

— Finalement, personne n'a jamais su ce qu'il était advenu des Terriens. Nous avions comme unique consigne de remonter à la surface à chaque cycle pour voir s'il était possible de repeupler Terra. Il existe d'ailleurs une légende sous Nostra. Quelques parents se sont révoltés et ont décidé de remonter avec leur enfant avant d'être envoyés à la mort. Évidemment, ils ne sont jamais redescendus. Nous ne savons pas ce qu'ils sont devenus.

— Quel âge avaient ces enfants ? demanda Elet

— Selon la légende, ils avaient à peine un été. Comme vous le savez, les TPad ont une durée de vie limitée, en l'état actuel de nos connaissances ils devraient devenir obsolètes dans deux cents étés, provoquant vraisemblablement la mort instantanée de leur porteur. Cependant, force est de constater que les non-porteurs de TPad, comme Jouan et Jasmine ici présents, ne rencontrent aucune difficulté à vivre sous Nostra. Ils ne sont ni en moins bonne, ni en meilleure santé. En l'état actuel de nos connaissances nous ne savons pas déterminer précisément leur avantage.

Jasmine se leva d'un bond et pointa du doigt la frêle Bynsa.

— En résumé vous ne savez rien ! Ni du passé, ni du futur, ni de l'autre colonie, ni de ce qu'il se passe sur Terra ! C'est une mission suicide ! Je refuse d'y participer ! Qu'allez-vous faire ? Me contraindre par la force ? Arrivée en haut, je ne bougerai pas d'un iota ! dit-elle, sur un ton de défi en s'enfuyant dans le dortoir.

Bynsa lança un coup d'œil à l'agent de la Cohorte qui se précipita vers le dortoir et poursuivit son récit d'une voix tremblante.

— Nous sommes pleinement conscients de l'injustice dont vous êtes victimes. J'aimerais néanmoins attirer votre attention sur le fait suivant : si personne ne remonte jamais à la surface, alors nous n'aurons jamais les réponses à nos questions. Nous sommes tous aveugles et vous serez nos yeux. Vous êtes notre seule chance de sortir vivants de ce cercueil. Ne croyez pas que nous tiendrons encore deux cents étés ! Malgré les mesures de rationnement mises en place nous estimons que notre espérance de vie sous Nostra n'excède pas les cent dix étés. Il est donc capital que nous arrivions à remonter si nous souhaitons que l'espèce humaine survive.

Evan posa sa main sur l'épaule d'Énarué. Sa tête bourdonnait, la moindre cellule de son corps s'électrisa. Une sueur froide perla sur son front et humidifia sa nuque. Dérouan, toujours immobile à côté d'elle, eut alors un mouvement discret. Il approcha tout doucement sa main de la sienne. Énarué ne bougea plus, et tout son corps se tétanisa. Personne ne semblait avoir remarqué son geste. Sa main se posa finalement sur la sienne.

Une lumière aveuglante

Une main me relève

Du vent

Un visage aux cheveux blonds

Jour 4 – 26 ombres restantes.

Énarué ouvrit lentement les yeux, sa vision se troubla. Des visages étaient penchés sur elle, inquiets et apeurés. Elle respira l'odeur musqué d'Evan et perçut le léger grésillement des appareils de ventilation.

— Énarué ! Réveille-toi ! chuchota Evan, au creux de son oreille. Tu as dormi trois jours. Que s'est-il passé ?

— Je me souviens d'avoir frôlé la main de Dérouan. Puis trou noir… attendez… je me souviens d'avoir eu une vision, mais je n'ai pas compris ce que j'ai vu… et puis il y a eu cet éclat blanc et ce garçon aux cheveux longs… Il me tendait la main, ça avait l'air si réel… Où est Dérouan ? Et Jasmine ? demanda-t-elle subitement.

Autour d'elle, les regards se détournèrent. La tristesse suintait de chacune de leurs pores.

— Dérouan va bien. Il participe aux entrainements avec nous depuis ton malaise. Même s'il est toujours immobile, Elet a vu ses yeux suivre nos mouvements. Nous y voyons un progrès, répondit Evan.

— Alors où est Jasmine ? insista-t-elle en observant Jouan qui était blême.

— Jasmine est… morte, Énarué. Je l'ai retrouvé dans la salle de bain… Elle a utilisé ses draps pour se… Un agent de la

Cohorte l'a embarquée dans la seconde qui a suivi, expliqua Jouan en sanglotant.

Énarué n'arrivait pas à saisir l'importance de l'information que Jouan venait de lui annoncer. Mais les visages baissés de ses compagnons ne laissaient pas de place à l'interprétation.

— Elle n'a pas supporté le choc de la révélation, lui chuchota Elet ! Elle venait de dire qu'elle ne remonterait pas à la surface.

L'atmosphère était lourde et pesante. Personne n'arrivait à mettre des mots sur l'horreur qu'ils traversaient. En dépit des sourires de façade qu'affichait l'équipe dirigeante, Énarué venait de comprendre à quel point leur sort était scellé. Il était désormais inutile d'espérer changer la trajectoire que leur vie venait de prendre. Ils étaient bloqués dans un tourbillon sombre et oppressant qui finirait inévitablement sa course à la surface, dans l'univers inconnu qui attendait patiemment de prendre leur jeune vie. Jasmine avait finalement fini la sienne un peu plus tôt, mais ils la rejoindraient dans quelques ombres…

— Je crois que j'ai besoin d'être seule, de me reposer. Ma tête bourdonne, je me sens fatiguée, murmura-t-elle.

La porte se referma derrière ses camarades de Cercle ; Evan se retourna, esquissa un sourire timide qu'elle lui rendit. Elle posa sa tête sur l'oreiller et laissa ses pensées vagabonder… libres…

Énarué se retourna dans son petit lit en acier ; les événements de la journée lui revinrent en mémoire. Elle s'efforça de reprendre une respiration calme et contrôlée. Sa main posée sur le ventre, elle enchaina trois profondes inspirations. Son premier souvenir refit surface.

Elle avait cinq étés et courait dans le long couloir sans fin des dortoirs de Nostra. Les habitants des autres couloirs étaient certainement déjà au réfectoire, c'était le début de l'ombre. Evan et Ezebel la poursuivaient. Ils étaient voisins de palier comme tous les enfants de son âge. Peu de jeux étaient disponibles et leur éducation était fournie par une Alter Préceptrice qui leur enseignait la vie sous Terra, les us et coutumes de Civilisation 1 mais également l'histoire de Nostra. Sa mère l'appela, il était temps d'aller prendre sa ratiopilule et s'instruire.

En remontant le couloir, elle croisa des élèves plus âgés. C'était la branche des enfants : un couloir bruyant, agité et sans repos. Ils y vivraient jusqu'à l'âge de dix-sept étés avec leurs parents, puis ils passeraient au second couloir réservé aux Nostriens de dix-sept à vingt-neuf étés ; puis celui réservé à ceux âgés de trente à quarante étés ; celui des quarante et un à cinquante-cinq étés ; ensuite, celui des cinquante-six à soixante-dix étés ; et le dernier, pour les Nostriens de soixante-dix étés et plus. Nostra avait été imaginée telle une gigantesque abeille. Les installations collectives étaient installées dans le thorax, puis l'abdomen où se trouvaient les stocks pour trois cents étés et enfin les six pattes qui faisaient office d'espaces de vie. Ils étaient censés y maintenir une collectivité à cinq-cents personnes ; c'est ce qu'il leur avait été enseigné.

Elle avait alors dix étés, assise à côté d'Evan en cours de Nature, quand son esprit s'emballa. Sa respiration s'accéléra, elle sentit un changement dans cette salle de classe. Énarué jeta un coup d'œil discret aux alentours, mais personne ne semblait avoir remarqué un quelconque changement. Ils étaient tous occupés à l'observation d'une feuille de chêne sur un livre si abimé qu'il malmenait leurs yeux fragiles. Elle se concentra alors sur ce changement et c'est à ce moment précis qu'elle rencontra pour la première fois ce qui ne la quitterait plus désormais et qu'elle nommait : « les Airs ». Et c'est celui d'Evan qu'elle ressentit en premier. Elle s'en souvenait comme si c'était hier.

Son premier air était puissant et résonnait dans sa tête comme mille pulsations simultanées. C'était un ouragan qui l'emportait dans son œil.

Elle aperçut alors son deuxième air. Il brillait de toutes les couleurs au fond de l'ouragan, comme une pierre précieuse. Elle l'appelait, tendait le bras pour l'attraper, quand elle sentit la Préceptrice la secouer. Elle ouvrit les yeux et s'aperçut qu'elle était debout au centre de la classe, la main tendue. La Préceptrice l'emmena à l'infirmerie. C'est là qu'elle fit la rencontre d'Onah qui deviendrait plus tard son maître d'apprentissage et ami.

Ses pensées ne cessaient de passer d'un souvenir à l'autre... elle allait bientôt fêter ses quinze ombres. C'était le jour du choix de leurs futures affectations. Elle choisit d'être soignante avec Onah, qu'elle n'avait cessé de voir en cachette. Il l'aidait à maîtriser ses facultés et notamment à ressentir les airs sans bouger, en toute discrétion. Onah lui disait souvent qu'elle avait un don rare, même s'il ne savait pas encore à quoi il lui servirait. Il pensait qu'il lui permettrait de voir ce que personne ne pouvait voir, de passer au-delà de la première perception, d'analyser l'âme de ses semblables… c'était vertigineux… Son esprit critique s'aiguisait petit à petit ; elle percevait nettement les limites de leur système. Elle voyait les contestataires disparaitre. On leur expliquait qu'il y avait des victimes de maladies respiratoires, mais Onah, lui, ne voyait aucun corps. Il lui demanda d'être prudente et de garder ses réflexions pour elle.

Énarué se redressa d'un bond dans l'obscurité de son dortoir et le cœur à l'étroit. Ils seraient désormais un Cercle… Unis comme les cinq doigts d'une main. Plus personne ne pourrait désormais les séparer. Elle se fit cette promesse avant de s'endormir lourdement, le gout du sel sur les lèvres.

-

HOOP

-

— Lis ça, Charly, s'il-te-plait, demanda Curd d'un ton nerveux et enthousiaste.

— Qu'est-ce que c'est ? répondit Charly en se levant avec beaucoup de difficulté de son lit.

— Lis et tu verras bien !

« Voilà comment a débuté l'histoire de notre nouvelle civilisation. Nous avons baptisé notre colonie Hoop comme Espoir en afrikaans, mais aussi cercle en anglais. Nous formions le premier Cercle. Nous sommes les précurseurs d'une civilisation que nous espérons lumineuse, harmonieuse. Nous souhaitons une mutation profonde, un bouleversement, une réversion. L'ère de l'Anthropocène prend fin avec nous. C'est notre mission. »

— La suite est manquante, la feuille est déchirée.

— Où as-tu trouvé ça ? demanda Charly d'un ton méfiant.

— Je l'ai … emprunté dans le bureau de l'Union, répondit Curd dont le regard penaud, vissé sur ses chaussures, laissait peu de place à interprétation.

— Tu l'as emprunté ? dit Charly en appuyant chaque syllabe.

— Écoute, je sais que je suis dans l'erreur mais tu ne veux pas en savoir plus sur l'histoire de Hoop ? Je n'arrive pas à croire les histoires que l'on nous raconte chaque année. Nous avons tous les deux des visions étranges, et c'est encore pire depuis que je travaille en tant que surveillant. Nous avons fait un pacte l'année dernière en revenant de notre exploration. Recommencer jusqu'à y arriver. Peu importe les conséquences.

Le visage de Charly se crispa. Curd pouvait lire ses pensées, il mesurait les conséquences de leurs actes, pesait le pour et le contre.

— Cette feuille était dans un livre ?

— Oui, je n'ai eu que quelques secondes. J'effectuai une ronde des bureaux de l'Union quand un membre m'a demandé de m'assurer que toutes les portes étaient bien verrouillées avant la journée. Il est alors parti devant moi, j'ai fait demi-tour et j'ai poussé la porte de Tamie. J'ai agi spontanément sans réfléchir, il y avait un livre posé sur son bureau sur lequel était inscrit « HOOP – Origines ». J'ai eu quelques secondes, je l'ai ouvert et j'ai pris le premier feuillet. Celui que tu viens de lire.

— Tu m'as donc emmené à la bibliothèque sous de faux prétextes. Ton but était de me faire lire ce document, dit Charly blessé.

— Excuse-moi…, dit Curd sur un ton penaud. Ce que je veux que tu comprennes, c'est qu'il y a des trous dans notre histoire. On nous raconte une version qui ne me convainc pas. Tu es prêt à partir en exploration avec moi cette fois-ci ?

— Je crois que oui, répond Charly. Mais plus de mensonges !

— Ok… Plus de mensonges, répondit Curd la tête rentrée dans les épaules.

3   LA REMONTEE

Jour 20 – 10 ombres restantes.

Le silence oppressant de leur dortoir ne parvenait pas à masquer les chocs contre la paroi en acier. Dehors, dans les profondeurs abyssales, vivaient peut-être quelques animaux de l'ombre. Énarué essayait souvent de s'imaginer quelle était la matière qui les abritaient. De la roche ? De la lave ? Un froissement de tissu lui signifia que son groupe se réveillait. Elle retint sa respiration pour prolonger l'instant, en vain.

Ils avaient désormais rapproché leurs lits et dormaient les uns contre les autres en chien de fusil. Plus que dix ombres avant de remonter à la surface. Ces derniers jours avaient été occupés à renforcer leurs liens mais également à s'entrainer aux armes, même si la perspective de les utiliser n'enchantait pas du tout Énarué. Elle avait choisi la hache et commençait à peine à maîtriser son maniement. Lourde au début dans ses mains fluettes, elle glissait désormais de façon fluide en suivant tous ses mouvements.

Dérouan continuait à faire d'énormes progrès. Incapable de tenir une arme au début, il retrouvait désormais de la mobilité. Il suivait Elet en permanence, copiait ses gestes et avait commencé à s'exprimer. Quelques syllabes, désordonnées, désarticulées. Mais la progression était évidente. Un matin, Elet lui avait demandé s'il souhaitait effectuer la remontée avec eux : il avait alors serré très fort sa main dans la sienne, ce qu'ils avaient tous pris pour un assentiment. Énarué ne l'avait plus touché depuis le dernier épisode, car l'expérience avait été traumatisante. Cependant, ces images continuaient de la hanter, ce qui lui donnait de plus en plus envie de retenter l'expérience.

Les journées étaient longues et pesantes, et ils étaient seuls et abandonnés. Énarué avait demandé à voir l'infirmier Onah, qui lui avait confirmé que son TPad fonctionnait encore correctement. Il lui avait cependant recommandé d'être prudente durant son entrainement car il n'aurait pas résisté à un choc supplémentaire. Onah lui avait également confié quelques médicaments, des pansements, une solution désinfectante et quatre bandeaux que sa mère leur avait confectionnés avec de vieux tissus. C'était un risque énorme qu'avait pris Onah et qui prouvait sa loyauté.

— Lève-toi, Énarué, chuchota Evan.

Evan s'était installé contre elle depuis l'incident et elle ne l'avait pas rejeté. Son odeur et son contact lui étaient désormais familiers. Il lui prit la main et lui souffla juste au-dessus de l'oreille. Ce souffle lui arracha un sourire pudique. « Je me lève, mais je préférerais rester avec toi… »

Quelques secondes plus tard, tout le cercle était dans la salle d'entrainement, les épaules basses et de lourds cernes encadrants leurs yeux.

— On débute les entrainements de cercle à l'aveugle ? Le but serait de se déplacer de façon fluide, le bandeau sur les yeux et d'arriver en même temps à manier nos armes en cas d'attaque, dit Elet.

— Je propose que nous nous mettions tous aux quatre coins de la pièce, puis nous mettrons nos bandeaux. Il nous faudra alors nous retrouver dans le silence le plus total, répondit Énarué.

Chacun s'exécuta. Aucun bruit ne vint pénétrer le silence de plomb. La concentration était à son maximum. Leur vie dépendrait certainement de la réussite de cet exercice. Énarué noua son bandeau et ce fut l'obscurité totale. Le calme absolu. Seuls les bruits habituels venaient troubler sa concentration. L'odeur de l'acier. Le grondement sourd de la soufflerie. Alors, dans ce silence inquiétant, elle tenta de contrôler ses sensations. Elle s'efforça de ne pas tendre ses bras pour garder le contrôle sur son corps et pour que ses mains puissent être disponibles en cas d'attaque soudaine. Elle fit son premier pas. Tout son corps était tendu, elle ne percevait rien… Puis vint un souffle. Pas un souffle humain mais plutôt une vague d'air qui l'enveloppa. Elle le laissa prendre le contrôle. Enfin vinrent les pulsations dans un battement lent et régulier qui s'accélérèrent en même temps que l'air changeait de forme. Elles étaient désormais rapides mais constantes et l'air s'était subitement épaissi. Un autre pas et cette fois-ci la pulsation devint continue, comme un cri strident. Énarué s'arrêta à bout de souffle. L'air s'était solidifié et elle eut la sensation oppressante d'être enfermée entre quatre murs. Les bras tendus, elle sentit la peau et l'odeur d'Elet. Elle arrivait à ressentir son large sourire, les bruits de ses commissures de lèvres qui bougeaient, sa salive, sa déglutition et son souffle léger. Ils s'étaient trouvés, l'exercice pouvait continuer...

Après plus de quatre heures harassantes, sans pause ni répit, ils décidèrent d'enlever les bandeaux dans un long soupir de soulagement.

— On fait une pause ? Je n'y arrive plus, dit Jouan à bout de souffle.

— Je n'y arrive pas ! s'emporta Evan. Pour moi ce n'est que de l'obscurité et du silence, rien de plus. Je perçois à peine vos souffles quand je suis juste devant vous mais c'est déjà trop tard. Je n'arriverai jamais à me déplacer en surface !

— Alors nous nous déplacerons ensemble ! Nous sommes un Cercle, nous avancerons en formation. Je suis celle qui ressent le plus, je serai donc à l'avant ; derrière, à ma gauche : Elet. Et à ma droite : Jouan. Evan fermera la marche. Et rassure-toi Evan, une fois à la surface, nous ferons en sorte d'habituer nos yeux à la lumière. J'ignore combien de temps ça va prendre, mais je suis sûre que nous allons pouvoir les enlever, dit Énarué d'un ton assuré.

— Énarué, tu oublies que personne n'est revenu ? Nous n'aurons peut-être même pas le temps de faire quoi que ce soit. Et si nous mourrions tout de suite ? Tout ça ne servirait donc à rien ! s'exclama Jouan.

— Peut-être, mais cela vaut quand même la peine de continuer à s'entrainer ! C'est l'été 100. Si je n'étais pas embarquée dans cette remontée, je croirais en vos chances de survie. Et puis… vous n'en rêvez pas vous ? Du soleil ? De la Terre ? De la végétation ? Des animaux ? Moi, j'y songe depuis mon enfance. Si nous devons découvrir que Terra est viable, alors j'aimerais que ce soit moi… nous… dit-elle en regardant Evan qui la regardait bouche bée.

— Je crois que nous avons notre leader ! Qu'en dites-vous ? ricana-t-il.

Énarué avait soif mais ne parvenait qu'à laper quelques gouttes d'eau au robinet. Depuis plusieurs jours des pénuries se faisaient ressentir et leur corps amaigris et affaiblis parvenaient à peine à rester en position assise. Seule la lecture occupait les journées interminables et leur faisait oublier, un instant seulement, la sensation angoissante de leur mort imminente. C'est Jouan qui brisa le silence de sa voix grave.

— Je crois finalement que je suis heureux que ça finisse comme ça. Avec Jasmine, nous savions depuis longtemps que nous allions effectuer cette remontée et que nous ne reviendrions probablement pas. Mais à bien y réfléchir, je n'ai plus peur. Je ne sais pas si nous sommes prêts mais j'aime notre groupe et si tout doit se terminer là-haut, je préfère que ce soit avec vous. Voilà, c'est dit. J'avais envie que vous le sachiez avant… enfin avant que nos sorts ne soient scellés, dit Jouan ému.

Une larme coulait sur sa joue ; Énarué la suivit du regard jusqu'à la voir tomber sur le sol. Jouan avait la tête baissée, les épaules rentrées, assis en tailleur sur ce sol en acier froid. Elle eut envie de le prendre dans les bras, mais sa pudeur la freina. Evan prit alors subitement la parole d'un ton ému et enjoué et demanda. « Quel est votre plus beau souvenir sous Nostra ? »

Tout le monde se regarda, incapable de prononcer un mot. Énarué décida alors de rompre ce silence pesant.

— Nous fêtions mes dix étés, j'avais passé la journée en classe et j'avais attendu la fin de journée avec beaucoup d'impatience parce que je savais que Maman m'avait préparé une surprise. Je suis entrée dans notre chambre et je suis restée subjuguée. Maman avait recréé Terra !

— Oui je m'en souviens comme si c'était hier, ajouta Evan, ému.

— Elle avait découpé de vieux tissus bleus et les avait suspendus au plafond pour représenter le ciel. Un grand carton jaune découpé en rond pour représenter le Soleil. Tous mes amis étaient au centre de la pièce… vous teniez tous une fleur découpée dans du carton et le sol avait été recouvert de grands tissus verts pour évoquer une prairie. Alors Maman nous a demandé de nous y allonger, ce que nous avons tous fait. Je me souviens avoir regardé ce ciel bleu pendant ce qu'il m'a semblé durer une éternité, puis nous nous sommes levés et nous avons dansé jusqu'à l'heure du coucher sur les chants que Maman nous chantait. C'était merveilleux ! Si Terra est encore plus belle que ce que j'ai vu à ce moment-là, alors j'accepte de mourir pour elle !

Un faible sourire éclaira le visage de Jouan quand il prit la parole.

— Moi, c'est le jour où j'ai rencontré Jasmine. Je ne sais pas quand situer la période, mais j'étais très jeune. Je pensais alors être seul au monde, je ne croisais personne à part ma surveillante de chambre. Elle est arrivée dans ma vie et a réchauffé mon cœur et mes journées comme un soleil. Nous n'avions pas le droit de communiquer la majeure partie du temps, alors nous avons développé un langage qui nous était propre. Des clins d'œil, des haussements de sourcil, des grimaces ou des sourires. Elle était mon monde et j'étais le sien…

— Moi, dit Evan d'un ton bravache, c'est lorsqu'on m'a tiré au sort pour la remontée. Je ne supporte plus cette vie, j'ai besoin d'aventure et tant pis si c'est la dernière ! Je revois le visage de ma mère et rien que pour ça, c'était un moment inoubliable.

— Et moi, ajouta Elet après un long moment, je crois que j'avais douze étés. Elle est entrée dans notre chambre comme une furie pour me dire de me dépêcher … que j'allais être en retard en classe. Je ne sais pas ce qui s'est passé en moi, mais j'ai vu ses longs cheveux, son visage enjoué et je n'ai jamais pas pu l'effacer de ma mémoire jusqu'à aujourd'hui.

— Ah bon ? Aujourd'hui ? Qui est-ce ? demanda Evan d'un ton moqueur.

— Laisse-le tranquille ! Tu vois bien que tu le mets mal à l'aise ! lança Énarué.

Tout le monde se tourna alors vers Dérouan, assis au centre de la pièce il pleurait à chaudes larmes, la tête entre ses mains. Il lança alors : « Op… » dans un cri déchirant. Cette syllabe qu'il ne cessait de répéter depuis qu'il avait recouvré la parole. Personne ne savait ce qu'elle signifiait mais dans ce contexte de confidence, elle prenait alors un tout autre sens.

Elet s'approcha de lui, lui écarta doucement les mains. « Op ? lui demanda-t-il. Qu'est-ce que tu veux dire Dérouan ? »

Mais le regard de Dérouan s'était déjà éteint, il fixa Elet de ses yeux pâles et chuchota : « Op… »

Elet le prit doucement dans ses bras, essuya la larme qui s'était figé au bout de son nez et lança à la cantonade :

— C'est sûrement ton plus beau souvenir, Dérouan. Nous le garderons en mémoire également.

— Quoi qu'il en soit, merci à tous pour tous ces beaux souvenirs… dit Jouan, dont le visage alors crispé s'était complètement détendu.

Jour 22 – 8 ombres restantes.

Énarué sentit la fatigue s'abattre sur elle après quelques heures d'entrainement. Son corps plus fluet que le reste du groupe avait du mal à suivre le rythme. Elle avait tout de même envie d'explorer ses sensations car elle les sentait plus puissantes depuis peu. Elles semblaient vouloir s'extérioriser, presque prendre le contrôle sur elle. Elle profita d'un moment de pause pour interpeller Elet.

— Est-ce que tu m'autorises à me concentrer sur toi et à respirer tes airs ? Je n'ai encore jamais réussi à percevoir ton troisième air et j'aimerais beaucoup y parvenir.

— Oui si tu veux, mais je préfère que tout le monde reste autour de nous pour arrêter l'expérience si elle tourne mal, ajouta-t-il.

— Évidemment, nous allons nous mettre l'un en face de l'autre, assis en tailleur. Tu es prêt ?

— Je suis prêt, dit Elet.

L'air sembla se dissoudre totalement. Les yeux fermés, Énarué posa les mains sur ses genoux.

Son premier air se présenta à elle immédiatement, il prenait toujours la même forme depuis tous ces étés. Elle le percevait assis, apaisé. Son âme semblait en accord avec son corps.

Son deuxième air était également le même que d'habitude. Une ondée, bleu foncé, solide et bienveillante voltigeait autour du premier air, qui l'apaisa immédiatement.

Elle se concentra un peu plus tout en s'efforçant de ne pas emmagasiner tout l'air de la pièce pour ne pas stopper l'expérience. Elle savait pertinemment que tout le monde avait trois airs car il lui arrivait de les percevoir mais celui d'Elet se cachait depuis toutes ces années. Elle essaya de tourner ses sensations dans tous les sens, mais l'image ne changea pas. Elle décida finalement de lui prendre les mains.

Un contact physique lui permettrait peut-être d'améliorer sa perception. Un frisson parcourut son corps et sa vision se modifia : l'air alors calme et serein se mit à tourbillonner autour d'elle. Ils étaient tous les deux pris dans un vortex mais elle ne se laissa pas impressionner. Une caresse sur sa main et tout s'apaisa subitement. Au centre de sa vision se trouvait maintenant un bébé, une odeur familière remonta à ses narines, une couleur rouge puis un cri déchira sa poitrine, et enfin une maison en bois proche d'une vaste forêt. Énarué venait de rencontrer son troisième air… Elle lâcha les mains d'Elet et ouvrit les yeux. Tout le monde la regarda et Evan lui demanda :

— Alors, tu l'as vu ?

— Oui, j'ai vu quelque chose, mais je ne sais pas si je peux en parler sans l'accord d'Elet.

— Tu peux tout leur dire, Énarué, je vous fais confiance. Je ne sais pas ce que tu as vu mais je ne vois aucune objection à le partager, répondit-il le regard soucieux.

— J'ai vu un nouveau-né, il était nu et au centre de ma vision. Une couleur rouge, un cri, une maison entourée d'une vaste forêt sur Terra, et j'ai ensuite rompu le contact. Est-ce que vous savez ce que cela peut signifier ?

— Absolument pas, répondit Elet, d'ailleurs personne ne sait encore discerner ce qui relève de l'imagination, d'un vrai don, d'une divination ou je ne sais quoi…

— Il faut que tu poursuives ton entrainement, Énarué, nous ne savons pas encore à quoi sert ton don. À mon avis, il n'est pas inutile de le perfectionner, intervint Evan.

— D'autant qu'il est très utile pour me déplacer les yeux bandés. J'arrive à ressentir les obstacles, j'arrive à vous percevoir dans l'espace.

— Il nous reste encore huit ombres, tu as le temps de continuer à t'entrainer, ajouta Jouan.

— Dites, vous pensez que c'est normal que la porte soit ouverte ? demanda Elet dont le visage disparaissait déjà dans l'entrebâillement de la porte.

— Non, je pense que l'agent de la Cohorte a oublié de la refermer, dit Evan. J'ai bien envie de partir en exploration quand tout le monde sera endormi, qu'en pensez-vous ?

— Je ne suis pas sûre... Et puis partir pour explorer quoi ? On connait tout de Nostra, dit Énarué inquiète.

— Peut-être mais ça sera notre dernière chance de revoir Nostra avant la remontée. Allez Énarué, ne soit pas si craintive, ils ont besoin de nous, ils ne nous feront rien. En tout cas, moi, j'y vais ! s'exclama Evan. Et puis ça sera l'occasion de tester la cohésion de notre cercle, on pourrait envisager cette sortie comme un exercice.

— J'en suis ! s'exclama Elet, le regard rivé sur Énarué.

— Moi aussi, ajouta Jouan.

— Oh et puis je ne vais pas me battre contre vous, je viendrai ! ajouta-t-elle.

Plus tard dans la nuit, Énarué se répétait la même phrase comme un mantra : surtout garder les yeux ouverts, ne pas s'endormir... Mais déjà la tiédeur des bras d'Evan l'emportait...

—Énarué ! réveille-toi, on y va ! murmura Evan.

Elle avait dû s'assoupir quelques minutes, son corps avait du mal à se mettre en marche. Les jambes lourdes, elle se dirigea vers la porte. Son cœur battait à toute vitesse, brouillant ses pensées et altérant sa vision. Evan poussa la porte. Ils arrivèrent dans ce gigantesque couloir qu'ils avaient emprunté quelques ombres plus tôt.

— En position ! chuchota Jouan.

Énarué se plaça à l'avant, Jouan et Elet juste derrière elle à sa gauche et Evan se positionna à l'arrière. Plus personne ne prononça un mot, la nuit était opaque, aucune lumière ne filtrait. Sa salive avait un goût de métal. Elle commença à avancer prudemment ; le couloir lui parut interminable. Seul le bruit feutré de leurs pas troublait le silence. Il lui semblait être partie depuis une éternité quand ils arrivèrent finalement à l'Agora.

— C'est le couloir F ! chuchota Elet. Le couloir des aînés, des Nostriens de soixante-dix étés et plus. Je ne comprends pas, avez-vous vu des portes de dortoir ?

— Non, aucune, dit Evan. C'est un couloir vide et notre centre d'entrainement se trouve au bout.

— À bien y réfléchir, est-ce que vous vous souvenez avoir déjà croisé un Nostrien plus âgé ? demanda Énarué. Moi, jamais. Et pourtant, en tant que soignante, j'aurais dû m'en apercevoir.

— Oui, maintenant que tu le dis, c'est vrai que nous sommes tous assez jeunes sous Nostra. Il doit y avoir une explication logique, continuons l'exploration, ajouta Jouan.

Un battement se mit alors à résonner à ses oreilles. Régulier. Sourd et grave. Elle ferma les yeux instantanément. Il s'accéléra, tandis que l'air tourbillonnait autour d'elle dans une danse folle et électrique.

— Quelqu'un arrive, cachez-vous dans le couloir ! chuchota Énarué précipitamment.

Ils se collèrent au mur dans le couloir sombre quand un bruit de pas résonna dans l'Agora : c'était un agent de la Cohorte qui se dirigeait vers eux. Les battements s'accéléraient ; ils reculaient dans le couloir, toujours collés à la paroi, quand Énarué sentit une fente sous ses mains. Elle passa ses doigts à l'intérieur et distingua un loquet qu'elle actionna. Un léger cliquetis se fit entendre et une porte métallique et froide coulissa. Tout le groupe se précipita à l'intérieur, puis Elet referma la porte en suivant le bruit de pas de l'agent, qui passa finalement devant sans s'arrêter.

— Où sommes-nous ? demanda Jouan inquiet.

— Je ne sais pas, mais je crois que nous ne devrions pas rester, répondit Elet le corps au bord de la rupture.

— On jette un coup d'œil et on rentre, cette sortie était une mauvaise idée ! dit Énarué d'une voix tremblotante, sa petite main dans celle d'Evan pour se rassurer.

Le couloir dans lequel ils pénétrèrent, débouchait sur une petite pièce au centre de laquelle se trouvait un bureau mais également des dizaines d'étagères remplies de boites d'archives. Evan alluma la veilleuse électrique au mur qui diffusa un halo diaphane. En s'approchant de la première étagère qui se trouvait sur sa gauche, Énarué aperçut des archives numérotées de un à dix. Elle ouvrit une boite, la peur au ventre.

Été 3 : Anna – bonne santé – fonctions normales, puis un suivi de mensurations, prénoms des parents ainsi que différentes annotations tout au long de sa vie jusqu'à ses dix-sept étés. Elle feuilleta rapidement les pages et lança :

— Ils notent toutes les naissances depuis le début de Nostra !

— Oui, j'ai la même chose chez moi, s'étonna Elet qui feuilletait rapidement les registres, les mains tremblantes.

— Ici aussi, dit Jouan.

Pendant ce temps, Evan s'était approché de la table, parcourait rapidement les cahiers et inspectait nonchalamment les lieux.

— Il n'y a rien ici et on n'a pas le temps de rester trop longtemps. N'importe qui peut arriver d'un moment à l'autre, déclara-t-il subitement.

— Qu'est-ce que c'est que cet objet au mur ? demanda Elet.

Tout le groupe s'approcha alors d'un objet en métal de forme ronde fixé au mur ; à côté duquel était fixé, un bouton de couleur verte et un autre de couleur rouge.

— On fait quoi ? On appuie sur le bouton ? demanda Jouan.

— Jamais de la vie ! On ne peut pas prendre le moindre risque, on ne sait pas ce qu'il va se passer et si on nous trouve ici je ne donne pas cher de notre peau, dit Énarué sur un ton anxieux en frémissant.

— Énarué a raison ! On retourne dans notre dortoir, on prendra le temps de prendre une décision en lieu sûr, chuchota Evan.

Le chemin du retour les trouva terrifiés et tremblants de peur. Une fois confortablement installés dans leur lit rêche, le cœur d'Énarué se calma enfin et la discussion put reprendre.

— C'était quoi cet endroit ? demanda alors Jouan, en détachant chacune des syllabes.

— Je ne sais pas, mais je n'en avais jamais entendu parler, dit Énarué.

— Pourquoi prennent-ils le temps de tout noter ? Et d'ailleurs qui prend ces notes ? Evan, tu es le fils de notre Alter Régente Bynsa, elle ne t'a jamais rien dit ? demanda Jouan.

— Non, jamais. Je pense avoir le même degré d'informations que vous tous, nous avons tous grandi ensemble dans le couloir A. Je n'avais pas connaissance d'une quelconque pièce secrète, répondit Evan d'un ton honteux.

Le sommeil les emporta les uns après les autres. Perdus dans leurs pensées et avec le sentiment qu'ils venaient de lever un voile sur un mystère, sans pour autant en trouver la clé.

Jour 27 – 3 ombres restantes.

Énarué n'avait plus besoin du passage de l'agent de la Cohorte pour se réveiller. Elle émergeait de son sommeil bien avant tout le monde et en profitait pour écouter leurs respirations apaisées. Les liens qui les unissaient étaient puissants, ils étaient désormais tous interconnectés et n'avaient presque plus besoin d'exprimer leurs émotions. Depuis quelques jours, Énarué et Evan se réveillaient dans les bras l'un de l'autre ; elle lui transmettait son énergie et il faisait de même avec son assurance. L'Alter Régente viendrait leur rendre visite dans quelques instants, ensuite ils seraient laissés seuls pour les trois dernières ombres avant la grande journée festive de la remontée. Le corps d'Evan était amaigri et exsangue. Énarué l'observait, inquiète des répercussions de leur manque de sommeil et de nourriture. Elle se leva précautionneusement et les réveilla un par un. Sa tête tournait comme à chaque fois et le sang frappait à ses tempes, elle rejoignit la grande salle en titubant pour écouter le dernier discours de Bynsa.

— Bonjour à vous cinq ! s'exclama Bynsa. J'espère que vous avez bien dormi. Nous allons débuter notre journée par un bref topo sur ce que nous savions de Terra au moment de la construction de notre abri. Nous avons gardé quelques documents que je vais vous retranscrire. La descente a eu lieu en 2622, nous étions alors cinquante milliards de Terriens. La température avoisinait les 60°C en moyenne, les pôles avaient quasiment totalement fondu et tous les États ont dû faire face à une élévation du niveau de la mer, ce qui a eu pour conséquence un rebattage de carte des populations mondiales. La principale conséquence a été leur dissolution et l'établissement d'un gouvernement à la sauvegarde de la population mondiale, le SVPM.

Un représentant de chaque ancien continent y a été élu, ainsi que des scientifiques et des climatologues. À partir du moment où les premiers bébés et leurs parents sont descendus à l'abri, nous n'avons plus eu aucune information sur les événements extérieurs. Comme vous le savez déjà, toute l'énergie mondiale était solaire depuis des années. Ainsi, si vous trouvez le moindre équipement il devrait normalement fonctionner sans difficulté.

Nous vous demandons de rester en surface trente ombres au maximum, ce qui devrait vous permettre de vous déplacer sur un périmètre plutôt large et d'essayer ainsi de recueillir le maximum d'informations.

Souvenez-vous ! Voyagez de nuit, n'enlevez pas vos bandeaux la journée et surtout revenez saufs et porteurs de bonnes nouvelles !

Tout sonnait faux dans ce discours que Bynsa avait débité d'un ton monocorde. Elle semblait le connaitre par cœur, mais personne n'était dupe. Elle savait bien plus de choses qu'elle ne voulait leur faire croire, sinon pourquoi cette pièce secrète, pourquoi personne ne semblait vivre plus de soixante-dix étés ? Énarué regarda ses coéquipiers et constata que personne n'écoutait. Evan avait un sourire en coin, Dérouan la regardait fixement, et Jouan et Elet semblaient fascinés par le plafond. Bynsa avait dû s'apercevoir que ses paroles n'avaient trouvé aucun écho. Elle rebroussa chemin en jetant un regard à son fils qui ne le lui rendit pas. Étonnamment, Énarué ne ressentit aucune tristesse, mais comme un soulagement dans l'air qui l'entourait. Une fois Bynsa partie, elle prit la parole :

— Pourquoi est-ce que ta mère t'enverrait à la mort Evan ? Ça n'a pas de sens ! Elle a le pouvoir de ne pas mettre ton nom dans le tirage au sort, alors pourquoi l'a-t-elle fait ? questionna Énarué.

— Je me pose la question depuis le tirage, avoua Evan. Mais j'ai beau me creuser la tête, je ne comprends pas ses motivations. Mais ça ne m'étonne pas…je ne les ai jamais comprises.

— C'est pour cela que je suis maintenant sûre qu'on ne nous dit pas tout. J'aimerais me connecter à Dérouan ! lança Énarué sur un ton déterminé.

— La dernière fois que tu as touché Dérouan, tu es restée alitée trois ombres ; on remonte bientôt, on ne peut pas se permettre de prendre ce risque.

— Eh bien moi je souhaite le prendre ! C'est ma décision ! Mon libre arbitre ! J'ai progressé depuis ma première connexion, je sens que je vais y arriver.

Dérouan n'avait pas attendu que tout le monde tergiverse, il s'était approché d'Énarué et se trouvait maintenant assis en tailleur face à elle. Son visage se

contracta, elle sentit qu'il se concentrait de toutes ses forces.
« Confiance. Op. Énarué. » ânonna-t-il. Tout le groupe resta
sans voix.

Dérouan avait parlé pour la première fois !

— Moi aussi j'ai confiance en toi Dérouan, je sais que tu ne
nous veux pas de mal. Si tu veux bien, je vais prendre tes
deux mains dans les miennes. Si vous voyez que ça tourne
mal, je vous laisse nous détacher pour stopper l'expérience,
c'est d'accord ?

— D'accord... répondirent Elet, Jouan et Evan d'une même
voix.

Énarué prit une profonde inspiration et fit le vide dans son
esprit. Dérouan lui saisit les mains délicatement.

Une lumière blanche aveuglante, des mains la saisissaient

Une pièce sombre

Des fauteuils et du matériel médical

Des hommes masqués habillés de blanc et de gris

Une lumière aveuglante

Nostra

Dérouan coupa le contact brusquement ; Énarué
transpirait et suffoquait. Elle ressentait une douleur dans
chacun de ses membres, comme si elle avait été rouée de
coups. Le plus inquiétant, selon elle, était cette sensation de

mémoire qui se vide, des pans entiers de son histoire semblaient manquer. Elle regarda les visages autour d'elle sans les reconnaître. Evan la prit dans ses grands bras musclés et lui souffla doucement dans l'oreille « tout va bien Ena… », ce qui lui fit immédiatement reprendre le contrôle de ses sensations et de sa mémoire. Son regard se posa sur Dérouan qui lui dit après un effort surhumain : « Op. Mensonge. »

— Alors ? Qu'est-ce que tu as vu ? demanda Elet

Énarué leur retranscrit alors les quelques images qui lui étaient apparues, même si elle ne les avait pas toutes comprises.

— Dérouan, est-ce que tu as vraiment vu tout ça ? Est-ce que tu as vécu les quelques scènes qui me sont apparues ?

— Oui, répondit-il. Puis soudainement, sa tête bascula sur le côté et son corps s'affaissa.

— C'est trop d'un coup ! s'exclama Jouan. Je vais l'allonger dans son lit, Evan aide moi s'il-te-plait !

Plus tard, alors qu'ils étaient tous assis dans la salle bibliothèque, Elet prit la parole.

— Je ne sais pas ce que vous en pensez, mais je me sens complètement perdu. D'abord cette pièce secrète, puis les révélations de Dérouan. J'ai l'impression qu'on fonce dans la mauvaise direction ; pourquoi absolument chercher à se convaincre que l'on nous cache des choses ! Il y a certainement des explications rationnelles à tout ça. On ferait mieux de se concentrer sur la remontée, je vous rappelle que c'est dans trois ombres à peine ! J'ai l'impression qu'on essaie juste de se convaincre que l'on ne va pas mourir une fois arrivés en haut en imaginant un complot, mais les faits sont là ! Nous avons épuisé un tiers de notre capital vie, nous sommes tous en train de mourir ici. Nous avons besoin d'un espoir et c'est nous qui l'incarnons.

— Oui, tu as peut-être raison, et nous allons le découvrir très bientôt ne t'en fais pas, dit Énarué, épuisée.

Après une journée consacrée aux habituels entrainements, allongée dans son lit, les genoux sous le menton, elle ferma les yeux. Ses pensées se tournaient immanquablement vers sa mère, Onah, ses amis et toutes ces personnes qu'elle laissait sous terre. Parviendrait-elle à les sauver ? Serait-elle la première à remonter à la surface et à y trouver de la vie ? Son intestin se serra et une brulure acide remonta le long de sa trachée. Elle toussait depuis de longues minutes, cherchait sa respiration dans la puanteur de leur dortoir quand Evan s'allongea près d'elle et lui prit la main. Alors ses pensées s'apaisèrent et elle sombra, inconsciente, dans un sommeil pesant.

-

HOOP

-

La réunion des surveillants se tenait, comme chaque début de nuit, dans la salle de briefing.

— Pour les prochaines semaines vos effectifs seront doublés, aboya le meneur.

Nous entrons en période de glanage. Le groupe A sera préposé à la surveillance de l'arrivée et du départ de la capsule. Soyez vigilants sur les stocks, ils baissent et nous suspectons des vols. Je vous remercie de me faire part de toute anomalie. Le groupe B sera préposé à la surveillance de la salle Réversion. Elle doit être mise au propre et les installations devront être vérifiées et en bon état de marche avant la semaine prochaine. Le groupe C partira en tournée de glanage avec moi dans trois jours. Curd, Jamal, Laup et Larä vous faites partie du groupe.

— Charly, attends ! s'exclama Curd à la fin du briefing. On n'est pas ensemble, je suis dans le groupe B et toi dans le C. Comment allons-nous faire ?

Charly le regarda avec des yeux noirs, les sourcils froncés : « Pas ici, Curd ! ».

C'était le début de la nuit sur Hoop. Curd s'éloigna avec les membres de son groupe pour inspecter cette salle qui lui rappelait tant de souvenirs, pendant que Charly se préparait pour le grand départ. Il le suivait du regard quand il s'enfonça dans le couloir réservé aux entrainements extérieurs. C'était la première fois que l'un d'eux était autorisé à partir en glanage. Il ignorait la teneur de cette mission mais savait qu'elle n'était réservée qu'à très peu d'élus. Sur Hoop, tout le monde connaissait cette période mais personne n'en parlait. Chacun l'attendait avec impatience d'autres étaient heureux quand elle se terminait.

Les anciens avaient, en effet, instauré une tradition depuis l'Effondrement. Chaque année, à la même période, un groupe sortait pour voir s'il restait des survivants. S'ils trouvaient des rescapés, ils les ramenaient alors sur Hoop pour les soigner et les accueillir. Le discours prononcé chaque année par Tamie, la dirigeante de l'Union, évoquait immanquablement la grandeur d'âme, la générosité et le sens du devoir qui permettait à Hoop de rester digne et fière. Ces jeunes arrivants leur permettaient également d'augmenter la population car ils étaient presque tous devenus stériles depuis l'Effondrement.

Curd avait pourtant quelques souvenirs qui lui laissaient croire que ce cérémonial n'était qu'un leurre. Sans avoir de preuves, il se gardait bien d'en parler pour le moment.

Il était déjà tard quand il put enfin parler sans être entendu avec Charly. Ils étaient allongés sur l'immense filet de l'Eldorado quand Curd demanda :

— Alors cette journée ? Qu'est-ce que tu as fait ?

— Le discours habituel. On nous a remis des tenues renforcées pour que nous ne soyons pas gênés par le

Bravent. Une arme qui ressemble à une masse, des menottes. Je crois que la seconde partie sera essentiellement l'apprentissage de la conduite et un topo sur les cartes et la géographie locale. Le meneur nous a expliqué que les consignes nous seront communiquées au fur et à mesure. Je n'en sais pas plus.

— Et toi ? Tu as pu repérer les lieux ? demanda Charly.

— Oui, il y a toujours dix chaises. Toutes en état de fonctionnement, je vais devoir être discret si je veux réussir seul ce que nous avons fait ensemble l'année dernière.

— On va devoir être discrets et être très bien préparés. On n'aura pas autant de chance une seconde fois ! précisa Charly.

— Oui, je sais bien, et finalement je pense que le fait d'être séparés augmente nos chances, tu ne crois pas ?

— Oui, certainement. Nous avons quelques semaines pour nous préparer, il va falloir être méthodiques. Commençons déjà à ne plus prendre notre traitement quotidien, il nous embrouille l'esprit.

— Je ne sais pas, c'est risqué. Sans lui nous risquons de mourir, je ne suis pas assez courageux pour essayer. Souviens-toi il y a deux ans, j'ai été malade et je n'ai pas pu prendre mon traitement. J'ai eu des vertiges, des hallucinations, c'était extrêmement violent, je ne me sens pas la force de réessayer, dit Curd.

— Pourtant il le faut ! Je suis persuadé qu'une fois le sevrage effectué nous serons en meilleure forme et nous sortirons de ce brouillard permanent. Tu m'avais dit que tu te sentais plus lucide ! Essayons quelques jours, si ça ne nous réussit pas alors nous reprendrons le traitement.

— D'accord je veux bien, mais c'est uniquement parce que je te dois une faveur depuis le coup de la bibliothèque, dit Curd en esquissant une grimace.

NOSTRA

Encore quelques instants… pensa Énarué.

Elle percevait les respirations de ses coéquipiers, elle aurait pu dire exactement qui dormait ou non au son de leur souffle. Cette fois-ci, tout le monde dormait profondément, sauf Evan. Ils y étaient… ce moment de la remontée attendu par tous les Nostriens. Énarué n'avait pas dormi de la nuit, mais à quelques minutes du lever elle s'autorisa à replonger une dernière fois dans ses souvenirs.

Elle pensait à Onah qui allait terriblement lui manquer. Elle avait adoré travailler avec lui tant il était professionnel et passionnant. Grâce à lui, elle savait désormais soigner des blessés, guérir des malades avec des plantes et surtout mettre au monde des enfants. Bien que la natalité ait baissé sous Nostra, ils avaient la chance d'avoir toujours beaucoup de naissances et voir ce miracle était la plus belle chose qu'il lui ait été donnée de contempler. Les derniers-nés naissaient bien souvent aveugles depuis quelque temps, mais en les voyant grandir elle constata qu'ils se déplaçaient sous Nostra comme les voyants. À la réflexion, Énarué eut envie de réussir cette mission pour eux, ils étaient si vulnérables et fragiles. Ainsi ils pourraient leur permettre d'élargir cet horizon qui ne cessait de se rétrécir. Ces éternels murs d'acier, cette obscurité permanente, ces rationnements... Pourtant, ces enfants avaient l'air si heureux ; ils dansaient, couraient et criaient dans les couloirs. Ils étaient leur espoir et leur raison de vivre.

Ses pensées continuaient à divaguer quand elle sentit le souffle d'Evan s'accélérer imperceptiblement dans son dos. Il était blotti contre elle, sa main sur sa hanche. Ensemble ils avaient commencé à explorer leur corps depuis quelques ombres avec délicatesse et retenue. La main d'Evan lui procurait des sensations jusque-là inconnues ; d'abord des frissons, puis une vibration qui tendait son corps de désir. Leur pudeur les empêchait de poursuivre leur exploration car ils dormaient tous les uns contre les autres, mais ses caresses sur ses hanches, son ventre et sa poitrine l'emportaient toujours loin de la colonie. Elle fermait les yeux la même image défilait sans cesse… un immense tableau fait d'une multitude de couleurs. Ils n'en parlaient jamais une fois réveillés car c'était leur secret, un rituel à chaque réveil qui les emmenait chaque ombre de plus en plus loin dans les perceptions.

Elle eut une pensée pour Nostra et son règlement qu'elle était en train d'enfreindre. Selon la règle, Énarué aurait dû se marier à dix-huit ombres. Puis elle aurait conçu deux enfants qu'elle aurait élevés jusqu'à leurs dix-sept ombres. Serait ensuite venu le temps de travailler pour la communauté et de partager ses connaissances.

Elet, lui avait été désigné comme conjoint depuis son tout jeune âge. Les raisons ne leur étaient jamais communiquées, ils devaient se plier au choix des Anciens. Cependant, les liaisons libres n'étaient pas interdites sous Nostra : lorsque les deux enfants étaient conçus, ils devenaient libres de mener la vie sentimentale qu'ils souhaitaient. Énarué s'était toujours révoltée contre ce choix auprès de sa mère. Maintenant qu'elle y avait échappé, elle s'estima satisfaite, même si c'était pour un temps très court... Un mariage imposé et une vie rythmée par le devoir familial ne lui avait jamais semblé être satisfaisants.

Ce matin, la main d'Evan se fit plus aventureuse. Il lui souffla à l'oreille : « Personne n'est encore réveillé Énarué, qu'en penses-tu ? ». Alors elle prit sa main et la guida vers les endroits les plus intimes de son corps. Ils se perdirent l'un dans l'autre dans une danse pudique et délicate pour arriver ensemble à cet état qu'elle n'avait connu que seule. Ses yeux se fermèrent et elle entrevit Terra, des lacs somptueux, le ciel bleu, les oiseaux et la mer mais aussi de l'air si pur qu'il vous faisait tourner la tête. Un kaléidoscope de sensations, puis tout s'apaisa brutalement. Ils restèrent silencieux dans l'obscurité de la chambre et la chaleur de leurs corps.

— Merci, chuchota Énarué. Merci de m'avoir permis de voir cela...

— J'ai tout vu également, répondit Evan, le souffle court. Si Terra est aussi belle, nous irons la conquérir ensemble...

Quelques minutes plus tard, après s'être tous réveillés et levés, leurs sacs à dos étaient prêts et disposés dans la grande salle de la bibliothèque. Dérouan n'esquissant aucun mouvement pour vérifier le contenu de son sac, Énarué s'exécuta donc pour lui.

— Il y a bien des ratiopilules pour trente ombres et pas un jour de plus, de l'eau, une tenue de rechange, une boussole, notre arme, quelques produits de premiers secours et deux bandeaux dont celui créé par ma mère, dit-elle. Vous avez tous la même chose que moi ? demanda-t-elle sur un ton anxieux.

— Oui, répondit Jouan. Comment vous sentez-vous ?

— J'ai peur, dit Elet. Je suis mort de trouille.

— Et si nous profitions du dernier moment sous Nostra pour former un cercle, proposa-t-elle. Tenons-nous les mains et fermez les yeux.

Tout le monde s'exécuta, même Dérouan dont les mains poisseuses trahissaient son anxiété. Énarué concentra alors toute son énergie pour ralentir son rythme cardiaque de sorte à percevoir chaque battement de cœur. En se concentrant sur eux elle se sentit capable de tous les ralentir. Une respiration profonde puis une seconde, et enfin les battements s'apaisèrent et se coordonnèrent. Ils expulsaient désormais le même air qu'elle réussit à contrôler pour n'en faire qu'un, fluide et stable. Ils étaient connectés. Ils pouvaient y aller. Tout le groupe ouvrit les yeux en même temps, sans se concerter et mirent leur bandeau. La cérémonie de la remontée pouvait commencer. L'obscurité l'encercla brutalement, quelqu'un lui prit la main et la guida à travers des couloirs. Elle sentit la présence de son cercle, Elet devant, suivi de Jouan, Dérouan et Evan. Ils avancèrent dans le silence mais un bruissement révélait la présence de toute la communauté.

La voix mélodieuse d'une Nostrienne se mit à résonner. Elle chantait ce poème de Robert Desnos qu'ils avaient tous appris par cœur depuis leur naissance.

Âgé de cent mille ans, j'aurais encore la force
De t'attendre, ô demain pressenti par l'espoir.
Le temps, vieillard souffrant de multiples entorses,
Peut gémir : Le matin est neuf, neuf est le soir.

Mais depuis trop de mois nous vivons à la veille,
Nous veillons, nous gardons la lumière et le feu,
Nous parlons à voix basse et nous tendons l'oreille
À maint bruit vite éteint et perdu comme au jeu.

Or, du fond de la nuit, nous témoignons encore
De la splendeur du jour et de tous ses présents.
Si nous ne dormons pas c'est pour guetter l'aurore
Qui prouvera qu'enfin nous vivons au présent.

Arrivée dans l'Agora, toute la colonie reprenait ce poème, unie, d'une seule voix. Énarué ressentait pleinement l'espoir et l'amour qu'il leur transmettait, les vibrations étaient puissantes et continues. Son corps se rechargea d'ondes d'amour. Puis tout s'arrêta brutalement et Bynsa prit la parole.

— Cher Cercle ! Cet été n'est pas comme les autres ; vous incarnez notre espoir commun de retrouver des jours meilleurs. Vous remonterez sur Terra avec tout l'amour que nous vous portons, soyez assurés que toutes nos pensées vous seront destinées… Vous allez maintenant accéder à la capsule qui vous permettra de franchir les trois paliers de la remontée. Bonne chance à vous et revenez nous porteurs de bonnes nouvelles !

La main qui la guidait l'emportait désormais vers un nouveau couloir puis elle sentit qu'elle franchissait une porte. Quelqu'un actionna un loquet et on la poussa à l'intérieur d'un espace étroit. La porte se referma, les laissant seuls et inquiets, le souffle court. Evan fut le seul à oser prendre la parole. « Donnez-moi vos mains ! Tout le monde est là ? Je crois que oui, je vous ressens tous », chuchota-t-il.

La capsule se mit à vibrer de toutes parts. Énarué se tenait toujours à Evan mais ses jambes tremblaient. Le bandeau toujours sur les yeux, elle ne parvint pas à distinguer son environnement, ses oreilles bourdonnaient. La capsule s'immobilisa doucement.

— Ce doit être le premier arrêt. Il y en a trois, précisa Jouan.

Après de longues minutes d'attente qui leur parurent une éternité, la capsule se remit en branle.

— Préparez-vous, nous arrivons bientôt. Sortez vos armes ! lança Énarué.

Ils venaient alors de passer le second arrêt, ses oreilles bourdonnaient de plus en plus et commençaient à être douloureuses. Au bout de quelques secondes, la capsule s'arrêta. La température avait augmenté progressivement au fur et à mesure, mais elle perçut qu'ils étaient arrivés car la chaleur tomba lourdement sur les épaules. Elle se pressa contre son Cercle ; Evan était déjà complètement en sueur quand la porte s'ouvrit et la voix de Bynsa tonna dans un haut-parleur.

— À quelques pas devant vous se trouve un escalier et, au-dessus, une trappe. Poussez-la, vous serez sur Terra. Bonne chance !

— Je passe devant, dit Evan, suivez-moi !

4 LA SUBFERME

LONORÉ

C'était le début d'une journée identique à toutes les autres sous Lonoré. Les murs du dortoir de Mérin étaient sa prison depuis sa naissance. Il n'avait pas d'autre échappatoire que son travail quotidien à la SubFerme. C'était à la fois son évasion mais également une source d'inquiétude et d'angoisse car son avenir se jouait dans quelques jours.

La lumière s'alluma brutalement et éclaira le grand dortoir des ouvriers agricoles. Ce matin, il avait la charge de former les NéoAgris. À peine âgés de treize ans, ils devraient apprendre ce qui serait leur quotidien jusqu'à l'âge de vingt-trois ans. Il se leva avec difficulté, tant son grand corps élancé était meurtri par les années de travail et passa une main dans ses cheveux bruns ébouriffés ce qui ne changea rien à son apparence. Après toutes ces années, il n'arrivait toujours pas à apprivoiser ses cheveux qui semblaient mener leur propre existence. Ce matin, un groupe de huit jeunes se trouvait dans la salle de réunion ; pas de distinction de sexes ici, tout le monde était logé à la même enseigne. Ils avaient tous le regard hagard, perdu et triste des premiers jours sous la Serre, celui-là même que Mérin avait eu lorsqu'on l'avait arraché à son premier groupe. Il jeta un œil lassé à son groupe, poussa un long soupir et lança d'une voix claire.

— Bonjour à tous, je suis Mérin. J'ai le devoir de vous apprendre le travail quotidien de vos dix prochaines années. Suivez-moi, nous allons commencer par le dortoir ! Et ne trainez pas !

Voilà votre dortoir, dit-il, en leur présentant les lits superposés qui seraient leur seul espace personnel durant toutes ces années. Le lever est à cinq heures tous les jours de la semaine et le début du travail est à sept heures. Vous êtes affectés à l'équipe de jour, vous terminerez à dix-neuf heures. Je serai votre tuteur pendant une semaine puis vous serez autonomes, alors écoutez et apprenez !

Nous appelons ce dortoir la « Serre ». Comme vous le constatez, il est immense. Votre zone est la plus éloignée des portes qui mènent aux installations, donc comptez cinq minutes de marche au minimum. Plus vous grandirez, plus vous avancerez dans la Serre et vous terminerez tout au bout à l'âge de vingt-trois ans. Ce qui se passe ensuite ne vous regarde pas et il est strictement interdit d'en parler !

Au centre de la Serre se trouvent le réfectoire et les douches. Nous vivons ici en communauté fermée. Une journée de repos est prévue tous les quinze jours pendant laquelle vous aurez l'autorisation d'exercer une activité récréative. Sont à votre disposition : une salle de sport, une salle de lecture et un espace promenade qui fait tout le tour de Lonoré. Les gardes contrôlent absolument tout dans la Serre. Ne vous avisez pas de songer à faire autre chose que dormir, manger et travailler ! Votre TPad nous informe en temps réel sur votre état de santé, donc il est inutile de simuler.

Le groupe se dirigea ensuite vers la SubFerme, encadré par les gardes. Personne n'osa prononcer un mot car ils connaissaient tous les sanctions qui leur seraient réservées au moindre écart de conduite. En poussant la large porte d'acier, ils pénétrèrent dans une salle si gigantesque qu'elle semblait ne pas avoir de fin. Mérin se revit quelques années auparavant lorsque son tuteur avait ouvert cette même porte ; encore aujourd'hui, la salle était aussi impressionnante que la première fois. Une forêt d'immenses tubes en verre descendait du plafond jusqu'au sol sur des hectares à perte de vue. De ces tubes, dépassaient les feuilles de toutes sortes de fleurs, tomates, choux, céréales… Des hectares de bacs de champignons étaient posés au sol et leur permettaient d'enrichir l'air en CO_2. La SubFerme était éclairée jour et nuit à l'aide d'immenses panneaux lumineux suspendus au plafond. Il y régnait une atmosphère feutrée de travail acharné, de silence et d'abnégation. Une fourmilière humaine s'activait, chacun affairé à sa tâche. Les odeurs acides, terreuses, amères et acres se mélangeaient entre elles et Mérin savait parfaitement reconnaître les différents types de production en fonction de la zone dans laquelle il se trouvait.

— Voilà votre zone ! Vous passerez douze heures par jour à polliniser à la main, à vérifier l'humidité et à récolter la production des huit cent mille hectares répartis dans ces tubes gigantesques qui partent de la surface pour arriver sous Lonoré. Comme vous le savez, nous sommes à six kilomètres sous terre et à une température constante de seize degrés. Ces tubes, les VertiSerres, sont autonomes, installés dans des bacs hydroponiques ; ils sont éclairés par des LED et l'eau provient de tunnels via des pompes mais aussi de déshumidificateurs qui extraient l'air expiré par les plantes.

Lonoré était totalement autonome depuis cent ans. Les Agris produisaient des céréales, des pommes de terre, des champignons, des choux mais aussi des fruits grâce au travail quotidien des équipes de pollinisation. À la surface, se trouvaient de gigantesques panneaux solaires sur des milliers d'hectares qui permettaient aux VertiSerres de fonctionner mais aussi à assurer la vie sous Lonoré.

— Vous comprenez donc que notre travail est primordial et que notre survie en dépend ! Tant que nous ne pourrons remonter sur Terre, nous devrons continuer à récolter pour nous alimenter. Votre zone se trouve plus loin, c'est la zone A1. Vous y trouverez essentiellement des tuberculeuses et quelques céréales. Plus vous grandirez, plus vous vous déplacerez dans la Ferme, mais pour le moment je vous demande de bien regarder ce que fait l'équipe en place, demain vous les seconderez. Avez-vous des questions ? demanda Mérin.

Une jeune fille leva la main, puis prit la parole au bout de quelques instants. De longs cheveux bruns et une frange masquait partiellement ses grands yeux bleus.

Tellement d'innocence dans ce regard... j'avais oublié à quel point nous pouvions être si purs. Mes yeux sont abimés par la fatigue et le temps qui passe. À quel moment j'ai abimé mes envies et mes rêves de petit garçon ? pensa Mérin.

— Myria. Treize ans. Où vont toutes les récoltes ?

Une alarme stridente retentit dans toute la serre suivie d'un bruit sourd et d'une odeur de brûlé. Mérin n'eut pas le temps de réagir qu'elle s'écroulait lourdement au sol. De longues secondes s'écoulèrent pendant lesquelles son corps fût prit de spasmes. Ses yeux roulaient dans leurs orbites, elle semblait agoniser.

— Poussez-vous ! Ne la touchez pas ! hurla Mérin.

Tout le groupe la regardait bouche bée, les larmes aux yeux. Enfin les spasmes s'arrêtèrent, Mérin aida alors Myria à s'asseoir sur le sol froid.

— Permission d'explication zone A1 suite incident ? demanda-t-il.

— Permission accordée. Vous avez trente secondes, débita une voix laconique dans un haut-parleur.

— Écoutez-moi bien, je n'aurai que cette occasion ! Ne parlez jamais entre vous, sauf pour parler de banalités ou de votre travail quotidien. La finalité de ce que nous récoltons, produisons ou quoi que ce soit qui pourrait vous poser question ne vous regarde pas et est strictement interdite sous peine de recevoir un coup de semonce sous la forme d'une décharge électrique. Myria, tu viens de l'expérimenter et j'imagine que tu ne souhaites pas recommencer ?

— Non… répondit -elle d'une toute petite voix, ses doux yeux bleus emplis de larmes.

— Très bien, alors au travail !

Au bout de quelques heures de silence et de labeur, l'alarme retentit dans la SubFerme : une tonalité grave et continue qui signait la fin du travail de l'équipe de jour. Mérin croisa l'équipe de nuit en rentrant et aperçut plusieurs de ses amis. Ils avaient l'interdiction de discuter mais ils avaient appris à contourner la règle depuis des années grâce à un sifflement ultrason que tout le monde maîtrisait à la perfection et qui brouillait les appareils de surveillance. Les gardes n'entendaient alors qu'un brouhaha constant, ce qui leur permettait de chuchoter sans être entendu. Ce signal était déclenché à partir d'un signe discret qui consistait à cligner un œil et à passer la main dans ses cheveux. Ils ne l'utilisaient que dans certains cas et notamment le soir dans les dortoirs ou lors des rotations d'équipes, ils n'avaient alors que quelques secondes. Mérin déclencha rapidement le signal, le sifflement se fit entendre, léger mais constant.

— Salut ! Comment ça va, l'équipe de nuit ? demanda Mérin.

— Bien, rien à signaler. On est dix à faire la transition dans dix jours. J'en suis et toi ? dit Celyn.

— Oui aussi, on est douze chez nous. On se voit à la promenade dans trois jours ?

— Oui ! À plus !

C'était rapide comme à chaque fois, mais cela le rassurait que Celyn fasse partie du même groupe. Il la connaissait depuis toujours et ils avaient été désolés d'être dans des équipes séparées à leur arrivée à la Serre. Les équipes de nuit travaillaient de dix-neuf heures à sept heures, ils n'avaient jamais le temps de discuter car leurs rythmes étaient décalés, et même si leurs zones dortoirs se trouvaient proches, ils étaient si épuisés à la fin de leurs journées, qu'ils passaient les quelques heures qui leur restaient à manger ou dormir.

En arrivant dans la Serre, Mérin demanda aux plus jeunes d'aller se doucher ; ils iraient ensuite diner ensemble dans le silence habituel. Certains enfants pleuraient sans discontinuer depuis ce matin, mais il n'avait pas l'autorisation de les consoler. Ils devaient trouver des ressources pour accepter l'inéluctable, ce qu'ils arrivaient tous à faire assez rapidement car la charge de travail était immense et les organismes mis à rude épreuve. Mérin s'allongea dans son lit et tritura le bord de son drap nerveusement. Il avait quelques minutes avant l'heure de la toilette. Sa couchette était celle du bas ; au-dessus de lui, quatre lits, tous occupés par des collègues devenus amis au fil des années.

Léonor descendit de la quatrième couchette et déclencha le signal ultrason.

— Alors cette journée ? Comment trouves-tu les nouveaux ? demanda-t-elle.

— Minuscules ! répondit-il. Je ne me souviens pas avoir été aussi petit un jour !

Léonor s'esclaffa discrètement. Il en profita pour l'observer du coin de l'œil. Elle était toute petite pour ses vingt-trois ans et une grande cicatrice barrait son visage, souvenir d'une entaille faite avec un sécateur dans la SubFerme. Elle portait de longs cheveux châtain clair et de beaux et grands yeux verts que la fatigue ne semblait pas altérer. Léonor avait l'exubérance qui lui manquait cruellement, elle était pleine de vie, parlait sans arrêt et souvent pour ne rien dire. Ses bras voletaient dans tous les sens quand elle s'exprimait et rien ne semblait entacher sa bonne humeur. Mérin nota cependant qu'elle avait de plus en plus de mal à cacher son inquiétude à l'approche de la transition. Cette grande journée qui aurait lieu dans dix jours effrayait toute l'équipe et Mérin le premier. Personne ne savait ce qu'il se passerait derrière ces portes qu'ils n'avaient jamais franchies. Chaque année, leurs ainés disparaissaient pour ne plus jamais revenir le jour de la transition. Après dix années passées à la SubFerme et dans la Serre, ils avaient leurs habitudes et avaient réussi à créer un groupe uni et fraternel, malgré les difficultés du quotidien.

Sebastian passa la tête depuis la couchette du dessus ; il les écoutait depuis le début.

— Allez ! Hauts les cœurs, on part tous ensemble ! C'est le plus important ! dit-il sur un ton narquois.

— On parle depuis trop longtemps, on va se faire repérer. De toute façon, c'est l'heure de la douche, je suis épuisé et je meurs de faim. On discutera pendant la promenade, ok ? demanda Mérin.

— Ok ! répondit Léonor qui n'arrivait plus à dissimuler son inquiétude.

Jour – 9 avant transition.

Le septième jour de la semaine avait lieu le discours rituel prononcé par Maîtresse Ralecia auquel ils étaient tous tenus de participer. Elle se présentait toujours au centre de la Serre, entourée de gardes pour énoncer les habituelles injonctions. Quelques minutes avant son arrivée, Mérin rejoignit son groupe de NéoAgris. Ils s'étaient tous levés et habillés et attendaient sagement au pied de leur couchette respective.

— Écoutez-moi bien ! Dans quelques minutes nous irons écouter notre Maîtresse Ralecia, elle se présentera au centre de la Serre et sera entourée de gardes. Ne vous avisez pas de bouger d'un iota de la place qui vous sera assignée. Vous devrez rester en rang durant son discours, vous êtes sous ma responsabilité donc gardez votre calme et tout se passera bien. Si jamais elle s'approche de vous, vous devrez baisser les yeux et exécuter la marque de vénération. Est-ce que tout le monde la connait ?

— Oui Mérin, répondirent-ils tous en chœur.

— Très bien, nous allons la répéter une fois ensemble. Permission de faire une répétition vénération zone 1 – NéoAgri ?

— Permission accordée ! clama le haut-parleur.

—Très bien, mettez-vous tous les uns derrière les autres. Vos genoux à terre, les mains tendues au-dessus de votre tête, tête basse et dos voûté.

Tout le groupe s'exécuta à la perfection, ce qui n'étonna pas Mérin puisque c'était une des premières choses qu'on leur apprenait durant le premier cycle et dont il arrivait à se souvenir.

— Parfait, alors allons-y ! dit-il sur un ton sévère qui ne dupa personne.

Mérin observa son groupe et son regard s'embua. Il ne se sentait pas capable de réitérer avec eux l'éducation que lui avait donnée son mentor lors de son arrivée. Il faisait encore des cauchemars quand il repensait à Wiut et à son initiation. C'était il y a dix ans et pourtant il revoyait cette journée continuellement. Elle avait fermé son âme et son cœur pour des années jusqu'à ce qu'il grandisse et qu'il trouve le courage et la confiance pour comprendre le fonctionnement dans la Serre.

Wiut, cette brute ignoble, ce bourreau assoiffé de cruauté leur avait fait vivre les pires atrocités. Des coups de semonce sans aucune raison, à n'importe quel moment de la journée, qui les laissaient exsangues. Des réveils nocturnes pour des humiliations dont il avait le secret. Son activité favorite était d'organiser des jeux sadiques la nuit : les

NéoAgris devaient se tenir assis sur une chaise toute la nuit avec pour unique consigne de ne pas s'endormir. Bien évidemment, certains d'entre eux s'assoupissaient et étaient alors réveillés par des coups de pieds et des décharges électriques que Wiut actionnait avec l'aide complice de quelques gardes. Ce bizutage, toléré, était très attendu par les habitants de la Serre les quinze premiers jours de l'arrivée des NéoAgris. Mérin n'avait jamais accepté d'y participer mais il n'allait pouvoir s'y soustraire.

Un grésillement résonna dans la pièce et les haut-parleurs débitèrent : « Prenez place au centre et en rangs ! Votre Maîtresse Ralecia arrive ! »

— Vite ! Allons-y ! dit Mérin en bousculant son groupe.

Tout le monde se réunit à toute vitesse au centre de la Serre dans les places assignées par groupes d'âges. Il était le seul autorisé à rester avec les plus jeunes en tant que mentor. Les portes s'ouvrirent et laissèrent passer Maîtresse Ralecia entourée d'une dizaine de gardes. Ils n'avaient pas le droit de lever les yeux sur elle, mais Mérin avait déjà risqué quelques regards : elle portait sur l'ensemble de sa tête un voilage qui masquait son visage et sa chevelure, mais il avait tout de même réussi à apercevoir brièvement ses traits. C'était une femme d'un certain âge au visage parcheminé qui se déplaçait de plus en plus mal au fur et à mesure des années. Selon les croyances sous Lonoré, elle était la première personne à être descendue et aurait donc cent ans cette année. Sebastian et Léonor pensaient qu'elle était décédée quelques années auparavant, mais personne n'avait essayé de vérifier, ils auraient eu bien trop peur d'être surpris à tenter un regard trop appuyé.

Maîtresse Ralecia se plaça au centre sur une estrade et débita son habituel message de sa voix sèche et éraillée.

— Enfants Agris… nous voilà à l'année 100 de notre descente en lieu sûr... Vos récoltes sont bonnes mais nous pouvons mieux faire notamment concernant le développement de maladies. Je vous demande d'être extrêmement prudents dans vos manipulations pour ne pas transmettre l'oïdium et le mildiou aux plantes saines. Pensez à vous laver les mains fréquemment. Souvenez-vous que notre survie dépend de vous ! La planète Terre n'est toujours pas vivable. Nous mourrions tous si notre production devait baisser. Je serais désolée de devoir annuler vos prochaines journées de repos si nous constations des diminutions de productivité. D'autre part, le service de garde m'a alertée sur des discussions inadéquates qui auraient eu lieu en premier cycle avant l'arrivée de nos jeunes NéoAgris. Je souhaite interroger certains d'entre eux.

— TOUT LE MONDE EN POSITION ! hurlèrent les gardes simultanément.

— Sauf les NéoAgris ! précisa Maîtresse Ralecia.

Toute la Serre se mit subitement en position de vénération, seuls Mérin et son groupe restèrent debout en attente de la suite des événements. Mérin n'avait jamais été confronté à une pareille situation, mais il garda sa position sans oser jeter un regard en arrière pour voir comment ses protégés se comportaient.

— N'ayez pas peur, mes chers enfants… dit Maîtresse Ralecia sur une intonation qui ne paraissait pas rassurante. Avez-vous entendu des adultes vous parler de tout autre sujet que de l'apprentissage de l'agriculture avant votre arrivée ?

Le silence et la peur étaient palpables. Personne n'osait parler, Mérin sentait les émotions des enfants vibrer derrière son dos.

— J'attends une réponse ! Toi ! dit-elle en pointant du doigt un frêle jeune garçon nommé Tobi.

— Tobi. Treize ans. Maîtresse Ralecia, je n'ai été formé qu'à l'agriculture.

— Ah oui, Tobi ? Es-tu sûr de toi ? Jamais rien concernant les récoltes ? N'aie pas peur, il ne t'arrivera rien, tu es en lieu sûr ici.

— J'ai entendu parler d'un envoi de marchandises et de rendements qui baissent, dit Tobi la voix tremblante.

— Qui d'autre a obtenu ces informations ?

Des mains avaient dû se lever mais il ne voyait pas combien, il jeta un coup d'œil discret au regard de Maîtresse Ralecia qui bougeait de l'un à l'autre. Il sentit que des gardes se déplaçaient pour se placer derrière lui, dans son groupe, sans qu'il ne puisse voir ce qu'il se passait.

— Mérin, tournez-vous ! tonna un garde.

En se retournant il vit trois gardes derrière chacun des enfants ayant probablement levé la main.

— Souvenez-vous de ce qu'il va se passer, Mérin ! Cela vaut pour tout le monde ! Votre rôle est de récolter, polliniser et garantir notre survie. Aucune discussion déviante n'est autorisée.

Les gardes sortirent brusquement leurs armes et tirèrent trois coups de feu qui résonnèrent dans toute la Serre. Aucune réaction, aucun cri ne se fit entendre alors que trois enfants venaient d'être abattus à bout portant. Personne n'avait changé de position. L'air se chargea d'une odeur de poudre et de métal.

— Les corps resteront ici vingt-quatre heures, le temps que le message s'imprime. Nous nous reverrons le jour de la Transition, d'ici là je vous invite à réfléchir à votre comportement, éructa Maîtresse Ralecia.

Le sifflement des haut-parleurs retentit et Maîtresse Ralecia reprit le chemin inverse. Même une fois partie et les portes refermées, le silence se faisait toujours aussi assourdissant. Chaque cellule du corps de Mérin se révoltait contre cette injustice. Il ne pouvait s'empêcher de regarder ces trois jeunes enfants qui n'avaient eu pour faute que de répondre à une seule question. Il raccompagna son groupe dans leur zone ; ils étaient en état de choc. La jeune Myria était blême et mutique. Mais il n'avait ni le temps, ni l'autorisation de commenter ce qu'il venait de se passer ; ils devaient retourner travailler.

Viendrait le temps des questionnements, mais il n'était pas encore venu.

Jour – 8 avant transition.

Mérin se réveilla encore complètement traumatisé par l'épisode de la veille, la journée de travail qui avait suivi le meurtre des trois jeunes enfants s'était faite dans un mutisme total. Il ne cessait de repasser dans sa tête le film des derniers événements et de se répéter que ce cauchemar allait bientôt se terminer. Il avait pris la décision de les ménager.

Ils avaient passé la journée à parler des cultures, il leur avait montré comment polliniser à la main et ils s'étaient exécutés religieusement, telle une armée de petits robots. Il ne pouvait que constater que plus les années passaient et plus les règles se durcissaient, mais personne n'osait exprimer un quelconque mécontentement au risque de disparaitre de la Serre ou de subir un châtiment corporel.

Dès son réveil, Mérin lança rapidement le signal ultrason. Sebastian et Léonor le regardaient avec anxiété.

— Il est hors de question que je fasse vivre un bizutage à mon groupe, ils ont assez souffert ! Est-ce que vous pouvez passer le message dans la Serre ? Je vais aussi le dire à l'équipe de nuit, dit-il à voix basse.

— Mérin, je suis certaine que personne ne pense faire le bizutage après tout ça ! Je vais le leur dire mais tu ne dois pas t'inquiéter, répondit Léonor.

— Je ne dois pas m'inquiéter ? dit-il sur un ton irrité. J'ai bien réfléchi cette nuit et j'en suis arrivé à la conclusion qu'ils doivent forcément nous cacher des choses à propos des récoltes. Nous n'abordons jamais ce sujet mais nous récoltons des fruits et des légumes que nous n'avons jamais vus dans nos assiettes.

— Et c'est maintenant que tu le remarques ? lança Sebastian. Quelques jours avant la transition et après dix années passées ici !

— Si c'était si limpide, pourquoi n'en avoir jamais parlé ? demanda-t-il.

— À quoi ça servirait d'en parler ? répondit Sebastian visiblement agacé. Nous sommes surveillés 24h/24h, s'il y a un mystère nous le découvrirons après la transition.

— Et cet envoi de marchandises ? ajouta Léonor. Qu'est-ce que c'est d'après vous ?

— Je ne sais pas, dit Mérin. Je ne comprends rien. On va devoir arrêter de parler, ça fait trop longtemps qu'on est au même endroit, mais réfléchissez-y chacun de votre côté. On en reparle pendant la promenade.

Mérin s'habilla rapidement et se dirigea vers le réfectoire pour le premier repas de la journée. Ils en auraient deux : un au réveil et un au coucher. Au menu : des soupes, des salades, mais, le plus souvent, des pommes de terre et quelques légumineuses. Le réfectoire se composait de plusieurs tables rectangulaires en acier, alignées les unes à côté des autres. Ils s'asseyaient en fonction de leur âge ; il était strictement interdit de se mélanger. C'était pourtant le seul moment de repos de la journée, mais ils étaient généralement bien trop épuisés pour discuter de quoi que ce soit. De temps en temps, des sifflements ultrason fusaient et ils échangeaient des banalités. Le plus souvent, à propos de rumeurs concernant des idylles naissantes ou des ragots sur les habitants de la Serre.

Chose inhabituelle ce matin, un sifflement ultrason intense se fit entendre, comme si toutes les personnes attablées avaient décidé de parler entre elles. Mérin s'avança et s'assit à sa place habituelle, intrigué par ce remue-ménage. Le sifflement était tellement discret qu'on aurait pu croire que le repas se déroulait dans le silence traditionnel. Or, en s'asseyant, il commença à entendre des bribes de conversation. Toute la table discutait évidemment de l'incident de la veille.

— Salut Mérin, siffla Eslie. On est en train de parler de ton groupe, tout le monde est d'accord pour ne pas faire de bizutage. En revanche ils ont forcément des informations, il faut que tu arrives à leur parler.

Eslie avait toujours été la meneuse du groupe. Elle avait de grands yeux bleu ciel et de beaux et longs cheveux auburn qu'elle tressait soigneusement tous les matins. Mérin s'octroyait toujours quelques minutes pour la regarder se coiffer quand elle revenait de la douche. Elle avait alors les cheveux mouillés, s'asseyait sur son lit et prenait le temps de tresser sa longue natte. C'était le moment le plus lumineux de sa journée et celui qui lui permettait de tenir et d'attendre le lendemain avec impatience.

Une journée particulière lui revint en mémoire. Ils fêtaient les dix-sept ans du groupe et Mérin avait caché dans sa poche une feuille de coquelicot qu'il avait laissée sous son oreiller. Elle l'avait accrochée dans ses cheveux pendant toute la durée du premier repas et son cœur s'était gonflé d'amour. Cette image d'elle l'avait réconforté pendant des semaines, et encore aujourd'hui, il y pensait dans ses moments d'abattement.

En dix années ils ne s'étaient pas souvent adressé la parole. Son cœur s'emballa quand elle s'adressa à lui si directement. Un frisson le parcourut. Il la contempla quelques secondes avant de lui répondre, pour reprendre sa respiration en essayant de ne pas s'attarder sur sa bouche légèrement entrouverte qui le troublait toujours. Il passa une main nerveuse dans ses cheveux hérissés et lui demanda :

— Parce que vous croyez vraiment qu'ils vont coopérer après ce qu'il s'est passé ? Et vous pensez sérieusement que je vais leur demander quoi que ce soit ? Ils n'ont même pas levé la main, ils ne savent sûrement rien.

— Bien sûr que si, répondit Eslie en regardant Mérin droit dans les yeux, ce qui le perturba encore plus. Tu travailles avec eux encore quelques jours, essaie de leur poser quelques questions et nous en parlerons lors de la promenade.

— Tu souhaites qu'on se revoie à la promenade ? répondit-il la voix subitement éraillée.

— Oui, bien sûr, nous pourrions alors en discuter.

— Très bien, je vais voir ce que je peux en tirer mais ne comptez pas sur moi pour les malmener. Si je vois qu'ils ont peur, j'arrête immédiatement.

Le signal du début de journée retentit, tout le monde se leva dans un même mouvement et pénétra dans la SubFerme.

À l'entrée, Mérin retrouva son groupe qui l'attendait patiemment, puis ils se mirent en marche vers la zone A1. En les regardant, il eut le sentiment qu'ils avaient vieilli de dix années en une nuit. Le peu d'enthousiasme avait disparu pour laisser place à un profond désespoir.

Il rassembla toute son énergie pour réfléchir rapidement à une façon d'aborder la question sans les brusquer, ni alerter la garde. Perdu dans ses pensées, il sursauta quand Myria passa une main dans ses cheveux et se mit à entonner le sifflement caractéristique sur une fréquence anormalement puissante. Mérin vit alors tous les regards des travailleurs des zones voisines se tourner vers eux.

— Est-ce que vous entendez le sifflement ? demanda-t-il à la zone A2.

— Oui, les haut-parleurs sont hors circuit. Je vois jusqu'où ça va et je te redis.

La question fut alors répétée de zone en zone et la réponse lui revint des minutes plus tard sous la forme suivante :

— On entend le sifflement jusqu'au bout de la SubFerme ; tous les haut-parleurs sont déconnectés !

— Myria, c'est incroyable comment arrives-tu à faire cela ?

Myria cessa alors de siffler lorsqu'un jeune garçon du même groupe prit son relais. Il arrivait lui-aussi à reproduire le même exploit.

— Nous avons été formés dès le plus jeune âge, Mérin. Nous connaissons les risques, nous pouvons vous aider à comprendre ce qu'il se passe sous Lonoré, expliqua Myria.

En la regardant de plus près, Mérin constata immédiatement que sa posture avait changé. Elle apparaissait sûre d'elle et en pleine possession de ses moyens. Ses yeux bleus le regardaient fixement et avec assurance. Il était incapable de comprendre ce qu'il se passait : subitement les rôles avaient été inversés. Il resta prostré à regarder Myria quand elle reprit la parole, ce qui lui permit de reprendre le contrôle de ses émotions.

— Nous n'avons que peu de temps avant la fin de la journée. Mais durant les quelques jours restants, nous aurons la possibilité de discuter librement, ce qui nous permettra de mettre en place un plan d'action avant votre transition, dit-elle brusquement.

— Mais Myria, c'est si dangereux ! Tu as bien vu ce qu'ils ont fait aux autres !

— C'est pour ça que ça doit changer ! Nous sommes conscients des risques mais nous sommes des précurseurs, c'est notre devoir de nous libérer. La SubFerme n'est contrôlée que par le système de haut-parleurs ; s'ils dysfonctionnent, alors nous avons la liberté de communiquer entre nous sans être écoutés. Les gardes ne reviendront que ce soir à la relève. Pour le moment ils n'entendent qu'un bruit blanc continu grâce à ce sifflement, dit Myria sur un ton ferme.

— Écoutez, il est important de continuer à récolter pour qu'ils ne remarquent aucun changement ce soir à la relève. Nous parlerons pendant le travail, ajouta Mérin.

Le travail reprit, Mérin sentait tous les regards posés sur lui et, au bout de quelques instants, Myria reprit la conversation.

— Es-tu prêt à découvrir la vérité au sujet de Lonoré ?

— Oui, bien sûr ! Je t'écoute, Myria.

— Je n'ai qu'une vision partielle de ce qu'il se passe, mais je vais te révéler ce que je sais. As-tu le moindre souvenir de ton enfance avant ton arrivée à la Serre ?

— Quelques-uns, surtout ceux de l'apprentissage de l'agriculture, mais globalement mes plus anciens souvenirs remontent à mon arrivée ici, le premier jour.

— C'est normal, dit Myria. Les gardes effacent la mémoire des NéoAgris au moment de la transition à la SubFerme. Nous avons réussi à désactiver ses effets grâce au sifflement ultrason ; il semblerait qu'il résonne sur la même fréquence que leur système et qu'il désactive ses effets. Pour le moment, ils n'ont rien remarqué, nous jouons leur jeu. J'ai sciemment accepté la semonce le premier jour pour qu'ils pensent que notre mémoire a bien été effacée. Et les trois NéoAgris qui ont été exécutés étaient volontaires. Nous sommes préparés et prêts à d'immenses sacrifices si cela nous permet à tous de sortir de Lonoré.

— Si je suis ton raisonnement, alors ils n'auraient aucun souvenir des années avant leur transition. Mais pourquoi Maîtresse Ralecia leur a demandé s'ils se souvenaient de quelque chose avant leur arrivée ? demanda Mérin subitement perplexe.

— Parce qu'ils n'effacent qu'une partie de ta mémoire. Ils ne gardent que celle liée à la mémorisation à long terme ; pour le reste, c'est presque totalement annihilé par leur système d'onde fréquentielle. Nous sommes séparés de nos parents à l'âge de trois ans et nous vivons tous en communauté dans un dortoir équivalent à la Serre. La différence réside dans le fait que nous suivons des cours tous les jours en fonction de nos âges. Cela va de l'apprentissage de l'éveil à l'apprentissage de la parole, de la lecture et de l'agriculture. Personne ne sait ce qu'il se passe après la transition, tout comme vous.

— Alors comment avez-vous fait pour découvrir cette possibilité de contrer leur système, dit-il abasourdi par ce discours.

— Cela remonte à quelques années. Ils faisaient des expériences dans des salles adjacentes avec de jeunes enfants. Leur but était de tester à partir de quel âge leur technologie était efficace sans anéantir totalement les jeunes cerveaux. Un garçon de mon groupe du nom de Sülje a émis ce sifflement complètement par hasard et cela a stoppé net leur expérimentation sans qu'ils s'en aperçoivent.

— Depuis nous avons intégré l'apprentissage du sifflement depuis le plus jeune âge et nous le maîtrisons à la perfection, comme tu peux le constater. Nous sommes le premier groupe à faire la transition en maîtrisant ce sifflement. Les suivants continueront tant que nous n'aurons pas vaincu l'oppression.

— Et comment puis-je aider ? Je n'ai aucune compétence !

— Votre transition a lieu dans quelques jours, je vais vous apprendre à maîtriser le sifflement si, comme je le soupçonne, ils effacent votre mémoire lors du passage. Une fois là-bas, vous serez livrés à vous-même mais vous aurez une carte maîtresse en votre possession. Votre mémoire ! Vous saurez d'où vous venez, ce que vous faisiez, et cela vous permettra d'apprendre et d'observer.

C'est à peine si Mérin prit le temps de respirer pendant cette explication. Il avait le souffle coupé et ses jambes tenaient à peine sous l'effet du choc. Myria le regardait d'un air curieux, visiblement confuse et agacée par son manque de contrôle.

Le reste de la journée passa rapidement, ses pensées s'entrechoquaient et n'étaient interrompues que par les bruits habituels et réconfortants de la SubFerme. Des discussions à peine audibles, le doux souffle des tubes que l'on faisait monter ou descendre pour la cueillette, le vrombissement léger des systèmes d'aération. Ce bruit blanc qui l'apaisait de manière générale mais qui résonnait aujourd'hui dans sa tête comme un orchestre dissonant.

Le signal sonore stridant et habituel marqua le retour à la Serre, accompagné par les gardes. En croisant Celyn, Mérin lui jeta un regard appuyé ; elle lança le sifflement, ce qui lui laissa le temps de dire : « rendez-vous à la promenade, j'ai mille choses à te dire ».

Il était tard et il était totalement épuisé quand il arriva enfin à sa zone dortoir après la douche et le repas. Tout le monde s'installa quand le sifflement se fit entendre, il était si puissant que tout le monde sortit de sa léthargie. Myria s'était avancée au centre de la Serre et commençait à énoncer toute l'explication qu'elle lui avait fournie des heures plus tôt. Il prit le temps de scruter les visages autour de lui, tout le monde avait l'air abasourdi, ce qui le rassura sur sa propre réaction.

— Nous allons vous enseigner la pratique de l'ultrason. Vous le faites déjà aujourd'hui mais nous avons réussi à trouver la méthode pour décupler ses effets. Avec ce sifflement vous serez non seulement capables de bloquer leur système électronique mais également de réduire de petites plaies et, pour terminer, de vous mettre dans un état de transe. Nous allons privilégier le groupe qui passe en transition cette année mais n'hésitez pas à participer si vous le souhaitez, dit Myria. Nous avons des NéoAgris en équipe de nuit, ils doivent se révéler aujourd'hui et entameront donc l'apprentissage dès demain. Avez-vous des questions ?

Un silence pesant suivit son discours, tout juste interrompu par des raclements de gorge et des respirations haletantes. Le désarroi était palpable. Au bout d'un temps qui lui parut durer une éternité, Eslie prit la parole : « Que sais-tu à propos du transport des marchandises ? »

— Nous ne savons rien ou pas grand-chose. Nous ne sommes en capacité de bloquer leur système que depuis six années, nous avons mis ce temps à profit pour essayer de comprendre ce qu'il se passe. Mais ils bloquent tout accès à l'information, nous pouvons faire des déductions à ce stade mais rien de plus. Aujourd'hui le raisonnement le plus répandu serait celui-ci : nous pensons que la dernière transition s'opère à vingt-trois ans, nous ne savons pas ce qu'il se passe ensuite mais il faut bien qu'ils renouvellent la population, qu'ils entretiennent les machines, qu'ils se forment à être des gardes ou toute autre fonction de vie quotidienne. Donc il y a fort à parier qu'ils vont vous recycler dans ces métiers, mais vous allez subir un effacement de mémoire dans un premier temps.

Concernant le transport de marchandises, nous nous en doutions mais nous l'avons compris en arrivant ici ; il est évident que les récoltes sont gigantesques ; nous ne sommes pas assez nombreux pour en profiter. Donc la question demeure : où vont-elles ? La réaction de Maîtresse Ralecia me semble assez explicite : je crois qu'elles voyagent.

— Mais pour aller où ? demanda Eslie. Nous vivons en circuit fermé depuis la fin de Civilisation 1.

Myria fixa Eslie dans le blanc des yeux et répondit, évasive : « Ça sera à vous de le découvrir ».

HOOP

-

L'atmosphère sur Hoop était brûlante dans tous les sens du terme. Curd et Charly étaient allongés sur leur couchette. Curd ôta le bandage qui maintenait sa poitrine puis en profita pour l'interroger sur sa nuit.

— Tu as l'air épuisé. Vous êtes sortis ?

— Oui, il a fait si chaud, mais c'est le Bravent qui m'a complètement épuisé. Le meneur nous a appris à circuler en formation pour lutter contre ce vent qui s'insinue partout. On ne peut même pas parler tellement il rugit, mais la bonne nouvelle c'est que la végétation repousse. J'ai vu quelques plantes et un arbre, c'était superbe ! répondit-il.

— Mais c'est une super nouvelle, ça ! Ça veut dire que la terre est en train de guérir !

— Oui, enfin si j'étais toi, je ne m'emballerais pas, c'est vivable la nuit mais totalement irrespirable la journée. Et toi, comment était ta journée ?

— Rien d'incroyable. Des travaux de maintenance. On change de groupe tous les jours, j'ai pu voir la capsule. La routine, répondit Curd sur un ton sévère. Excuse-moi, Charly, j'avoue que je suis un peu nerveux en ce moment. J'ai arrêté de prendre mes ratiopilules depuis quelques jours et je commence à ressentir les effets, pas toi ?

— Si, en effet, répondit-il. C'est un peu comme sortir la tête au-dessus de la foule. Le nuage est dissipé, j'ai le sentiment d'y voir plus clair. Mais j'ai des nausées et des vertiges, c'est compliqué de rester concentré.

— Pareil pour moi ! Et reviennent les éternelles questions. D'où vient la capsule ? Sommes-nous vraiment seuls ? Où allez-vous quand vous partez en glanage ?

— Pour le moment, je suis incapable d'y répondre le ventre vide, on va manger ? Je meurs de faim !

Charly se leva de sa couchette d'un bond et se dirigea vers les espaces communs.

Le réfectoire grouillait de monde à cette heure-ci et était toujours animé, il fourmillait de vie et de bruit. Les plus jeunes s'invectivaient, les plus âgés mangeaient tranquillement en discutant, tout cela dans une ambiance décontractée et désinvolte. Chacun mesurait l'immense chance d'être les rescapés de Civilisation 1. Au menu : des fruits, des légumes, des purées, des soupes. Ils ne manquaient de rien. La seule obligation était l'absorption de leur ratiopilule quotidienne qui devait leur apporter les nutriments manquants de leur alimentation.

Curd et Charly se mirent à l'écart des groupes pour pouvoir discuter tranquillement, mais Curd était affamé et le repas prit beaucoup plus de temps qu'à l'accoutumée. Il dévora des quantités de nourriture inhabituelles. Son visage d'habitude si jovial avait l'air préoccupé, ses traits étaient tirés.

Après de longues minutes, Charly se pencha vers Curd et lui souffla :

— Voilà comment j'imagine le plan cette fois-ci. Si nous revenons du glanage avec de nouveaux arrivants, je ferai en sorte de te les amener directement. Tout dépend du nombre qu'ils seront mais il faudrait que tu arrives à en isoler au moins un pour qu'il ne subisse pas l'effacement et qu'il nous raconte d'où il vient.

— C'est très large comme plan ! Il peut y avoir tellement d'imprévus !

— Évidemment, mais on ne peut pas les deviner à l'avance ! On va devoir agir sur le moment et croiser les doigts pour ne pas être interceptés.

— Agis naturellement. Ton rôle sera de les emmener en salle Réversion, donc tu n'enfreins aucune règle.

— Oui, tu as raison. Je vais essayer de rester calme.

Ils se rendirent ensuite à l'Eldorado pour ne pas attirer l'attention et pour se reposer. Curd s'allongea sur le grand filet situé sous le plafond, celui qui donnait sur la myriade de couleurs, alors, comme à chaque fois les couleurs se mélangèrent entre elles et il se mit à rêver. Dans son esprit, des images se formaient, des visages inconnus le fixaient, des pièces plongées dans le noir, la faim qui lui tiraillait le ventre, une jeune fille l'embrassait tendrement… son cœur se serra, il se réveilla brutalement… « Cléo ! »

5   LA TRANSITION

LONORÉ

Jour – 3 avant transition.

Tout le groupe avait passé les derniers jours à s'entraîner au sifflement et pratiquement tout le monde le maîtrisait à la perfection. Seuls quelques-uns n'arrivaient pas à dompter cette technique toute particulière mais Myria se montrait particulièrement patiente et pédagogue. Le jour de la promenade tant attendue était enfin arrivé, leur dernière avant la transition. Mérin en profita pour passer du temps à la douche, et se raser consciencieusement. Le grand miroir central lui renvoya une image peu flatteuse.

Celyn se moquait souvent et avait pris la fâcheuse habitude de clamer haut et fort qu'elle le trouvait interminablement long ; et force était de constater qu'elle n'avait pas tort. Le corps très élancé, doublé d'une corpulence naturellement efflanquée, Mérin avait énormément de difficulté à trouver sa place dans l'espace. Il coupait lui-même ses cheveux rebelles pour gagner du temps et parce qu'il n'attachait aucune importance à son aspect physique. De grands yeux verts encadrés de longs cils bruns étaient la seule touche d'originalité dans un visage plutôt commun.

La promenade avait lieu l'après-midi. Il prit la direction de la galerie avec son groupe ainsi que quelques personnes de l'équipe de nuit. Myria les accompagnait avec les rescapés des NéoAgris.

La galerie était un immense tube de promenade qui entourait tout Lonoré. Dans cet espace se trouvaient quelques bancs et des fenêtres qui donnaient sur l'installation souterraine et la SubFerme. C'était son activité favorite depuis dix années ; il venait ici pour marcher, ce qui lui permettait de mettre de l'ordre dans ses pensées et d'apaiser cette humeur grisâtre qui le poursuivait depuis toujours.

L'avantage principal de cette promenade résidait dans la possibilité de déambuler seuls, sans gardes mais toujours sous la surveillance des haut-parleurs. Tout le monde se rassembla et Myria lança son sifflement, ce qui provoqua immédiatement chez Sebastian un état de bien-être et de sérénité.

— Je crois que nous devrions en profiter pour longer la promenade et essayer de distinguer les différentes installations à travers les fenêtres, dit Léonor, en esquissant une grimace en croisant sa cicatrice dans le reflet de la vitre.

— Excellente idée, cela va nous permettre d'établir un plan, même partiel il nous sera toujours utile, répondit Mérin, enthousiaste.

— Très bien, nous connaissons la SubFerme ; ce qu'on doit déterminer c'est ce qu'il y a après. Nous étions situés sous la Serre. Je le sais parce que nous avons monté des escaliers pour vous rejoindre le jour de la transition, mais ça ne sera peut-être pas le cas de toutes les zones, ajouta Myria.

Ils arrivèrent au-dessus de la Serre après quelques minutes de marche et déambulaient dans le silence, peu habitués à parler librement et sans contrainte. Personne ne se hasardait à discuter pour ne rien dire depuis de longues années. Mérin marchait derrière Eslie, le regard enamouré. Ses longs cheveux se balançaient au rythme de ses pas ; il sentit son odeur, un mélange discret sucré et terreux qui lui arracha un sourire. Le premier depuis des mois.

Les fenêtres étaient de moins en moins nombreuses au fur et à mesure de leur avancée. Ils étaient déjà venus se promener par ici mais personne n'avait songé à s'enfuir auparavant. Tout paraissait nouveau et intriguant à la lumière des dernières révélations. Léonor était postée devant l'une de ces fenêtres ; elle parvenait à distinguer une installation similaire en tous points à la Serre. Un immense bâtiment d'acier de forme rectangulaire, un bloc sans fenêtre et sans échappatoire hormis quelques portes en acier.

— C'est donc sûrement là que nous passerons après la transition, dit-elle.

— Alors ça veut dire que vous vous retrouverez enfermés dans un système identique ? demanda Myria, la voix tremblante.

— Aucune idée, mais si c'est le cas c'est franchement déprimant ! ajouta Sebastian. On continue un peu pour voir ce qu'il y a ensuite.

Le tunnel continuait encore sur quelques centaines de mètres. Après un long moment, Mérin regarda par l'unique fenêtre : « Vous voyez ce que je vois ? »

Plusieurs tunnels d'acier se croisaient et partaient dans la pierre creusée sous la terre. Il n'y avait aucun moyen de voir ce qu'il se passait tant l'environnement était sombre. Il aperçut également quelques modules d'acier disséminés dans ce gigantesque espace et reliés par ces tunnels.

— Je n'y comprends rien, dit Celyn, qui avait collé son visage à la minuscule fenêtre.

— Silence. On va essayer d'entendre ce qu'il se passe là-dessous ! chuchota Myria. Collez vos oreilles au sol !

N'importe quelle personne qui passerait par-là trouverait étrange de voir une dizaine de personnes allongées par terre, les oreilles collées au sol dans un silence absolu, pensa Eslie.

Après quelques minutes de concentration, Mérin parvint à distinguer un bruit sourd suivi d'une forte vibration.

— Vous l'avez entendu ?

— Oui ! il y a quelque chose qui roule dans ces tunnels ! s'exclama Myria. Nous le savions, ils envoient la production quelque part, ça veut donc dire que nous ne sommes pas seuls !

— Mais tu te rends compte de ce que tu dis ! Ça va à l'encontre de tout ce qui nous a été enseigné ! lança Sebastian.

Il était assis en tailleur sur le sol et semblait ne pas se remettre de toutes ces révélations. Son teint était pâle, ses traits tirés, il semblait sur le point de fondre en larmes. Sebastian était pourtant le modèle typique sur lequel Mérin s'était construit. Sûr de lui et confiant, tous ses gestes lui paraissaient spontanés et fluides comme si rien ne l'affectait jamais. Il avait également cette faculté que Mérin ne possédait pas, de tout prendre à la légère, alors que la moindre émotion lui donnait envie de se terrer dans un coin de la pièce et de disparaitre à tout jamais. Sa coupe de cheveux lui allait comme à merveille alors qu'elle donnait à Mérin un air de chien battu. Sa peau d'une superbe couleur noire faisait ressortir ses grands yeux verts. Et son sourire désarmait tout le monde, y compris Eslie dont le regard énamouré était assez explicite.

Paradoxalement, son moment de désarroi lui donna subitement une énorme confiance en lui, comme si l'image qu'il projetait sur lui venait de se briser en mille morceaux.

— C'est une occasion en or, Sebastian ! dit Mérin, sur un ton qu'il voulait confiant mais qui ne trompa personne.

— Ah oui vraiment ?

— Oui. Si, comme Myria nous l'a dit, nous pouvons choisir notre affectation lors de la transition, alors je pense que nous devrions choisir de travailler auprès de ce système de transport. Et comme nous ne perdrons pas la mémoire, nous pourrons essayer de nous évader !

— Nous évader ? articula Celyn. Mais pour aller où ? On sera forcément découverts de l'autre côté !

— Une chose après l'autre... D'abord il faut que nous fassions la transition, puis nous choisirons notre emploi, puis nous trouverons un moyen de nous évader. Tout sera forcément plus clair de l'autre côté. Qui est avec moi ? dit Mérin, qui eut soudainement le sentiment très net qu'il venait de trouver un sens à sa vie. L'horizon s'éclaircissait enfin !

— Je te suis. J'ai confiance en toi ! s'exclama Celyn.

— Moi aussi ! ajouta Léonor.

Mérin esquissa un sourire et se releva pour reprendre le chemin du retour en tendant la main à Sebastian, toujours prostré. Son beau visage n'était plus qu'à quelques centimètres du sien quand il prononça « j'en suis aussi » dans un souffle à peine audible.

— Je viens avec vous, lança alors subitement Eslie.

— Parfait ! Vous serez cinq personnes ; ça devrait suffire, même si je n'ai aucune idée de ce qu'il se passera ensuite. Je vous recommande de rester toujours ensemble, précisa Myria.

Mérin regarda son groupe, une confiance inébranlable mêlée à une anxiété croissante s'empara de lui. « Ne t'inquiète pas. Ça fait déjà dix ans que nous partageons notre vie, on continuera ensemble ».

Journée de la transition – Le Cercueil.

Les haut-parleurs annoncèrent l'arrivée de Maîtresse Ralecia comme à leur habitude, en débitant leur message laconique coutumier.

— Veuillez vous placer au centre de la pièce en position de vénération pour l'arrivée de Maîtresse Ralecia !

Mérin se plaça au milieu de son groupe, ils étaient douze jeunes de vingt-trois ans à effectuer la transition cette année. Agenouillé, tête baissée, il se prépara mentalement à ce saut vers l'inconnu, quand Maîtresse Ralecia prit la parole. Il avait essayé de dompter ses cheveux en les mouillant juste avant la transition et en les plaquant en arrière mais cela ne donnait pas sur lui l'effet escompté.

— Chers enfants. La journée de la transition marque le passage vers l'âge adulte sous Lonoré. Vous avez accompli vos dix années de travail à la SubFerme et nous vous remercions pour cela. S'ouvre dorénavant un nouveau chapitre de votre vie. J'espère qu'il vous apportera satisfaction et épanouissement. Dans quelques instants, les portes s'ouvriront et vous quitterez vos camarades pour entamer une autre histoire. Alors relevez-vous, merci à vous et bon vent !

Un garde le poussa brutalement en avant et il entra dans une petite pièce où il fut laissé seul. La pièce était vide, hormis une chaise en métal et un casque intégral. Une voix sourde résonna soudainement : « Mérin, asseyez-vous et mettez le casque sur votre tête ».

Le moment tant attendu était enfin arrivé, il se concentra pour se préparer à siffler, se positionna sur ladite chaise et ajusta le casque sur ses cheveux, qui en séchant, avaient repris leur position erratique habituelle.

« Maintenant détendez-vous et attendez mon signal pour vous relever ! »

Mérin entama immédiatement le sifflement car des bruits commençaient à résonner dans le casque. Des bruits insupportables, des fréquences saccadées et dissonantes. Heureusement, le sifflement ultrason semblait agir comme une protection, il ne ressentit aucun effet indésirable alors que ce son lui paraissait intolérable. Des mots saccadés lui parvenaient distinctement dans ce brouhaha, débités par une voix mécanique. Il entendit distinctement « Rescapé - Fin du monde - Obéissance – Gratitude » Il se mit alors à se contorsionner, à grimacer et à grogner pour simuler un état d'inconfort. Puis subitement tout s'arrêta.

« Vous pouvez enlever le casque ! Relevez-vous ! »

Mérin ne savait pas vraiment quelle attitude adopter. Comment devait-on se comporter quand quelqu'un vous effaçait la mémoire ? Devait-il avoir l'air perdu ?

Assommé ? Confus ? Il décida d'adopter une posture neutre et stoïque, quand soudain la porte opposée s'ouvrit. Il ne bougea pas, puis une voix familière lui ordonna de s'avancer.

Devant lui un espace immense, une copie conforme de la Serre. Sur les côtés, ses collègues déjà passés à l'effacement s'étaient rassemblés. L'ambiance avait l'air plus détendue, il percevait des discussions, des bruits de la vie quotidienne. Cependant tous les regards étaient braqués sur eux et après quelques longues minutes, une personne prit la parole.

— Bienvenue dans le Cercueil ! Vous êtes sous Lonoré, un bunker construit après l'effondrement de la civilisation. Vous avez été sauvés alors que tous les habitants de la planète invivable sont morts. Vous êtes donc redevables… Ceci sera votre dernière étape avant la mort !

Des rires moqueurs fusaient dans l'assemblée. Mérin était sous le choc. Les yeux rivés sur lui, il n'arrivait pas à détacher son regard de Wiut, le bourreau de son enfance, qui semblait ne pas l'avoir reconnu. Il était ce qui lui était arrivé de pire dans la vie, et c'était un vrai bouleversement de l'avoir en face de lui.

— Vous allez avoir le choix de ce que vous voulez faire le reste de votre vie. Devant vous se trouvent plusieurs représentants des groupes. Je vous laisse quelques secondes de réflexion, puis vous vous dirigerez vers le groupe qui vous intéresse. Aucun changement ne sera possible passé votre choix, réfléchissez bien !

Quatre personnes les observaient, une moue moqueuse sur le visage. La première prit la parole.

— Je suis le représentant du groupe des reproducteurs. Si vous nous rejoignez, votre fonction sera de créer la vie. Aucune autre mission ne vous sera confiée, sauf du temps qui vous permettra d'engendrer le plus de bébés possibles. Les hommes auront la charge du groupe des enfants, de la naissance à leur troisième année. Les femmes n'auront que la fonction de reproduction. Il nous faut obligatoirement deux volontaires de chaque sexe dans votre groupe, soit quatre personnes.

Une autre personne s'avança :

— Je suis la représentante du groupe des thérapeutes. Notre fonction est de soigner maladies et blessures. Il nous faut obligatoirement un volontaire de chaque sexe dans votre groupe, soit deux personnes.

— Je suis la représentante des protecteurs. Notre fonction est d'assurer ordre et discipline sous Lonoré. Il nous faut obligatoirement deux volontaires de chaque sexe dans votre groupe, soit quatre personnes.

— Je suis le représentant des techniciens. Nous assurons la bonne marche technique de Lonoré et également le transfert des marchandises. Il nous faut obligatoirement deux volontaires de chaque sexe dans votre groupe, soit quatre personnes.

Chacun savait parfaitement qui étaient les volontaires pour le groupe des techniciens, mais ils étaient une personne de trop ; la panique s'empara de Mérin. Il s'avança en tremblant vers ce groupe après avoir marqué un temps d'hésitation factice et fut immédiatement rejoint par Sebastian, Léonor et Eslie. Celyn, ayant compris le dilemme, s'était dirigée vers le groupe des protecteurs. Après que chacun se fut réparti dans les différents groupes, la mission débuta.

— Bonjour à tous les quatre, je suis Trape votre instructrice. Dans les prochains jours je vais vous expliquer vos missions mais aujourd'hui nous allons prendre le temps de découvrir votre nouvel environnement. Avez-vous des souvenirs de votre arrivée ici ?

Mérin anticipa ce premier piège, en adoptant un air confus.

— Non, aucun souvenir... je me sens juste complètement déboussolé.

— C'est normal, mais ça passera vite, suivez-moi je vais vous montrer comment on vit ici. Comme vous pouvez le constater, le Cercueil est divisé en quatre zones, vous serez avec nous en zone deux. Nous tournons entre équipe de nuit et équipe de jour chaque semaine. Voilà vos lits pour les dix prochaines années, aboya-t-elle en désignant les colonnes de lits superposés.

Tout ici était semblable à la Serre, des draps blancs rêches et usés par le temps, aux douches sales, le tout baignant dans une lumière blanche et aveuglante.

— Le réfectoire se trouve au centre de la pièce, nous avons deux repas par jour. Je vous montrerai ce soir comment se passe un repas au Cercueil. Sachez que nous sommes écoutés via les haut-parleurs que vous voyez tout autour de la pièce mais les conversations sont autorisées. Vous avez le droit de visiter toutes les zones sauf celle des reproducteurs et les amitiés sont également encouragées. Je serai votre protectrice, n'hésitez pas à me parler si vous rencontrez des difficultés. Suivez-moi, je vais vous montrer vos zones de travail !

Tout le groupe se positionna derrière Trape, docile et discipliné. Elle leur ouvrit une porte située au fond du Cercueil et ils plongèrent dans un immense couloir au bout duquel apparut un entrepôt immense creusé dans la roche. Trape s'arrêta au centre de la zone : « Vous êtes dans la zone de stockage ». Mérin la suivit, immédiatement saisi par l'humidité qui régnait : les murs ruisselaient d'eau douce et la roche noire provoquait chez lui un fort sentiment de claustrophobie. Un brouhaha indescriptible emplissait le volume de la grotte. Des centaines d'immenses bacs en acier étaient convoyés d'un bout à l'autre pour être stockés au frais par des hommes et des femmes habillés de noir de la tête aux pieds. Des conversations et des rires fusaient de partout, l'air était frais et humide. Mérin, peu habitué à tant de sollicitations avait la tête qui bourdonnait. Il chancela et se rattrapa à la paroi rocheuse.

— Ce que vous voyez ici fera partie de vos attributions, vous devrez ranger les bacs qui nous arrivent des cultures souterraines puis il vous faudra les transporter en zone d'enlèvement deux fois par semaine. Suivez-moi !

Ils longèrent un autre couloir en rasant les murs car des techniciens étaient occupés à charrier des bacs énormes dans un fracas métallique assourdissant. La zone dans laquelle ils débouchèrent les laissa bouche bée. Mérin n'eut pas le temps d'analyser ce qu'il vit car Trape prit la parole.

— Voilà la zone d'enlèvement ! Les bacs sont convoyés ici deux fois par semaine. Ce que vous voyez au centre de la zone s'appelle une TransCap. C'est une capsule envoyée dans la roche dans laquelle nous mettons toute la production que vous aurez rangée et convoyée au préalable. La capsule revient vidée le lendemain. Des questions ?

Mérin avait évidemment des dizaines de questions, qu'il gardait pour lui pour le moment. Ses collègues devaient penser la même chose puisque personne ne prit la parole.

— Vous aurez une formation technique dès demain qui vous permettra de parer à toute situation. Nous nous occupons également de la maintenance du site donc soyez attentifs !

De retour au Cercueil, Trape leur laissa un moment pour s'installer et leur permettre de se remettre de leurs émotions. Le bruit ambiant leur permettait de parler sans être entendus. Installés sur le petit lit d'Eslie, Sebastian lança tout de même un sifflement pour assurer leurs arrières.

— C'est exactement ce que Myria avait imaginé, c'est incroyable ! s'exclama Léonor. Ils envoient toute notre production vers une destination inconnue. Et personne ne se pose de question !

— On est les premiers à arriver ici avec nos souvenirs intacts. Ils doivent avoir l'esprit totalement embrouillé, ajouta Eslie.

— On va devoir agir vite, il faut garder l'effet de surprise avant qu'une personne du groupe ne fasse une bourde ! Qu'est-ce que vous suggérez ?

— Je crois qu'on sait tous ce qu'il faut faire mais je doute que nous revenions vivants ! On doit monter dans la capsule pour voir où elle va, dit Léonor. Son visage habituellement si doux s'était subitement transformé en un masque de détermination.

— C'est de la folie ! dit Sebastian.

— Tu préfères rester dix années ici à exécuter les mêmes tâches comme dans la SubFerme ? demanda Léonor.

— Non, évidemment, répondit-il, penaud.

— Alors on monte un plan !

— Pour ça, il nous faudra quelques jours pour connaître les fonctionnements, routines et habitudes. On ne peut pas se lancer à l'aveuglette, ajouta Mérin.

— Et de l'autre côté, on fait quoi ? demanda Sebastian sceptique.

— On improvise ! On a déjà la capacité de mettre leur matériel hors circuit, c'est déjà pas mal !

— Il faut qu'on se coordonne avec Celyn. Elle a infiltré le groupe des protecteurs, elle peut peut-être nous aider, ajouta Eslie sur un ton ferme.

Une longue sonnerie stridente retentit dans toute la salle. Trape vint les rejoindre, d'un pas décidé.

— C'est l'heure du repas ! Suivez-moi !

Tous les groupes se rejoignirent au centre de la pièce dans un capharnaüm et un remue-ménage indescriptible. Tout le monde discutait, s'invectivait, Mérin n'osait pas parler, traumatisé par son expérience à la Serre.

— Vous pouvez vous installer où bon vous semble. Gardez juste en tête que les reproducteurs ont leur table, nous ne nous mélangeons jamais. Pour le reste c'est comme vous voulez.

Celyn les rejoignit, un grand sourire aux lèvres, le visage marqué de fatigue et s'installa lourdement à leur table.

— C'est super ici ! dit-elle sur un ton faussement enjoué. Je vais passer mon temps à surveiller les conversations de la Serre. On nous a expliqué que notre travail est primordial pour la survie de l'espèce. Ils appellent les habitants de la Serre « les déviants » et m'ont expliqué que nous devons les surveiller car ils doivent purger une peine d'emprisonnement. En résumé, la fin de Civilisation 1 leur est imputée.

— Formidable… siffla Sebastian.

— Et vous ?

— Myria avait raison ; il y a bien un envoi massif de la production de la SubFerme. D'énormes quantités ! C'est une sorte de tube gigantesque dans lequel se trouve une capsule en acier de forme ovoïde ; à l'intérieur, ils placent de grands bacs dans lesquels se trouve la récolte, répondit Mérin.

Des groupes de jeunes hommes s'installèrent à leur table ce qui coupa net leur conversation. Un jeune homme à la chevelure cendrée dévisagea longuement Eslie, une moue moqueuse sur le visage.

Plus tard, au moment du coucher, Mérin essaya de se remémorer les couloirs, et d'échafauder des plans pour leur évasion. Le sommeil l'emporta rapidement après cette journée intense… Une image se forma dans son esprit… il les imaginait tous les quatre arrivant triomphalement dans une colonie extraordinaire, peuplée de personnes bienveillantes et accueillantes…

— Allez debout ! Relève-toi, tu es ridicule ! hurla Wiut.

Mérin était allongé par terre en position fœtale. Tout son groupe avait été transporté au centre de la pièce, sauf les reproducteurs. Il eut à peine le temps de reprendre ses esprits quand un coup de pied le frappa dans l'estomac. Il laissa échapper un long gémissement et une forte douleur à la poitrine le traversa.

— Bienvenue aux jeux du cirque ! lança Wiut à la cantonade sur un ton triomphant. Cette nuit vous nous appartenez ! Si vous résistez à l'épreuve de passage vous serez dignes du Cercueil, si vous flanchez vous mourrez. Vous allez commencer par une douche froide de trente minutes, ensuite vous verrez ; je garde le suspense…

Wiut les transporta de force vers les douches où on les installa, assis, sous une eau glaciale. Après la première minute, Mérin sut déjà qu'il ne tiendrait pas le choc. Il rassembla toute son énergie pour extirper son esprit de sa condition actuelle. Il imagina alors sa vie sous la Serre, les récoltes, la chaleur de son lit… Mais rien n'y fit. En regardant ses collègues, il s'aperçut qu'il n'était pas le seul à souffrir.

Au moment d'ouvrir la bouche pour déclarer forfait, un sifflement se fit entendre. Léger et imperceptible. En regardant discrètement autour de lui, le visage baigné de larmes et d'eau glacée, il vit Sebastian dont le visage tendu et concentré pouvait laissait croire qu'il émettait le sifflement. Ils étaient cependant visiblement les seuls à l'entendre, l'effacement avait dû leur ôter cette capacité. Ce sifflement, émis sur une fréquence tout à fait inhabituelle, lui fit se sentir subitement en sécurité. Il était comme anesthésié ; il ne ressentait ni le froid, ni l'eau sur son corps et était comme dissocié de l'action.

Myria leur avait expliqué qu'il était possible d'utiliser ce sifflement pour soigner son âme ou de petites blessures, et Sebastian ne l'avait pas oublié.

Mérin grelottait, les lèvres bleuies par le froid et le corps courbaturé, mais dans un état de béatitude qu'il n'avait encore jamais expérimenté. Les visages de Celyn et Eslie étaient baignés de larmes ; une forme de reconnaissance se lisait sur leur visage quand elles croisèrent le regard de Sebastian.

Toute la nuit, Wiut persista à leur faire vivre les pires brutalités, poussant son vice toujours plus loin. Plus tard dans la nuit, alors qu'ils étaient allongés, adoubés par Wiut et son petit groupe, Mérin chuchota :

— Comment as-tu fait ça, Sebastian ?

— Aucune idée ! C'est venu tout seul, le son a jailli de moi ! C'était ça ou mourir ; j'ai décidé de vivre…

— C'est incroyable ! Tu penses pouvoir le refaire ?

— Je pense que oui, mais je suis épuisé. On en reparle demain si tu veux bien… répondit-il en s'endormant aussitôt.

6   L'EVASION

Jour J- Évasion.

Après quelques journées passées dans le Cercueil, chacun avait pris ses marques, et peaufiné le plan d'évasion. Il était encore très tôt quand ils prirent le temps de se concerter et le silence régnait dans l'atmosphère étouffante du Cercueil.

— Bon, je récapitule. L'évasion se fera ce soir à la relève des équipes de jour et de nuit, nous aurons quinze minutes de battement pour nous cacher dans un bac et attendre que l'équipe de nuit nous dépose dans la capsule en espérant que personne ne remarque notre absence, dit Mérin. Vous êtes toujours volontaires ?

— Évidemment, répondit Léonor. Ça fait des jours qu'on étudie le plan des installations. Vous ne pensez pas que nous devrions essayer de comprendre ce qu'il s'est passé cette fameuse nuit ?

— Si, bien sûr, lança Sebastian. J'aimerais réessayer ! Et si j'y arrive, vous en êtes capables aussi.

— Oui, il y a quelque chose à creuser, en effet. D'abord cet ultrason capable de déjouer les systèmes électroniques, puis ce son qui nous a mis dans cette espèce de transe. Si nous le maîtrisons tous, il pourrait nous rendre des services, ajouta Léonor.

— Eslie, tu as toujours ta blessure de la nuit des jeux ? demanda Sebastian.

— Oui, elle a du mal à cicatriser d'ailleurs, quel est le rapport ? répondit-elle en enlevant le bandage sur son avant-bras et en dévoilant une coupure assez nette.

— J'ai envie d'essayer d'appliquer le son sur une blessure. Si on y réfléchit bien, elle nous a reconstruit l'âme lors de cette nuit d'horreur, nous n'avons plus rien ressenti. Je crois que ça vaut le coup d'essayer.

—Vas-y, Sebastian, ça ne coûte rien…

Sebastian entonna alors son sifflement. La fréquence qu'il utilisait était toujours inhabituelle et résonnait en Mérin étonnamment fort. Son regard fixait la blessure d'Eslie. Au bout d'un long moment, il apposa ses mains sur sa blessure et les incita tous à faire de même. Mérin siffla cette fréquence qui sortit naturellement de son corps et entra en résonnance avec les autres pour ne former qu'un son d'une pureté absolue. Il eut cette sensation étrange de ne plus appartenir à son corps terrestre ; ils étaient tous reliés par un lien puissant.

Après quelques minutes, à bout de force, chacun enleva ses mains du poignet d'Eslie, Sebastian également.

— Ta blessure est presque cicatrisée ! Comment est-ce possible ? Sebastian, c'est irrationnel !

Le visage de Léonor était transfiguré, elle paraissait inquiète, anxieuse. Chacun percevait nettement sa pulsation cardiaque. Sebastian avait l'air hagard, les pupilles dilatées et sa respiration s'était accélérée.

— Je ne sais pas ce qu'on vient de faire. C'est tout aussi irrationnel pour moi !

— On dirait que ce son influe les énergies, guérit le corps et l'esprit. Ça a l'air complètement fou, pourtant c'est réel ! ajouta Eslie.

— Comment vous sentez-vous ? Moi, je me sens épuisé. Il va falloir qu'on s'entraîne pour éviter ça.

— Idem, je suis vidée, ajouta Léonor.

— On pourrait se donner les mains pour essayer de se donner de l'énergie en utilisant cette technique, qu'en pensez-vous ? demanda Sebastian.

Chacun d'eux posa alors ses mains sur celle des autres. Sebastian entama son sifflement et ils firent tous de même. Mérin ferma les yeux et visualisa très nettement une boule de chaleur ; elle virevoltait dans son esprit. Cette même boule qui l'avait sauvé de cette nuit de terreur. Il prit alors le temps de la guider en lui ; il n'avait pas besoin qu'elle le réchauffe, mais plutôt qu'elle lui donne de l'énergie, de la vitalité et du courage. Il s'imagina la saisir à pleines mains et la déposer sur le haut de son crâne ; elle descendit ensuite doucement vers sa poitrine et continua vers son bras droit pour rejoindre Eslie qui lui tenait la main. Une fois partie, il eut la sensation d'être totalement régénéré. Une confiance absolue en l'avenir de leur mission s'insinua en lui ; tout lui parut simple et fluide. L'air autour de lui était irisé et luminescent. Ses collègues avaient encore les yeux fermés. En les regardant, il remarqua la plénitude sur leur visage : ils avaient réussi !

— Celyn, Je crois que tu devrais essayer de passer ce son à la Serre via les haut-parleurs, dit-il.

— Oui, j'y ai pensé. Je ne sais pas encore comment, mais il est clair que je vais essayer de leur apprendre à distance.

— De toute façon, une fois que nous serons partis, tu devras essayer d'organiser la rébellion ici. Surtout sois prudente, je ne sais pas dans combien de temps nous pourrons revenir… et si nous revenons, lança Mérin ému.

— J'ai confiance en vous, répondit Celyn. Je ferai de mon mieux ici, ne t'inquiète pas.

La journée se passa sans incident. Chacun d'entre eux restait concentré sur son objectif et charriaient des dizaines de bacs vers la zone d'enlèvement qui se remplissaient petit à petit dans une bonne humeur factice. Le signal sonore retentit, c'était la fin de la journée, le moment tant attendu. Mérin s'attarda et fit mine de terminer de ranger derrière lui, puis, en un mouvement fluide et agile, sauta dans le premier bac devant lui avec Eslie et ferma le couvercle. Sebastian et Léonor firent de même et une longue attente s'ensuivit, ponctuée par le ronflement de la TransCap, des bruits de métal et de l'air qui s'échappait du tunnel.

— Ça bouge, murmura Eslie.

Le bruit des bottes des équipes de nuit se rapprochait ainsi que la rumeur de leur conversation et, brusquement, leur bac se mit en branle. Mérin n'osait pas prononcer le moindre mot ni même respirer depuis le début de la mission. Eslie, prostrée à côté de lui, semblait également terrorisée. Le mouvement s'arrêta. Ils étaient dans la TransCap. Il ne savait pas où se trouvait les autres, mais il était hors de question de sortir pour le moment. La porte principale se ferma doucement dans l'habituel chuintement. Le bruit ambiant se fit plus grave, plus sourd et tout autour d'eux se mit à vibrer. Mérin resta collé à sa paroi tant la vitesse de la TransCap était grande.

Après quelques secondes, il décida d'ouvrir le couvercle. Il faisait un noir d'encre : impossible de distinguer quoi que ce soit. Il entama alors le sifflement qui lui revint en écho.

— Vous êtes là... souffla-t-il. Comment ça va ?

— Ça va ! J'ai eu la peur de ma vie, mais on y est ! répondit Léonor.

— Il ne nous reste plus qu'à attendre. À l'arrivée, on se remet dans le bac et on attend le calme absolu pour en sortir.

— S'ils ne nous sortent pas avant, ajouta Eslie.

— Oui, mais c'est notre seul plan. Il faut garder espoir, dit Sebastian.

— Allez, on transvase le contenu de notre bac dans le vôtre et vous nous rejoignez, dit Mérin.

De longues minutes passèrent, ou des heures, le temps était impossible à quantifier. Ils n'avaient plus parlé depuis le début et attendaient la suite des événements, concentrés sur leur objectif et recroquevillés dans ce bac qui concentrait désormais tous leurs espoirs d'évasion et qui constituait leur seule protection face au danger.

— On ralentit… chuchota Eslie.

— Ok ! C'est parti, bon courage ! lança Sebastian.

Après de longues minutes de freinage, la TransCap s'immobilisa dans un doux bruissement. Mérin entendit les portes s'ouvrir, puis des dizaines de personnes parler entre elles.

« Allez ! On ne lambine pas. Mettez-moi tout ça en zone de réception ! »

Ils furent fut alors transporté dans un vrombissement terrifiant, puis tout s'immobilisa à nouveau. Le silence se fit, total et angoissant. Mérin ouvrit quelques millimètres du couvercle.

— C'est bon, on est dans un hangar, la voie est libre ! Sortez !

Autour d'eux, un immense hangar creusé dans une roche absolument similaire à Lonoré où étaient entreposés des dizaines de leurs bacs. Il faisait chaud ; Mérin suffoquait un peu car son corps n'était habitué qu'à une température souterraine constante.

— Bon, il va falloir sortir d'ici sans nous faire repérer ! chuchota-t-il.

Il poussa doucement la grande double porte en acier et avança prudemment dans le premier couloir.

— Suivez-moi. On avance progressivement. En cas de problème on revient sur nos pas !

-
HOOP
-

100 ans plus tôt

2622

J-7 avant l'Effondrement

— Mesdames et Messieurs, la séance peut commencer !

La salle de réunion était pleine à craquer. Une pièce immense, décorée dans le style typique des années 2600. Les architectes d'intérieur avaient eu l'idée de recréer la nature, désormais brûlée, à l'intérieur des bâtiments. Cette mode, d'abord accessible aux demeures fastueuses et aux bâtiments officiels, s'était étendue aux classes moyennes du continent Américain. La pièce de forme rectangulaire avait été peinte en un vert mousse d'aspect granuleux rappelant une forêt tropicale. Les cinq poteaux disséminés dans cette vaste salle avaient été recouverts d'un mastic marron nervuré pour évoquer de gigantesques troncs d'arbres. Au plafond avaient été suspendues des feuilles plastiques en grand nombre évoquant une canopée dense et feuillue. Des enceintes diffusaient des sons 24h/24h, un mélange subtil, soi-disant relaxant, de bruits de sources de montagnes, de cris d'animaux, de pluie et de vent. Les lampes avaient toutes été remplacées par des modèles de luminothérapie censée compenser le manque de soleil dont souffraient les habitants depuis deux cents ans.

Chaque grand bâtiment ou demeure bourgeoise se devait d'avoir sa salle nature décorée par les grands architectes du moment. Certains rivalisaient de mauvais goût, en mélangeant des influences des plus excentriques, et il n'était pas rare de trouver un salon décoré en un subtil mélange de décor de montagne et de désert.

On pouvait retrouver ici tout ce que ce que la terre avait engendré d'intellectuels, de savants, d'artistes et de politiciens en tout genre. C'était la dernière réunion de la SVPM. Il était question du grand vote final, celui qui avait le pouvoir d'entériner la décision prise quelques mois auparavant.

— Silence dans les rangs ! hurla Emiât. Je déclare la séance ouverte. Nous avons distribué à chacun d'entre vous deux bulletins de vote. Je vous remercie de vous diriger vers les isoloirs dans l'ordre et la discipline.

Des huées, des cris et des invectives se faisaient entendre dans toute la salle. Il était cinq heures du matin mais il faisait déjà une chaleur épouvantable et la puanteur des corps emplissait tout l'espace. Les climatiseurs avaient été interdits par le SVPM depuis des centaines d'années, ce qui avait provoqué un tollé général et la plus grande manifestation mondiale jamais connue. Il n'était pas rare de voir encore aujourd'hui de vieux modèles des années 2000 circuler au marché noir pour équiper secrètement les maisons de quelques richissimes propriétaires.

— C'est une honte ! Annulez ce vote ! Démission du gouvernement ! Votez contre ce génocide ! hurlait la foule qui se pressait vers le bureau de vote.

Après de longues heures d'attente était enfin venu le temps du dépouillement, celui qui allait sceller le destin de l'humanité. La tension dans la salle était palpable ; quelques personnes firent des malaises et durent être évacuées. Le greffier fit son entrée. Tout le brouhaha et les hurlements cessèrent immédiatement.

— Mesdames et Messieurs. Le vote est clos, nous avons un résultat !

Subitement, des militaires firent leur apparition dans la salle, lourdement armés, et se postèrent aux différentes portes d'accès. Emiât prit la parole. On pouvait entendre distinctement le tremblement de sa voix dans le microphone :

— Le Oui l'emporte à 52 %, proclama-t-il.

Ce fut alors le tollé général ; tout le monde fut emporté dans un mouvement de foule vers l'avant de la salle. Les militaires tirèrent quelques coups de semonces et la pièce fut plongée dans le silence.

— Je déclare le monde sous contrôle militaire à partir d'aujourd'hui et jusqu'au jour de l'Effondrement. Les élus sont invités à se rendre au sous-sol où les attendent des navettes qui les escorteront sur Hoop. L'Effondrement sera lancé dans cinq jours. Toutes les personnes présentes non élues seront incarcérées pour éviter la panique et la fuite d'information.

Cinq cents personnes se dirigèrent vers les sous-sols, encadrées par les militaires, sous les huées des autres participants. La moitié du groupe avait payé sa place : politiciens corrompus, milliardaires, stars de show business. Pour le reste, il avait été constitué par le SVPM. Il s'agissait alors de femmes jeunes et fertiles, de savants, d'ingénieurs et de concepteurs du système de l'effondrement.

Emiât Tromcem, qui était le grand inventeur du système d'onde destructrice fréquentielle, avait obtenu sa place parmi le groupe des rescapés. Il travaillait depuis cinq années sans relâche et était à l'origine de l'idée de l'Effondrement. Il avait imaginé le système, mais également la façon dont le monde pourrait être sauvé, car il était devenu évident que celui-ci était arrivé à la fin de ses capacités de protection.

La chaleur était si insoutenable que le SVPM avait voté une loi obligeant les populations à vivre de nuit. Le paysage avait été totalement bouleversé à cause de la montée des eaux à la suite de la fonte des glaciers. Les maladies décimaient des populations entières, la guerre faisait rage dans toutes les régions. Une grande concertation mondiale avait été lancée dans l'urgence pour trouver une solution pour l'avenir de l'humanité et c'est le projet d'Emiât qui avait été retenu. Son idée brillante avait été de protéger des milliers de personnes dans des bunkers souterrains.

Le premier bunker, appelé Hoop, situé dans un site troglodytique réaménagé, avait été pensé pour protéger les cinq-cents élus. Il était destiné à assurer la continuité de l'espèce humaine.

Le deuxième site, appelé Lonoré, devait servir à assurer l'approvisionnement de nourriture pour la population de Hoop, car plus rien ne poussait en surface. Il serait composé de cinq-cents personnes tirées au sort, fertiles et âgées de moins de vingt-cinq ans.

Le troisième site, appelé Nostra, servirait de pouponnière. Il serait uniquement destiné à assurer la continuité de l'espèce humaine en assurant à Hoop une offrande de jeunes gens âgés de dix-sept ans, chaque année. Il serait composé de cinq-cents nouveaux-nés avec leurs parents.

Le reste de la population serait tuée à l'aide d'une arme de destruction massive, inventée également par Emiât. Il s'agissait d'une ingénieuse bombe fréquentielle. Cette bombe émettait une onde sur une fréquence vibratoire similaire à celle du cœur humain et le faisait inévitablement exploser. Trois années d'expériences secrètes avaient été nécessaires, menées sur des détenus, des sans-abris ou des malades en phase terminale. Il avait alors été démontré que cette bombe était efficace, peu importe où se trouvait sa cible, à l'exception d'une profondeur minimale de cinq kilomètres sous terre ou d'un abri anti-fréquentiel. Il avait fallu des trésors d'imagination et d'ingénierie pour penser et achever ces trois sites dans le plus grand secret.

Six Skybus attendaient pour effectuer la navette entre Denver et le site de Mesa Verde. Le Skybus, inventé quelques années plus tôt prenait l'apparence d'un bus classique, sa particularité consistait à se soulever de quelques centimètres au-dessus du sol grâce aux panneaux solaires sur son toit et à une turbine qui aspirait le vent pour la restituer de façon homogène et ainsi lui permettre de voler.

Après être monté dans la navette des rescapés, Emiât prit du temps pour se reposer des événements de ces dernières semaines. Un groupe insurrectionnel avait décidé de ne plus soutenir ce projet et avait agi dans l'ombre pour faire chuter son plan. Il avait dû déployer des efforts gigantesques pour faire face à ce groupe très soutenu politiquement, et il avait finalement eu gain de cause.

Le sacrifice est immense, mais la planète pourra ainsi se reconstruire et l'humanité bénéficier d'une seconde chance, avait-il crié sur tous les toits.

Le trajet devait durer six heures ; il en profita pour fermer les yeux quelques instants avant de reprendre le cours des événements, et surtout avant cette date fatidique. *Pourvu que tout fonctionne comme prévu,* pensa-t-il.

Il régnait une ambiance d'accablement et de tristesse dans la navette. Tous ces hommes et ces femmes laissaient derrière eux des amis, de la famille, leur maison et leur vie. Tous savaient que c'était un voyage sans retour.

Ils arrivèrent finalement au terme de ce voyage éprouvant pour les organismes et les esprits. Des militaires postés en faction devant la grille d'entrée du site les avaient laissés passer, ainsi que les autres navettes qui les précédaient.

Il faisait plein jour quand ils arrivèrent sur le parking situé devant Hoop. Le premier pas que posa Emiât sur le sol granuleux lui arracha une grimace de douleur. Le vent soufflait en rafales brûlantes depuis des années et le soleil cuisait le moindre centimètre carré de peau malgré les vêtements en toile de lin. Il enleva instantanément ses lunettes car le plastique de la monture brûlait la peau de son visage. Il transpirait à grosses gouttes, son cœur battait à toute vitesse, comme lors d'une séance de sport intense.

Devant lui se tenait Hoop, sa réalisation, l'œuvre de sa vie. Une immense montagne de pierre couleur sable se dressait fièrement sous ses yeux. Il porta sa main devant ses yeux pour se faire de l'ombre mais eut du mal à distinguer les détails de la roche et des habitations de ce site troglodytique tellement la sueur lui inondait la vue.

Passées les barrières de sécurité, sur le parvis de l'installation, se tenait un immense cube d'acier devant lequel il prit la parole :

— Bienvenue sur Hoop ! Je sais à quel point vous êtes épuisés, mais avant d'entrer dans votre nouvelle maison, je tiens à vous montrer la salle anti-fréquentielle appelée le Refuge, qui vous sauvera la vie dans quelques jours. Comme vous le constatez, elle a été construite à l'extérieur de Hoop pour ne pas perturber son fonctionnement. Elle a été pensée comme un abri antiatomique, avec cette capacité supplémentaire de bloquer les sons, fréquences et vibrations. Il est donc primordial que tout le monde y soit au moins une heure avant le déclenchement.

Vous allez constater que Hoop a été construite dans la montagne : l'air y est donc respirable. Les installations sont neuves et modernes, cependant j'attire votre attention sur le fait que nous sommes une zone démilitarisée. Aucun équipement militaire ne doit circuler sauf pour les équipes de garde. Nous souhaitons créer une nouvelle civilisation et cela sera possible si nous prenons de nouvelles habitudes dès aujourd'hui.

La plupart des technologies et appareils électroniques sont interdits. Nous avons de quoi vous occuper de nombreuses années avec la bibliothèque, ainsi qu'avec la salle de sport, mais vous serez bien occupés avec vos métiers respectifs.

Je vous laisse prendre possession de vos chambres et vous confie aux équipes logistiques pour l'organisation du quotidien. Je vous dis à dans quelques jours pour le déclenchement de l'opération.

Emiât se dirigea vers les bureaux du cercle de l'Union d'un pas dynamique pour débuter cette semaine qui s'annonçait riche en émotions.

Hoop avait été pensée comme un gigantesque complexe dans la montagne. À son sommet, des milliers de panneaux photovoltaïques garantissaient le confort des rescapés en fournissant une électricité abondante et durable. L'architecture moderne avait été oubliée pour privilégier un lieu de vie fonctionnel. De gigantesques puits de ventilation récupéraient l'air frais de la montagne pour le diffuser dans les espaces communs ; l'eau de pluie était récoltée et traitée dans des récupérateurs situés dans chaque excavation, cavité ou poche disponible.

Les espaces communs avaient été pensés comme des lieux collaboratifs, de larges pièces pouvant abriter une population croissante dans lesquelles le confort avait été réduit à sa plus simple expression. L'acier inoxydable avait été le choix évident pour les arches Nostra et Lonoré, pour éviter la corrosion et avait également été retenu sous Hoop. La pièce principale dédiée à la restauration était donc un immense espace gris métallisé rutilant du sol au plafond. En son centre, des tables rondes pouvant accueillir une quinzaine de personnes. L'originalité de la décoration résidait dans la touche artistique du concepteur qui avait accroché des tableaux au mur représentant des scènes de vie de toutes les époques depuis le début de l'humanité. On pouvait alors croiser des reproductions du tableau du *Déjeuner sur l'herbe* de Manet, la *Joconde* de Léonard de Vinci ou encore des peintures, photographies et illustrations plus contemporaines d'Andy Warhol ou Vivian Maier. À côté du réfectoire, se trouvait la pièce de vie nommée l'Eldorado. Cette pièce, aux dimensions stupéfiantes, avait été conçue pour favoriser les rencontres, échanges mais également pour permettre les loisirs des rescapés. Particulièrement impressionnante au premier abord, il fallait l'appréhender comme un gigantesque complexe en trois dimensions. Elle était aussi large que haute ; de part et d'autre de la pièce, des dizaines d'escaliers menaient aux différents étages. Les cinq étages d'Eldorado n'avaient pas été voulus comme des espaces fermés. On pouvait apercevoir le plafond depuis le rez-de-chaussée car les mezzanines avaient été reliées par de gigantesques filets que les rescapés pouvaient emprunter pour naviguer d'un espace à l'autre. La décoration de cette pièce avait été pensée pour que personne ne puisse oublier les couleurs au fil des générations. Un gigantesque tableau pantone était accroché au plafond, en s'allongeant sur un filet, il était possible de rester des heures à contempler toutes les couleurs de l'humanité.

Quelques salles adjacentes menaient aux différents lieux de vie tels que l'infirmerie, la salle d'opération, les dortoirs, mais également les bureaux de l'Union. Pour accéder à ces bureaux il fallait emprunter un long couloir creusé à même la roche et éclairé par quelques lampes à LED. L'humidité perlait au plafond, les murs étaient moites, ce qui rendait ce cheminement assez inconfortable et permettait à chaque membre de mesurer la chance d'être sauf et en bonne santé.

Les cinq bureaux de l'Union surplombaient la gare d'arrivée de la TransCap et la zone de stockage de la production de Lonoré. Cette invention fantastique du tube sous basse pression avait permis la transformation de l'idée d'Emiât en un projet réalisable. Une capsule projetée à la vitesse de 1000 km/h, dans un tube, ravitaillait les rescapés une fois par semaine.

Les cinq autres élus suivaient Emiât à travers les couloirs. Une fois arrivés à destination, il prit la parole.

— À partir de maintenant, nous avons la responsabilité de réussir cette opération. Je vous demanderai d'être extrêmement attentifs. Dès demain, les militaires emmèneront les bébés et leurs parents sous Nostra et les jeunes volontaires sous Lonoré. Nous leur laissons quelques jours d'acclimatation puis nous effacerons leur mémoire pour la modeler avec l'histoire officielle. Pour rappel, pour Lonoré, il n'y a plus aucun survivant sur la terre. Ils ont été sauvés et déposés sous terre mais sont redevables par leur travail d'agriculteurs. Nous allons opter pour un régime totalitaire menée par une figure que nous nommerons Maîtresse Ralecia et qui devra inspirer la terreur. Il est en effet impensable qu'il y ait la moindre insurrection ou le moindre questionnement, sans quoi nous mourrons tous de faim.

Sous Nostra, nous ne pourrons pas opter pour un régime si autoritaire car nous souhaitons que la pouponnière se porte bien. Il faudra cependant créer des pénuries permanentes pour leur donner l'espoir de trouver une vie meilleure lors de leur remontée annuelle. Le glanage sera fait directement à la sortie de Nostra ; les glanés ne devraient pas avoir le temps de voir le jour, ils seront emmenés sous Hoop immédiatement, à la suite de quoi nous leur ferons subir un effacement.

Nous sommes le mercredi 1er mai 2622, l'effondrement est prévu ce vendredi. L'effacement collectif de Nostra et Lonoré aura lieu le matin même de l'effondrement, nous avons donc beaucoup de travail. Mesdames et messieurs : à vos postes de travail. Nous nous reverrons à la prochaine réunion.

Jour de l'Effondrement.

Emiât avait dormi toute la journée. Il était dix-neuf heures quand il se rendit au réfectoire pour avaler ces horribles pilules de rationnement. Les premières récoltes arriveraient dans quelques semaines, il fallait être patient.

Les rescapés avaient vite pris leurs marques. Il régnait déjà une ambiance chaleureuse lorsqu'il arriva au réfectoire et tout le monde le salua révérencieusement. Chacun savait que son destin était lié à cet homme, il était donc de bon ton de se montrer cordial. Déjà, quelques personnes se pressaient à sa table pour parader, remonter un problème ou toute autre raison futile. Mais Emiât n'était pas dupe, il ne se laissait pas manipuler par des flatteries ou des subterfuges, il avait l'esprit clair et un objectif précis à accomplir. Il fit l'effort d'un sourire crispé, puis se dirigea vers l'Eldorado. Quasiment toute la population y était rassemblée en ce début de nuit. Un membre de l'Union s'approcha de lui :

— Bonjour Emiât, bien dormi ? Prêt pour cette grande journée ?

— Bonjour Léov. Je ne sais pas si on peut être prêt à un événement de cette ampleur. J'essaie de garder l'esprit clair pour ne pas penser aux conséquences de mon geste. Comment se passent les premiers jours sur Hoop pour notre groupe ?

— Très bien pour le moment. Les différents groupes de travail ont été constitués, nous sommes en train de refaire une vérification concernant la fertilité. Pour le moment nous avons très peu de jeunes gens fertiles, nous allons bien devoir compter sur la pouponnière pour renouveler notre population.

— En effet, j'avais soulevé ce problème lors de la constitution des groupes mais le SVPM est trop gangréné politiquement. J'aurais aimé refuser les personnes âgées, celles qui ont payé leur place et les personnes stériles, mais malheureusement j'avais les mains liées. C'était le prix à payer pour qu'ils acceptent de financer mon projet. Toujours est-il que nous devrons compter sur Nostra, en espérant que les glanés soient fertiles eux aussi.

— Oui effectivement. À ce sujet, je tenais à vous remercier d'avoir accepté mon épouse au sein de Hoop.

Emiât balaya la remarque d'un revers de main, visiblement agacé par ces considérations futiles. Lui-même n'avait pas d'épouse et cet aspect de la vie ne l'intéressait pas. Il se définissait comme asexuel et ses rares pulsions constituaient pour lui un facteur d'agacement, un manque de contrôle sur son esprit. Comme tout le monde, il avait passé le test de fertilité à ses dix-sept ans et en était ressorti fertile.

L'indice conjoncturel de fécondité était descendu à 0,5 enfant par femme en 2500, ce qui avait eu pour conséquence la signature d'une loi mondiale de gestion des naissances. Chaque individu masculin considéré fertile devait se rendre une fois par mois au centre de l'Abondance pour fournir ses gamètes et chaque individu féminin devait également subir une insémination tous les trois mois. Emiât était tenu de s'y plier comme tout le monde, mais cela avait pris fin à son arrivée sur Hoop.

Emiât réfléchissait à toute vitesse. Il était temps de vérifier que tout était en place et que les deux bunkers étaient prêts pour l'Effacement. Il se sentit tout d'un coup très vieux, un abattement lui tomba sur les épaules, la pression commençait à se faire ressentir. Il avait à peine vingt-et-un ans lorsqu'il avait répondu à la grande concertation ; alors fraîchement diplômé d'une grande école d'ingénieurs de Denver, il avait dessiné et imaginé les plans de la bombe fréquentielle et de la machine à effacer la mémoire. Ces deux projets menés conjointement et pensés selon le même plan directeur avaient fortement impressionné les grandes instances du SVPM.

Il s'ébroua, se ressaisit et parcouru d'un pas rapide les quelques mètres d'Eldorado pour se diriger vers les bureaux de l'Union. Léov l'avait suivi, et se tenait toujours derrière lui quand ils arrivèrent dans le bureau d'Emiât. Celui-ci était équipé du matériel de communication nécessaire pour joindre Lonoré et Nostra, une grande console dotée d'un matériel de pointe dont seul Emiât connaissait le fonctionnement. Il était presque vingt et une heures quand il déclara :

— Mesdames, Messieurs, nous sommes à cinq minutes de l'Effacement sur Nostra et Lonoré, j'enclenche la liaison avec les militaires sur place. Nostra, ici Hoop. M'entendez-vous ? À vous !

— Le son est clair, Hoop. Nous vous entendons.

— Est-ce que tous les parents ont été réunis dans la zone de stockage ? Les bébés sont-ils à l'abri ?

— Confirmé. Tout est sous contrôle.

— Vous disposez de quelques minutes pour remonter à la surface, j'enclenche le compte à rebours.

— Confirmé, Hoop. Nous repartons. Nous vous recontacterons une fois à la surface pour vérification.

Le compte à rebours affichait cinq minutes sur le cadran. Le temps semblait s'être figé dans le bureau ; chacun mesurait l'aspect historique de l'événement.

— 10, 9, 8, 7, 6, 5, 4, 3, 2, 1 : lancement de l'effacement.

Emiât appuya sur une touche de son clavier, puis ce fut le silence total.

— La responsable de Nostra a pour consigne de nous contacter après l'Effacement, nous lui avons laissé un papier dans la poche avec un texte précis. Nous allons attendre qu'elle nous recontacte pour voir si tout s'est bien passé.

Après de longues minutes d'attente, une voix fluette se fit entendre à l'interphone :

— Ici Nostra, m'entendez-vous ?

Emiât poussa un long soupir de soulagement et essuya la sueur qui perlait sur son front.

— Ici Hoop. Nous vous entendons fort et clair. Qui êtes-vous et où vous trouvez vous ?

— Je suis confuse et je ne comprends pas ce qu'il se passe. Nous sommes un grand groupe d'hommes et de femmes avec des bébés. Pouvez-vous m'éclairer ?

— Tout va bien, Nostra. Vous venez d'échapper à la destruction de l'humanité. Vous êtes sous Terra, la Civilisation 1 a échoué et vous êtes désormais les seuls rescapés, je ne sais pas combien de temps je vais pouvoir diffuser. Le gouvernement vous a sauvé, une fois que vos enfants auront atteint l'âge de dix-sept ans, vous devrez tirer au sort cinq personnes de leur âge pour remonter à la surface afin de constater si Terra est à nouveau viable. M'entendez-vous ?

— Oui, je vous entends...

— Est-ce clair pour vous ?

— Très clair. Nous obéirons.

— Je ne vous reçois plus, je perds la liaison...

— Hoop ?

— ...

Emiât prit quelques secondes pour se remettre de ses émotions. La première phase du plan avait parfaitement fonctionné. Les militaires remontés à la surface n'avaient pas donné signe de vie, ce qui était normal puisqu'ils avaient été fusillés à la sortie par une équipe de mercenaires. Tout se déroulait bien.

— Nous allons passer à la phase deux. Lonoré... Lonoré ? ici Hoop, m'entendez-vous ? À vous !

— Nous vous entendons, Hoop. À vous !

— Est-ce que tout le monde est dans la zone de l'effacement ?

— Confirmé Hoop !

— Vous disposez de quelques minutes pour remonter à la surface, j'enclenche le compte à rebours.

Tout se passa alors de la même manière que sous Nostra. La voix se fit entendre après quelques minutes.

— Ici Lonoré, m'entendez-vous ?

— Je vous entends Maîtresse Ralecia.

— Maîtresse Ralecia ?

— Oui, c'est votre nom. Vous venez d'échapper à la destruction de l'humanité. Vous êtes à six kilomètres sous terre. Le gouvernement vous a sauvé, ainsi qu'une seconde arche. Vous êtes donc redevables de fournir la nourriture une fois par semaine à la capsule que vous découvrirez en zone de fret. Si nous constatons la moindre baisse de la production, nous viendrons vous abattre un par un ! Nous avons tout pouvoir sur votre survie. Est-ce assez clair ? Aucune question n'est autorisée ! Vous ne devrez révéler notre identité à personne.

— C'est clair, Hoop, répondit la voix terrorisée.

— Reprenez-vous, Maîtresse Ralecia ! Vous êtes désormais la seule à connaître la vérité et cela doit rester le cas. Vous aurez tout pouvoir à partir de ce jour pour instaurer une politique de terreur. Je vous laisse vous organiser comme bon vous semble, mais n'oubliez pas, au moindre faux pas nous actionnerons les TPad pour vous exterminer. Vous avez à votre disposition des systèmes d'effacement de mémoire, n'hésitez pas à en faire une large utilisation. Fin de la connexion.

La phase deux était terminée. Emiât prit une longue inspiration, bu un grand verre d'eau et se mura dans le silence, la tête plongée dans ses mains : il semblait totalement abattu. Léov fut le seul à oser prendre la parole.

— Comment être sûr qu'elle sera à la hauteur ?

Emiât, le visage de marbre et le regard noir, fixa Léov.

— Les êtres humains sont toujours à la hauteur quand il s'agit d'exercer un pouvoir absurde et totalitaire. J'ai confiance, elle aura bien trop peur de mourir. Nous allons désormais passer à la troisième et dernière phase. C'est la plus difficile. Je vous remercie de votre aide depuis le début de cette triste aventure, il va être temps pour nous tous de nous diriger vers le Refuge.

Alors que les quatre membres de l'Union se dirigeaient lentement vers le couloir, Emiât sorti une arme de poing de sa poche et tira à bout portant sur chacun d'eux. Ils s'écroulèrent au sol dans un bruit sourd et formèrent une pyramide absurde de corps emmêlés.

Ridicules... Vous pensiez vraiment que je vous garderais avec moi, pensa-t-il. Il était désormais le seul maître à bord ; son autorité serait désormais incontestable. Il se débarrasserait des corps plus tard, il avait d'autres sujets plus importants à régler. Il se retourna sans même jeter un regard à ses victimes, s'éclaircit la gorge et appuya sur le bouton des haut-parleurs pour le lancement de la dernière phase.

— Habitants de Hoop. Il est l'heure de rejoindre le Refuge pour le lancement de la dernière phase. Le déclenchement aura lieu à quatre heures du matin, heure locale. Vous avez donc deux heures pour vous y rendre. Je vous rejoindrai à la dernière minute.

Il était désormais seul dans son bureau. Le déclencheur s'affichait sur sa console, fier, arrogant. Aurait-il le courage d'appuyer sur ce bouton, d'anéantir l'humanité, dans leur sommeil pour certains ou dans leur vie quotidienne pour d'autres. Des millions de personnes qui se réveilleraient dans quelques instants pour mener leur vie, aller au travail, à l'école. Des adolescents qui s'embrassaient pour la première fois et se juraient fidélité, des parents qui venaient de mettre au monde leur premier enfant, une petite fille qui apprenait à marcher…

Non, tout ça n'avait aucune importance, il était devenu insensible aux problématiques individuelles, seul comptait l'avenir de l'humanité et il fallait en passer par là. Il se leva et commença à déplacer les corps dans le couloir qui surplombait la gare de la TransCap, ouvrit la fenêtre et se mit à jeter les corps un à un. Il expliquerait que les membres de l'Union avaient décidés de se rebeller et qu'il n'avait eu d'autre choix que de les tuer pour le bien de tous. Personne n'oserait trouver quelque chose à redire.

Au terme des deux heures, il n'hésita pas une seule seconde. Il avait à peine quinze minutes pour rejoindre le Refuge. Seul dans son bureau plongé dans le noir, assis sur une chaise froide en acier, il appuya sur le déclencheur dans un geste assuré sans le moindre tremblement. Le compte à rebours était lancé. Il prit alors le chemin du Refuge, souriant.

L'humanité était sauvée !

7   CLEO

HOOP

De nos jours.

— Evan ! Ouvre les yeux ! Je t'en supplie !

Le visage baigné de larmes, Énarué caressait le visage d'Evan, « Je n'arrive pas à le réveiller, Elet. Il a un énorme hématome sur le haut du crâne !

— Au-secours ! Aidez-nous ! hurla Elet à travers la porte.

Personne ne répondit à son cri déchirant. Énarué, Jouan, Elet et Dérouan étaient tous enfermés dans une grande salle plongée dans l'obscurité depuis quelques heures. Chacun se réveillait petit à petit et les souvenirs commençaient à refaire surface.

Evan ouvrit finalement les yeux, le visage baigné de sang, sa bouche avait doublé de volume.

—Où sommes-nous ? articula-t-il difficilement.

Énarué éclata en sanglots et se réfugia dans ses bras. Evan lui caressa les cheveux tendrement en lui murmurant des mots tendres. Jouan essayait d'ouvrir la porte depuis quelques minutes, en vain. « Je ne sais pas où on est, on a été assommé dès notre sortie, puis je me suis réveillé dans cette pièce ».

— On va devoir se calmer et réfléchir. Énarué, est-ce que tu perçois quelque chose ?

— Elle n'est pas en état, Elet ! Laisse-la tranquille ! rugit Evan qui blêmit instantanément.

— Parce que tu croyais que ça allait être une partie de plaisir ? Qu'on allait se balader tranquillement et rentrer quelques jours plus tard ? On peut déjà être heureux d'être encore en vie ! éructa Elet.

Dérouan tira doucement la manche d'Énarué, il la regarda dans le blanc des yeux : « Op ».

— Arrêtez de hurler s'il vous plait ! Dérouan, que se passe-t-il ? demanda-t-elle en lui tenant la main.

— « Op ! » Dérouan tremblait, il ne tenait plus debout tellement l'émotion le submergeait. « C'est Op, Énarué ! ».

— Cette salle s'appelle : Op ?

— Oui.

Le visage de Dérouan se raidit, il se mit à convulser, allongé au sol, le visage tendu et blême et ses lèvres se teintèrent de bleu. Il ne respirait plus.

— Dérouan ! Aidez-moi ! Tenez-le ! hurla Énarué, qui avait commencé à lui faire un massage cardiaque.

Elet passa ses doigts sur son cou pour sentir son pouls : « C'est trop tard, il est mort. Son cœur était trop fragile pour supporter tout ça », dit-il la voix brisée.

C'était l'émotion de trop pour Énarué. Incapable de se contrôler, elle hurla à pleins poumons. L'air fut aspiré, les corps vibraient, chacun essaya de s'approcher d'elle mais elle dégageait tellement de puissance qu'il était physiologiquement impossible d'y arriver. Dans un dernier effort, à bout de souffle, Evan réussit à lui toucher la main : « Énarué, ta mère a besoin de toi, arrête ! ». Son visage transfiguré pivota vers lui et elle plongea ses yeux dans les siens. Toute sa colère retomba et elle s'écroula à côté d'Evan, exsangue. De longues minutes collantes et poisseuses passèrent, allongés les uns contre les autres dans le silence et l'obscurité, absorbés par leurs pensées respectives.

Un cliquetis léger fit frémir Énarué et la porte s'ouvrit brusquement. Quatre personnes furent poussées dans la pièce sans ménagement. Jouan se leva précipitamment :

— Qui êtes-vous ? Où sommes-nous ? demanda-t-il sur un ton agressif.

— Je m'appelle Mérin. Voilà Léonor, Sebastian et Eslie. Nous venons de Lonoré. Nous ne savons pas où nous sommes. Et vous qui êtes-vous ?

— Je suis Jouan. Elle s'est Énarué, Evan et Elet. Et voilà Dérouan… Il vient de mourir… nous n'avons rien pu faire pour l'aider… sans doute un arrêt cardiaque.

Nous venons de Nostra. Nous sommes enfermés dans cette pièce depuis des heures, ou peut-être des jours… en fait, nous n'en savons rien. Nous ne savons même pas où nous sommes…

— Vous croyez qu'on nous écoute ? demanda Mérin, inquiet.

— Non, il n'y a rien dans cette pièce hormis les sièges que vous voyez là, répondit Elet.

Jouan désigna cinq sièges sur lesquels étaient disposés des casques intégraux. Sebastian s'approcha des sièges, tata le premier casque, le prit dans les mains et réfléchit un long moment. « Ce sont des effaceurs ! ». Elet, méfiant, s'approcha de Sebastian : « Pardon ? Des quoi ? »

— Une technologie qui permet d'effacer la mémoire. Mais ne vous inquiétez pas, nous savons comment l'annihiler. Là d'où nous venons, ils l'utilisent fréquemment. Nous avons réussi à nous échapper comme ça.

— Je ne comprends rien à ce qu'il se passe, ajouta Énarué. Nous sommes en train de discuter avec de parfaits inconnus qui disent venir de Lonoré ? Notre Alter nous a dit qu'il existait une deuxième colonie, est-ce vous ?

Eslie s'installa au sol et leur raconta brièvement toute leur histoire, des débuts à leur échappée par la TransCap. Le groupe resta bouche-bée à la lumière de ces nouvelles révélations.

— Nous sommes arrivés dans un gigantesque entrepôt, situé juste à côté de la gare. Nous sommes sortis dans le premier couloir et nous nous sommes fait surprendre par un homme. Il nous a poussés jusqu'ici et il a dit « Vous êtes sur Hoop, restez tranquille, je reviendrai dans un moment ».

— Je crois qu'il a dit comment il s'appelait, ajouta Sebastian. Curd, je crois.

— Mais votre colonie est affreuse ! Vous avez dû vivre un enfer ! Dire que nous pensions être mal lotis, souffla Énarué.

— Oui et nous avons laissé des amis là-bas. Vous dites venir de Nostra ? Où se trouve cette colonie ? dit Sebastian en enfouissant son visage dans ses mains.

— Je ne sais pas où elle se trouve. Nous avons été assommés à notre sortie, nous venons de nous réveiller il y a quelques heures. Evan est gravement blessé… précisa-t-elle en désignant sa blessure de la main.

Mérin se leva et s'approcha d'Evan qui eut un bref mouvement de recul. « Je pense que nous pouvons te soigner, si tu es d'accord Evan. Tu vas devoir nous faire confiance », dit-il en jetant un coup d'œil à ses amis.

Léonor, Eslie et Sebastian s'approchèrent et posèrent leurs mains sur le crâne d'Evan. Alors le rituel commença et, dans cette pièce si sombre, si angoissante, surgit une douce lumière qui réchauffa le cœur de chacune des personnes présentes. Sebastian fut le premier à enlever sa main après quelques minutes, épuisé et le visage ruisselant de transpiration : « On ne pourra pas faire mieux, mais c'est déjà ça ».

Énarué s'approcha d'Evan en tremblant : la plaie était toujours bien présente, mais la peau s'était rejointe, la blessure apparaissait maintenant nettement plus superficielle.

— Comment avez-vous fait ça ? balbutia-t-elle, une larme au coin des yeux.

— Je ne sais pas, nous avons découvert ce pouvoir pendant une séance de torture. Nous avons alors réussi à outrepasser la douleur qui nous était infligée et nous avons soigné la blessure d'Eslie à l'aide de ce son. Personne ici ne sait l'expliquer ; c'est un son qui sort de nous et qui vibre sur une fréquence qui permet de nous sentir mieux psychologiquement, mais également de guérir les blessures.

— C'est incroyable ! Parle-leur de ta particularité, Énarué, ajouta Jouan.

— Ça n'est pas aussi impressionnant mais j'arrive à visualiser ce que je nomme : les airs. Je ne sais pas encore comment expliquer à quoi cela peut servir, mais si je me concentre, j'arrive à capter les émotions et les vibrations qui vous entourent. Elles m'apparaissent nettement et sous la forme de personnages, paysages, couleurs. J'arrive également à manipuler l'air autour de moi, il m'apparaît plus léger ou plus dense, en fonction des circonstances.

— C'est un peu comme si tu sondais notre âme ? demanda Léonor en caressant sa cicatrice, ça me semble improbable.

— Oui, on peut le dire comme ça. J'arrive à me déplacer dans le noir également, je suis capable de ressentir tout ce qui compose l'espace, j'entends des sons au fur et à mesure que je m'approche et l'air durcit, répondit-elle.

Léonor la regardait, visiblement impressionnée par cette femme, si petite mais si déterminée.

— Donc si je récapitule, nous venons tous de deux communautés différentes, installées sous terre et là, nous sommes arrivés dans un endroit qui s'appelle Hoop. Vous pensez que nous y sommes encore ?

— Je ne sais pas, mais ce qui est certain, c'est qu'il fait extrêmement chaud, ajouta Mérin. Écoutez, quelqu'un va finir par entrer dans cette pièce et ils vont certainement nous effacer la mémoire. Ne vous débattez pas, coopérez. Nous nous occuperons d'anéantir les effets de leur machine. Il faudra ensuite jouer la comédie et faire comme si vous ne vous souveniez plus de rien. Cela nous laissera du temps pour comprendre où nous sommes et établir un plan.

— Pourquoi partir du principe qu'ils nous veulent du mal ? demanda Elet.

— Parce que vous avez été assommés et que nous sommes enfermés. Je préfère être méfiant. Donc restons discrets, on avisera par la suite, répondit Mérin.

Quelques instants plus tard, la porte s'ouvrit sur trois hommes armés, accompagnés d'une femme plus âgée dont le large sourire illuminait tout son visage. Mérin reconnu immédiatement Curd mais ne laissa rien transparaître.

— Bonjour à tous, je m'appelle Tamie. Je suis la doyenne du cercle de l'union sur Hoop. À ce titre, je représente l'autorité dans notre communauté. Avant de vous révéler où nous sommes et qui nous sommes, je vais vous demander de vous installer sur les sièges, nous allons simplement vous proposer une séance méditative pour que vous soyez dans les meilleures conditions.

Tout le monde s'installa et les gardes ajustèrent les casques sur chacun d'eux. Curd s'approcha de Mérin et chuchota au creux de son oreille : « J'ai placé du tissu dans ce casque et dans deux autres pour que le son soit atténué. Essayez de ne pas vous concentrer sur le son, ils vont vous effacer la mémoire, bonne chance ! »

Mérin ne fit aucun commentaire, il se contenta de fixer Curd intensément dans les yeux, comme pour essayer de deviner ses intentions. Mérin lança le sifflement une fois les gardes et Tamie sortis de la pièce. Ce fut alors la cacophonie habituelle, parfaitement contrôlée et anéantie par le groupe.

— Tout le monde va bien ? Vous vous souvenez de tout ? chuchota Eslie une fois les casques éteints.

À peine quelques secondes plus tard, les gardes et Tamie firent leur apparition.

— Bonjour à tous, je m'appelle Tamie. Je suis la doyenne de cercle du l'union sur Hoop. À ce titre je représente l'autorité dans notre communauté.

Vous êtes des survivants de la fin de Civilisation 1. Nous sommes la seule communauté ayant survécu à la suite de l'anéantissement de l'humanité, nous vous avons sauvé la vie. Les gardes ici présents se chargeront de vous présenter votre nouvel environnement. Je leur fais confiance pour tout vous expliquer.

Vous allez rencontrer des difficultés avec la luminosité, je vous propose donc de porter les lunettes que voilà pendant quelques jours. Avez-vous des questions ?

Personne n'osa prononcer un mot, le silence régnait dans la pièce. Tout le monde jouait parfaitement son rôle.

— Très bien. Si vous n'avez pas de questions, nous nous reverrons dans quelques jours, quand vous vous serez reposés, ajouta-t-elle en souriant.

Quelques heures plus tard, après avoir fait un tour rapide de Hoop et alors qu'ils étaient tous douchés, repus et installés dans leur dortoir, ils purent enfin échanger. Elet avait le visage fermé quand il prit la parole.

— Merci d'avoir sauvé notre mémoire, j'ai trop de beaux souvenirs sous Nostra, dit-il en posant son regard sur Énarué.

— Qu'est-ce qu'on fait maintenant ? demanda Eslie.

Au même moment, Curd et Charly firent irruption dans la pièce. Leurs hautes silhouettes dégingandées et le large sourire qu'ils arboraient trahissaient instantanément leurs intentions pacifiques.

— Ne vous inquiétez pas, nous sommes de votre côté, dit Curd, en levant immédiatement les mains en signe de paix, un sourire malicieux accroché aux lèvres.

— C'est vrai ! Curd m'a averti du danger au moment de mettre mon casque, ajouta Mérin.

— Je vous présente Charly, mon meilleur ami, il a participé au glanage cette année.

— Toutes mes excuses pour le coup sur la tête, ce n'est pas moi qui ai frappé, mais j'imagine que tu as dû beaucoup souffrir.

— En effet ça n'était pas une partie de plaisir... Je m'appelle Evan. Je vous présente Énarué, Jouan et Elet.

— Enchanté !

— Et je m'appelle Sebastian, voilà Mérin, Léonor et Eslie.

— Bon... qu'est-ce qu'on doit savoir sur Hoop ? demanda Evan, impatient.

Charly se concentra quelques instants avant de répondre.

— Nous sommes une communauté d'environ cinq-cents personnes. On est installés dans un site troglodytique qui a été aménagé et creusé dans la montagne pour que l'humanité puisse se reconstruire. Enfin, ça c'est le discours officiel... Ils vont vous proposer des ratiopilules à partir de demain ; je vous déconseille de les avaler, je les suspecte de nous maintenir en état de confusion.

— Oui, c'est évident Charly ! J'ai vu ce qu'ils leur ont fait ! Ils effacent leur mémoire ! Depuis que je ne prends plus les pilules, je me sens bien plus lucide. Qui dit qu'ils n'ont pas fait la même chose avec nous ? Regarde-nous, on leur ressemble ! Comme beaucoup d'autres personnes sur Hoop d'ailleurs.

En effet, leur apparence laissait peu de place à interprétation, ils avaient pris quelques couleurs depuis quelques mois mais leur peau pâle et fine et leur chevelure blanche pour Curd et blond platine pour Charly se mêlaient parfaitement au groupe de Nostra. Le visage d'Énarué se crispa, elle fronça les sourcils, puis s'approcha de Curd. « Mais oui ! Je te reconnais maintenant, tu étais une jeune fille, tu avais les cheveux plus longs. Et toi aussi Charly ! C'est incroyable ! ».

— Je me suis souvenu récemment d'une femme qui s'appelait Cléo. Est-ce qu'elle est toujours sous Nostra ? demanda Curd anxieux.

— Oui, bien sûr, je la vois souvent, elle travaille au stock avec moi, répondit Evan.

— Je crois que nous formions un couple. J'ai eu un souvenir très précis de son visage et de son baiser, ajouta Curd, le regard fixe et le regard baissé.

Un silence ému accompagna le souvenir de Curd.

— Je propose que nous profitions des prochaines semaines pour nous familiariser à la vie sur Hoop, nous pourrons envisager la suite à tête reposée, qu'en pensez-vous ? ajouta Jouan en brisant la sérénité qui venait de s'installer.

— Vous nous emmenez faire un tour ? demanda Énarué, curieuse de découvrir ce nouvel environnement.

Curd et Charly précédèrent le groupe dans le couloir qui menait aux espaces communs et leur expliquèrent que de nombreux dortoirs étaient inutilisés faute d'un nombre suffisant d'habitants. Nostra leur permettait de pallier aux difficultés de fertilité de Hoop mais le nombre de glanés ne suffisait pas à agrandir la population.

Le couloir était largement éclairé à l'aide d'un nombre incalculable de lampes à LED fixées au mur et qui diffusaient une douce lumière bleutée. En arrivant dans le vaste réfectoire, Énarué eut une sensation de vertige tant le lieu était démesuré et le vacarme assourdissant, elle vacilla légèrement mais Evan la rattrapa. Curd leur expliqua qu'ils auraient trois repas par jour, d'une manière si nonchalante qu'Evan se demanda s'il avait bien entendu. Il regarda Énarué, Jouan et Elet qui, cachés derrière leurs lunettes de soleil, semblaient tout aussi abasourdis par cette annonce. Des dizaines de personnes étaient assises autour de tables rondes en bois et discutaient tranquillement sans remarquer la présence du nouveau groupe. En passant à côté d'eux, quelques visages pivotèrent discrètement pour les regarder mais leur regard paraissait absent, comme déconnectés de la réalité. Curd poussa une porte au fond du réfectoire pour les emmener à l'Eldorado.

En passant la porte, la pièce principale se matérialisa devant Énarué qui resta bouche-bée. Les dimensions étaient gigantesques, aussi bien en profondeur qu'en hauteur. Des escaliers semblaient surgir de chaque recoin pour mener aux différents paliers et d'immenses filets reliaient les étages entre eux. Une multitude d'habitants déambulaient dans l'Eldorado, reliant un espace à un autre, discutant, ou simplement se prélassant sur les filets. Pour compenser le manque de luminosité, d'énormes puits de lumière artificielle avaient été disposés au sol et au plafond rendant l'atmosphère très chaleureuse. Un tableau monumental couvrait tout le plafond, Énarué fut tentée d'ôter ses lunettes tant il l'obsédait, mais elle retint son geste au dernier moment.

— C'est un pantone, lança Charly, qui avait vu la réaction d'Énarué. Ce sont toutes les couleurs réunies à un même endroit. Si tu veux, on y monte pour le voir de plus près ?

Énarué posa son pied sur le filet et la sensation de vertige la terrifia. Il fallut des trésors de patience et de douceur à Charly pour lui faire accepter qu'il n'allait pas s'effondrer sous son poids. Ils grimpèrent jusqu'au cinquième étage de la vaste pièce lentement, respectant les craintes de chacun. Le sol était toujours visible au travers des filets et Curd leur demanda de s'allonger sous le vaste pantone pour admirer le tableau. Mérin resta sans voix devant la beauté de cette pièce, son tableau majestueux et la douceur qui y régnait. Il eut une pensée pour Myria et se promit de ne pas les oublier. Durant de longues minutes le temps s'arrêta et chacun prit plaisir à écouter Curd et Charly leur expliquer le fonctionnement de Hoop. Toutefois la chaleur écrasante les gênaient depuis leur arrivée, entravait leurs mouvements et leur coupait la respiration, mais ce n'était rien comparé à celle qui les attendait à l'extérieur selon Charly.

-

Quelques semaines étaient passées depuis cette discussion et le groupe était désormais parfaitement intégré. Chacun avait pris ses marques au sein de cette communauté joyeuse et bienveillante. Aucun membre de l'union n'était venu à leur rencontre pour leur parler de cette journée, tout le monde agissait comme s'ils faisaient partie du groupe depuis toujours.

Énarué avait commencé à sentir des changements en elle, ses sens étaient décuplés, les airs de chaque habitant lui apparaissaient bien plus limpides que sous Nostra. Ils venaient à elle sans qu'elle ait besoin de se concentrer, c'était comme rencontrer le second habitant enfoui en chaque personne.

Ils avaient pu ôter leurs lunettes de soleil, leurs yeux désormais acclimatés à la luminosité. Alors ils avaient passé des heures dans l'Eldorado à regarder les tableaux et le pantone de couleurs mais également à jouer aux cartes, à rire, à se délecter de la cuisine préparée, entre autres, par Eslie et Jouan qui avaient décidé de rejoindre l'équipe des cuisines.

Énarué, Evan et Mérin avaient rejoint Curd et Charly dans l'équipe des surveillants. Elet, travaillait à la bibliothèque et Léonor et Sebastian travaillaient à la zone de fret de marchandises. Ils se retrouvaient toujours le matin pour échanger sur leur nuit de travail. Ce matin, Curd avait sa mine des mauvais jours.

— Ils ont planifié une sortie de reconnaissance. Je déteste ça ! Il fait si chaud !

— Ah oui ? Et qu'est-ce que vous allez faire précisément, répondit Jouan d'un air moqueur.

— Autre chose qu'éplucher les pommes de terre…

Jouan, hilare, lança un oreiller au visage de Curd.

— Tu sais ce qu'elle te dit la pomme de terre ?

— On va devoir sortir la nuit prochaine pour mesurer la température extérieure et voir si l'on retrouve de la vie.

— Quelle vie ?

— Des animaux, de la végétation, quelque chose qui laisserait à penser qu'une vie serait possible. Charly a vu un arbre et quelques fleurs lors du glanage, c'est bon signe.

— Je ne veux pas que tu y ailles, il y a trop de vent, c'est dangereux, tu es si fatiguée en ce moment, dit Evan en caressant le dos d'Énarué.

— Ça va aller, je suis parfaitement capable d'y aller comme les autres, répondit-elle dans le creux de son oreille.

— Vous êtes dégoutants, épargnez-nous, par pitié ! s'esclaffa Léonor, en jetant son oreiller sur Evan et en éclatant de rire.

Plus tard, alors que tout le monde était profondément endormi, Énarué rejoignit Evan dans son minuscule lit.

Blottis l'un contre l'autre, ils continuaient de se découvrir jour après jour, Evan avait passé une main sous son tee-shirt et caressait la pointe de ses tétons durcis par l'excitation. Il adorait par-dessus tout ces moments qui leur donnaient l'impression d'être seuls au monde. Il commença par effleurer de sa bouche son front, puis son nez, il évita la bouche pour suçoter ses tétons puis enhardi par la réaction d'Énarué qui gémissait, descendit entre ses cuisses. Après un long moment qui la laissa exsangue, il entra en elle et, discrètement, ils plongèrent dans l'univers qui n'appartenait qu'à eux.

— Je me sens constamment épuisée, je crois que je vais aller voir un médecin demain avant la sortie. J'avais mis ça sur le compte des derniers événements et de la chaleur mais je crois que je préfère en avoir le cœur net.

— Oui, si tu penses que c'est nécessaire il faut le faire. Je t'aime beaucoup trop et te voir si fatiguée m'inquiète un peu ces derniers jours.

— Evan, c'est la première fois que tu me dis que tu m'aimes…

Evan leva les yeux au ciel et ajouta, moqueur : « J'ai dit ça ? »

Énarué lui pinça les côtes et lui susurra : « Moi aussi je t'aime, je suis heureuse ici, même si ma mère me manque énormément.

— Rien ne me manque à moi ! Nous devrions dormir un peu, la nuit a été intense dans tous les sens du terme, dit-il, en souriant.

La grande porte ovale en acier qui barrait l'accès à Hoop était encore verrouillée pour quelques secondes. Evan eu juste le temps de se pencher vers Énarué : « Alors ce rendez-vous ? »

Énarué, le visage fermé, les yeux rougis n'eut pas le temps de répondre. Déjà le compte à rebours était lancé. « Ouverture de la porte principale dans dix secondes, en position ! »

La règle était stricte : pour lutter contre le Bravent, il fallait avancer en formation serrée. Cette nuit, leur groupe était composé de sept personnes, le meneur avançait toujours de front, derrière lui se tenaient deux hommes à la carrure imposante ; derrière eux, au centre, se trouvait Énarué qui pouvait enfin tirer bénéfice de sa petite taille, car elle était à l'abri du vent ; et enfin derrière elle, de dos, les trois personnes restantes. Ils se déplaçaient en bloc pour éviter que le vent ne les emporte, mais également pour parer à toute attaque d'animal sauvage. Depuis cent ans, aucun animal terrestre n'avait été recensé aux abords de Hoop. Seuls quelques rapaces nocturnes faisaient entendre leur cri dans la nuit.

D'abord la nuit d'encre. Énarué suffoqua. Le choc fut intense. Une chaleur insoutenable agressait chaque partie de leur corps. Les quelques centimètres de peau laissés à l'air libre étaient fouettés par le Bravent qui ne cessait jamais de rugir. Le meneur ne pouvait pas se faire entendre à l'avant du groupe, son message était donc toujours répété de l'avant vers l'arrière. Ils avaient convenu au préalable de diviser la zone autour de Hoop en quatre temps : ils commenceraient par le nord puis l'ouest, le sud et l'est pour enfin revenir sur leur pas.

Le meneur marchait plein nord ; Énarué en profita pour ouvrir en grand ses yeux abimés. Elle ne savait pas encore comment annoncer la nouvelle à Evan et aux autres, mais elle n'avait pas le temps d'y réfléchir maintenant. Pour le moment, il fallait avancer tout droit sans faillir. Autour d'eux, le spectacle était saisissant : un halo de clair de lune faisait apparaitre un paysage minéral, une immense plaine composée de milliers de pierres, galets polis par le vent et rochers amoncelés au hasard des caprices du temps. Il était difficile de focaliser son attention sur une zone en particulier tellement la souffrance était intense. Au terme de quelques heures, le meneur marqua une pause derrière un immense bloc de roches. « Installez-vous, on va débriefer ». Chacun resta prostré dans le silence quelques instants, il fallait d'abord reprendre des forces et absorber ce choc aussi bien physique qu'émotionnel.

— On a quadrillé les zones nord et ouest. Est-ce que vous avez vu quelque chose d'intéressant ?

Le meneur et le premier rang avaient pour unique fonction d'ouvrir la voie et par conséquent ne pouvaient observer le paysage. Ce rôle était attribué au poste central d'Énarué ainsi qu'à la troisième ligne de dos.

— Non, je n'ai vu que du vent et de la roche…

— Pareil pour moi, ajouta Curd qui faisait partie de la troisième ligne avec Mérin.

— Très bien, je fais un relevé de température et on y va !

Le thermomètre indiquait 45°C, c'était 1°C de moins qu'à la dernière sortie. Le meneur se replaça en première position, et le groupe repartit plein sud. Énarué trouva subitement la marche plus facile car le vent les poussait dans le dos. Elle en profita pour contempler plus précisément le spectacle que leur offrait Terra. Après des années passées à l'imaginer, voilà qu'elle avait tout le loisir de l'admirer, et force était de constater que son imagination n'avait pas été à la hauteur. Le vent omniprésent et brutal charriait des notes acides et une forte odeur de ferraille. Elle passa la langue sur ses lèvres et sentit les grains de sable mêlés à sa sueur. Leur goût était métallique comme si elle goûtait à son propre sang. Une rafale la projeta quelques pas en arrière et ses coéquipiers la rattrapèrent de justesse.

Après quelques minutes, il lui sembla percevoir un changement de paysage. En s'approchant, ils arrivèrent devant une étendue infinie de roches moussues sur lesquelles avaient poussé quelques arbustes épineux disséminés dans les failles. Le groupe s'arrêta, saisi par ce spectacle. En posant la main sur de la mousse, Énarué laissa échapper un soupir de satisfaction.

Curd était à genoux, le visage plongé dans la végétation pour sentir son odeur :

— Vous avez senti ? Je ne saurais même pas décrire l'odeur, c'est merveilleux !

— Vous croyez que la Terre se reconstruit ? demanda Charly.

— La dernière reconnaissance remonte à quelques mois, et il n'y avait pas autant de mousse sur ces rochers ; je ne me souviens pas avoir vu d'arbustes non plus, mais je dois consulter mon carnet. Donc je dirais que c'est bon signe, ajouta le meneur. Il est temps de rentrer, la température remonte, le jour ne va pas tarder à se lever.

Mérin n'avait pas dit un mot depuis le début de la sortie. Le visage fermé, le regard fuyant, il semblait ne pas être dans la même réalité. Il était rentré la tête basse et s'était dirigé directement vers la douche. L'eau brûlante lui permettait de laver sa colère, il y resta de longues minutes jusqu'à ce que la douleur le rappelle à l'ordre.

Plus tard alors qu'ils étaient tous réunis au réfectoire, Curd demanda à Mérin :

— Qu'est-ce qu'il se passe ? Tu as eu l'air absent toute la journée.

— Je ne sais pas, je n'arrive pas à me réjouir autant que vous. Je n'arrête pas de repenser aux amis qu'on a laissés sous Lonoré. Je trouve ça indécent de rire et de manger alors qu'ils mènent une vie affreuse. Je leur avais promis de les libérer et je n'ai pas envie d'oublier cette promesse.

— Tu as raison, ajouta Sebastian. Avec Léonor on transporte les bacs de leur production toute la journée, et on a de plus en plus de mal à se contenir. Il va falloir qu'on discute de la suite, je ne peux pas envisager de rester les bras croisés.

Elet, qui n'avait pas dit un mot depuis le début de la conversation se leva et ajouta nerveusement :

— Réfléchissez un petit peu. Si Lonoré ne fournissait pas la nourriture et Nostra les enfants, comment pourrions-nous reconstruire l'humanité. Le système est imparfait mais je ne vois pas comment le changer...

— Même si j'ai le sentiment d'avoir trouvé ma place, je crois que Sebastian et Mérin ont raison, lança Jouan. Nous devrions au moins en discuter.

— C'est tout réfléchi pour ma part, je veux les libérer. Je suis persuadé qu'il est possible de réussir la même chose dans un système pacifique ! À vue de nez, ils sont beaucoup plus nombreux sous Lonoré. Si nous arrivons à les faire évader, nous pourrions forcer les dirigeants de Hoop à trouver un meilleur système, s'exclama Mérin en tapant du poing sur la table.

— Calme toi, on va se faire repérer ! Comment veux-tu faire évader mille personnes ? Avec la TransCap ? On doit pouvoir y mettre cinquante personnes au maximum.

Un signal sonore strident interrompit leur discussion. « C'est le signal d'une annonce collective, on doit se rendre à l'Eldorado » annonça Curd, inquiet.

Tous les habitants de Hoop étaient rassemblés et le brouhaha emplissait chaque cellule du corps d'Énarué. Elle trépignait, s'agitait nerveusement et jetait des regards de gauche à droite. Après un long moment d'attente, Tamie fit son entrée suivie des trois membres de l'Union et s'installa au centre de la pièce.

— Mesdames et Messieurs, je tiens d'abord à m'excuser pour cette convocation tardive mais nous avons une bonne nouvelle à vous annoncer. Comme vous le savez tous, nous organisons une petite cérémonie à chaque fois que l'événement se présente et c'est le cas aujourd'hui ! Énarué, veux-tu bien t'avancer au centre de la pièce s'il-te-plait ?

Evan fixa Énarué d'un regard inquiet :

— Il se passe quoi là, Ena ?

— Je n'ai pas eu le temps de te le dire, je devais le faire ce soir…

— Énarué, s'il-te-plait, tout le monde attend ! lança Tamie d'une voix sonore.

Énarué se leva la peur au ventre. Elle aurait voulu annoncer elle-même la nouvelle à Evan mais elle avait été trop bouleversée par cette révélation dans la matinée. Elle sentit le poids du regard de la colonie, mais également celui d'Evan qui paraissait très inquiet. Tamie la prit par les épaules ; son visage rayonnait.

— Mesdames et Messieurs je vous annonce officiellement la première grossesse de l'année 100 sur Hoop ! Elle nous a été confirmée dans la matinée ! Toutes nos félicitations !

La foule se leva et entama une salve d'applaudissements ; certains poussaient des cris d'encouragement. Tamie prit alors la petite main d'Énarué et la souleva en l'air d'un geste brusque.

Alors l'air se figea subitement.

Elle tourna la tête vers Tamie, mais celle-ci ne semblait avoir remarqué aucun changement et continuait à sourire et à brandir sa main. Énarué fit alors la connaissance de son premier air. Une brume fantomatique électrique tournoyait autour d'elle : en approchant sa main, elle ressentit une vibration sourde qui fit résonner tout son corps tel un diapason.

Son deuxième air était violet, la couleur de l'ambition et du mystère. Il traversait la brume de part en part dans une danse frénétique.

Son troisième air se révéla à elle sous la forme d'une forte odeur métallique. Du sang coulait de sa bouche et des cris déchirants résonnaient dans sa tête.

Elle se trouvait maintenant dans un long couloir creusé dans la pierre, sa main pouvait nettement ressentir la paroi humide. Après quelques pas, elle arriva dans une large pièce. Au centre, un vaste bureau et au fond de la pièce une console sur laquelle étaient disposés des dizaines de boutons.

Elle se dirigea vers le bureau sur lequel était posé un énorme manuscrit et lut : *Hoop – Les Origines*.

— Poussez-vous ! Laissez-la respirer ! hurla Evan.

Evan avait bondi lorsqu'Énarué était tombée au sol. Elle avait finalement ouvert les yeux au bout de quelques secondes et il avait senti qu'il s'était passé quelque chose.

— Je la ramène au dortoir, elle a eu une dure nuit, elle est juste épuisée, poussez-vous !

Tamie la regarda partir d'un air joyeux, derrière ses petites lunettes rondes. Son malaise n'avait pas affecté sa bonne humeur. Une naissance sur Hoop n'était pas arrivée depuis deux ans, c'était le signe que tout allait s'arranger.

-

Tout le groupe était au chevet d'Énarué, les mines étaient graves, les visages tirés.

— Je suis désolée, Evan. Je voulais te l'annoncer ce soir mais il faut croire que j'ai été devancée.

— Ça n'a aucune importance, tout ce que je veux c'est que tu sois en bonne santé. Tu vas pouvoir te reposer, souffla-t-il en lui caressant la nuque.

Énarué se redressa péniblement, assise dans son lit, les cheveux ébouriffés, elle murmura :

— Quand Tamie m'a pris la main, j'ai senti ses airs et j'ai eu des visions. Est-ce que vous avez connaissance d'un livre qui s'appelle « Hoop - Les Origines » ?

— Bien sûr ! répondit Curd fébrile. J'ai déchiré sa première page il y a quelques semaines, il est sur le bureau de Tamie.

— J'ai lu tout le livre ; je connais maintenant toute l'histoire.

— Mais tu es restée au sol à peine quelques secondes, comment est-ce possible ? demanda Jouan d'un ton suspicieux.

— Aucune idée ! J'ai eu la sensation de passer du temps dans ce bureau, en tout cas suffisamment pour lire un livre. Toujours est-il que je sais comment la Civilisation 1 a disparu. Nous avons été placés sous Nostra pour servir de pouponnière et Lonoré ne sert qu'à assurer l'approvisionnement en nourriture de Hoop. Au moment où nous avons été placés dans les trois colonies, ils ont tué l'ensemble de la population mondiale avec une bombe fréquentielle qui a fait exploser les organes de tous les êtres humains. Nous sommes les seuls survivants d'une extinction de masse orchestrée par un homme qui s'appelait Emiât Tromcem. Et comme si ça ne suffisait pas, Tamie et les membres de l'Union entretiennent sciemment des pénuries sous Nostra et un régime totalitaire sous Lonoré.

Chacun prit le temps de mesurer l'impact de la portée des révélations d'Énarué. L'air de la pièce semblait s'être soudainement solidifié ; on ne percevait que le bruit des respirations et des sanglots de Jouan.

— Il a tué des millions de personnes ! C'est ahurissant ! Et tu dis qu'il a formé Tamie, ça veut dire qu'elle est aussi mauvaise que lui, hoqueta Jouan.

— Je ne suis pas sûre, ses airs ne me paraissent pas inquiétants. J'ai l'impression qu'elle a beaucoup souffert, je crois qu'elle n'a pas eu une enfance facile. J'ai ressenti beaucoup de mystère, mais j'ai également goûté la souffrance mêlée à la présence de sang.

C'était la révélation de trop pour les anciens habitants de Lonoré. Mérin ne se contenait plus.

— Je crois qu'après tout ça, on ne peut plus rester ici les bras croisés, qu'en dites-vous ?

— Oui, c'est évident, ajouta Jouan. On va établir un plan pour les libérer. En attendant qui participe ?

Tout le monde leva spontanément la main.

— Il est hors de question que tu participes à ça, Énarué ! Tu dois prendre soin de toi, dit Elet d'un ton sévère.

— Vous ne me tiendrez pas à l'écart. J'ai autant envie que vous de les libérer, et ma mère est malade elle aura besoin de moi, dit Énarué en le regardant, inquiète.

— Comme tu veux, mais tu resteras avec moi en permanence, on ne prend aucun risque ! ajouta Evan sur un ton catégorique.

— Ça veut dire que je vais retrouver Cléo ? demanda Curd.

— Oui, mais il faut qu'on réfléchisse à la meilleure façon de procéder. Mérin, tu fais partie du groupe qui connait le mieux Lonoré : qu'est-ce que tu suggères ?

— Il va falloir y retourner avec la TransCap ; une fois sur place, ça risque d'être compliqué. Ils ont un service d'ordre bien organisé à la botte d'une cheffe nommée Maîtresse Ralecia. On va devoir lister l'ensemble des pièges à éviter.

— Je pense qu'on va devoir essayer d'accéder au bureau de Tamie dans un premier temps. Si elle est en relation avec Nostra et Lonoré, on doit pouvoir comprendre comment son système fonctionne. Il ne faudrait pas qu'elle puisse les prévenir si on débarque sur Lonoré, ajouta Énarué. Je crois que j'ai un avantage sur tout le monde ici, dit-elle en caressant son ventre. Je peux essayer de gagner sa confiance...

— Il va falloir être très prudente, on ne connait pas leurs intentions, ajouta Léonor.

— Et aussi très observatrice, j'ai besoin que tu me décrives précisément leur système électronique pour voir s'il serait possible de le détruire, dit Mérin.

— Je vais t'apprendre le sifflement, Énarué, on n'a pas le temps pour t'enseigner celui qui a la capacité de tout anéantir, mais tu pourras voir s'il est possible de faire dysfonctionner temporairement leur système.

Sebastian, en bon professeur, réussit très rapidement à les initier au sifflement basique. Énarué, épuisée, ne tenait plus debout.

— Merci Sebastian, je vais faire de mon mieux, je commencerai dès demain.

— On avisera par la suite en fonction de ce que tu trouveras là-bas, ajouta Léonor.

Énarué tomba dans un profond sommeil. Elle s'était habituée aux bruits sur Hoop : une longue plainte aigüe gémissait jour et nuit, naturellement accentuée par l'écho de la montagne. C'était le Bravent qui cherchait à entrer dans le moindre interstice. Des cliquetis métalliques résonnaient de manière continue comme un orchestre assourdissant. De temps en temps le froissement d'un tissu ou le bruissement des pas et des conversations adoucissait ce mélange pour en faire un bruit blanc continu qu'Énarué avait fini par apprécier. Un ronflement la réveilla subitement. Elle posa une main sur son ventre. L'annonce de cette grossesse était si inattendue... et elle se sentait si jeune... et dépassée... Elle ravala un sanglot et se perdit dans un sommeil sans rêves.

Le début de la nuit la retrouva fanée, dans des draps qui transpiraient son désarroi. Cette nouvelle nuit avait une saveur particulière pour le groupe. Ils devaient réussir à garder pour eux les informations terrifiantes et jouer la comédie en même temps. Evan et Énarué mangeaient en tête à tête dans le silence quand Mérin arriva en compagnie de Léonor. Ils prirent leur pilule quotidienne et la cachèrent discrètement dans leur poche.

— On part travailler. On essaiera de repérer au mieux les différentes zones et Léonor va faire un plan. Vous vous sentez prêts ?

— Oui, je vais essayer de demander une audience à Tamie. Evan part travailler également. Le meneur est passé me voir il y a quelques minutes, ils ne veulent plus que je travaille avec les gardes.

— Ok, on se rejoint ce soir à l'Eldorado pour parler de nos nuits respectives !

Evan pressa doucement la main d'Énarué et partit vers sa zone de travail, un air affecté sur son beau visage et les épaules tendues. Il supportait mal la situation ; cette grossesse le confrontait à ses propres démons. Il devait réussir à canaliser cette colère qui le rongeait en permanence pour ne pas inquiéter Énarué. Cette nuit, un cauchemar atroce l'avait réveillé en état de transe, le souffle coupé. Une mer de sang qui engloutissait tout, sa mère morte et Énarué. Et lui, au centre de l'image, tenant son bébé ensanglanté. Il s'efforça de faire le vide dans son esprit et se dirigea vers les vestiaires pour enfiler sa tenue de surveillant.

Énarué s'avança vers la porte menant aux bureaux de l'Union, elle essaya de maîtriser sa respiration car l'angoisse montait à mesure qu'elle s'en approchait. Le garde devant la porte la regarda d'un air curieux :

— Je peux vous renseigner ?

— J'aimerais rencontrer Tamie, si elle est disponible.

— Restez là, je vais voir.

Ce fut Tamie elle-même qui vint à sa rencontre quelques minutes plus tard. Son long visage était barré par un large sourire et son regard brillait derrière ses petites lunettes rondes.

— Bienvenue Énarué, je suis si heureuse que tu me donnes de tes nouvelles. Entre, je t'en prie, dit-elle en accompagnant ses paroles d'un large geste de bienvenue. Je vais te précéder si cela ne t'ennuie pas.

Elles longèrent un grand couloir faiblement éclairé par quelques lampes, le même qu'elle avait vu dans sa vision. L'humidité lui piqua le nez et la fit éternuer. Deux fois. Comme depuis toute petite… et comme sa mère…

— Désolé, c'est assez humide par ici mais nous sommes arrivées. Assieds-toi je t'en prie.

Tamie désignait une chaise en face de son propre bureau. Tout était tel qu'elle l'avait vu dans sa vision. La grande console était juste derrière elle mais elle ne pouvait la regarder maintenant sous peine d'attirer l'attention.

— Comment te sens-tu ? demanda Tamie d'un ton mielleux.

C'est parti pour la grande mascarade, pensa-t-elle. Énarué prit une profonde inspiration et se fendit d'un large sourire.

— Beaucoup mieux ce matin. Je voulais vous remercier pour votre accueil et votre gentillesse. Je crois parler au nom de tout notre groupe.

— Mais c'est tout à fait normal, notre communauté n'est animée que par un sentiment d'entraide et de bienveillance. Nous sommes ravis de vous avoir trouvés !

— Le médecin m'a demandé de ne plus exercer le métier de garde. Je ne sais pas encore quel métier je pourrai exercer dans mon état, mais j'aimerais aider la communauté, ajouta-t-elle sur le ton le plus doucereux qu'elle était capable de prendre.

Tamie marqua une pause. Elle observa Énarué quelques instants. Cette petite avait l'air si pure et sincère. Aucune méchanceté n'émanait d'elle. Elle sentait qu'elle pouvait lui faire confiance. De plus, il serait intéressant politiquement d'avoir à ses côtés la seule femme enceinte de Hoop, cela pourrait lui permettre d'obtenir encore plus de crédibilité et surtout de maintenir l'espoir de la réussite du plan initial.

— Si tu le souhaites, je pourrais te proposer de passer un peu de temps avec moi ? Il s'agirait surtout de montrer que tu es d'accord avec la politique menée sous Hoop et de participer aux réunions du Cercle. Tu verras, c'est très intéressant, proposa Tamie.

Énarué baissa la tête dans un mouvement factice d'humilité. Elle regarda le sol en demandant :

— Vous m'en croyez capable ?

— Bien sûr ! Je vais tout de suite avertir le garde pour qu'il vous laisser passer à l'avenir. Puis je vous demander une faveur ?

— Oui bien sûr, tout ce que vous voudrez.

— Pouvons-nous nous tutoyer ?

— Avec grand plaisir… Tamie.

C'était gagné. Elle jubilait intérieurement. Tamie s'absenta pour avertir le garde. Elle en profita pour se lever et observa attentivement la console. Devant elle, deux petits micros au-dessus desquels étaient notés respectivement « communication générale » et « communication bureau direction Lonoré ». Nostra bénéficiait également des mêmes équipements. À côté des micros se trouvaient une multitude de boutons reliés les uns aux autres et au-dessus de chacun d'eux une étiquette indiquait : TPad. *Ainsi ils ont la possibilité de les contrôler, c'est bon à savoir*, pensa-t-elle. Elle n'avait que quelques secondes pour agir. Elle lança le sifflement et les voyants se mirent à clignoter de façon erratique puis passèrent au rouge.

— Viens avec moi je vais te faire visiter l'aile de l'Union.

Énarué avait senti les vibrations de Tamie quelques secondes avant son arrivée et s'était rassise sur son siège. Elles passèrent devant un grand espace vitré qui surplombait la zone de fret. Énarué eut le temps d'apercevoir rapidement Mérin et Léonor qui étaient occupés à transporter un bac.

— Comme tu peux le constater, nous trions ici notre stock de nourriture, c'est un travail très physique.

Énarué était stupéfaite. Les pilules devaient agir sur la mémoire à court terme, sinon comment était-il possible que personne ne pose de questions sur la provenance de la nourriture depuis cent ans. Heureusement que Curd et Charly les avaient prévenus, ils n'en avaient pas avalé une seule depuis leur arrivée.

— Tu vas pouvoir assister à ta première réunion, si tu es d'accord.

— Oui bien sûr, j'ai hâte de commencer, répondit-elle sur un ton faussement cordial.

La réunion dura une partie de la nuit. Il s'agissait essentiellement de répondre aux questions administratives des habitants, d'entendre les comptes-rendus des patrouilles extérieures et de gérer les stocks de nourriture. Le meneur reconnut Énarué et lui adressa un sourire. « Nous avons effectué notre sortie semestrielle. D'importants changements ont été observés sur la face sud ; nous avons aperçu de la mousse sur les rochers et des arbustes. Le relevé de température est à 45°C à 4h30 du matin. Le Bravent souffle toujours force huit sur dix ; cependant nous n'avons été gênés par aucun débris contrairement à la fois précédente, si j'en crois le dernier compte-rendu. »

C'est à ce moment qu'Énarué mesura la puissance des pilules. Le meneur n'arrivait pas à se souvenir de la précédente sortie : il était obligé de consulter ses notes.

— Donc le vent reste un problème, intervint un membre de l'Union.

— Effectivement, il n'est pas envisageable de sortir pour le moment, ajouta le meneur.

Tamie feuilletait ses carnets de notes. « Le Skybus fonctionne-t-il toujours bien ? Vous n'avez pas eu de problème pour effectuer ce long trajet ? »

Le meneur consulta rapidement son cahier. « Il fonctionne très bien, le trajet habituel était dégagé, aucun incident à signaler. »

— Très bien, je vous remercie, vous pouvez disposer.

La responsable des stocks, fit son entrée dans la salle de réunion. Énarué ne l'avait encore jamais croisée. Élancée, les cheveux coupés courts, elle renvoyait une image de femme puissante. Énarué n'osa pas se concentrer sur ses airs, de peur de se faire remarquer. Il fallait rester la plus discrète possible. Elle s'efforçait également d'imiter le regard fixe et absent de tous les habitants de Nostra pour ne pas attirer l'attention.

— Les stocks se maintiennent cette semaine, aucun problème à signaler.

— C'est une excellente nouvelle ! lança Tamie sur un ton réjoui. Vous pouvez disposer, n'oubliez pas d'adresser mes félicitations aux membres du personnel de la zone de fret.

— Ça sera fait, je vous remercie, dit-elle en quittant la pièce aussi vite qu'elle y était entrée.

— Ainsi s'achève notre réunion pour cette nuit. Je vous remercie et vous souhaite une bonne journée de sommeil, acheva Tamie.

8   LE SIEGE

Tout le groupe était réuni à L'Eldorado quand Énarué sortit seule du couloir de l'Union. Elle monta les escaliers pour arriver au cinquième étage et se rendre sur le filet central où ils avaient l'habitude de se réunir à l'abri des regards. Elet n'était pas venu, souffrant de violents maux de têtes depuis son arrivée. Evan la prit doucement dans les bras.

— Alors comment ça s'est passé ? Je me suis inquiété pour toi.

— Très bien, je crois. Je travaille avec Tamie à partir d'aujourd'hui ! Elle est beaucoup trop heureuse de m'avoir avec elle. Elle croit que je suis une arme politique. C'est grotesque…

— Je crois qu'elle n'a pas tort, cette grossesse donne du baume au cœur à tout le monde. Ils ne parlaient tous que de ça en cuisine cette nuit, ajouta Eslie.

— Idem en zone de fret : chacun avait un commentaire sur le moindre de tes faits et gestes. C'était assez mièvre…

— Je n'aime pas beaucoup que tout le monde parle de toi, mais passons … ajouta brusquement Evan.

— Ne soit pas jaloux, se moqua gentiment Léonor. Ils sont tous complètement sous l'emprise de cette pilule. D'ailleurs, en parlant de ça, on a fait une découverte avec Mérin. On pense qu'ils utilisent une plante que l'on fait pousser sous Lonoré pour fabriquer les pilules.

— Ah oui ? Laquelle ? demanda Jouan.

— C'est de la Datura Stramonium, une plante très toxique. Seuls les agris de plus de vingt-deux ans étaient autorisés à la récolter. Nous portions des masques et des gants. À l'époque, on nous avait expliqué qu'elle était mortelle et qu'ils l'utiliseraient contre nous si nous tentions quoi que ce soit.

— J'ai vu un petit seau arriver cette nuit. Ils sont stockés dans une pièce adjacente à la zone de production.

— On va surement pouvoir faire quelque chose de cette information, il va falloir y réfléchir, ajouta Mérin fébrile.

— J'ai vu la console dans le bureau de Tamie. Elle était exactement comme dans ma vision. Ils ont un système de communication avec les colonies et des centaines de boutons qui ont l'air de contrôler les TPad. Et le sifflement fonctionne : les voyants se sont éteints brièvement.

— C'est une excellente nouvelle ! dit Mérin. Est-ce que quelqu'un a une idée ? On lance tout ce qui nous passe par la tête et on fait le tri ?

Curd et Charly étaient restés silencieux, chacun plongé dans ses pensées.

— Je crois qu'il y a une solution qui crève les yeux. On a commencé à en parler avec Charly cette nuit, et maintenant qu'on a cette information sur cette plante c'est encore plus limpide, lança Curd dont le visage s'était illuminé.

— Quand je pense que ça fait deux ans que j'ingère une plante toxique en pensant que ce sont des vitamines... ça me dégoûte ! Ils sont vraiment prêts à tout ! s'exclama Charly.

— Tu as raison mais dans notre cas, cela va nous avantager. Je m'explique : admettons qu'on arrive à s'échapper à l'aide de la TransCap. On retourne à Lonoré. On trouve une solution pour bloquer le train. À ce moment-là, on entre en période de siège : ils ne recevront ni nourriture, ni plantes pour leurs pilules. Ils ne devraient pas mettre longtemps avant de capituler.

Mérin s'était levé et faisait les cent pas sur le filet.

— C'est une excellente idée, mais tu oublies qu'ils sont nombreux et organisés sous Lonoré. On est à peine neuf ! Ils ne vont sûrement pas nous laisser prendre le contrôle si facilement !

— C'est pour ça qu'on pense qu'on devrait passer un message à Lonoré via le système de communication dans le bureau de Tamie. Et dans tous les cas, il faudra le mettre hors circuit. S'ils peuvent contrôler nos TPad, on n'aura pas fait dix pas qu'on sera tous morts, ajouta Curd.

— Et que fait-on de Nostra ? demanda Léonor.

— On ira sauver les Nostriens plus tard. Ce sont des familles, il y a beaucoup de bébés et de jeunes enfants et ils ne peuvent pas être exposés à la lumière. Il va falloir gérer ça dans un second temps, tempéra Jouan.

Eslie tenait fermement la main de Jouan en souriant, ils s'étaient beaucoup rapprochés depuis qu'ils travaillaient ensemble. Elle le regarda dans les yeux et ajouta :

— Jouan m'a raconté sa vie sous Nostra… Il a vécu seul si longtemps… je veux anéantir le système des TPad, anéantir cette absurdité… venger Jasmine… Je viendrai avec toi, Énarué, pour passer le message !

— Moi aussi ! Je suis celui qui maîtrise le mieux le sifflement, précisa Sebastian le regard noir.

— Je viens avec toi, Ena, ajouta Evan. Hors de question de te laisser seule, c'est trop dangereux !

— Non, on est déjà trop nombreux ; on ne doit pas se faire remarquer. On ira dans le bureau de Tamie en milieu de journée, quand tout le monde dort profondément, vous nous attendrez à la TransCap, dit Énarué.

Evan se renfrogna et serra encore plus ses genoux contre son torse.

— Très bien, mais je me tiens à l'affût si vous ne revenez pas rapidement.

— Donc on passe le message, on prend la TransCap, on la bloque et on organise la rébellion sous Lonoré. Dit comme ça, cela paraît facile, mais pourquoi pas après tout… ajouta Léonor.

— De toute façon, il est hors de question de continuer à vivre de cette façon. Tout le monde a le droit au même niveau de connaissances, que ce soit sur Hoop, Lonoré ou Nostra. Nous allons tout leur dévoiler et ils feront ensuite leurs propres choix !

Nous vivons tous sous l'emprise totale de Tamie et ça ne peut plus durer ! Sebastian, tu sauras quoi leur dire ? demanda Mérin.

— Oui. Tout est très clair dans mon esprit. Je les connais bien et nous avons des rebelles sur place. Celyn, Myria et tous les autres. Je leur fais confiance pour préparer notre arrivée. Nous sommes partis depuis de longues semaines, ils ont déjà dû s'organiser.

Je propose qu'on se donne de la force pour affronter tout ce qui va suivre. Il suffit juste de se tenir la main, pour le reste, laissez-vous emporter… suggéra Sebastian en tendant ses mains.

Il y eu un petit moment de flottement pudique, chacun se jaugeant et se demandant si cela valait la peine. Léonor donna finalement l'impulsion, prit la main d'Eslie et le cercle se forma naturellement. Tous entamèrent leur douce mélopée, les yeux rivés sur les couleurs du plafond. Énarué ne sut expliquer ce qui la traversa subitement, elle visualisa d'abord très nettement une sphère lumineuse au centre du groupe. Elle voltigeait, spectrale, au-dessus de leurs corps quand, soudainement, elle se dirigea vers son cœur. Elle ressentit immédiatement une sensation de bien-être, d'harmonie et de connexion avec ses partenaires. Il lui semblait qu'ils ne formaient plus qu'une seule personne, une âme complexe et puissante. La sphère se déplaça ensuite lentement vers sa main et entra en Evan qui fixait toujours le plafond.

Au terme de cette expérience chacun resta muet encore quelques secondes, le temps de prolonger un peu cette sensation que personne ne souhaitait abandonner.

— Vous avez vu cette sphère ? demande Charly en chuchotant, toujours allongé.

— Oui, elle est entrée en moi par le ventre, dit Curd.

— Et moi par la tête, ajouta Evan.

— J'ai eu l'impression qu'on était tous reliés par un lien très fort, je pouvais presque ressentir physiquement vos pensées, dit Evan.

Curd se redressa doucement et s'installa en position assise.

— Je crois qu'on est tous prêts. Le plan est dangereux et imparfait mais on n'a pas le choix... On se donne rendez-vous à midi ? Tout le monde devrait dormir à cette heure.

— Oui, parfait, on vous attendra à la TransCap, répondit Jouan.

-

L'ambiance de la journée était radicalement différente sur Hoop. Sebastian, Énarué et Eslie marchaient silencieusement en longeant les murs le souffle court. Bien que les installations fussent protégées du soleil et que le système de ventilation apportât un peu d'air frais de l'intérieur de la montagne, la température montait de quelques degrés. C'était suffisant pour avoir sans cesse l'impression d'étouffer et de manquer d'air.

L'Eldorado semblait les attendre. La grande salle, plongée dans le silence était impressionnante de calme et de sérénité. Énarué avait l'impression que chacun de ses pas résonnait dans tout cet espace et que tout le monde savait qu'ils allaient s'enfuir.

Ce n'est que dans ta tête, Ena, calme-toi, pensa-t-elle.

Elle poussa la porte qui menait aux bureaux de l'Union et un léger souffle d'air la fit frémir. Il régnait une ambiance feutrée totalement contradictoire avec le brouhaha de ses émotions.

— Voilà le bureau de Tamie, chuchota Énarué. On n'a pas beaucoup de temps, dépêchons-nous !

Sebastian prit une minute pour se concentrer puis appuya sur le bouton « communication générale Lonoré ».

« Bonjour à tous ! Ce message vous parvient d'une colonie extérieure nommée Hoop. Nous nous sommes évadés de Lonoré il y a quelques semaines et nous émettons depuis cette colonie. Tout ce que vous croyiez savoir est faux et est orchestré par des puissances sous Lonoré et sur Hoop qui vous contrôlent en vous effaçant la mémoire et en vous maintenant sous leur autorité. Nous allons venir vous sauver. En nous organisant nous pourrons les renverser.

Bonjour à tous ! Ce message vous parvient d'une colonie extérieure nommée Hoop. Nous nous sommes évadés de Lonoré il y a quelques semaines et nous émettons depuis cette colonie. Tout ce que vous croyiez savoir est faux et est orchestré par des puissances sous Lonoré et sur Hoop qui vous contrôlent en vous effaçant la mémoire… »

Un coup de feu résonna. Sebastian s'écroula subitement au sol dans une mare de sang pourpre. Tamie avait visé juste en lui tirant dans la tête. Elle était entrée sans un bruit et avait profité du moment de concentration intense pour faire feu. Elle tenait en joue Eslie et Énarué qui s'étaient collées contre la paroi et pleuraient sans bruit, trop choquées par ce meurtre si brutal. « Je suis extrêmement déçue, Énarué. Je te faisais confiance, on ne m'y reprendra plus ! Tu me pensais suffisamment sotte pour ne pas rester méfiante ? J'ai senti à ton attitude en réunion que quelque chose ne tournait pas rond et j'avais raison. Elet m'a dit que je devrais venir faire un tour de temps en temps dans mon bureau… Eh oui, Elet, ton ami vous a vendus… Alors comme ça, vous n'avez pas perdu la mémoire ? Très bien, je sais maintenant que je vais devoir réinitialiser tout le système et durcir ma politique, tu ne me laisses pas le choix, Énarué ! Je vais d'ailleurs commencer tout de suite pour te montrer que je ne plaisante pas avec l'avenir de l'humanité ».

Tamie brancha alors un objet de forme rectangulaire à la console, puis composa une séquence de chiffres. Elle approcha son visage à quelques centimètres de celui d'Énarué et lui chuchota sur un ton machiavélique, le visage rougit par la colère : « Ta chère maman est morte ! Tu vois, il ne m'aura fallu que quelques secondes... »

Énarué s'écroula au sol en hurlant. Recroquevillée par terre, tremblante, elle ne parvenait plus à contrôler ses émotions. Ainsi, c'est comme ça que tout finirait ? Tous ces efforts pour rien ? Elle ne pouvait pas l'envisager... Sa mère venait de mourir... sans qu'elle ne puisse lui faire ses adieux...Elle souhaitait mourir aussi et la rejoindre, ne serait-ce que pour lui dire qu'elle avait fait au mieux. Des souvenirs lui revinrent en mémoire, l'odeur de sa peau, la douceur de sa voix... envolés à jamais...

Tamie était penchée sur elles et s'apprêtait à tirer à nouveau quand la porte s'ouvrit brusquement et Evan entra dans la pièce en courant, accompagné de Mérin et Jouan. Tamie, toujours penchée au-dessus d'Énarué, n'eut pas le temps de réagir. Ils l'immobilisèrent d'un coup de pied dans le dos qui lui laissa le souffle coupé. Elle gisait au sol quand Evan lui colla le pistolet sur la tempe !

— Non, Evan ! Ne la tue pas ! Il faut lui effacer la mémoire, elle doit subir ce qu'on a subi ! lança Énarué d'un ton qui ne souffrait aucune réplique. Et on fait quoi d'Elet ? Il nous a vendu !

— On n'a pas le temps d'aller le chercher, on lui efface la mémoire et on s'en va ! rugit Evan le pistolet toujours pointé sur Tamie, la main d'Énarué dans la sienne.

Jouan serra Eslie dans ses bras et lui chuchota des paroles réconfortantes en embrassant tendrement son visage.

— Il faut casser cette console, Evan ! dit Énarué, tremblante.

— Je m'en charge, dit Mérin.

Il regarda Sebastian qui gisait au sol, eut une pensée pour Myria qui lui avait tout appris et lança le sifflement. Pendant une fraction de seconde, toutes les lumières qui éclairaient la pièce mais aussi le couloir et la zone de fret s'éteignirent : la console était hors service pour le moment. Evan tira trois coups de feu sur les boutons de contrôle des TPad pour être sûr que plus personne ne pourrait s'en servir. Il prit également l'objet que tenait encore Tamie et l'écrasa d'un coup de pied rageur.

— On ne doit pas mettre le système de communication complètement hors service, il nous servira si on doit communiquer avec eux sous Lonoré et également pour contacter Nostra.

— Je l'emmène en salle Réversion ! dit Mérin. Charly, Curd, emmenez Sebastian et nettoyez le sang, on va ramener Tamie ici après son effacement.

Evan pointait toujours son arme dans le dos de Tamie quand ils arrivèrent dans la salle Réversion. Ils l'installèrent sur le premier fauteuil, quand un brouhaha lointain se fit entendre. Des bruits de pas et de cris résonnaient. Un garde avait eu le temps d'alerter ses collègues et ils arrivaient pour sauver Tamie. Evan la lâcha brusquement, lui assena un violent coup de pied dans le ventre et hurla le signal du départ. Tout le groupe se précipita à l'intérieur de la capsule et Evan actionna le bouton du départ juste à temps. Les portes se refermaient devant un garde qui assista, médusé, au départ de la capsule.

Il était désormais impossible de faire marche arrière.

-

Chacun avait trouvé naturellement sa place dans le gigantesque wagon vide. Certains se tenaient debout le dos contre la paroi, d'autres étaient assis dans un coin entre deux bacs vides et Evan se tenait debout derrière Énarué qui tenait la main de Sebastian. Ils avaient tenu à l'emmener avec eux. Il était hors de question de le laisser seul sur Hoop ; il devait retourner d'où il venait. Ils détenaient leurs âmes, ils n'auraient pas leurs corps ! Il n'y avait ni fenêtre ni siège dans la TransCap car elle n'avait été pensée que pour transporter des bacs de nourriture. Mérin estima qu'il serait assez facile de transporter plus d'une centaine de personnes.

— Je sais que le moment est mal choisi, mais on a un peu de temps pour décider de la façon dont on va agir en arrivant, lança timidement Léonor.

— On n'a rien pour se défendre, j'espère que le message est bien passé, s'interrogea Eslie.

— On va devoir improviser, c'est ce qu'on fait depuis le début, il n'y a pas de raison que ça change, répondit Mérin.

— L'essentiel est de garder le contrôle sur la TransCap. Elle ne devra jamais repartir, dit Eslie.

— J'ai encore l'arme de Tamie ; il reste six balles, ajouta Evan en ouvrant le chargeur de son arme.

— Où est-ce que tu as appris à faire ça ? demanda Énarué inquiète.

— Nulle part, c'est venu comme ça. Ça m'a paru logique... répondit-il le regard fiévreux.

Le reste du trajet se fit dans le silence, chacun pansait ses plaies. Énarué ne cessait de sangloter, inconsolable. Elle avait cru pouvoir sauver sa mère et voilà qu'elle était morte sans elle, dans ce souterrain du mensonge. Elle essaya de reprendre ses esprits pour protéger son enfant, prit une profonde inspiration et aspira un peu d'air de la capsule. Heureusement, personne ne s'en rendit compte. Ils étaient tous bien trop accaparés par leur souffrance respective pour remarquer une variation si minime. Elle pensa à son enfant, le premier-né d'une civilisation nouvelle, faite de respect et de vérité. *Et même s'ils échouaient, ils pourraient au moins se réjouir d'avoir essayé*, pensa-t-elle. Evan s'approcha d'elle. Son visage avait soudainement pris une teinte terreuse, il paraissait suffoquer.

— Est-ce que tu me permets de toucher ton ventre ? J'ai besoin de sentir de la vie, murmura-t-il.

— Bien sûr ! Qu'est-ce qu'il se passe ?

Evan baissa les yeux, ému, posa sa main sur ce ventre qui commençait à peine à s'arrondir, et marqua une longue pause.

— J'ai peur de te perdre. J'ai peur de perdre le bébé. Tous les deux, vous êtes ce qui m'est arrivé de mieux depuis ma naissance, et je n'arrête pas de faire ces cauchemars. Tout ce sang... S'il t'arrivait quelque chose...

Énarué prit son visage dans ses mains et chuchota :

— Je ne peux pas te promettre qu'il ne m'arrivera rien, mais ce que je sais c'est qu'on est en vie. Regarde-moi, Evan ! Je suis là devant toi ! Bien vivante ! On se protège l'un l'autre et j'ai confiance en toi.

— On arrive ! s'exclama brutalement Mérin. Le train ralentit. Je ne vais pas ouvrir la porte de suite. Énarué, est-ce que tu te sens capable de ressentir combien de personnes sont sur le quai et quel est leur état d'esprit ?

— Je n'en sais rien ! répondit-elle apeurée. Je vais essayer mais je n'ai jamais fait ça !

Evan lui prit les deux mains, ce qui l'obligea à lâcher celle de Sebastian. « Essaie, je reste derrière toi ».

Énarué se positionna devant la porte, ses deux petites mains collées à la porte coulissante. Lorsque la capsule s'immobilisa dans un doux bruissement, aucun son n'avait encore franchi les parois de la TransCap, le silence régnait. Après quelques secondes, nécessaires pour faire le vide dans son esprit, elle se projeta sur le quai de Hoop. Devant elle, sa maman lui tendait les bras. Elle se précipita vers elle en sanglotant.

— Maman ! Je suis désolée ! C'est allé trop vite, je n'ai pas pu te sauver... sanglota-t-elle.

— Ne t'inquiète pas, je n'ai pas souffert. Nous avons peu de temps devant nous. J'ai toujours su que tu étais exceptionnelle, ma chérie. Il ne faut pas que tu aies peur, l'univers est en train de t'aider à accomplir ton destin.

— Mais quel destin ? Je ne sais pas ce que je dois faire ?

— Suis ton intuition, écoute les signes...

Sa mère s'évapora brusquement et l'air se solidifia. Devant elle se trouvaient trois sphères lumineuses et évanescentes. Elles voltigeaient, sautaient les unes sur les autres dans un joyeux désordre. Elle pouvait presque les toucher, elle avança sa main et la première sphère entra en elle, suivi de la seconde et enfin de la troisième. Leur saveur douce et sucrée coulait le long de sa gorge.

— On peut ouvrir la porte ! Ils ne sont que trois et ce sont vos amis ! précisa-t-elle le visage baigné de larmes.

Léonor actionna le bouton d'ouverture et la porte coulissante glissa doucement sur le côté laissant entrevoir trois visages souriants.

-

— Myria ! Celyn ! Trape ! Mérin bondit de la capsule pour se réfugier dans leurs bras. Il n'arrivait pas à contenir son émotion et pleurait à chaudes larmes dans les bras de Celyn. Vous avez entendu le message de Sebastian ? balbutia-t-il.

— Oui, où est-il d'ailleurs ? demanda Celyn.

Mérin se poussa légèrement pour laisser entrer Celyn dans la capsule.

— Je suis désolé, il a été tué pendant la diffusion par Tamie, la cheffe sur Hoop.

Celyn tomba à genoux, en pleurs.

— C'est injuste ! On veut juste vivre ! cria-t-elle.

— Oui, c'est injuste et c'est pour ça qu'on est venu vous chercher. Parce que ce que vous vivez ici est encore plus injuste, dit doucement Eslie en relevant Celyn.

— Où sont tous les autres ? demanda Mérin à Myria.

— Venez, on ne reste pas là, je vais vous expliquer, lança Trape.

— Il faut qu'on bloque la TransCap, elle ne doit jamais repartir. On a besoin d'avoir accès au bureau de Maîtresse Ralecia ! Elle doit sûrement avoir la possibilité de communiquer avec eux. Au fait, je vous présente Evan, Énarué et Jouan, ils viennent de Nostra, une autre colonie. Et derrière eux, c'est Curd et Charly, ils viennent de Hoop, ce sont nos alliés.

Pendant que Trape et Mérin se chargeaient d'immobiliser la capsule, Evan et Eslie portèrent le corps de Sebastian sur le quai.

— On va l'emmener à l'intérieur, dit Trape. Suivez-moi !

La courte marche à travers les couloirs glaça le sang de Mérin et lui rappela à quel point la vie était difficile sous Lonoré. Pour le moment, il n'arrivait pas encore à comprendre ce qui avait changé, mais il sentait qu'il allait bientôt le savoir. Trape poussa la porte qui menait au Cercueil. Un jeune garçon vint à sa rencontre, le visage éclatant :

— Salut Mérin ! Content de te revoir !

— Salut Breza ! Comment vas-tu ?

— Encore mieux depuis que vous êtes revenus, répondit-il souriant. Tes cheveux ont poussé ! Ça te va bien !

— Merci ! J'ai abandonné l'idée de les coiffer, je les attache, c'est bien plus simple, répondit Mérin, souriant.

— Vous pouvez déposer le corps de Sebastian ici, ils vont s'en occuper, lança Celyn.

Aussitôt, quelques personnes s'avancèrent et emmenèrent Sebastian vers un couloir jusque-là inconnu pour Mérin. Tout avait changé en quelques semaines. Les portes constamment fermées étaient désormais grandes ouvertes. Des enfants couraient dans tous les sens, des personnes plus âgées étaient assises au centre, sur les bancs du réfectoire. Mérin jeta un coup d'œil aux haut-parleurs et constata qu'ils étaient désactivés. « Vous m'expliquez ? » demanda-t-il.

Celyn prit la parole tout en continuant à marcher en direction d'une nouvelle zone.

— La rébellion a débuté dès que vous vous êtes enfuis. Je dois dire que vous m'avez facilité la tâche. Trape est venu me demander où vous étiez passés. Elle a eu le bon réflexe en ne vous dénonçant pas. J'ai senti que je pouvais lui faire confiance, alors je lui ai tout dit. Je savais que je prenais un risque mais quelque chose en elle…

Trape prit discrètement la main de Celyn et posa sur elle son doux regard bleu.

— Ce que vous voyez là, c'est la zone Terminale. C'est celle dans laquelle nous aurions dû passer dans dix ans. Ils exercent tous des métiers du type cuisinier ou personnel de ménage. Leur TPad était actionné à l'âge de soixante-dix ans.

— C'est-à-dire ? demanda Jouan.

— C'est-à-dire qu'ils étaient tués, répondit Myria.

Tout le monde s'arrêtait pour saluer Celyn ou simplement lui toucher l'épaule ou le bras ; elle paraissait connaître chaque habitant de Lonoré. Arrivée au bout de la vaste pièce, elle entra dans un long couloir.

— Une fois que j'ai révélé la vérité à Trape tout a été beaucoup plus simple, dit-elle à peine essoufflée. On a organisé des réunion secrètes. De plus en plus de personnes y assistaient. J'ai formé quasiment tous les gardes au sifflement et je leur ai appris à communiquer avec la Serre. Tu ne peux pas imaginer à quel point tout le monde a été soulagé de se libérer. Myria a fait un super boulot d'ailleurs. Elle a aussi réussi à former tout le monde en si peu de temps. On attendait un signal de votre part pour entamer le renversement.

— Le renversement ? demanda Eslie.

— Oui, l'idée c'était de les prendre de court, il nous fallait une occasion. Alors quand Sebastian nous a parlé, on l'a lancé. On a désactivé les systèmes, ouvert toutes les portes et on est venu dans ce bureau pour maîtriser Maîtresse Ralecia.

— Donc, comme tu peux le comprendre, ça fait à peine quelques heures qu'on a pris le contrôle de Lonoré. Les réfractaires ont été enfermés, on vous attendait pour leur faire subir l'Effacement. Voilà, on arrive… précisa-t-elle en désignant un large bureau.

Le bureau de Maîtresse Ralecia ressemblait exactement à celui de Tamie. Une table en acier, une console avec une enceinte et un micro au-dessus duquel était inscrit : Hoop. Maîtresse Ralecia était assise sur sa chaise de bureau, ligotée et bâillonnée. On lui avait ôté tout son harnachement de cérémonie, de sorte qu'elle apparaissait ridiculement petite et fluette. De longs cheveux gris encadraient son long visage. Celyn tira brusquement sur son bâillon.

— Quel est ton vrai nom ?

— Je ne sais pas. On m'a toujours appelée Maîtresse Ralecia, répondit-elle de sa voix sèche et grelottante.

— Et bien ça va changer dès maintenant, lança Celyn sur un ton sévère.

Son regard avait brusquement changé, ses yeux n'étaient plus que deux fentes à demi fermées par la colère. Elle tenait fermement les épaules de Maîtresse Ralecia ; son visage n'était plus qu'à quelques centimètres du sien. Curd et Charly, qui n'avaient encore rien dit pour le moment, se regardèrent stupéfaits. Curd s'avança vers Celyn et mit sa main sur son épaule.

— C'est une vieille dame, on devrait peut-être l'effacer et la laisser tranquille.

Celyn se redressa soudainement et sembla reprendre le contrôle sur son esprit.

— De toute façon, elle ne nous sert plus à rien. Qu'on l'emmène à l'effacement !

Le trajet en sens inverse se fit dans une atmosphère pesante. Un brouhaha résonnait de plus en plus fort à mesure qu'ils avançaient et ils furent accueillis par une marée humaine dès les portes de la Serre franchie. Des centaines de personnes cherchaient à se frayer un chemin pour les saluer ou simplement les toucher. Evan n'appréciait pas du tout ce mouvement de foule, il entourait Énarué de ses bras et lançait des regards noirs à quiconque essayait de la toucher. De son côté, le groupe profitait de ce premier moment de joie et d'insouciance depuis des semaines. Ils souriaient, serraient des mains, se laissaient étreindre par tous ces inconnus. Celyn monta sur la grande table de réfectoire et cria par-dessus la foule : « S'il vous plait ! Laissez-les passer ! » La foule se dispersa et le groupe put enfin accéder à la grande table centrale quand Celyn s'adressa à eux.

— Nous allons dans un premier temps procéder à l'effacement des réfractaires. Ils ne sont qu'une dizaine avec Maîtresse Ralecia. Ensuite, je pense que nous devrions écouter ce que les Évadés ont à nous dire !

— Je veux t'accompagner, dit Mérin.

— Nous aussi, ajoutèrent Eslie et Léonor.

En arrivant dans la petite pièce qui faisait la séparation entre la Serre et le Cercueil, Mérin ne put s'empêcher d'avoir un bref mouvement de recul. Maîtresse Ralecia avait déjà été installée sur la chaise, le casque sur la tête. Dans les salles d'à côté se trouvaient d'autres personnes ligotées qui attendaient de passer à l'effacement. Mérin s'approcha de chacune d'elles, le pas décidé et l'âme torturée. Il voulait le retrouver !

Assis sur sa chaise, il avait l'air d'un petit garçon perdu : Wiut attendait lui aussi son moment. Mérin lui ôta le casque : « Salut Wiut ! Tu me reconnais ? » murmura-t-il à son oreille. Wiut lui cracha au visage. Mérin s'essuya avec sa manche : « Oui, tu me reconnais. Parfait ! Dans quelques minutes, tu ne sauras plus rien, tous tes souvenirs seront effacés… Mais tu as l'habitude n'est-ce pas ? Je voulais juste te passer ce message de la part de Sebastian… »

Aussitôt, Mérin lui envoya un coup de poing rageur dans le ventre. Il y avait mis toute sa haine, ses souvenirs, ses nuits de terreur enfantine et la mort de Sebastian. « Comme ça tu garderas un souvenir de moi ! » éructa-t-il, un filet de salive à la commissure des lèvres. Wiut était allongé sur le sol froid, Mérin le releva et lui remit brutalement son casque sur la tête, puis il ferma la porte et rejoignit les autres dans la dernière salle qui servait à actionner le système. Celyn appuya sur le bouton principal et, au terme de quelques minutes d'attente, le voyant passa finalement au vert, signalant la fin du processus d'effacement.

Une fois raccompagnés au centre de la pièce principale, Mérin déclara aux effacés à haute voix : « Vous avez été sauvés de la fin de Civilisation 1. Vous êtes dans une colonie où règne la loi de l'entraide. Vos actions ne seront guidées que par le souci d'aider votre prochain. Vous participerez activement et dans la mesure de vos compétences aux différentes activités. Bienvenue chez vous ! »

Des sourires timides et pudiques firent leur apparition sur quelques visages. D'autres pleuraient à chaudes larmes. Wiut regardait autour de lui, avec l'air de quelqu'un qui découvrait le monde pour la première fois. Son visage se fendit d'un large sourire bienveillant quand il tendit le bras à Ralecia qui avait eu un léger vertige. Quelques volontaires les prirent en charge et les escortèrent doucement vers leur nouveau lieu de vie.

— C'est comme ça que je me suis rendu compte que votre passage était étrange, dit Trape avec un clin d'œil. Vous n'aviez pas la réaction habituelle.

— Merci de n'avoir rien dit, ajouta Léonor, émue.

— J'étais curieuse et j'ai bien fait…

— Si vous voulez bien, je crois que tout le monde attend que vous nous expliquiez ce qu'il se passe de l'autre côté, intervint Celyn.

Chacun des évadés s'installa à table mais personne n'osa prendre la parole. Ce fut Eslie qui osa prendre la parole. Elle raconta leur fuite, leur arrivée sur Hoop, la rencontre avec les glanés de Nostra, la vie quotidienne, l'histoire de la fin de Civilisation 1, leur évasion et, pour terminer, leur arrivée sous Lonoré. À la fin de son discours, son visage avait rosi et ses yeux étaient embués. Jouan la prit tendrement dans ses bras : « Je suis si fier de toi, merci de m'avoir sauvé la vie ».

Mérin avait écouté ce discours, subjugué. Il fallait maintenant leur parler du plan, allaient-ils y arriver ? Qu'allaient-ils faire des enfants et des personnes âgées ?

— Nous avons pensé à une manière très simple de les faire céder, mais nous sommes évidemment ouverts à toute autre suggestion. Hoop est complètement dépendant de Lonoré et de Nostra. Ils maintiennent la population en état second grâce à la plante que nous produisons et évidemment il se nourrissent uniquement à l'aide de notre production. Nous proposons donc de ne plus rien envoyer à compter d'aujourd'hui. Ils seront obligés de capituler quand ils mourront de faim. D'autre part, nous comptons également sur un réveil collectif une fois qu'ils n'auront plus leur pilule.

Une main se leva dans la foule :

— Auront-ils suffisamment de place pour tous nous accueillir ?

— Oui, Hoop a été construite pour accueillir des milliers de personnes, répondit Charly.

— Et une fois tous là-bas, comment ferons-nous pour nous nourrir ? demanda Myria.

— C'est un sujet dont nous allons devoir discuter, en effet. Nous n'y avons pas encore réfléchi mais pourquoi pas organiser des équipes tournantes de volontaires ?

Plusieurs mains se levèrent.

— Si on arrive à s'échapper, il est hors de question que je remette les pieds ici ! Ils n'auront qu'à travailler eux ! déclara une jeune femme.

— Écoutez ! Je crois que nous devrions être vigilants pour ne pas commettre les mêmes erreurs. Nous organiserons un vote dans les prochains jours pour trouver le meilleur système. Je fais confiance en l'intelligence collective, tempéra Mérin.

Trape, dont la voix portait haut et fort, lança : « Il faut organiser un vote pour élire un groupe d'ambassadeurs. Nous sommes dix personnes représentantes de chaque colonie, je crois que nous pourrions nous désigner pour diriger la suite des événements, qu'en dites-vous ? »

Un silence gêné emplit la salle. Personne n'avait véritablement pensé à prendre la tête d'un si grand groupe ; ils se sentaient tous si jeunes. Trape ne leur laissa pas le temps de répondre et débuta le vote à main levée.

— Pour la colonie Nostra, qui vote pour Énarué, Evan et Jouan ?

Aussitôt un tonnerre d'applaudissement et de cris résonna dans toute la pièce.

— Pour la colonie Lonoré, qui vote pour Mérin, Celyn, Léonor, Eslie et Myria ?

Les applaudissements pour Nostra paraissaient finalement peu convaincants à l'annonce des noms des Lonoré. Le vacarme fut si puissant qu'il fit trembler le sol.

— Pour la colonie Hoop, qui vote pour Curd et Charly ? C'est grâce à eux si nous sommes ici aujourd'hui, précisa Mérin.

Quelques mains timides se levèrent mais une majorité se dessina rapidement ce qui rendit le sourire à Curd et Charly.

— En attendant de trouver une organisation qui convienne à tout le monde, je propose que nous continuions à travailler comme avant, mais je vous promets que ça ne durera pas. Il ne faudrait pas que nous perdions notre production, c'est notre monnaie d'échange, ajouta Mérin.

Eslie s'approcha de Mérin, lui prit la main et baissa la tête, émue : « Je crois qu'il y a quelque chose que nous devrions faire avant tout… J'aimerais que l'on prenne soin de nos morts. Sebastian mérite qu'on s'occupe de l'aider à partir, et il y a tous les autres… »

Mérin sembla reprendre soudainement conscience de la réalité. Eslie avait raison, il était tellement préoccupé par les événements, qu'il avait occulté son humanité.

— Bien sûr, dit-il dans un souffle. On va organiser une cérémonie.

Énarué avait vécu cette arrivée sous Lonoré en spectatrice et n'arrivait pas à faire face à toutes les émotions qui l'envahissait. D'abord sa mère, puis cet endroit, et cette foule immense qui la faisait se sentir encore plus minuscule. Lors de l'effacement, elle avait regardé Evan : il fixait la scène avec une joie non dissimulée alors qu'elle-même était effrayée. N'avait-il rien compris des erreurs des anciens ? Pourquoi continuer à utiliser leurs outils ? Ne valaient-ils pas mieux qu'eux ? La remarque d'Eslie l'avait finalement rassurée, pourtant elle n'arrivait pas à ôter cette sensation amère qui lui agrippait le cœur.

— Suivez-moi ! On va à la SubFerme. Sebastian aimait travailler les fleurs, on va l'y accompagner, dit Mérin.

La SubFerme était restée exactement comme dans ses souvenirs. En passant la porte, Mérin ferma les yeux quelques secondes pour inspirer l'air qui s'en dégageait. C'était toute son enfance résumée en une bouffée. L'odeur minérale des bacs à champignons, puis celle plus acide et sucrée des feuilles de tomates, des légumes-feuilles comme les laitues, les épinards, l'oseille, les cardons et toutes les plantes aromatiques telles que le persil, le cerfeuil, le basilic, la ciboulette. Les légumes-fleurs comme les brocolis, les choux-fleurs, les artichauts mais aussi les œillets d'Inde, les bégonias, la bourrache. Les légumes-graines tels que les haricots et les pois. Même les légumes-racines à l'instar de la carotte, la betterave, ou encore les pommes de terre exhalaient cette odeur terreuse typique qu'il adorait par-dessus tout.

Ils placèrent le corps de Sebastian au sol dans un grand bac à champignons. Au-dessus de lui s'élevait une dizaine de bacs hydroponiques. Ils étaient dans la section des fleurs. Toutes les lampes avaient été éteintes sauf celles des bacs au-dessus de son corps, qui se reflétaient sur lui. Le spectacle était magique. Énarué resta bouche bée en entrant dans ce hangar, elle en avait bien sûr entendu parler, mais le spectacle dépassait de loin ce qu'elle avait imaginé. Des dizaines de milliers de tubes luminescents descendaient du plafond, donnant à cet endroit la sensation immédiate d'entrer dans un monde fantastique. Des tubes dépassaient des feuilles, des fleurs, des racines qui descendaient jusqu'au sol formant une jungle touffue et inquiétante. Elle s'avança, hypnotisée par ce tableau et effleura pudiquement une feuille. La sensation rugueuse l'étonna : elle s'était attendue à un toucher plus doux. Elle porta la feuille à son nez, d'abord timide, puis finit par prendre plus d'assurance en apercevant une tomate suspendue à une petite branche verte.

— Vas-y cueille-la… murmura Evan.

— Tu crois que je peux ?

— Évidemment !

Elle tira délicatement sur la petite boule rouge et la porta à sa bouche. Le jus suave et sucré coula le long de sa gorge et lui arracha un rire gêné. « C'est merveilleux, Evan ! Regarde cette nature ! Je n'en crois pas mes yeux ! » ajouta-t-elle émue.

À côté d'elle, Jouan se tenait prostré devant le bac, n'osant pas le toucher. Des larmes coulaient sur ses joues pâles : « Jasmine aurait adoré voir ça ! »

Eslie le prit par la main et murmura : « Elle le voit Jouan ! Elle est dans chacune des feuilles qui t'entoure puisque tu es là. Elle est partout où tu seras… »

La foule compacte s'était rassemblée autour du corps de Sebastian quand Mérin entama son discours.

— Sebastian était mon ami depuis dix ans. Il n'a pas hésité quand il a fallu partir vers l'inconnu. Il nous a sauvés quand nous pensions mourir de froid en arrivant au Cercueil. Il fait partie de ceux partis trop tôt, tués par des criminels qui ne méritent pas de vivre.

Mérin tira le bac au-dessus de lui et récolta quelques fleurs de bégonias, ses préférées et les plaça doucement autour de son corps.

— Pour Sebastian ! clama Mérin.

— Pour Jasmine et Dérouan ! ajouta Jouan.

— Pour tous ceux morts pour la résistance ! dit Myria qui passa la main dans ses longs cheveux et lança le sifflement devenu le symbole de la révolte.

Pendant de longues secondes, tout le peuple de Lonoré entama la même fréquence en chœur. La puissance était telle que toutes les lumières s'éteignirent, et cette note si pure nettoya l'âme de chacune des personnes présentes, les laissant debout et fières d'appartenir à cette nouvelle humanité. Après de longues minutes de recueillement, Trape brisa le silence :

— Il y a un endroit où ils déposaient les morts. Je vais l'y emmener.

— Je t'accompagne, souffla Celyn.

Après un long moment de recueillement, chacun reprit les tâches et les métiers qu'ils avaient occupés jusque-là. Mérin s'approcha du groupe : « On se réunit quelques minutes pour décider de la suite ? Après il faudra qu'on se repose un peu... »

Le groupe convergea dans l'ancien bureau de Maîtresse Ralecia qui avait simplement été rebaptisé Ralecia. Mérin, ruminait son impatience et inspectait déjà le système de communication.

— Il n'y a rien pour contrôler les TPad comme sur Hoop. Ça veut dire que c'est l'Union qui les tuait, précisa-t-il la voix tremblante de colère.

— Je les hais ! lança Léonor. Je les tuerais un par un si je pouvais.

— Non, c'est inutile. Ce ne sont que des marionnettes. Ils ont tous bien trop peur de mourir, c'est pour ça qu'ils agissent comme ça. Mais ils ne sont pas conscients d'être déjà morts ! Ce sont des fantômes du passé qui reproduisent sans cesse les mêmes erreurs. C'est à nous de briser la boucle ! déclara Énarué surprise par cette longue tirade qu'elle avait débitée sans en avoir conscience.

— Ena ! C'est exactement ça ! Tu viens de mettre les mots exacts sur ce que je pense profondément ! dit Eslie. D'ailleurs, j'aimerais beaucoup qu'on arrête d'utiliser les effaceurs, sinon on ne vaut pas mieux qu'eux.

— Ok, on n'a qu'à voter ! proposa Mérin. Qui souhaite qu'on arrête d'utiliser les effaceurs ?

Six mains sur dix se levèrent. Evan, Mérin, Celyn et Léonor n'avaient pas levé la main, mais s'avouèrent vaincus devant la majorité.

— Bon, maintenant qu'on a décidé ça, on fait quoi ? On est responsable de milliers de vies… j'avoue que ça m'angoisse, s'inquiéta Curd.

— On n'a qu'à essayer d'entrer en communication avec Hoop. On leur donne nos conditions et on voit comment ça réagit, lança Charly.

— Très bien ! On y va ?

Charly appuya sur le bouton de communication. « Ici Lonoré. Hoop est-ce que vous nous entendez ? »

La ligne grésillait, aucune réponse ne se fit entendre.

Après de multiples essais, Charly lança : « On essaie une dernière fois, je ne sais pas quelle heure il est, ils dorment peut-être. »

« Ici Lonoré. Hoop, est-ce que vous nous entendez ? »

Après plusieurs minutes de grésillement, Mérin s'avoua vaincu :

— On n'a aucun repère de temps ici, ils doivent sûrement dormir. Je vais rester éveillé, vous devriez aller dormir, on va se relayer.

— Quand doit avoir lieu leur prochain chargement ? demanda Evan.

— Il était prévu dans trois jours quand nous sommes partis, ils doivent être en train d'essayer de faire revenir la capsule, ajouta Curd.

— D'ailleurs, en parlant de la capsule, je veux au moins trois personnes à la surveillance. Elle doit impérativement rester ici ! s'exclama Mérin. Il faut également bloquer l'entrée qui mène à la surface.

— Je m'en occupe, je vais former une équipe de gardes. On se relaiera, répondit Celyn.

— Et pour Lonoré, il faut qu'on produise pour notre consommation uniquement. Je propose qu'on cesse les équipes de nuit et qu'on voie s'il y a des volontaires. Il n'est plus question d'imposer quoi que ce soit, ajouta Léonor sur un ton déterminé. Si vous voulez je m'occupe d'organiser les équipes.

Tout le groupe ayant voté pour cette dernière suggestion, ils purent aller se reposer. Celyn leur désigna un carré de quelques lits dans la Serre.

— Si ça vous convient, voilà vos couchages. C'est pas le grand luxe, mais on est tous logés à la même enseigne. Énarué, si tu veux voir un médecin, c'est possible. On a quelques femmes enceintes, il a l'habitude, dit-elle, en lui lançant un clin d'œil.

— Merci, Celyn. Pour le moment, j'ai besoin de dormir, répondit Énarué les yeux rougis de fatigue et le corps tremblant.

La Serre était plongée dans le noir et le silence. Énarué se déchaussa et entra dans son lit, ce qui lui arracha un soupir de soulagement. Elle avait l'impression de ne pas avoir dormi depuis des jours. Elle posa sa main sur son ventre, et susurra une berceuse. Evan avait rapproché son lit à côté du sien et lui tenait la main. « Tout va bien se passer Ena… repose toi … je t'aime ». Elle n'avait pas entendu la fin de la phrase : son sommeil l'avait emportée dans un rêve fantastique fait de milliers de couleurs, de soleil et de rires d'enfants.

9 SKYBUS

Le dortoir était plongé dans le silence, seuls des pleurs d'enfants venaient briser la quiétude de la nuit. Énarué avait sombré dans un sommeil profond et s'était réveillée avant tout le groupe. Elle se leva discrètement en faisant attention à ne pas perturber le sommeil d'Evan qui dormait paisiblement. La lumière douce et bleutée de la SubFerme éclairait la Serre, ce qui lui permit de retrouver son chemin facilement. Elle emprunta le couloir qui menait au bureau de communication pour prendre le relais de Mérin qui avait dû passer sa nuit à essayer de prendre contact avec Hoop. Il était profondément endormi sur le bureau quand elle entra dans la pièce.

— Tu devrais aller te reposer, je vais prendre le relais, chuchota-t-elle en lui secouant doucement le bras.

Mérin s'extirpa de son sommeil et eut besoin d'un long moment avant de restituer le cours des événements.

— Énarué ? Tu es seule ? Où sont les autres ?

— Je ne sais pas, je crois que tout le monde dort. Je viens juste de me réveiller. Tu as réussi à les joindre ?

— Non, je n'ai que des grésillements au bout de la ligne. J'ai dû m'endormir il y a peu de temps.

— Ne t'inquiète pas, ils finiront bien par chercher à nous joindre. Ils ne peuvent pas rester sans nourriture. Il faudrait qu'on sache de combien de stock ils disposent pour évaluer le temps qu'il leur reste.

— On demandera à Léonor, elle devrait pouvoir estimer ça, dit-il en étouffant un bâillement.

— Va dormir s'il-te-plait, tu ne tiendras pas longtemps comme ça…

Mérin acquiesça et se dirigea lentement vers le couloir, laissant Énarué seule face à la console. Elle prit soudainement conscience de la charge qui s'abattait sur ses épaules et le silence oppressant n'arrangeait rien. Elle se dirigea lentement vers le haut-parleur et appuya sur le bouton.

— Ici Lonoré. Hoop, est-ce que vous nous entendez ?

— Ici Hoop, je vous entends fort et clair, grésilla-t-il.

La voix de Tamie pénétra brutalement dans le bureau, Énarué eut un mouvement de recul, elle n'avait pas anticipé qu'entendre cette voix ferait ressurgir en elle autant de souvenirs. Elle resta muette, incapable de répondre à Tamie qui insistait. « Énarué ? C'est toi ? Que nous voulez-vous ? »

Elle avait besoin d'aide, elle se sentait incapable de gérer cette situation seule, cette femme avait assassiné sa mère sans une once d'hésitation. Il fallait trouver un membre du groupe au plus vite. Elle dévala le couloir aussi vite qu'elle le put, entra dans le dortoir toujours plongé dans le noir et réveilla Mérin.

— Mérin je suis désolée de te réveiller, mais j'ai une réponse de Hoop. Je ne sais pas quoi lui dire, j'ai besoin d'aide. C'est Tamie, tu comprends…

Mérin se leva d'un bond. « Réveille tout le monde, et rejoins-moi ! » cria-t-il.

Énarué fit le tour de Lonoré en courant pour alerter tout le groupe. Ils arrivèrent à bout de souffle dans le bureau dans lequel Mérin attendait, impatient.

— C'est bon, tout le monde est là ? Je me lance… dit Mérin fébrile.

— Ici Lonoré. Hoop, est-ce que vous nous entendez ?

La voix de Tamie résonna à nouveau dans le bureau.

— Lonoré ! Répondez ! Énarué ! Je vous tuerai tous un par un !

— Ici Mérin. Je diffuse depuis Lonoré. Êtes-vous seule ?

— Oui je suis seule. Pourquoi retenez-vous la TransCap ?

— Nous ne vous livrerons plus rien, Hoop. Il est temps pour vous d'écouter nos demandes.

— Vous n'avez pas le droit ! Je refuse de vous écouter ! Votre rôle est de nous fournir de la nourriture, j'exige que vous fassiez votre travail !

— Vous n'êtes pas en position d'exiger quoi que ce soit, Tamie. Ce temps est révolu. Voilà nos exigences : les peuples de Lonoré et de Nostra doivent être libérés. Les colonies devront être dissoutes. Hoop deviendra la seule colonie et nous reformerons un nouveau gouvernement. Avez-vous bien saisi ?

— Vous êtes naïfs… Je refuse votre ultimatum. Votre système ne fonctionnera jamais, je préfère de loin me débrouiller seule. Au revoir et bon courage avec votre utopie ! ricana Tamie.

— Ce n'est pas à vous de décider arbitrairement de la vie des gens, Tamie ! Nous prendrons des décisions en concertation avec le nouveau peuple réuni.

Mérin se laissa tomber sur le fauteuil et poussa un long soupir.

— Ils résistent, mais ça ne va pas durer…

— Comment tu peux en être sûr ? demanda Léonor.

— Parce qu'elle n'est pas seule à décider. Tu penses qu'ils peuvent tenir longtemps avec leur stock ?

— Non, c'est un flux tendu. La capsule devait les livrer demain, ils pourront tenir trois ou quatre jours en rationnant.

— Très bien, ça nous laisse environ une semaine. Il n'y a plus qu'à attendre… dit Mérin. De toute façon on est à l'abri ici. Ils ne peuvent pas venir, on a de la nourriture et de l'eau…

— Je m'inquiète des répercussions sous Nostra. Ils pourraient aller leur faire du mal, intervint Énarué.

— Non, ils n'ont aucun intérêt à le faire. Ne t'inquiète pas, répondit Evan en lui caressant le dos.

— En attendant, on va trouver un moyen de s'organiser et surtout de se reposer un peu, ajouta Eslie.

Lorsqu'ils descendirent dans les dortoirs, tout le monde était déjà réveillé. L'ambiance était chaleureuse, chacun était occupé à une tâche bien précise. Énarué était stupéfaite de voir à quel point les humains pouvaient faire preuve de résilience. Tout leur univers était en train de changer et pourtant ils continuaient à rire, à manger et à travailler. Elle s'attabla à la première place disponible et écouta distraitement les conversations en souriant. Les problématiques s'étaient recentrées sur l'organisation de la vie quotidienne, ils parlaient des récoltes, s'interrogeaient sur la vie sur Hoop, se demandaient dans combien de temps ils pourraient enfin sortir de ce bunker…

En se concentrant, elle réussit à percevoir leurs émotions et ce qu'elle vit lui glaça le sang. Au-dessus d'eux flottait une immense nappe de brouillard gris orageux. Pas une seule éclaircie ne venait illuminer ce spectacle inquiétant. Toute la joie et l'optimisme naissants qui teintaient les discussions étaient absorbées par cette nappe d'inquiétude. Énarué venait de s'apercevoir que les inquiétudes et les ressentiments co-existaient sous les sourires de façade et les discussions animées.

La complexité de l'âme… Voilà ce qui fait finalement la vraie richesse de l'humanité, pensa-t-elle.

Evan s'installa à côté d'elle et lui caressa la nuque, ce qui l'arracha à sa contemplation.

— Qu'est-ce que tu veux faire aujourd'hui ? lui demanda-t-il.

— J'ai envie de travailler à la SubFerme, toutes ces plantes, ces odeurs... c'est incroyable !

— Oui, c'est vrai que c'est beau. Je vais aller prendre le relais des gardes. Je préfère garder un œil sur la TransCap.

Curd et Charly vinrent à leur rencontre les bras chargés de nourriture. « Regardez ce qu'on ramène ! On vient de la cueillir sur un tube, Myria nous a montré comment faire. Vous avez faim ? »

Ils mangèrent pendant de longues minutes, absorbés par leurs pensées en savourant pleinement leur chance de pouvoir goûter ce que la nature avait refusé de leur fournir il y a des décennies. Il y avait quelque chose de précieux sous Lonoré, ils en étaient bien conscients.

Tout l'enjeu sera de réussir à le préserver une fois que nous aurons libéré la colonie. Sur ce point, Tamie n'a pas tout à fait tort, pensa Énarué.

Myria s'approcha d'eux discrètement. « Si ça vous dit, je fais un petit cours d'agriculture... »

Énarué hocha la tête et se leva pour la suivre, accompagnée de Curd et Charly. Le spectacle était toujours aussi saisissant quand ils passèrent la double porte. Contrairement à la veille, une foule très organisée était déjà à la tâche dans un ballet hypnotique qu'Énarué ne parvenait pas à quitter des yeux. Chacun était affairé à une tâche bien précise et maniait ses outils avec une dextérité sidérante. Myria les fit passer de zone en zone rapidement, pour leur montrer une vue d'ensemble. Il avait fallu un très long moment pour arriver au terme de cette immense caverne.

— On va perdre un peu de production si on annule les équipes de nuit car la surface est immense comme vous le voyez, mais c'est temporaire.

— Qu'est-ce que c'est au fond ? Ces grandes armoires ? demanda Charly.

— C'est notre grainothèque, répondit Myria en désignant d'immenses armoires en bois. En résumé, c'est là qu'on stocke nos graines d'une année sur l'autre. On fait aussi beaucoup de croisements ; on a pas mal avancé sur des espèces hybrides en cent ans.

— C'est fascinant ! Finalement la vie ici aurait pu être bien plus intéressante s'ils n'avaient pas tout gâché, dit Curd pensif.

— Oui, c'était atroce. Je n'arrive pas encore bien à réaliser que c'est terminé. Vous savez, j'ai retrouvé mes parents hier ; je ne les avais pas vu depuis dix ans... mais ils ne m'ont pas reconnue. On effaçait régulièrement la mémoire du groupe des reproducteurs, chuchota Myria émue.

— Et grâce à toi, ça n'arrivera plus ! chuchota Énarué en la prenant doucement dans ses bras.

Myria se redressa, esquissa un sourire et reprit la présentation.

— On va débuter par la première zone. C'est la plus facile, je vais vous trouver du matériel. Vous allez voir que polliniser à la main c'est tout un art... ajouta-t-elle moqueuse.

Énarué ne vit pas la matinée passer tant ce qu'elle apprenait la passionnait. Elle avait l'impression d'avoir trouvé sa place, d'être utile à la communauté. La présence de Curd et Charly lui donnait du baume au cœur, ils étaient blagueurs, serviables et toujours prêts à jouer un mauvais tour aux enfants qui ne cessaient de les interrompre. Elle pensa longuement à sa mère qui avait recréé Terra pour elle quelques années plus tôt dans leur minuscule chambre et qui aurait aisément trouvé sa place dans ce joyeux capharnaüm. Elle posa une main sur son ventre et se jura de penser à demander à Evan s'il accepterait de nommer sa fille Stefanie, comme sa mère. Car c'était une fille, elle le sentait.

Le signal de la pause de midi interrompit ses pensées, elle suivit le groupe et se dirigea vers le réfectoire. Evan n'était pas encore arrivé, elle en profita pour faire un tour des installations. Les cuisines gigantesques étaient situées dans l'ancienne troisième zone auparavant appelée le Terminal. Elle y retrouva Jouan et Eslie qui avaient naturellement repris leur place en cuisine. Jouan avait le visage plein de farine, et un grand sourire aux lèvres. Il était en train d'apprendre aux cuisiniers une recette de Hoop qui consistait à mélanger de la farine avec de l'eau pour en faire des pâtes. Eslie les faisait cuire dans d'énormes casseroles sous le regard ébahi de tout le groupe. Une alléchante odeur de sauce tomate s'échappa d'un grand faitout. Le ventre d'Énarué grogna : elle n'avait rien avalé depuis ce matin et était complètement affamée.

— À table ! lança Evan, qui l'entoura de ses bras.

Ils se dirigèrent vers la table où plusieurs membres du groupe étaient déjà installés.

— Alors, cette matinée ? demanda Curd.

— Rien que de la surveillance, il ne s'est rien passé de spécial. On attend le retour de Mérin, il aura peut-être quelque chose à dire, répondit Celyn.

Mérin arriva quelques minutes plus tard avec Trape et Myria et s'installa à table. Énarué fixa Mérin un instant et constata qu'il avait changé depuis quelques semaines. Son corps s'était musclé et ses longs cheveux bouclés adoucissaient son visage qui s'était durci. Les équipes des cuisines déposèrent sur les tables les repas confectionnés dans la matinée et le gigantesque dortoir s'emplit d'odeurs alléchantes. Mérin n'avait aucune information supplémentaire, personne n'avait cherché à les contacter.

— Il faudrait qu'il y ait toujours une personne dans le bureau jour et nuit en roulement au cas-où, dit-il la bouche pleine de pâtes.

— Ok, on va organiser ça, répondit Celyn.

Une personne s'approcha du groupe et interpella Énarué.

— Je me présente. Je m'appelle Robis. J'ai appris que vous étiez soignante dans votre colonie, j'aimerais savoir si vous souhaiteriez partager vos connaissances avec nous.

— Oui, bien sûr. Même si je doute de vous être d'une grande utilité. Nous n'avions presque rien sous Nostra.

Ce fut le signal du départ, tout le groupe se leva pour s'atteler à ses missions respectives. Au moment de partir, Énarué prit la main d'Evan et lui murmura :

— Que penses-tu de Stefanie ?

Le visage d'Evan s'empourpra soudainement.

— Comme ta mère ? Tu penses que c'est une fille ?

— J'en suis sûre…

— Alors va pour Stefanie, dit-il sur un ton enjoué. J'ai hâte que tout ça s'arrête, qu'on puisse mener une vie normale tous les deux.

— Oui, moi aussi, et ça viendra bientôt, on fait tout pour…

L'après-midi passa très rapidement, mais Énarué ne parvenait pas à retrouver l'enthousiasme à pratiquer la médecine. Cela faisait ressurgir en elle trop de traumatismes. Elle informa donc Robis qu'elle souhaitait poursuivre son apprentissage à la SubFerme.

En fin de journée, tout le monde vaquait à ses occupations, aucun habitant de Lonoré n'osait encore prendre l'initiative de se reposer ou simplement de déambuler sans but précis. Ce fut Curd qui prit la parole après le diner pour proposer des jeux de groupes, une promenade ou plus simplement du repos.

— Il est temps pour nous de réapprendre à vivre, lança-t-il enthousiaste.

— Et à nous connaître pour mieux avancer ensemble ! lança Wiut dans la foulée.

Mérin observa Wiut un moment. Il se tenait debout au centre de la foule, extatique, le visage rougi par l'émotion. Ce n'était à l'évidence plus le même homme. Mérin se fit toutefois la promesse de garder un œil sur lui. Evan interpella Mérin « J'aimerais dormir dans le bureau cette nuit. On monte la garde avec Énarué ; ne lui dis rien, c'est une surprise.

— Bien sûr, amusez-vous bien », ricana Mérin.

Evan se précipita dans le bureau pour fignoler ces derniers arrangements. Il avait pensé à sa surprise toute la journée. Celyn et Léonor étaient de mèche. Il fallait que tout soit parfait. Quand il revint quelques minutes plus tard, Énarué était installée sur son lit et discutait avec Léonor.

— Viens. J'ai une surprise pour toi, dit-il en lui prenant la main, un sourire aux lèvres.

Le bureau était méconnaissable, Evan avait installé deux lits côte-à-côte et les avait parsemés de fleurs. Seule la lumière diffuse du couloir éclairait la pièce ce qui lui donnait une délicate atmosphère romantique. Énarué prit une profonde inspiration. L'air était chargé de senteurs fruitées et délicates.

— C'est merveilleux, dit-elle en l'embrassant.

— Je crois qu'on mérite une pause, répondit-il en lui rendant son baiser.

La colonie avait pris ses marques au bout d'une semaine. L'atmosphère était joyeuse et décontractée, mais l'inquiétude commençait à poindre dans l'esprit de Mérin. Ils n'avaient pas eu de nouvelles de Hoop depuis la conversation, six jours plus tôt, et cela affectait son moral. Ce n'était pourtant pas faute d'essayer, mais la ligne restait toujours coupée et le grésillement permanent lui donnait l'impression de perdre la tête. Il ressassait sans cesse la stratégie qu'il avait mise en place et passait ses jours et ses nuits dans le bureau, coupé du monde. Myria posa une main sur son épaule.

— Tu devrais dormir un peu, tu as une mine épouvantable.

— Je sais bien, mais je n'arrive plus à trouver le sommeil, soupira-t-il.

— De quoi as-tu peur précisément, demanda-t-elle.

— J'ai peur qu'ils ne capitulent pas et que l'Union préfère les laisser mourir, répondit-il, la mine abattue.

— Ça n'arrivera pas, ils ont un instinct de survie ! Ils doivent être en train de commencer à manquer de nourriture ; il y aura une révolte, c'est certain, lança-t-elle sur un ton assuré.

Mérin acquiesça d'un discret mouvement de tête.

— Il faudrait réunir le groupe pour discuter de Nostra. Tu peux t'en charger ?

— Oui, je vais les chercher.

Tout le groupe était réuni dans le petit bureau quand Mérin prit la parole.

— Il va falloir qu'on prenne le temps d'évoquer Nostra. J'y ai beaucoup réfléchi ces derniers jours. Je pense qu'on devrait désigner une équipe qui ira les libérer avec le Skybus. Une fois là-bas, il faudra faire quelques allers-retours jusqu'à Lonoré qui est assez proche et les faire venir sur Hoop avec la TransCap.

— Oui, ça me parait très bien, mais ils sont très fragiles. Il faudra prendre des précautions. Et le voyage jusque Nostra me paraît compliqué. Charly tu l'as déjà fait. Qu'en penses-tu ? demanda Jouan.

— C'est vrai que c'est un long voyage. On avait mis deux jours pour y arriver. On s'arrêtait dans leur camp la journée pour se reposer. Ils en ont un, c'est une grotte aménagée dans les montagnes mais le Skybus est paramétré pour y aller donc ça ne devrait pas être compliqué à gérer.

— Tu mets combien de personnes dans ce bus ? demanda Énarué.

— Je dirais cinquante environ.

— Ça fera une cinquantaine d'allers-retours entre Nostra et Lonoré. Ça va prendre du temps…

— De toute façon, je ne vois pas comment faire autrement, ajouta Mérin. Quelqu'un a une meilleure idée ?

— Et si on allait dans cette grande ville pour voir ce qu'on peut récupérer… Denver… Il y aura peut-être encore des moyens de transport. Je me souviens avoir vu cette ville dans ma vision. C'est de là que sont partis les premiers habitants de Hoop, précisa Énarué.

— C'est une bonne idée mais tu n'iras nulle part, Ena ! dit Evan sur un ton inquiet.

— Oui, ne t'inquiète pas, je resterai sur Hoop. Mais on peut déjà voir pour un groupe de volontaires.

— Moi ça me dit bien d'aller voir ce qu'il se passe là-haut, répondit Myria.

— Tu es trop jeune, Myria, on ne va pas prendre le risque de t'emmener avec nous, dit Charly sur un ton assuré.

— Et Lonoré a trop besoin de toi ! Tu seras notre représentante sur Hoop avec Eslie et Léonor, si tu l'acceptes.

— Je comprends…lâcha-t-elle, visiblement déçue.

— On essaiera de rapporter le maximum de choses ; je pensais aussi à des armes. Il y en a peu sur Hoop, ajouta Mérin.

— Des armes ? Mais pour quoi faire Mérin ! s'indigna Énarué.

— Pour se défendre, il faut tout anticiper, répondit-t-il brusquement.

— Je ne suis pas d'accord ! Pourquoi devrait-on nécessairement agir comme les anciens ? Mérin qu'est ce qui t'arrive ?

Mérin se leva d'un bond et s'approcha d'Énarué, le regard fiévreux. « On ne va sûrement pas les utiliser, mais c'est mon devoir de vous protéger... » Evan se leva également pour s'interposer entre eux. « Calme-toi Mérin, tu dérailles là... »

— Excuse-moi, Ena, je me suis emporté. Toute cette situation me dépasse... avoua Mérin en se rasseyant.

Chacun était resté assis, plongé dans ses pensées quand la console cessa de grésiller. « Ici Hoop, est-ce que quelqu'un nous entend ? » questionna une voix d'homme.

Mérin bondit subitement de son siège, son visage s'éclaira.

— Ce sont eux, on reste calme !

— Ici Lonoré, on vous entend parfaitement. Que voulez-vous ?

— Nous vous contactons pour vous informer de la mort de Tamie. Elle a été tuée ce matin suite à une insurrection. Le peuple a repris le contrôle de Hoop.

— Qui êtes-vous ?

— Je suis Gorder, le meneur de la garde.

— Très bien, de quelles informations disposez-vous, Gorder ? demanda Mérin.

— Nous avons arrêté de prendre les pilules depuis deux jours et tout le monde a commencé à ressentir les effets secondaires. Certains d'entre nous ont posé des questions sur l'approvisionnement de nourriture. C'est là qu'elle a craqué et nous a tout dit. Elle a sorti une arme et a menacé tous les membres du bureau de l'Union pendant une réunion.

— Que savez-vous de Lonoré ?

— Rien du tout. Elle a été très évasive. Elle a seulement dit que vous exerciez un chantage.

— On vous expliquera tout une fois sur Hoop. Nous n'exerçons aucun chantage, nous souhaitons libérer les deux colonies asservies depuis cent ans pour ne rétablir qu'une seule colonie libre.

— Comment peut-on vous aider ? demanda Gorder.

— Laissez-nous entrer sur Hoop, nous reprendrons ensuite la livraison de la production quand tout le monde sera en sécurité et que nous aurons décidé de la meilleure façon de fonctionner.

— C'est entendu. Vous êtes les bienvenus… Nous n'avons pas le choix de toute façon…

— Laissez-nous quelques instants pour nous organiser, je vous recontacte bientôt. Fin de la transmission.

Mérin s'écroula à genoux en pleurs devant la console. « C'est fini ! On a réussi ! »

Tout le groupe exultait, il y eut de longues minutes d'embrassades, de rires et de pleurs. Ils avaient libéré Lonoré. Chacun pourrait désormais mener une vie normale. Énarué n'arrivait pas à y croire. Les derniers événements s'étaient subitement accélérés ; elle ne savait plus si elle pouvait enfin se réjouir. Evan le comprit, lui prit le visage dans les mains et lui souffla dans l'oreille. « C'est presque fini, Ena. Le plus dur est fait, on va pouvoir élever notre fille. »

Jouan prit la parole. « Je crois que c'est le bon moment pour vous annoncer qu'Eslie et moi attendons également un heureux événement… on l'a appris ce matin. »

Énarué et Eslie tombèrent dans les bras l'une de l'autre. « Quelle belle revanche pour Jouan, Eslie c'est merveilleux… » chuchota Énarué.

— Les premiers bébés libérés, lança Jouan souriant.

— Il va falloir annoncer la nouvelle à la colonie, dit Mérin sèchement. Son visage s'était refermé à l'annonce de cette nouvelle grossesse, il ne pouvait s'empêcher de jalouser Jouan.

Le groupe se dirigea vers les espaces communs pour annoncer la bonne nouvelle. Il fut décidé qu'un premier groupe se déplacerait sur Hoop pour vérifier que leurs intentions étaient cordiales puis qu'ils recontacteraient Lonoré avec le système de communication pour débuter la libération.

Trape resta sur place avec Celyn et Myria pour activer le système de contrôle de la TransCap. Le départ était joyeux, le quai était bondé pour voir partir le groupe de sauveurs. Mérin avait tenu à emmener l'arme qui avait tué Sebastian, contre l'avis du groupe. Il la tenait serrée contre lui, paré à toute éventualité. Énarué avait fini par céder, trop heureuse de voir le dénouement de cette longue semaine d'attente. Ils avaient trois heures de voyage à effectuer et chacun avait spontanément repris la même place qu'à l'aller.

Les conversations étaient joyeuses et portaient sur l'avenir de la colonie, les enfants à naître et la prochaine sortie pour Nostra. Personne ne vit le temps passer et ils furent tous surpris quand la TransCap débuta son doux freinage.

— Tenez-vous prêts, on arrive ! Il faut rester méfiants. Ena, tu veux bien sonder leurs intentions ?

La capsule s'arrêta doucement dans son chuintement habituel. Énarué posa les mains sur la porte de sortie et se concentra sur l'extérieur. Un bruissement de foule se faisait entendre, mais Evan contrôlait toujours l'ouverture de la porte.

— Il y a trop de monde, je ne perçois rien, dit-elle. Tout est flou, tout se mélange.

— Est-ce que tu vois quelque chose de sombre ? Quelque chose d'inquiétant ? demanda Evan.

Énarué avait le visage crispé par l'effort mais n'osait pas trop se focaliser, de peur d'aspirer l'air de la capsule. Ils étaient piégés, ils devaient prendre le risque de sortir, elle ne pouvait se concentrer davantage de peur de les tuer tous avant que la porte s'ouvre.

— Il faut essayer, dit-elle. Je vais vous tuer si je me concentre trop.

Evan appuya sur le bouton déclencheur et la porte s'ouvrit doucement. Les visages des habitants de Hoop venus les accueillir étaient tous joyeux et accueillants. Gorder était à l'avant du groupe et s'avança, la main tendue pour saluer Énarué. « Bienvenue à vous ! Nous sommes heureux de vous accueill… »

Un coup de feu retentit. Comme un claquement sec répercuté par l'écho de la montagne. Énarué tomba violemment à terre. Pendant quelques secondes, ce fut le chaos sur le quai. Mérin avait riposté et tiré sur un garde en pleine tête qui gisait, mort, dans une mare de sang sur le quai de Hoop. À côté de sa main, le pistolet qu'il avait utilisé pour tirer sur Énarué. Evan était agenouillé à côté d'elle et tentait de contenir le sang qui fusait de son épaule gauche en appuyant dessus.

— Un médecin, vite ! hurla-t-il, les mains pleines de sang.

Gorder avait repris les choses en mains. Il demanda rapidement aux gardes de contenir la foule qui se massait pour apercevoir le groupe et se pressa au chevet d'Énarué.

— Un médecin arrive. Tiens bon Ena !

La vision d'Énarué commença à se troubler, elle eut à peine le temps de souffler à Evan. « Tout va bien aller, je la protège » puis elle perdit connaissance.

Eslie, Léonor et Mérin avaient posé leurs mains sur sa blessure et sifflaient en chœur pour essayer de la refermer avant l'arrivée du médecin. Lorsque celui-ci arriva, Énarué avait perdu beaucoup de sang mais la plaie s'était presque refermée. Il ôta rapidement la balle qui ne s'était pas logée profondément, puis les infirmiers l'évacuèrent au bloc opératoire. Après de longues heures d'attente, le médecin ressortit du bloc et interpella Evan.

— Elle va s'en sortir, vous lui avez sauvé la vie. Sans votre intervention et celle de vos amis, elle ne serait plus des nôtres.

— Et le bébé ? demanda Evan, fébrilement.

— Le bébé se porte bien. Nous allons la garder quelques jours en observation, mais je ne m'inquiète pas outre mesure.

Le visage d'Evan reprit instantanément des couleurs. Au bout de quelques secondes, il demanda :

— Qu'est-ce qu'il s'est passé, Gorder ? Pourquoi est-ce qu'il nous a tiré dessus ?

— Je ne sais pas, répondit-il penaud. On pense qu'il s'agit d'un événement isolé. Il faut dire que de nombreuses personnes sont totalement déboussolées depuis l'arrêt de la pilule. Ça n'excuse pas son geste, mais il n'est pas représentatif du groupe. Nous vous attendions avec impatience, c'était un jour de joie pour tout le monde…

— Et maintenant, on fait quoi ? demanda Jouan sur un ton exaspéré.

— Tout Hoop attend des nouvelles d'Énarué. Je vais aller leur annoncer qu'elle est tirée d'affaire. C'est à vous de décider de la suite. Je comprends que vous n'ayez pas confiance, mais nous n'avons aucune mauvaise intention ; nous ne l'aurions pas soignée si cela avait été le cas. Je vous présente nos excuses pour ce terrible événement.

Mérin n'avait pas dit un mot depuis l'incident, son visage s'était décomposé ; c'était la première fois qu'il tuait quelqu'un et il n'arrivait pas à se remettre de ce choc. Assis le dos contre le mur, le visage blême, il avait attendu le retour du médecin sans desserrer les dents. Evan s'approcha de lui.

— Merci de lui avoir sauvé la vie ; tu avais finalement raison à propos des armes. Est-ce que ça va aller ?

— Oui, répondit-t-il en se relevant. Je crois qu'on peut leur faire confiance, mais c'était inattendu et violent. Je vais dire à Gorder qu'on va débuter la libération de Lonoré.

— J'aimerais partir rapidement pour Nostra, lança Curd le visage blafard. Il faut que je parte d'ici, c'est trop pour moi… et il y a Cléo…

Ils retrouvèrent toute la colonie à l'Eldorado et furent accueillis par une salve d'applaudissements. Gorder demanda à la foule de leur frayer un passage. Une fois dans l'espace central, Mérin prit la parole.

— Nous sommes conscients que votre volonté n'est pas de nous nuire et nous espérons qu'il ne s'agissait que d'un acte isolé. Nous allons contacter le peuple de Lonoré. Ils vont débuter leur arrivée au fur et à mesure des heures qui vont suivre. Nous pourrons ensuite voter ensemble pour décider de la future organisation. Nous allons également partir pour évacuer Nostra avec Curd, Charly et Celyn. Nous avons déjà formé un groupe, et nous en profiterons pour aller à Denver au passage, pour voir si nous pouvons récupérer quoi que ce soit pour notre vie quotidienne. Est-ce que quelqu'un souhaite s'ajouter au groupe ?

— Je suis volontaire ! cria Gorder en levant la main.

— Qui va gérer Hoop en ton absence ? Tu es le représentant ici, si je comprends bien, répondit Mérin.

— Nous n'avons pas encore recomposé une équipe dirigeante. Je propose de laisser les pleins pouvoirs à Énarué, Evan, Jouan, Eslie et Léonor, dit Gorder après un moment de réflexion. Ainsi les deux colonies seront représentées et cela vous permettra de partir en confiance. Qu'en dites-vous ?

La proposition de Gorder emporta la ferveur générale, l'Eldorado bruissait des conversations enthousiastes des habitants. Mérin et Gorder entérinèrent leur accord en se serrant la main, souriants.

— Allons sauver Lonoré ! lança Mérin d'un cri qui remporta l'adhésion de la foule.

La capsule dut faire de nombreux allers-retours pour évacuer Lonoré, ainsi qu'une partie de la production qu'ils avaient stockée. Hoop ressembla à une fourmilière géante. Chacun trouva sa place dans les nombreux dortoirs vides creusés dans la montagne et encore inutilisés. Ils avaient à présent une semaine de stock de nourriture. Un énorme travail d'organisation les attendait, mais personne n'avait envie de s'atteler à cette tâche. Chacun profitait de sa liberté retrouvée.

Énarué récupérait bien grâce aux bons soins de ses amis et d'Evan qui ne la quittait plus des yeux. Son ventre s'arrondissait de jour en jour, elle passait beaucoup de temps avec Eslie à discuter de leur avenir et celui de leurs enfants.

— Il va falloir organiser la vie ici, lança Evan un matin, la mine sérieuse. On arrive déjà au bout des stocks de nourriture. Et on ne peut pas laisser Lonoré à l'abandon si on ne veut pas mourir de faim.

— Oui, j'y ai pensé cette nuit, dit Énarué. Je pense qu'on devrait simplement organiser des équipes en roulement. Et il faut que les anciens Agris forment les habitants de Hoop. Si on envoie une nouvelle équipe par semaine ça devrait fonctionner, et ils reviendraient avec la production.

— Ok on va proposer ça aujourd'hui. D'ailleurs le groupe part ce matin pour Nostra, tu te sens capable de te relever pour leur dire au revoir ?

— Oui, le médecin m'a dit que je pourrais commencer à me déplacer quelques minutes par jour à compter d'aujourd'hui.

-

Mérin, Curd, Charly, Léonor et Gorder se tenaient près du Skybus devant la grande porte principale. Le Bravent soufflait dans le moindre interstice dans un long sifflement aigu. Ils portaient tous la même tenue ample et confortable qui les protègerait de la chaleur et du vent : pas un centimètre carré de leur corps n'était laissé à l'air libre. Des recharges d'eau ainsi que des ratiopilules dans leur sac à dos venaient compléter leur équipement. Leurs visages ne montraient aucun signe d'appréhension mais plutôt une joie enfantine portée par l'enthousiasme de la foule. Il s'agissait de la première excursion depuis cent ans en dehors de l'itinéraire tout tracé qui les menait à Nostra et elle était porteuse de beaucoup d'attentes. Personne n'avait connu Civilisation 1 autrement que dans quelques illustrations. Ils ne savaient, ni ce qui les attendait, ni quels dangers ils allaient devoir affronter, mais cette perspective ne semblait inquiéter personne.

Mérin s'approcha d'Énarué qui venait juste d'arriver au bras d'Evan. « Je suis heureux que tu sois remise, je te confie la gestion de Hoop et je ne me fais aucun souci, elle est entre de bonnes mains » dit-il souriant.

— À bientôt, Mérin. Prenez soin de vous. On attendra de vos nouvelles tous les jours, contactez-nous quand vous arriverez, dit-elle souriante.

Un à un, ils montèrent dans le Skybus. Gorder alluma le contact et le bus s'éleva de quelques mètres dans un bruit sourd. Alors ils plongèrent dans l'inconnu.

La nuit était claire et la pleine lune leur permettait de distinguer parfaitement l'environnement désertique et montagneux. Mérin n'apercevait que des roches et des montagnes à perte de vue. Gorder poussa le Skybus au maximum de ses capacités et se dirigea plein est. Le Bravent charriait une poussière continue, ce qui lui demandait une réelle concentration.

— On a quelques heures de route. Dis-moi quand tu es fatigué, je prendrai le relais, dit Charly en lui posant une main sur l'épaule.

— Ok, en attendant reposez-vous, dit Gorder. Je vais faire en sorte d'arriver avant l'aube.

Personne n'arrivait à trouver le sommeil tellement l'excitation était intense. Curd avait le visage collé à sa fenêtre pour essayer d'apercevoir le paysage, mais il était impossible de distinguer quoi que ce soit entre le Bravent et le système de propulsion de la navette qui charriait énormément de poussière.

Le Skybus ne cessait de faire des embardées et malmenait ses occupants, ce qui ne dérangeait pas Mérin qui lisait avidement un livre sur Civilisation 1, sans se soucier le moins du monde du paysage qui l'entourait. Il s'agissait d'une encyclopédie complète éditée pour célébrer l'année 2600 et qui regroupait l'ensemble des savoirs et connaissances. Elle avait été tellement lue que les coins étaient écornés et quelques pages étaient manquantes, mais cela ne semblait pas le préoccuper outre mesure.

Charly et Celyn discutaient à voix basse depuis des heures en jetant un œil à l'extérieur pour tenter de discerner le paysage à travers l'épaisse fumée que dégageait le Skybus. De temps en temps, le sommeil les emportait quelques minutes pour les plonger dans une léthargie sombre et sans rêve.

L'aube perçait le jour depuis quelques minutes, Gorder n'avait pas lâché la navigation du Skybus quand le GPS tinta. « On arrive ! » lança-t-il au groupe.

— Regardez le panneau ! dit Curd extatique, en désignant un immense panneau vert à moitié recouvert de poussière qui affichait : Denver Exit 16th Street.

— Il faut trouver un endroit pour la journée, dit Celyn.

Mérin referma son livre. « On n'a qu'à aller au Capitole. C'est là-bas qu'a été votée la loi pour l'extermination de masse et c'est de là que sont partis les premiers rescapés de Hoop. »

Gorder ajouta l'adresse dans le GPS. « On y est dans trois minutes ».

Le Capitole était posé sur une petite colline. Gorder gara le Skybus devant la majestueuse façade grise. Ils prirent alors quelques instants pour admirer pour la première fois un bâtiment construit par les habitants de Civilisation 1. En posant le pied sur le sol, Celyn ne put s'empêcher de pousser un cri d'émerveillement. « C'est gigantesque ! Regardez le toit en forme de dôme ! » cria-t-elle en essayant de dominer le Bravent.

Le sol n'était plus que poussière et gravats dans lesquels les pieds de Celyn s'enfonçaient de quelques centimètres. Plus aucune trace de chemin, route ou végétation ; c'était comme si les bâtiments avaient été posés au hasard, sans aucune logique architecturale dans une immense dune couleur de sable clair.

— Il faut entrer dans le bâtiment ! Il fait déjà très chaud… hurla Mérin, en s'épongeant le front.

Mérin et Charly poussèrent la porte principale qui s'ouvrit sans résistance. À l'intérieur, le temps semblait s'être figé. La gigantesque pièce d'accueil ouverte sur le toit donnait immédiatement une impression d'immensité. Leurs pas résonnaient sur le sol recouvert de marbre. Mérin s'exclama : « On se croirait dans une jungle, mais tout est faux ! » dit-il en caressant les poteaux troncs d'arbres.

Charly s'était avancé de quelques pas et se tenait prostré derrière le comptoir principal, le visage blême et le souffle court.

— Qu'est-ce que tu as vu ? demande Curd en s'approchant de lui.

Il désigna de la tête un tas de vêtements épars au sol. « Regarde à l'intérieur ».

Curd n'eut pas besoin de fouiller pour apercevoir le tas d'ossements sous les vêtements. Il lâcha un hoquet de dégoût et s'éloigna. Mérin, qui s'était approché, mit une main sur l'épaule de Charly.

— Ils ont tous été tués en pleine nuit il y a cent ans. On va sûrement retrouver des ossements partout. Tu ne devrais pas rester là…

— Je n'avais pas encore mesuré à quel point ça a dû être brutal. Tu te rends compte, Mérin… des milliards de morts…

— Oui, répondit-il en marquant une pause. Mais on est en vie et on ne reproduira pas les mêmes erreurs. Maintenant, on doit sauver toute une colonie. On est là pour réparer tout ça, tu es à la bonne place.

— Écoutez ! Si j'en crois le document laissé dans le bureau de Tamie, c'est du sous-sol que sont partis les Skybus. Ils les ont sûrement ramenés ici après avoir déposé les rescapés, il faut qu'on les retrouve.

Après quelques minutes de recherches, Curd appela le groupe : « J'ai trouvé ! Venez-voir ! Il y a un immense sous-sol ! »

Le gigantesque hangar dans lequel ils entrèrent semblait n'avoir ni début ni fin. Seules d'immenses portes marquaient la sortie ; à travers elles, la lumière du jour filtrait à peine. Il y faisait très sombre, mais on pouvait y apercevoir cinq Skybus identiques garés les uns à côté des autres, ainsi que d'autres moyens de locomotion.

— Ce sont des motos et des voitures, dit Mérin. J'ai vu ça dans l'encyclopédie. Ils fonctionnent comme le Skybus, mais ça ne va pas nous arranger : on n'y met que quelques personnes. Par contre, c'est une excellente nouvelle pour les Skybus ! On a bien fait de s'arrêter ici !

— Il va falloir les recharger, celui-ci est à plat, lança Gorder qui avait essayé de démarrer le premier véhicule.

— On va ouvrir les portes en fin de journée, et les pousser à l'extérieur. Quelques heures de soleil vont suffire à recharger les batteries. On pourra repartir demain pour Nostra.

— On ne poursuit pas l'exploration de Denver ? Tu ne voulais pas en savoir plus ? demanda Gorder.

— Si… On n'a qu'à aller dans un… centre commercial cette nuit. J'ai lu ce mot quelque part… Normalement on pourra refaire nos stocks. On prendra tout ce qui nous semble nécessaire, mais j'avoue que je ne suis pas à l'aise. J'ai l'impression de profaner quelque chose. Pas vous ?

— Oui, un peu, répondit Celyn. Je suis d'accord. Cette Terre appartient à la Civilisation 1, c'est leur cimetière. C'est encore trop tôt pour eux, je le sens, dit-elle en caressant son bras pour effacer le frisson qui la parcourait depuis son arrivée.

— Allons dormir, on repart dans quelques heures, dit Curd ému. Vous avez raison, il faut les laisser en paix.

-

La porte du Capitole s'ouvrit en grand pour laisser passer les quatre Skybus pour la première fois en cent ans, mais le bruit des moteurs et du système de propulsion était inaudible dans le vacarme habituel du Bravent.

Chacun était arrivé dans cette ville avec ses espérances, mais celles-ci avaient été vaincues par le spectacle désolant qui les avait accueillis. Tout était mort : la ville qui n'était plus qu'une immense plaine poussiéreuse, les corps qui n'étaient plus que des tas d'ossements dans des vêtements devenus trop amples et leurs âmes qui n'avaient pas encore quitté ces lieux tant leur mort avait été brutale. *« Il faut se reconcentrer sur les vivants... »* ne cessait de se répéter Charly.

L'arrêt au centre commercial se fit dans le silence. En poussant les portes de ce bâtiment hors normes, Mérin ne sut pas par où commencer. Autour de lui, les reliefs d'une vie passée et anéantie par la chaleur et le temps. Les mannequins des vitrines suivaient Mérin du regard et le mettaient mal à l'aise. Personne ne savait où se diriger ni que choisir. Ils finirent par se donner la main pour se donner du courage et prirent essentiellement des livres, du matériel de cuisine, des lunettes de soleil pour Nostra, quelques vêtements et du matériel de bricolage.

Mérin n'avait plus les mots pour qualifier la tristesse qui le submergeait à chaque fois qu'il croisait un tas d'ossements, ce fut Charly qui lui prit la main pour le guider vers son Skybus. « Allons-y, on doit les laisser tranquille maintenant ».

La route pour arriver à Nostra était longue et demandait une concentration maximale pour éviter que le Skybus ne dévie de sa trajectoire à cause du Bravent. Mérin était heureux d'être seul, il n'avait pas envie de bavarder avec qui que ce soit. Plus les jours passaient, plus il avait l'impression de perdre le contrôle de ses émotions. La colère bouillonnait en lui de plus en plus fréquemment sans qu'il ne parvienne à la maîtriser. Il avait cru que fuir pour sauver Nostra l'aiderait à apaiser son esprit, mais tout le contraire était en train de se passer. Il sentait qu'il n'était pas comme les autres. Il n'arrivait pas à exprimer ses sentiments, ni à se lier d'amitié avec un membre du groupe. Il se sentait de plus en plus seul, rongé par ses angoisses et sa peur d'échouer.

Le paysage minéral défilait sous ses yeux dans le clair de lune. La vie avait quitté cette terre, elle ne voulait plus d'eux, mais ils s'accrochaient coûte que coûte. Pourtant elle acceptait de concevoir des enfants, il y avait peut-être encore un espoir... Ses pensées s'entrechoquaient quand le signal lui indiqua qu'il était arrivé à destination. Ils passeraient la journée dans une grotte à flanc de montagne creusée pour accueillir le glanage annuel de Hoop. Toute l'absurdité de la situation frappa Mérin de plein fouet quand il gara son Skybus.

Dans la grotte se trouvait une pièce en acier, dans laquelle avait été disposée une dizaine de lits simples ainsi qu'un système de ventilation et une salle de bain sommaire.

C'était amplement suffisant pour Celyn qui se précipita dans la salle de bain pour se décrasser de la poussière et de ses inquiétudes accumulées. Un peu plus tard, après que chacun se fut lavé et rassasié, ils purent discuter de leur nuit de voyage respective.

— Vous tenez le choc ? demanda Curd.

— Oui mais je suis épuisée, répondit Celyn en baillant longuement.

— Idem, ajouta Charly somnolant.

— Cette terre ne veut plus de nous, je n'ai rien vu qui pourrait nous faire croire le contraire, ajouta Mérin.

— Essayons de rester positif, dit Gorder. Je sais que la situation ne s'y prête pas, mais je fais des sorties depuis des années que je note dans un carnet et il y a un vrai changement. La température baisse, on voit réapparaitre de la végétation. Il faut garder espoir…

— De toute façon, on est coincés ici, on n'a pas vraiment le choix, ajouta Mérin d'un air sombre en se retournant dans sa couchette.

— On est fatigués, il faut qu'on se repose, dit Celyn qui s'approcha de Mérin et caressa tendrement son dos. Mérin tu fais un boulot extraordinaire depuis l'évasion de Lonoré, ne sois pas trop dur avec toi-même s'il-te-plait, lui chuchota-t-elle.

Mais celui-ci s'était déjà profondément endormi, et le compliment de Celyn ne parvint pas à transpercer son sommeil sans rêves.

La journée de sommeil fut courte et peuplée de cauchemars pour le groupe, ils prirent la route, épuisés mais impatients d'arriver à destination. Le paysage changeait au fur et à mesure qu'ils avançaient. Le Bravent s'était un peu calmé et la température extérieure avait baissé d'un degré. Ils circulaient au milieu de montagnes, au-dessus de l'ancienne route transcanadienne, quand Gorder actionna la radio : « On arrive dans quelques minutes ».

Gorder se gara à côté d'un immense creux entre les montagnes. « C'était le lac Louise. Il paraît qu'il était rempli d'eau glacée des montagnes » dit-il sur un ton sceptique en désignant la gigantesque cavité. Voilà leur puits de remontée. C'est ici qu'ils sortent une fois par an, ajouta-t-il en désignant une plaque ronde en métal fichée dans le sol.

— Et c'est tout ? Il y a cinq cents personnes là sous nos pieds ! cria Léonor. C'est insensé !

Curd et Charly s'étaient avancés vers la plaque en scrutant le paysage, essayant de rassembler leurs souvenirs.

— Je ne me souviens de rien et toi ? demanda Charly à Curd.

— Je me souviens de l'odeur de l'air, je crois... C'est comme retrouver un morceau manquant, répondit-t-il en inspirant profondément.

— On fait quoi ? On entre tout simplement ? demanda Celyn inquiète.

— Oui, je pense qu'on n'a pas vraiment le choix, répondit Mérin déjà occupé à soulever la lourde plaque.

Une simple échelle menait à un couloir en contrebas. Au bout du couloir, une petite capsule dans laquelle ils entrèrent sans hésiter. Gorder appuya sur le bouton. « Vous êtes prêts ? »

10 RÉVERSION

Le jour n'était pas encore levé lorsqu'ils arrivèrent à destination. Quelques bandeaux accrochés au mur et une porte fermée étaient la seule particularité du minuscule espace dans lequel ils arrivèrent. Mérin poussa doucement la porte devant lui et entra dans une seconde pièce plus large, occupée par un bureau, des étagères et des boîtes d'archives. Malgré l'obscurité, il reconnut immédiatement le système de communication sur le mur face au bureau.

Je les contacte de suite, on ne sait pas ce qu'il va nous arriver, je préfère anticiper, dit-il nerveux. Hoop, est-ce que vous m'entendez ? Ici Nostra, dit-il en appuyant sur le bouton de communication.

La réponse ne se fit pas attendre. « Mérin ? C'est toi ? »

— Oui, la ligne est mauvaise, ça grésille, qui est en ligne ?

— C'est Énarué. Comment allez-vous ?

— On va bien, on est arrivés il y a quelques minutes. On n'a encore croisé personne. Je voulais juste vous rassurer. On se recontacte quand on commencera l'évacuation.

— Très bien. On se relaie ici pour attendre de vos nouvelles.

— Ils doivent être en train de dormir, je ne voudrais pas leur faire peur, dit Mérin en se tournant vers le groupe.

— On n'a qu'à attendre ici quelques heures. Dès qu'on entend du bruit, on se présente à eux, dit Celyn.

Tout le monde approuva cette idée et chacun s'installa assis ou couché contre un mur de la pièce pour se reposer quelques instants.

Charly se réveilla des minutes ou des heures plus tard, il n'avait plus la notion du temps, tout le groupe était profondément endormi et aucun bruit ne perçait à travers la porte. Il secoua délicatement l'épaule de Mérin qui s'était endormi la tête posée sur le bureau.

— Mérin, je crois qu'on est arrivés depuis un moment, ils doivent être réveillés. On devrait peut-être y aller…

Mérin acquiesça en silence, s'ébroua, se leva et réveilla tout le groupe. Quand tout le monde fut prêt à repartir, il poussa la porte qui menait à un premier couloir, pour enfin arriver au grand couloir dont Énarué lui avait parlé : la branche des personnes âgées. Elle lui avait expliqué que Nostra était très sombre mais il n'avait pas mesuré à quel point. Les rares lampes allumées dégageaient un halo si faible qu'il en venait à se poser la question de leur utilité. Ils avançaient dans l'obscurité quasi-totale, quand ils arrivèrent dans un vaste espace qu'Énarué lui avait décrit comme étant l'Agora.

Devant eux surgit une foule silencieuse et affairée à des taches du quotidien. Il fallut quelques secondes à Onah pour apercevoir les nouveaux arrivants. Il étouffa un cri et eut un mouvement de recul. Tout Nostra se retourna subitement sur les cinq inconnus qui se tenaient face à eux. Ce fut un véritable choc pour Mérin qui resta bouche bée devant cette assemblée de fantômes grisâtres. La faible lumière de l'Agora se reflétait dans leurs cheveux blancs et leurs mines éthérées. Mérin eut la sensation d'être face à une gigantesque armée de cadavres.

— Qui êtes-vous ? demanda Bynsa en s'approchant du groupe, suivie d'un agent de la Cohorte.

Curd fut le premier à reprendre ses esprits.

— Je m'appelle Curd, voici Charly nous sommes des anciens habitants de Nostra. Voilà Mérin et Celyn, anciens habitants de la colonie Lonoré et Gorder, habitant de Hoop.

— Nous sommes venus vous libérer, dit Charly d'une voix forte. Nous avions ramené Dérouan l'année dernière mais il avait subi un effacement de mémoire et il ne s'en est jamais remis. Aujourd'hui nous sommes de retour pour vous livrer la vérité.

Bynsa n'avait pas esquissé un mouvement, elle attendait la suite des événements sans savoir quelle contenance adopter.

— Est-ce que toute la colonie est présente ? demanda Curd.

— Non, une partie seulement, répondit Bynsa.

— Pourriez-vous réunir toute la population pour que nous vous expliquions la suite des événements ?

Bynsa s'approcha de Mérin et lui chuchota. « Avez-vous vu mon fils ? Evan ? »

Mérin reprit soudainement contact avec la réalité, il regarda longuement Bynsa dans les yeux, cherchant à sonder ses intentions. Énarué lui avait dit de se méfier d'elle, mais il ne vit que la douleur et la détresse d'une mère. « Oui, il est en sécurité sur Hoop. Il attend un enfant avec Énarué, vous pourrez le retrouver bientôt ».

Une larme coula le long de la joue de Bynsa, elle baissa la tête, prit la main de Mérin et chuchota : « Merci ».

Elle se retourna face à la colonie et proclama d'une voix forte et assurée : « Rassemblement général ! Faites passer le message autour de vous, il s'agit d'une urgence. Tout le monde est invité à venir écouter le discours des premiers rescapés de Terra ».

Mérin prit la parole quelques instants plus tard pour expliquer toute la situation. Il leur parla des colonies, des mensonges, des manipulations, de l'effacement, de la fin de Civilisation 1 et de leur espoir d'une vie nouvelle sur Hoop.

— Nous avons cinq bus à l'extérieur. Si nous partons de nuit, nous pourrons faire l'aller-retour vers Lonoré en quelques heures. Nous pourrions évacuer la colonie en deux nuits. Nous sommes conscients que cela fait beaucoup de révélations en une seule fois. Il est normal que vous ayez peur, mais n'hésitez pas à nous poser des questions, dit Mérin pour conclure son discours.

Onah se leva pour prendre la parole.

— Vous dites que notre rôle n'était que de concevoir des enfants pour assurer le renouvellement de la population sur Hoop, alors pourquoi étions-nous limités à deux enfants ?

— C'est une question à poser à votre responsable, répondit Charly. Bynsa, avez-vous une réponse ?

— C'est une consigne que j'ai reçue de la précédente Alter Régente. Nos ressources étant extrêmement limitées nous ne pouvions pas agrandir notre colonie autant que nous le voulions.

— Et les TPad ? Vous saviez que ce n'étaient que des engins de morts ! hurla Onah. Où mettiez-vous les corps des personnes âgées ?

Bynsa, dont le visage avait pris une couleur terreuse, répondit : « Ils étaient tués et remontés à la surface à l'âge de soixante-dix ans. Je peux vous assurer que personne sous Nostra ne déclenchait les TPad, nous ne faisions que communiquer les informations à Hoop une fois par an. »

Onah se jeta soudainement sur Bynsa ; il serrait sa gorge avec ses deux mains en hurlant : « On va vous monter à la surface en plein jour, vous allez expérimenter la souffrance ! »

Bynsa ne se débattait pas, elle semblait résignée, son visage commençait à bleuir quand Mérin maîtrisa Onah.

« Arrêtez ! Vous ne valez pas mieux si vous la tuez maintenant ! »

Onah n'arrivait plus à maîtriser sa colère, il se débattait dans les bras de Mérin.

— Je la laisse pour le moment, mais ils devront tous passer en jugement ! Tous ceux qui ont participé à ces homicides ! Tous ceux qui nous ont maintenus dans l'ignorance et qui nous ont manipulés ! Ils ont brisé nos vies !

— Je vous le promets, dit Mérin. Nous le ferons une fois en sécurité sur Hoop. En attendant, vous devez me promettre de vous contenir.

— Très bien ! Mais vous devrez tenir votre promesse…

— Nous la tiendrons, répondit Mérin. Qui d'autre ici souhaite un procès ?

Toutes les mains se levèrent simultanément ; des huées et des insultes se firent entendre dans toute la colonie. Les enfants pleuraient, les adultes criaient, le chaos était total. Curd se leva et prit la parole à travers le brouhaha. « Écoutez-moi s'il vous plait ! Il faut que tout le monde se calme. Nous sommes venus vous sauver, vous allez enfin connaître une vie normale, je sais que c'est dur mais… » son discours se perdit dans le brouhaha.

Une voix fluette s'éleva soudain de la foule. Une femme aux cheveux argentés se leva, elle tenait un jeune enfant dans les bras. Son visage était marqué de fatigue et de malnutrition, de lourdes poches noires alourdissaient son regard. « Curd ? ». Elle s'approcha de Curd et toucha son visage et ses cheveux désormais courts. « C'est bien toi ? Tu as changé... C'est moi, Cléo... »

Alors le temps s'arrêta pour Curd.

Mérin qui avait assisté à la scène eut un déclic et débuta le sifflement, Celyn le suivit. Il emplit la pièce d'une fréquence vibratoire intense et apaisa immédiatement les corps et les esprits. Ce fut comme regarder une scène au ralenti, chacun reprit soudainement conscience avec la réalité, les âmes s'apaisèrent et chacun retrouva son calme.

Curd et Cléo étaient plongés dans les bras l'un de l'autre. Il pouvait enfin sentir son odeur, celle qui l'avait inconsciemment accompagné dans ses moments de tristesse, d'abattement. Celle qui lui avait donné du courage et qui l'avait ramené jusqu'ici pour sauver la seule personne au monde qui valait la peine d'être sauvée : Cléo...

Elle avait mis au monde une petite fille qui avait à peine un an et qui regardait Curd d'un œil interrogateur.

— Est-ce que tu accepterais de partager à nouveau ma vie ? demanda Curd.

— Oui, répondit Cléo dans un souffle mêlé de pleurs... je croyais que tu étais mort...

— Et le père de l'enfant ? demanda Curd.

— Il m'a été imposé, ce n'est qu'un géniteur, nous ne nous côtoyons jamais. Je ne t'ai jamais oublié, répondit-t-elle. D'ailleurs elle porte presque ton prénom, c'était l'année du V, elle s'appelle Vurd.

— Est-ce qu'on pourra officialiser notre union sur Hoop ? Je ne veux pas le faire ici, il y a trop de mauvais souvenirs, demanda Curd en se tournant vers Mérin.

— Bien sûr, répondit Mérin ému. Tu n'as pas besoin de me le demander, on fera une magnifique fête pour vous trois.

— Écoutez s'il vous plait, lança Mérin à la colonie d'une voix forte et assurée. Nous commencerons les transferts ce soir. Je vous demande de vous préparer, nous avons apporté des lunettes de soleil, mais il vous faudra également vous habiller en conséquence. Il fait extrêmement chaud à l'extérieur, chaque partie de votre corps doit être couverte. Et protégez vos yeux !

Mérin se tourna vers Bynsa :

— Y a-t-il des choses que vous souhaitez emporter avec vous ? Nous ne reviendrons pas, donc réfléchissez-y.

— Non, il n'y a rien ici qui vaille la peine d'être conservé. Je préfère enterrer les mauvais souvenirs. Je vais me préparer, si ça vous convient je garderai un agent de la Cohorte avec moi, au cas où…

— Faites comme bon vous semble, vous n'avez pas de compte à me rendre, mais plutôt à votre colonie. Ils se chargeront de vous plus tard. Tout sera remis à plat une fois sur Hoop. La Cohorte n'existera plus, elle appartient à un temps révolu, ajouta Mérin.

Bynsa hocha la tête et se dirigea d'un pas lent et les épaules voûtées vers son couloir, sous les regards noirs de la colonie.

Il était tard lorsqu'ils débutèrent les transferts, il avait d'abord fallu faire ses adieux à Nostra, ce qui s'était avéré bien plus compliqué que prévu pour certains. Les enfants pleuraient dans le Skybus et les parents avaient beaucoup de mal à contrôler leur anxiété face à ce déferlement de sensations et d'émotions.

Onah était resté avec une partie de la colonie en attendant le retour du premier transfert, il déambulait de pièce en pièce, incapable de trouver le sommeil. Il ramassait des objets que certains avaient laissés dans leur dortoir, éteignait les lampes à huile, ramassait les dessins des enfants et rassurait les habitants qui devaient attendre le deuxième passage. Ses pas le guidaient naturellement vers la chambre d'Énarué qui était vide depuis la mort de sa mère. Tout était resté à la même place ; il effleura son oreiller, s'installa sur son lit quelques minutes et décrocha du mur le soleil que sa mère avait découpé pour fêter son anniversaire. Il avait hâte de la retrouver, mais surtout de se venger des atrocités dont il avait été le témoin depuis tant d'années. *Je ne laisserai pas les choses se dérouler aussi simplement, ce serait trop facile*, pensa-t-il.

Lonoré était en pleine effervescence quand le premier groupe arriva par la même trappe que Nostra. C'était la première fois que quelqu'un empruntait ce passage depuis cent ans ; un immense escalier en colimaçon qui descendait dans la roche creusée dans la montagne. Mérin n'eut pas le temps de s'attarder dans la SubFerme, mais il constata que les équipes sur place étaient peu nombreuses. Myria l'interpella rapidement.

— Contente que vous soyez de retour ! Il va falloir qu'on organise rapidement une réunion, on est en train de perdre toute la production. On n'a pas assez de volontaires et tout est en train de pourrir sur pied. J'en ai parlé avec Énarué mais elle refuse de trancher. Ça ne peut plus durer, Mérin, s'emporta-t-elle.

— Très bien, je vais voir ça avec elle. J'ai encore un aller-retour à faire. On les envoie par la TransCap, on se repose ici, et on repart à la tombée de la nuit, répondit-t-il.

Après que Celyn eut passé le message à Hoop de l'arrivée des Nostriens, ils profitèrent des quelques heures à leur disposition pour se laver, manger et se reposer. Mérin et Celyn s'étaient réveillés avant tout le groupe dans l'intention d'aider à la SubFerme et ce qu'ils constatèrent les alarma. Les quelques volontaires n'arrivaient pas à suivre le rythme malgré leur évidente bonne volonté. Auparavant ils étaient environ trois cents Agris à s'occuper de la production jour et nuit, contre une petite centaine à peine aujourd'hui. Les tubes débordaient de feuilles, fleurs, légumes non récoltés et de mauvaises herbes ; des fruits pourris jonchaient le sol, le système de traitement de l'eau n'était pas contrôlé. Tout était sale et dégageait une impression d'abandon. Ils interpellèrent Myria et Wiut qui passaient avec d'énormes seaux sous chaque bras.

— Il se passe quoi sur Hoop ? On est partis il y a à peine quelques jours... demanda Celyn inquiète.

— Tout ce que je sais, c'est qu'on demande du renfort depuis que vous êtes partis, mais que personne ne se porte volontaire. On est tous épuisés ici, on ne va pas tenir le rythme longtemps. Je crois qu'ils essayent de convaincre les habitants de Hoop de nous aider mais ça ne prend pas. Et ceux de Lonoré ne veulent plus mettre les pieds ici non plus : on est dans une impasse. On aura peut-être plus de chance avec Nostra, dit-elle sur un ton sceptique.

— Pas sûr, ils sont faméliques et en mauvaise santé. Ils doivent se remettre sur pied, dit Mérin. On va récupérer le groupe restant. Je te promets de voir ça avec Énarué. Je ne sais pas ce qu'on ferait sans toi, Myria… et ça depuis le début… c'est injuste de te voir dans cet état.

— Ne t'inquiète pas pour nous, mais plutôt pour l'avenir du groupe. Si on n'a plus de nourriture on ne tiendra pas longtemps. Je ne comprends pas que ça n'inquiète personne.

Mérin rumina ce triste constat pendant toute la durée du second voyage. Il était pour la première fois confronté au libre arbitre de tout un groupe et ne parvenait pas à trouver une solution à ce dilemme. La colère le submergea à nouveau. *Tous ces efforts et ces sacrifices pour rien ! Pour que personne n'arrive à se mettre simplement d'accord sur une solution pour ne pas mourir de faim !* pensa-t-il. Son sang bouillonnait dans ses veines, ses tempes battaient, sa vision se troubla. Il ne laisserait pas toute son œuvre à la merci de quelques-uns. Il n'avait pas fait tout ça pour rien… Sebastian n'était pas mort pour rien, rugit-il, seul dans le Skybus.

Quand ils arrivèrent au milieu de la nuit, à l'heure convenue, tout le groupe attendait déjà à l'extérieur en formation groupée pour lutter contre le Bravent. Onah avait caché l'entrée de Nostra avec quelques cailloux et de la terre et attendait la mâchoire serrée et l'œil noir. Il resta aux côtés de Mérin tout le trajet du retour mais ne prononça pas un mot. Son œil droit tressautait nerveusement et il ne put empêcher son pied de battre la mesure jusqu'à leur arrivée. Mérin le regardait discrètement en conduisant. Ce qui sautait aux yeux en observant Onah, outre son teint blafard, c'était sa barbe abondante qui lui dévorait une partie du visage et descendait jusqu'à sa poitrine. Il la tressait tous les jours et l'attachait avec un petit bout de ficelle. Mérin ne pouvait s'empêcher de regarder la veine qui battait sur son cou et qui laissait présager d'une forte agressivité contenue.

Mérin en profita pour lui faire faire un tour de Lonoré et lui montrer la SubFerme, mais cela ne provoqua aucune réaction chez Onah. Il se contenta de hocher la tête et d'écouter attentivement les explications. Une fois installé dans la TransCap, il posa timidement sa main sur les genoux d'Onah qui ne cessaient de s'agiter. Celui-ci eut un bref mouvement de surprise puis posa ses yeux dans ceux de Mérin et s'apaisa instantanément.

— Je comprends que tout ça te dépasse, j'ai traversé la même chose il y a quelques semaines. Je suis là si tu as besoin de parler, chuchota Mérin.

— J'oublie que je ne suis pas le seul à traverser tout ça, c'est vrai… Et je ne t'ai pas encore remercié de nous avoir sauvés, répondit Onah.

— Tu n'as pas besoin de me remercier. C'est la situation qui est anormale. Mais on est tous là pour rétablir la justice. Je me suis senti si seul depuis le début et… enfin, je ne sais pas comment te le dire... mais il y a quelque chose en toi qui résonne chez moi... J'ai l'impression de te comprendre...

— J'ai un peu peur, murmura Onah. Je ne comprends rien à tout ce qui m'arrive, je suis dépassé...

— Je sais, mais tout va bien aller maintenant, tu n'es pas seul, fais-moi confiance, tempéra Mérin en lui prenant les mains.

Énarué patientait nerveusement sur le quai pour accueillir la dernière capsule de la journée. Lorsqu'elle ouvrit ses portes, elle sauta dans les bras de Mérin et Celyn qui avaient fait ce dernier voyage. Elle eut à peine le temps d'apercevoir Onah qui la salua de loin dans la foule, les rescapés de Nostra étant immédiatement pris en charge et accompagnés dans leur dortoir. Ils n'étaient plus que tous les trois quand ils remontèrent dans le bureau. Mérin et Celyn s'écroulèrent sur les fauteuils, épuisés.

— J'aurais aimé les voir plus longtemps, mais ils ont d'abord besoin de soin et de repos. On a tout le temps maintenant. On a réussi !

— On va devoir parler de la production, Ena, dit Mérin sur un ton irrité. Myria n'exagère pas, tout est en train de pourrir, il va falloir réagir vite si on ne veut pas tout perdre. Pourquoi personne ne veut aller travailler ?

Énarué était épuisée, elle avait enchainé deux gardes de suite, malgré les protestations d'Evan, pour accueillir la dernière capsule. Elle n'appréciait pas le ton qu'avait pris Mérin mais essayait de ne pas se formaliser.

— On a organisé des réunions de groupe pour que chacun donne son point de vue mais ça a très mal fini. Lonoré ne veut plus y retourner car ils estiment avoir fait leur part du travail et Hoop ne semble pas prendre conscience de l'urgence, ils ne se sentent pas concernés. On a quelques volontaires mais ça ne suffit pas, je suis dans une impasse… avoua-t-elle, morose.

— Il faut convoquer l'équipe dirigeante ! On va dormir quelques heures et on va agir ! Il y aura forcément une solution, dit Mérin.

— Quelle équipe dirigeante ? demanda Énarué. Je croyais qu'on arrêtait de fonctionner comme les anciens.

— Tu vois bien que ta solution ne fonctionne pas, Ena. Ne t'inquiète pas, on trouvera un moyen de résoudre ce problème ensemble.

— Je me charge de convoquer Evan, Myria, Eslie, Jouan, Léonor, Curd, Charly et Gorder, dit Celyn.

— Ajoute aussi Onah s'il-te-plait, intervint Mérin.

— Et Elet, dit Énarué fermement. On aura besoin d'un contradicteur ; son point de vue peut nous enrichir.

— ELET ? Il nous a trahis, Ena ! rugit Mérin en se relevant d'un bond. Il peut déjà être content qu'on ne l'ait pas effacé !

— Énarué a raison, tempéra Celyn en posant sa main sur le bras de Mérin qui faisait les cent pas dans le bureau. On ne peut pas effacer tous les opposants, sinon on ne vaut pas mieux qu'eux.

Mérin ne prit pas le temps de répondre, ouvrit la porte d'un coup de pied et se dirigea vers son dortoir, furieux.

-

— Bonjour à tous ! Comme vous le savez sans doute, vous êtes ici pour représenter vos colonies respectives. Tout le monde aura le droit de prendre la parole et de faire entendre son point de vue et j'aimerais que ça se fasse dans le respect des uns et des autres. Nous sommes confrontés à un grave problème d'approvisionnement, notre production est en train de pourrir et nous n'avons pas assez de volontaires pour faire tourner les équipes. Si nous ne rectifions pas le tir de suite, ce n'est pas la chaleur qui va nous tuer mais la famine. Est-ce que quelqu'un veut commencer ?

Jouan leva la main.

— J'ai discuté avec quelques personnes de Nostra et elles ne sont pas volontaires pour aider pour le moment. Et au vu de leur état de santé, je pense que ça ne serait pas raisonnable. Nous devons d'abord évaluer leur état de santé.

— Ils sont malades mais surtout en colère ! lança Onah indigné. Comment peut-on envisager de leur demander quoi que ce soit ! Ils ont tout perdu ! J'en profite pour réitérer la demande que j'ai faite sous Nostra, je souhaite un procès contre les complices de ce projet.

Mérin jeta un regard noir à Elet qui se tenait assis sans un regard pour personne depuis le début de la réunion. « Oui les traitres et les complices doivent payer ! »

Elet esquissa un sourire en coin mais n'ajouta pas un mot.

— Pourquoi Hoop ne souhaite pas travailler ? demanda Celyn.

— C'est la bonne question ! Et personne n'a la réponse. Il y a autant de réponses que d'habitants, mais je dirais qu'ils n'ont jamais eu à lutter pour quoi que ce soit. C'est un caprice d'enfant gâté, précisa Curd.

— Formidable ! tonna Onah. Ils ne veulent pas... tout simplement... Ils ont pourtant bien profité depuis cent ans...

— Ça n'est pas aussi simple, ajouta Charly. On nous maintenait sous contrôle avec une pilule qui nous empêchait de réfléchir. Je pense que beaucoup d'entre eux ont des effets secondaires et manquent de discernement.

— Et alors ? Vous aviez à boire et à manger ? De l'air sain ! J'aurais échangé votre place contre la mienne sans hésitation, aboya Mérin.

— Il ne s'agit pas de pointer du doigt un responsable, dit Énarué. Le but est de trouver une solution pacifique.

Myria était restée muette depuis le début de la réunion. Elle se leva et prit la parole calmement en usant d'une voix posée et claire qui tranchait avec son jeune âge. « Regardez-vous ! Vous êtes là à vous opposer les uns aux autres alors que le but de la réunification des colonies était de trouver une harmonie. Nous avons tout ce qu'il nous faut pour vivre sereinement. Il suffit juste d'un peu de bon sens. J'ai peur de ce que nous sommes en train de devenir ».

Son discours fut ponctué d'un long silence, chacun était plongé dans ses pensées quand Elet se leva à son tour. « Je pense que nous n'aurions rien dû modifier depuis le début. Le système était imparfait mais il fonctionnait. Vous êtes maintenant confrontés au pouvoir et à la réalité, je suis curieux de voir comment ça va finir », ajouta-t-il, pensif.

Mérin bondit de sa chaise et sauta sur Elet pour le rouer de coups. Il était assis sur son torse, le poing levé, quand Evan le tira en arrière. « Arrête ! Ça n'en vaut pas la peine ! »

Mérin se redressa et lança à la cantonade : « Cette réunion est inutile. On va organiser le procès tout de suite. Au moins, sur ce sujet, tout le monde est unanime ! Onah, rassemble tout le monde ! » Il prit Elet par la manche et l'emmena de force dans l'Eldorado.

Le groupe, abasourdi par cette décision soudaine, n'eut d'autre choix que d'obtempérer. Quelques minutes passèrent, glaciales, dans l'immensité brûlante de l'Eldorado. Les trois colonies arrivèrent au fur et à mesure et attendirent, silencieuses, la suite des événements.

— Je suis heureux de vous voir tous réunis ! dit Mérin d'une voix forte et assurée, ce qui stoppa instantanément les quelques discussions. Nous nous sommes réunis pour décider de la future organisation de la colonie. Mais avant de décider de la suite, nous aimerions répondre à la demande de

Nostra qui m'avait demandé de réaliser un procès dès leur arrivée. Je tiendrai cette promesse et je la tiendrai immédiatement. Cela fait cent ans que nous vivons sous terre, tenus en esclavage par des bourreaux qui vont comparaitre devant vous et vous rendre des comptes ! J'appelle à côté de moi : Bynsa et Elet de Nostra, et Ralecia et Wiut de Lonoré.

Énarué s'interposa. « Mérin, arrête ! Ralecia et Wiut ont eu la mémoire effacée ! Ils ne se souviennent de rien ! Ce n'est qu'une vengeance personnelle ! »

— Et Wiut travaille activement sous Lonoré depuis son effacement, il ne participera pas à ce procès, rugit Myria qui s'était interposée entre eux.

— Très bien, mais personne ne nous empêchera de juger Bynsa et Elet ! dit-il en les poussant sur le devant de la scène.

Bynsa se tenait debout devant la foule, tête baissée, contrairement à Elet qui souriait les yeux fermés. Evan avait instantanément blêmi. Il n'avait pas fait l'effort de saluer sa mère depuis son retour la veille, mais il comptait le faire dans les prochains jours. Elle lui apparut si âgée et fragile que son corps entier se révolta. Énarué lui serrait si fort la main qu'il puisa en elle la force d'affronter la suite de ce procès.

— Voilà Elet... Il a trahi le groupe des rebelles en avertissant Tamie de notre fuite. Sebastian est mort par sa faute. Et pour ceux qui ne la connaissent pas, je vous présente Bynsa. Je laisse Onah vous parler d'elle, s'exclama Mérin.

— Bynsa dirigeait Nostra depuis des années. Elle a envoyé son propre fils sur Hoop en connaissance de cause. Elle a alimenté la pénurie et collaboré avec Hoop en tuant des personnes âgées. Je demande réparation et justice ! vociféra Onah dont le visage s'était transformé.

— À mort ! hurla un groupe de Nostriens, soutenu par des applaudissements nourris.

— On l'efface ! crièrent en chœur quelques personnes moins nombreuses.

— Elle a le droit de s'exprimer ! hurla Evan, par-dessus la tempête. Laissez-la au moins se défendre.

Bynsa releva la tête et s'accrocha au regard de son fils pour ne plus jamais le lâcher. Elle avait trouvé son point d'ancrage. Elle s'avança de quelques pas sous les huées de la foule. « Je ne suis pas fière de ce que j'ai accompli. Pour ma défense, je protégeais le seul système qu'on m'avait inculqué depuis mon enfance, j'ai simplement manqué du courage dont a fait preuve le groupe de rebelles. Je ne le vois que maintenant, ça a été mon erreur et je vous présente mes excuses aujourd'hui, si toutefois cela vaut pour quelque chose ».

Énarué n'arrivait pas à croire ce qu'il se passait, tout cela dépassait l'entendement. C'était l'exact opposé de son rêve pour la colonie. Elle fantasmait un monde pacifié, une colonie soudée et un avenir serein pour son enfant. Elle se concentra sur la foule pour comprendre ses intentions.

Le premier air était clair, limpide. La foule était en accord avec les décisions et les jugements. Elle ne pourrait pas l'influencer.

Le deuxième air était rouge vif. La vie, la passion mais aussi le courage qui perçait nettement aux abords.

Le troisième air était une chanson. Elle nimbait la scène et transperçait son cœur. C'était la voix de sa mère, la chanson de son enfance. Elle se concentra davantage, certaines personnes commencèrent à tousser et à chercher leur respiration mais elle n'y prêtait aucune attention, elle explorait la pièce à la recherche de la provenance de la voix. Alors, elle la trouva…

Sa mère était allongée sur le dos, sur le vaste filet du dernier étage de l'Eldorado et fixait le gigantesque pantone de couleurs. Ses longs cheveux blancs encadraient son doux visage. Énarué s'allongea à côté d'elle, la gorge serrée.

— C'est beau, n'est-ce pas ? dit-elle doucement à sa fille. Je n'étais encore jamais venue de ce côté. C'est un endroit important pour toi me semble-t-il.

— Ce sont toutes les couleurs du monde, Maman. Je viens souvent ici, c'est un endroit qui me ressource, répondit Énarué.

— Je comprends… Regarde-les… Elles sont si belles et différentes et pourtant si harmonieuses. Un jour vous les retrouverez…

— Regarde ce qu'ils font, Maman. Ils détruisent tout ce que nous voulions créer, dit Énarué en pleurant à chaudes larmes.

— Ils ne détruisent rien, Ena... ils expérimentent... tu dois les laisser faire.

— Ils expérimentent ? Mais quoi ?

— La vie, ma chérie... Tout simplement. Ils sont comme ce tableau, différents et harmonieux. Tu ne peux pas les aider, ça viendra plus tard. Laisse-les, ton heure viendra...

— Maman est-ce que tout ça est réel ?

— Bien sûr, que c'est réel. Il n'y a que les imbéciles qui ne croient pas aux mirages. Ils sont le signe que nous sommes en vie. Arrête de te concentrer si fort et crois en vous !

-

Evan put enfin accéder à Énarué qui avait créé une véritable onde vibratoire autour d'elle. Son espace était vide d'air, de temps et de vie. Elle reprit ses esprits et regarda la foule qui la fixait, apeurée.

— N'ayez pas peur, continuez... dit-elle dans un souffle.

Elle prit la main d'Evan et l'observa, comme pour le rassurer, et lui sourit. Tous les visages se tournèrent vers Mérin et Onah qui étaient restés stoïques face à cet intermède inattendu. Mérin en avait profité pour réfléchir rapidement aux différentes peines qu'il pourrait infliger aux coupables.

— Je propose qu'Elet se défende puis nous déciderons de leur sentence à main levée. Elet, est-ce que tu as quelque chose à ajouter ?

Elet se redressa, ouvrit les yeux et fixa son regard dans les yeux d'Énarué. « J'aurais effectivement beaucoup à ajouter à cette présentation succincte et quelque peu à charge. Mais je sens que, peu importe ce que vais dire, ma voix ne portera pas. Je vous laisse donc à votre vengeance et à vos certitudes. J'attends la suite avec beaucoup d'impatience », dit-il d'un ton narquois.

Mérin avait du mal à contenir sa fureur et dévisageait Elet de ses yeux noirs. Il était incapable de lui pardonner la mort de Sebastian, et son attitude arrogante ajoutait à sa colère.

— Il existe plusieurs façons de se venger, s'exclama-t-il. Personnellement je souhaite le bannir. Qui souhaite lui pardonner son attitude ?

Quelques mains se levèrent immédiatement, principalement de l'ancienne colonie Nostra. Énarué leva la main également, ce qui incita d'autres personnes à faire de même. Mais cela n'était pas suffisant, Elet serait condamné…

— Qui vote pour le bannissement ?

Ce fut un raz-de-marée, une large majorité vota pour bannir Elet de la colonie. Des cris et des sifflets s'élevaient de la foule qui devenait difficile à contenir.

— C'est une peine de mort ! hurla Jouan. Vous n'avez pas honte ? Mais son cri se perdit dans la clameur générale.

— Elet sera donc banni, nous l'accompagnerons à l'extérieur dans la journée.

Elet n'avait pas dit un mot, ni sourcillé. Il parvenait difficilement à distinguer les visages de cette foule hostile. Mais celui d'Énarué lui apparut nettement… Énarué, son amour de jeunesse, à qui il n'avait jamais réussi à avouer ses sentiments… Elle était en bonne santé et bientôt mère de famille, c'est tout ce qui faisait son bonheur… Peu importe ce qui lui arriverait, tant qu'elle était en vie. Il aurait dû l'épouser sous Nostra mais la vie en avait décidé autrement. Finalement il n'avait qu'un regret : celui d'avoir trahi ses amis et d'avoir été incapable de leur demander pardon.

— Pour Bynsa, qui vote pour la clémence ? s'écria Onah.

Evan s'était redressé d'un bond, furieux. Il savait qu'il ne faisait pas le poids contre la foule en colère et cela ajoutait à sa frustration. Il leva la main ainsi qu'un grand nombre de personnes. Il hurlait « C'est ma mère ! Personne ne la tuera ! Je vous en empêcherai ! » Bynsa n'avait pas cessé de le regarder depuis le début. Des larmes coulaient, abondantes, sur ses joues. Elle semblait sur le point de défaillir.

La foule avait voté en grand nombre pour la clémence mais cela n'avait pas suffi pour obtenir une majorité. Onah avait senti que les intentions de la colonie n'étaient pas aussi tranchées que pour Elet, c'est pourquoi il proposa le vote de l'effacement, dans un deuxième temps, qui emporta cette fois-ci l'enthousiasme général.

— Nous effacerons donc sa mémoire en salle Réversion et elle ira purger sa peine sous Lonoré où elle passera le reste de sa vie à récolter pour la colonie.

— Concernant la production, justement, intervint Mérin. Nous avons constaté qu'il n'était pas possible de vous mettre d'accord, nous allons donc retourner en réunion pour décider ensemble de l'organisation. Je vous remercie du temps que vous nous avez accordé, vous pouvez retourner à vos occupations.

La foule se dispersa vers les dortoirs et les espaces communs dans un grondement sourd. Bynsa et Elet furent emmenés par un garde vers un dortoir fermé à clé. La nuit se terminerait dans quelques heures, et Mérin était bien décidé à statuer sur l'avenir de la colonie rapidement.

Ils étaient à nouveau tous installés autour de la grande table, quand Mérin reprit la parole.

— Je conçois parfaitement que tout ce qui vient de se passer est très choquant. Evan, je suis désolé pour ta mère, mais on ne pouvait pas faire autrement… pas après tout ce qu'ils nous ont fait subir…

— J'entrerai seul dans la salle Réversion pour l'effacement de ma mère, dit Evan sur un ton catégorique, les poings serrés. Et je l'accompagnerai sous Lonoré. N'essayez même pas de m'en empêcher !

— C'est d'accord, on fera comme ça. C'est suffisamment compliqué ! ajouta Mérin.

— Pour ce qui est de l'organisation de la production, on n'a pas beaucoup de solutions, dit Léonor. Si personne ne veut y aller, il va falloir les obliger…

— Et comment tu comptes t'y prendre ? demanda Curd inquiet.

— On fait des roulements, et ils y vont avec les équipes de garde, répondit-elle.

— Et s'ils se rebellent ? dit Onah. On ne sera pas plus avancés. Ils pourraient mettre de la mauvaise volonté et tout détruire. Nous serions alors tous en danger.

— Essayons, avant d'envisager le pire… dit Eslie.

— J'en ai assez d'essayer ! Regardez ce que ça a donné ! Tout le fruit de cent ans de travail est en train d'être réduit à néant. Tout ce que je constate c'est que ça marchait bien avant… ajouta Léonor.

— Avant ? Quand vous étiez effacés ? Soumis aux lois absurdes de Lonoré ? Tu veux y retourner ? demanda Énarué sur un ton calme.

— Moi ? Certainement pas ! Ni Nostra ! On a assez donné ! Mais Hoop… Il est peut-être temps qu'ils comprennent ce qu'ils nous ont fait subir ! C'est à cause de leur entêtement qu'on en est là. S'ils acceptaient d'aller travailler, on ne serait pas en train de discuter.

— Ils sont suffisamment nombreux pour que nous organisions des équipes de jour et de nuit. Je suis d'accord avec Mérin. On n'a quand même pas fait tout ça pour rien !

— Je propose qu'on efface la mémoire de Hoop, on les enferme sous Lonoré et on leur demande de travailler. On aura qu'à les libérer plus tôt, personne ne nous force à attendre cent ans. C'est provisoire… le temps de trouver une autre solution… dit Mérin. On n'a qu'à voter, on verra bien, qui vote pour ?

Léonor, Mérin, Onah, Celyn et Gorder levèrent la main, ce qui rassura Énarué. Elle poussa un soupir de soulagement. Ils étaient minoritaires. Elle s'apprêtait à prendre la parole pour proposer la seconde solution quand Eslie et Jouan levèrent la main de concert.

— Jouan ? Qu'est-ce que tu fais ? demanda-t-elle choquée.

— On va avoir un enfant, Ena. Je ne veux pas qu'il meure de faim. C'est notre avenir qui est en jeu… et si c'est provisoire…

Eslie n'osa pas prononcer un mot, elle gardait la tête baissée, et ne parvenait pas à regarder le groupe, des larmes coulaient sur ses joues, ses épaules tressautaient au rythme de ses pleurs. Énarué était vaincue, elle repensa brièvement à sa mère et accepta la décision. Elle les laisserait faire, elle ne se battrait plus, en tout cas, pas maintenant. C'était trop tôt, ils n'étaient pas prêts. En se concentrant à peine, elle vit flotter au-dessus de chacun d'eux la couleur qui les caractérisait, ils étaient magnifiques malgré tout, elle les aimait plus que tout. Elle se leva lentement et chuchota à

Mérin « Je vous laisse vous organiser pour la suite, vous n'avez pas besoin de moi… »

Elle savait qu'Evan sauverait sa mère en salle Réversion, elle l'avait lu dans ses yeux. Elle savait également qu'ils avaient tous besoin de temps pour briser ce cercle infernal d'autodestruction. Pour le moment, elle avait un enfant à faire grandir et elle en faisait sa priorité. Elle aussi avait souffert, elle avait besoin de repos. Elle croisa quelques habitants à l'Eldorado qui discutaient entre eux, inconscients de la terrible épreuve qu'ils traverseraient dans quelques heures. Les enfants jouaient dans les filets, les adolescents se cherchaient du regard et les adultes des trois colonies déambulaient tranquillement. Ses pas la menèrent à la porte de sortie, elle s'habilla avec la tenue adéquate, suspendue sur un crochet devant la porte et actionna le bouton.

La première rafale de Bravent lui coupa la respiration mais elle continua son chemin, inconsciente du danger. La nuit était claire et moite. Le sable tournoyait autour d'elle dans une danse frénétique, elle prit une grande bouffée d'air et s'assit sur un rocher au milieu du grand vide. Le Bravent secouait son corps fragile mais elle tint bon, seule face aux éléments. Elle se concentra aussi fort qu'elle le pût et absorba l'air et le vent. Elle était maintenant entourée d'une bulle protectrice qui lui permit de s'allonger au sol et de regarder les étoiles.

Des milliers de petits points blancs dansaient devant ses yeux fragiles depuis de longues minutes. Elle tendit la main pour essayer de s'y accrocher quand une étoile sembla prendre vie. Un vrombissement se fit entendre, d'abord lointain puis de plus en plus proche, en même temps que le point se rapprochait. Elle se leva, inquiète. Devant elle un engin volant immense était en train de se poser dans un tourbillon de poussières, puis ce fut le silence.

Elle réfléchit à toute vitesse. Devait-elle prendre le risque de s'en approcher ? Fallait-il aller prévenir le groupe ? Finalement, ils étaient en train de refaire les mêmes erreurs que leurs prédécesseurs, elle n'avait pas besoin de leur assentiment…

Elle s'en approcha lentement, sans aucune crainte, curieuse du tournant inattendu que prenait cette nuit. L'appareil était composé de plusieurs systèmes de propulsion identiques au Skybus mais son habitacle était entièrement vitré ce qui permit à Énarué de constater qu'il était vide de tout occupant. Elle regardait à l'intérieur quand le cockpit s'ouvrit pour la laisser passer dans un souffle d'air brûlant. Sur le tableau de bord, un seul message défilait.

Elle lut : 70°11'35.9"N 28°06'58.3"E.

11 70°11'35.9"N 28°06'58.3"E

Énarué était déjà assise sur un fauteuil en plastique à l'intérieur du cockpit quand elle aperçut Evan et Mérin courir vers elle. Elle avait agi sans réfléchir, sans mesurer les conséquences de son geste. La terreur se lisait dans le regard d'Evan, il était blême quand il finit par la rejoindre.

— Tu fais quoi là ?! hurla-t-il.

— Je ne sais pas, répondit-elle. Il est arrivé et j'ai eu envie de monter à l'intérieur. Excuse-moi Evan, je n'ai pas réfléchi.

— Sors de là, s'il-te-plait ! gémit-il en lui tendant la main pour l'aider à sortir.

Mérin caressait l'habitacle en verre, il ne parvenait pas à en détacher son regard qui s'était subitement illuminé. Ses longs cheveux voltigeaient dans une danse folle autour de son visage. Ses yeux gris étincelaient d'excitation.

— Qu'est-ce que c'est que cet appareil ? Et que veulent dire ces chiffres ? demanda-t-il, obnubilé par cette apparition.

— Il vient d'atterrir, répondit Énarué. C'est sûrement un code à déchiffrer… Mais je n'ai aucune idée de ce que ça peut vouloir dire.

— Rentrons ! cria Evan. Il y a trop de vent et il ne va pas repartir comme ça ! Et si c'était dangereux ?

Le Bravent soufflait si fort qu'ils étaient obligés de crier pour se faire entendre.

— Et s'il repart, justement ? Peu importe ce que veulent dire ces chiffres, ça veut dire qu'il y a de la vie quelque part... Quelqu'un nous envoie un moyen de transport, ajouta Mérin.

— Qu'est-ce que tu proposes ? demanda Énarué.

— On monte là-dedans et on voit ce qu'il se passe ! répondit Mérin, enthousiaste.

— Et Hoop ? On ne va pas les laisser sans nous ! Vous avez perdu la tête ! s'emporta Evan.

— Il y a suffisamment de monde pour gérer Hoop en notre absence. Et de toute façon je ne suis pas d'accord avec la direction que vous avez prise. M'éloigner, même un temps court, me fera du bien, lança Énarué, sur un ton déterminé.

Evan eut soudainement très peur de la perdre. Il la serra fort dans ses bras, respira l'intérieur de son cou, juste sous son oreille, et lui dit : « Si tu pars, je pars avec toi ! ».

Mérin n'avait pas attendu la fin de la discussion. Il était déjà en train de monter à l'intérieur de l'appareil et s'installait sur une des cinq chaises.

— Ça ne sera peut-être pas long... Et s'ils peuvent nous aider d'une certaine manière... ajouta-t-il en leur tendant la main, le corps tendu.

Énarué pressa tendrement la main d'Evan, l'embrassa et passa ses mains dans ses cheveux ébouriffés.

— Tu n'as pas envie de savoir ? Moi je pense que c'est un signe du destin, cette navette n'arrive par là par hasard. Viens avec nous... J'ai besoin de toi...

— C'est de la folie Ena... Vous faites n'importe quoi ! Au moins prévenons-les !

Soudain, le cockpit commença à se refermer doucement et les moteurs se remirent en marche dans un bruit assourdissant.

— Dépêchez-vous ! hurla Mérin.

Evan et Énarué sautèrent in extremis dans la navette. Déjà son grand habitacle vitré se refermait sur eux. Le contraste avec l'extérieur était saisissant. La climatisation leur apportait un peu de fraicheur et les lumières douces et chaudes de l'intérieur du cockpit rendaient l'atmosphère très chaleureuse. Ils eurent le temps d'attacher leur ceinture quand une voix mécanique annonça : « Décollage dans une minute » dans une multitude de langues, les unes à la suite des autres.

Énarué eut à peine le temps d'apercevoir Eslie et Jouan qui sortaient au même instant de Hoop, et qui couraient vers eux en criant des mots qu'elle ne pouvait entendre. Elle leur fit signe de ne pas s'approcher, mais la panique se lisait sur leur visage. Une larme coulait sur sa joue sans qu'elle puisse la contrôler ; elle venait de prendre la mesure du choix précipité qu'elle avait fait. Partir, enceinte, dans une navette, vers une destination inconnue. Tout venait de s'enchaîner à une vitesse folle. Elle prit soudainement peur. Evan, qui l'avait senti, lui prit la main pour la rassurer.

De son côté, Mérin ne parvenait pas à calmer son excitation, son pied battait la mesure sur le sol de la navette. Il transpirait abondamment, malgré la climatisation qui s'était activée au moment du démarrage des moteurs. Il ne jeta pas un seul regard en direction d'Eslie et Jouan. Il savait que Hoop serait bien géré en attendant son retour, et il était beaucoup trop impatient de sortir de cet enfer. Son ambition restait la même, il voulait sauver la colonie. C'était son unique objectif, et cela, peu importe les moyens. Il était prêt à d'immenses sacrifices, il l'avait d'ailleurs prouvé en ordonnant l'effacement de l'ancienne colonie Hoop. Il assumait pleinement cette décision, qui serait effective dès le lendemain.

Ils ne m'ont pas laissé le choix, c'est de leur faute s'ils en sont là, pensa-t-il.

La navette commença à vrombir, la poussière dégagée par les moteurs obscurcissait totalement la visibilité. Énarué sentit qu'ils étaient en train de prendre de l'altitude à la verticale, quand la voix se fit à nouveau entendre : « speil - usynlig – invisible – miroir », à plusieurs reprises.

— Regardez ! cria Evan. Des miroirs se déploient autour de la navette, ça nous rendra invisible.

— Mais dans quel but ? demanda Énarué.

— Je ne sais pas…

La poussière s'était dissipée et la navette s'était immobilisée depuis quelques secondes en vol stationnaire, à une hauteur suffisamment élevée pour que Hoop disparaisse totalement de leur champ de vision. Soudain, l'accélération fut telle qu'ils furent collés à leur siège. Les sièges tremblèrent un court moment puis tout redevint calme. Ils avaient atteint leur vitesse de croisière.

La vue était somptueuse et effrayante à la fois, Énarué, Mérin et Evan avaient collé leur visage à la paroi vitrée pour admirer le paysage. Sous leurs yeux se profilaient d'immenses plaines de sable et de végétation noircie. Le spectacle était désolant. Quelques heures passèrent, Énarué somnolait depuis de longues minutes lorsqu'Evan poussa un cri.

— Regardez ! C'est … l'océan ! dit-il, inquiet, en désignant la côte qui se profilait au loin.

La navette filait à une vitesse extrêmement élevée, pourtant aucun d'eux ne ressentait d'inconfort physique. Personne n'aurait pu imaginer un instant la démesure du spectacle qui s'offrait à eux à ce moment. Alors que leur horizon se résumait depuis des années à des murs en acier et des paysages brûlés, ils expérimentaient désormais l'infinité fascinante et hypnotique d'un paysage sans début ni fin.

Evan s'agrippa à son siège. Les nuages bas rendaient le tableau encore plus effrayant, tout avait l'air mouvant et dangereux et l'océan le terrifiait.

— Il se passe quoi si on se pose sur l'eau ? Personne ne saura comment faire pour ne pas couler, s'inquiéta-t-il, le souffle coupé.

Énarué détacha sa ceinture, se mit à genoux devant lui, et lui prit les deux mains en le regardant dans les yeux.

— Je ne pense pas que les personnes qui nous ont envoyé ce véhicule veulent notre mort, Evan. Sois confiant. En touchant son front avec le sien elle se concentra quelques minutes pour lui transmettre son énergie. Souviens-toi quand nous étions sous Nostra… ça paraît si loin… finalement on a beaucoup de chance…

— On aurait dû emmener à manger et à boire, intervint Mérin. Qui sait combien de temps le vol va durer. J'ai lu dans mon encyclopédie que les avions hybrides volaient à 800km/h en 2600.

En effet, ils étaient déjà partis depuis quelques heures et la navette entamait à peine le survol de l'océan. Le jour s'était levé depuis quelques minutes, quelques nuages moutonneux masquaient le soleil et Énarué ne se lassait pas de le fixer à travers le cockpit. Elle pointa soudain du doigt un endroit de l'océan où de grandes formes se déplaçaient.

— Regardez ! Qu'est-ce que c'est ?

— Aucune idée... Il y a peut-être de la vie là-dedans, répondit Evan.

Les heures défilaient avec, pour seul horizon, l'océan à perte de vue. Evan et Énarué s'étaient assoupis mais Mérin n'arrivait pas à contenir son émotion. Il trépignait d'impatience à l'idée d'arriver sur une terre nouvelle et imaginait quels seraient ses premiers mots au moment de fouler le sol. La fatigue se lisait de plus en plus sur son visage ; il passa sa main dans ses longs cheveux ébouriffés pour essayer de les recoiffer sans grand succès. Les nuages se faisaient de plus en plus denses et pour la première fois de sa vie, Mérin expérimenta... la pluie.

La navette prit soudainement de la hauteur pour passer au-dessus des nuages, mais tout son habitacle était déjà recouvert d'humidité. Quelques gouttes perlaient le long de la grande surface vitrée et Mérin les suivaient des yeux, subjugué. Ils n'avaient plus aucune visibilité sur l'océan désormais. La navette naviguait dans une mer de nuages, denses et gris. Les yeux de Mérin se fermèrent lourdement, bercés par le doux souffle de leur véhicule.

Quand ils se réveillèrent, ils avaient tous perdu la notion du temps, mais un léger changement dans leur sensation les avait alertés.

— On perd de l'altitude. On est en train de passer sous les nuages, dit Evan, le nez collé à l'habitacle.

— Regardez ! Des arbres ! De la végétation ! Mais où sommes-nous ? demanda Énarué, inquiète.

— On va bientôt le savoir... répondit Mérin.

L'appareil descendait de plus en plus ; ils pouvaient désormais nettement apercevoir de grandes forêts, des lacs et des villes.

— Il se passe quoi ici ? Regardez... tout est si différent ! s'exclama Énarué.

— Je ne comprends pas, lâcha Evan dans un souffle.

La navette était désormais à l'arrêt en vol stationnaire. La voix mécanique annonça : « avstamning - descente ».

Après de longues et angoissantes secondes, elle se mit à descendre doucement et se posa finalement sur une piste goudronnée, sous une pluie battante. Le cockpit s'ouvrit en grand mais personne n'osa bouger. La pluie tombait sur eux et d'énormes gouttes perlaient sur le visage d'Énarué qui tressaillait de froid. Les cheveux de Mérin, d'ordinaire indomptables, étaient désormais totalement détrempés et collaient à son visage. Evan fut le premier à oser esquisser un geste, il tendit la main à Énarué pour la sortir de sa torpeur et l'inciter à quitter la navette.

— Il fait très froid, Ena. Viens ! On va voir ce qu'il se passe dehors.

Elle saisit sa main, franchit le seuil de la navette, quand elle aperçut un homme s'approcher d'elle en courant. Il était totalement emmitouflé dans un grand manteau qui semblait le protéger du froid, du vent et de la pluie et son visage était masqué par une barbe blonde. Énarué eut un mouvement de recul, quand celui-ci lui tendit une main géante.

— Bienvenue ! Je m'appelle Gaspard. Me comprenez-vous ?

— Oui, répondit Énarué, d'une petite voix fluette en hochant la tête.

— C'est merveilleux ! cria Gaspard pour couvrir le bruit de la navette. Vous êtes les premiers à revenir depuis des années ! Nous désespérions… J'avais donc raison ! Mais vous devez mourir de froid. Venez à l'intérieur, dit-il en désignant un grand bâtiment en bois à côté de la piste d'atterrissage.

Evan tenait fermement la main d'Énarué et Mérin suivait Gaspard, tête baissée. De larges flaques d'eau masquaient le sol, Énarué se pencha et passa sa main à la surface. Son corps entier fut pris d'un frisson. *C'est donc ça… avoir froid…* pensa-t-elle. De grands sapins se reflétaient dans la flaque. En levant la tête, elle en aperçut des centaines autour d'eux : une gigantesque forêt dense et épineuse qui dansait au rythme des rafales de vent. Les gouttes qui tombaient du ciel dessinaient de larges cercles à la surface de l'eau.

Gaspard lui tendit la main : « Venez s'il vous plaît, il faut se mettre à l'abri. » en la fixant longuement de ses grands yeux noisette. Elle s'accrocha à son regard, et lui prit la main pour se relever. À son contact, tout son corps se réchauffa subitement. Ses joues se teintèrent de rose, elle venait de sentir ses trois airs.

Son premier air était brutal et terrien. Elle parvenait à sentir une forte odeur de terre et de sous-bois. Il était profondément ancré dans le sol, elle voyait ses racines plonger et s'entremêler les unes aux autres.

Son deuxième air était rouge brûlant. Elle n'osa pas approcher sa main de peur d'y perdre son âme.

Son troisième air entourait les deux premiers tel un fil barbelé, piquant et possessif. Elle glissa pourtant sa petite main dans un interstice et le fil barbelé se brisa en mille morceaux.

Evan la regardait, troublé, pendant la courte distance qui les menait vers la maison de bois. Il avait ressenti son émoi, en même temps qu'elle lui avait lâché la main.

En passant le seuil de la maison ils furent immédiatement surpris par la douce chaleur qui s'en échappait. Ils se tenaient sur le seuil, frigorifiés et détrempés, quand Gaspard leur tendit une serviette chacun.

— Tenez, séchez-vous et approchez-vous du feu. Ayden va vous chercher de nouveaux vêtements plus adaptés à la saison.

La dénommée Ayden était restée bouche-bée en voyant arriver ces trois étrangers. Elle n'en croyait pas ses yeux. Voilà des années que la navette revenait bredouille, malgré tout leur travail, et ce jour-là, de vraies personnes venaient d'en surgir. Elle se dirigea rapidement vers les espaces communs pour trouver des vêtements chauds, qu'elle leur tendit, intimidée, en gardant une certaine distance.

— Excusez-moi de dire ça, mais vous avez l'air de sortir tout droit de l'enfer ! dit Gaspard, dont la bouche était masquée par son immense barbe blonde.

— C'est un peu ça effectivement... répondit Mérin, les mains au-dessus des flammes de la cheminée.

— Ne vous approchez pas trop, ça brûle, souffla timidement Ayden en frôlant le bras de Mérin.

— Ne vous inquiétez pas. Chez nous, la chaleur on connaît...

— Navré de vous interrompre, mais où sommes-nous ? demanda Énarué.

— C'est une excellente question et nous allons vous répondre. Tout d'abord, permettez-moi de me présenter, dit Gaspard en enlevant son manteau. Je m'appelle Gaspard. Et voilà Ayden. Vous êtes en Norvège, plus précisément dans la ville de Tana Bru.

Énarué prit un instant pour l'observer. En plus de sa barbe blonde, Gaspard portait de longs cheveux blonds bouclés qui tombaient naturellement autour de son visage ; de grands yeux noisette et des mâchoires carrées. Mais ce qui impressionna surtout Énarué, c'était sa couleur de peau : elle était d'une magnifique couleur pêche si lumineuse qu'elle paraissait n'avoir jamais été touchée. Il la fixait continuellement depuis leur arrivée, ce qui la mettait mal à l'aise. Son regard la transperçait de part en part, elle se sentait mise à nue.

Evan interrompit le moment de flottement qui suivit cette présentation en prenant la main d'Énarué.

— Je m'appelle Evan, voilà Énarué, dit-il dans un geste de la main protecteur. Nous serons parents dans quelques mois.

— Et moi, c'est Mérin. Je vous expliquerais bien d'où nous venons, mais ça va être long et j'aimerais boire quelque chose si c'est possible, dit-il en terminant d'enfiler les vêtements secs qu'Ayden leur avait apportés.

— Bien sûr, installez-vous, je vais vous chercher à boire. Que souhaitez-vous ? Nous avons de l'eau gazeuse, un sirop que nous produisons, ou une boisson chaude peut-être ?

Evan, Mérin et Énarué se regardèrent interloqués. Rien de ce qu'ils voyaient depuis leur arrivée ne leur semblait normal. Encore moins ce long monologue au sujet d'une simple boisson.

— Nous ne comprenons pas ce que vous nous demandez, dit Evan. Nous ne buvons que de l'eau de montagne sur Hoop.

— Oui je comprends, ça fait beaucoup. Je vais vous ramener un peu de tout et vous choisirez, répondit Gaspard. Installez-vous sur le canapé, la cheminée va vite vous réchauffer.

— Je vais y aller, intervint Ayden. Je vais en profiter pour contacter le reste de l'équipe par radio pour leur expliquer la situation.

Le salon était très chaleureux, la cheminée centrale diffusait une douce chaleur qui contrastait avec la tempête qui sévissait à l'extérieur. La pluie tombait, battante, sur la grande baie vitrée du salon. Un grand canapé turquoise ainsi que quelques fauteuils en osier entouraient la cheminée. Ils venaient de s'y installer quand Gaspard s'éclipsa en direction de la cuisine dans la pièce adjacente.

— Vous pensez qu'on peut lui faire confiance ? chuchota Evan.

— On n'a pas vraiment le choix, répondit Mérin. Ena, tu en penses quoi ? dit-il se redressant dans son fauteuil.

Énarué fixait la baie vitrée, pensive. Ses sens et son corps étaient totalement bouleversés, elle n'arrivait plus à savoir si c'était un rêve ou la réalité.

— J'ai senti ses airs… il sont rassurants. Je crois qu'il faut au moins l'écouter… dit-elle, doucement, sans cesser de fixer la pluie.

Gaspard revint quelques minutes plus tard, chargé de deux plateaux qu'il tentait, maladroitement, de maintenir en équilibre. Il les déposa sur la grande table basse en bois dans un léger souffle de contentement. Une belle théière en porcelaine exhalait de la vapeur et une douce odeur d'agrumes se diffusa instantanément dans la pièce. Une carafe d'eau ainsi qu'une bouteille de sirop de couleur cassis venaient s'ajouter au premier plateau, et sur le second, toutes sortes de tartines sur de grandes et larges tranches de pain, toutes plus appétissantes les unes que les autres.

— Nous produisons tout ce que nous mangeons, dit Gaspard en désignant le plateau de nourriture. Il y a du fromage, de la salade, j'ai également ramené quelques fruits… Je vous sers à boire ?

— J'aimerais essayer cette boisson chaude, répondit Énarué. Comment l'appelez-vous ?

— C'est du thé. Ce sont des feuilles d'un arbuste que nous faisons infuser dans de l'eau chaude, vous verrez c'est excellent.

Énarué porta la tasse brûlante à ses lèvres. Passé le premier moment de surprise qui la fit tousser, elle finit par apprécier le goût subtil de cette nouvelle boisson.

— C'est très bon ! Merci Gaspard, dit-elle, enthousiaste.

— J'ai contacté tout le groupe, ils viendront ce soir après leur journée de travail, intervint Ayden qui venait de refaire son apparition.

De longues minutes passèrent, pendant lesquelles chacun découvrit les nouvelles saveurs mises à leur disposition. Le jour commençait à décliner et la fatigue se faisait ressentir. Mérin sentait son corps s'engourdir tant le canapé était moelleux. La nourriture et le feu de cheminée qui crépitait doucement accentuait son sentiment de plénitude. Il se redressa, conscient de tous les sujets qu'ils devaient aborder.

— Par où on commence ? demanda-t-il soudainement.

Evan et Énarué reposèrent leur tasse de thé sur la table basse et écoutèrent, intrigués, la réponse de Gaspard.

— J'ai également énormément de questions à vous poser, mais ça attendra le retour du groupe. Vous êtes sur le continent Européen, en Norvège.

— Êtes-vous des survivants ? demanda Mérin.

— Des survivants ? Non pas du tout. Des survivants de quoi ?

— Mais de la fin du monde… précisa Énarué.

— Est-ce que vous seriez d'accord pour qu'on se tutoie ? demanda Gaspard.

— Oui, si tu veux, répondit-elle.

— Il n'y a eu aucune fin du monde sur ce continent, dit Gaspard. Vous venez de la zone de Denver c'est bien ça ?

— Oui, à proximité, répondit Mérin. Nous étions trois colonies, réparties sur le continent Nord-Américain, mais nous nous sommes insurgés et nous venions de nous réunir quand ta navette est arrivée.

— Notre gouvernement nous a montré des images de Denver dans les journaux il y a des années. Le réchauffement climatique a fait des ravages chez vous. On nous a expliqué que tout le monde est mort depuis cent ans à cause des conditions climatiques extrêmes.

Énarué s'était levée et faisait les cent pas dans la pièce.

— C'est insensé ! Je ne comprends rien ! Le réchauffement climatique faisait des ravages, c'est vrai. Il n'y a, en effet, plus âme qui vive, ni à Denver ni nulle part sur le continent. Le gouvernement a anéanti toute la population mondiale il y a cent ans à l'aide d'une bombe fréquentielle. Nous sommes les seuls survivants. Nous avons été placés dans des bunkers pour ne pas mourir et pour sauvegarder l'espèce !

— Je ne sais pas quoi vous dire... Vous dites que vous êtes toute une colonie ? Donc vous n'êtes pas les seuls survivants ?

— Nous sommes environ deux mille personnes sur Hoop. Et vous ?

— C'est là que tout se complique... Il y a cent ans, le gouvernement s'est largement radicalisé suite à ce qu'il s'est passé en Amérique du Nord. On a alors entamé une phase très stricte de décroissance. Nous aurons le temps d'en discuter, mais pour résumer, depuis qu'ils nous ont annoncé la mort de l'ensemble de la population du continent Américain nous avons perdu quasiment tous nos moyens de communication. Les systèmes de contact holographiques, HoloCom, ont été interdits en 2622, mais nous en avons gardé quelques-uns et nous les utilisons en secret pour contacter nos différents agents de rébellion dans quelques pays. Nous avons mis cinq ans à construire la navette qui est venue vous chercher, elle est invisible sur les radars. Nous l'envoyons depuis trente ans mais elle est toujours revenue vide... jusqu'à aujourd'hui...

— Pourquoi avez-vous perdu vos moyens de communication ? demanda Mérin.

— Parce qu'ils sont interdits ! Le SVPM a interdit tout ce qui était émetteur de CO_2. La vie aujourd'hui est radicalement différente de ce que vos ancêtres ont connu à partir des années 2500. Nous sommes revenus à un modèle écologique extrêmement radical et punitif, mais c'est ce qui nous a permis de ne pas subir le même sort que vous.

La porte d'entrée s'ouvrit, laissant entrer une rafale de vent, ainsi qu'un groupe de trois personnes trempées de la tête aux pieds.

— Je vous présente : Eddy, Lars et Dorothy. Ils habitent avec nous ; nous formons tous les cinq un groupe dissident à la politique du SVPM.

— C'était donc vrai ! dit Lars, en dévisageant Énarué. Vous venez vraiment de Denver ?

— Oui c'est bien vrai. Nous sommes arrivés il a quelques heures je pense, répondit Énarué.

Gaspard consulta sa montre : « Il est 19h30, vous êtes arrivés à 18h. Vous avez dû partir vers une heure du matin heure de Denver. »

— C'est donc ça une montre ! J'en ai vu dans l'encyclopédie... dit Énarué en tâtant la montre de Gaspard d'un regard curieux.

— Oui elle permet de savoir précisément quelle heure il est, c'est pratique, précisa-t-il.

— Nous vivions la nuit sur Hoop. Nous n'avions pas besoin de montre, la chaleur ambiante était notre indicateur de temps. Vous ne devez pas faire appel à vos sensations avec ce genre d'objet... quel est l'intérêt de connaître l'heure de la journée ?

Le groupe se regarda, circonspect, elle avait touché juste et personne ne trouva quoi répondre. Ce fut Ayden qui osa avancer une explication.

— C'est essentiel pour notre travail, nous avons des horaires à respecter. Chacun doit fournir un travail d'intérêt général pour sa commune. Nous touchons tous un revenu mondial universel, la contrepartie c'est que nous devons travailler pour le gouvernement à moins de trente minutes à vélo de notre domicile. Les sept-cents habitants de Tana Bru exercent tous un métier. Nous vivons tous ensemble dans cette maison et nous sommes tous agriculteurs, sauf Ayden qui est soignante, dit-il en désignant le groupe.

— Comment est-ce qu'ils peuvent savoir où vous vous trouvez ? demanda Mérin.

— Nous avons tous un bracelet qui enregistre le moindre de nos mouvements. Une fois par mois nous nous rendons à la collecte de l'empreinte. Ils y enregistrent notre empreinte carbone et si nous dépassons les cent kilos d'émissions de CO_2 par mois, nous sommes assignés à résidence jusqu'à ce qu'elle baisse. C'est assez efficace ! ajouta Ayden, narquoise.

— Je suis désolé mais je n'ai pas compris ton explication…

— En résumé, chaque action de la vie quotidienne est émettrice de dioxyde de carbone. C'est le gaz qui est responsable du réchauffement climatique et qui a causé votre perte. Depuis ce qu'il vous est arrivé, nous sommes extrêmement contrôlés pour ne pas refaire les mêmes erreurs. Et force est de constater que ça fonctionne. Les températures se sont normalisées, malgré le vent qui souffle en permanence. Même si cela entraîne beaucoup de sacrifices on est heureux de pouvoir vivre dans des conditions normales.

— Et que va dire votre gouvernement de notre présence ? Sont-ils au courant ? demanda Evan.

— Non et nous ne souhaitons surtout pas qu'ils le soient ! intervint brutalement Gaspard. Vous êtes une partie de la réponse qu'il nous manquait. Il y a des pans de l'histoire qui ne sont pas nets. Nous les suspectons de nous mentir depuis toutes ces années, mais nous n'arrivions pas à obtenir de preuves. Il ne devait plus y avoir de vie en Amérique et pourtant vous voilà…

— Vous voulez bien nous expliquer comment vous viviez ? demanda Dorothy.

Énarué prit alors la parole pour leur expliquer en détail la vie sous Nostra, et Mérin enchaîna avec celle sous Lonoré. Puis ils racontèrent leur fuite, la nouvelle colonie recomposée sur Hoop, leur escapade à Denver, les conditions météorologiques et le Bravent.

À la fin de l'explication, le groupe les regardait bouche-bée. Ils parlaient depuis plus d'une heure, Énarué pleurait en silence dans les bras d'Evan et Mérin avait les traits tirés.

— Vous comprendrez que nous souhaitons les sauver si votre continent est vivable, ajouta Mérin.

— Oui c'est compréhensible. Nous allons tout faire pour, je vous le promets, répondit Gaspard. Mais ça ne pourra pas se faire de suite. Le groupe dissident basé en France, avec qui nous étions en contact encore récemment, a commencé à faire parler de lui en distribuant des tracts ; nous n'avons plus aucune nouvelle depuis des semaines. Si vous êtes aussi nombreux, nous devons d'abord savoir si le gouvernement est au courant. Et s'ils le sont, pourquoi ils ne font rien. Vous comprendrez facilement qu'il va nous falloir du temps... Mais votre présence va accélérer le processus, j'en suis persuadé. En attendant je propose que tout le monde se repose, nous aviserons demain pour la suite, qu'en pensez-vous ?

Mérin, Énarué et Evan acquiescèrent, ils étaient absolument épuisés. Gaspard les précéda dans le long couloir qui menait à trois chambres et une salle de bain, puis ils montèrent à l'étage.

— Votre chambre est celle du fond à droite, la salle de bain est attenante. Si vous avez besoin d'aide, n'hésitez pas... Nous chauffons notre eau nous-mêmes, donc pas d'inquiétude à avoir sur l'eau chaude ; par contre nous sommes limités à trente litres d'eau par jour et par habitant et comme vous n'êtes pas enregistrés dans leur base, il faudra faire attention à votre consommation. La chambre n'a jamais été occupée depuis toutes ces années : nous vous l'avions réservée. Enfin... c'est mon père qui est à l'origine de ce projet et qui tenait à garder une chambre pour les rescapés. J'ai repris son combat depuis qu'il est mort... Il l'avait appelé : le projet Forræderi. Ça signifie : trahison, en norvégien. J'aurais aimé qu'il soit là pour vous voir... dit Gaspard dont le regard se voila.

Énarué s'approcha de lui doucement, lui toucha le bras et entama le sifflement que lui avait appris Sebastian. Gaspard releva la tête au bout de quelques secondes et la regarda dans les yeux.

— Comment est-ce possible ?

— Nous en parlerons demain si tu veux bien... Merci de nous accueillir... répondit-elle en lui lâchant le bras.

La chambre était spacieuse et dégageait une immédiate impression de confort. La nuit était tombée depuis quelques heures et la douce lumière des lampes ajoutait à l'atmosphère chaleureuse. Sur le parquet en chêne, un grand tapis en laine multicolore réchauffait la pièce. Des rideaux en coton blanc étaient suspendus aux fenêtres et les murs étaient recouverts d'un lambris en pin noueux. De chaque côté de la chambre, étaient placés deux lits superposés sur lesquels quelqu'un avait disposé de grandes et chaudes couvertures en laine dans des teintes pastels. Énarué ôta ses chaussures et s'installa sur le lit du bas.

— J'ai besoin de me laver, dit-elle.

— Je viens avec toi, répondit Evan.

Mérin avait ouvert les rideaux et regardait par la fenêtre, subjugué par le spectacle qu'offrait la nuit norvégienne. La pluie avait cessé et le ciel était totalement dégagé, la lune éclairait faiblement l'immense forêt qui entourait leur maison de bois. Elle semblait perdue au milieu de l'univers. Son cerveau n'arrivait plus à trier toutes les informations depuis qu'ils étaient arrivés ; il allait profiter de la nuit pour réfléchir posément et tout analyser. Il posa ses pieds nus sur le tapis en laine et poussa un soupir de satisfaction. La sensation était si agréable qu'une larme perla sur sa joue. Il se tenait encore debout sur le tapis quand Énarué et Evan revinrent de la douche.

— Tu devrais aller voir ça ! lança Evan. Il y a des choses que je n'ai jamais vues. Des pots avec des crèmes qui sentent bon… Je demanderai à Gaspard demain, on n'a pas su quoi en faire…

Plus tard dans la soirée, allongés dans leur lit douillet, la pluie se remit à tomber. Le bruit qu'elle faisait en s'écrasant sur le toit les surprit et arracha un rire timide à Énarué.

— Et si on ouvrait la fenêtre ! s'exclama-t-elle, subitement enthousiaste. Juste parce que c'est la première fois de ma vie que je peux profiter de l'extérieur sans étouffer…

— Bien sûr, on le fait tous ensemble ? répondit Evan.

Ils se levèrent, silhouettes fragiles, se découpant dans la nuit, et leurs trois mains sur la même poignée, ouvrirent la grande fenêtre en bois de leur chambre. La première sensation qu'ils expérimentèrent fut le froid qui s'engouffra violemment dans la pièce chauffée, mais aucun d'entre eux ne pensa à s'habiller plus chaudement. Chacun se délecta de cette nouvelle perception qu'ils n'avaient jamais connue auparavant. Énarué eut un frisson, ses poils se hérissèrent sur ses bras : « Regarde, c'est la même sensation que lorsque tu m'embrasses… » dit-elle en prenant la main d'Evan.

— Est-ce que vous sentez cette odeur ? demanda Mérin, en tendant la main à l'extérieur pour recueillir quelques gouttes de pluie. C'est ça l'odeur de la pluie vous croyez ? demanda-t-il en sentant l'intérieur de la paume de sa main.

— Peut-être... ou alors c'est quand elle se mélange avec la terre ? En tout cas, ça sent merveilleusement bon, répondit Énarué.

— Il y a une autre odeur, je ne sais pas ce que c'est mais ça sent très fort. Je la sens depuis que nous sommes arrivés. Je demanderai à Gaspard ou à Ayden demain, ajouta Evan.

— On dort la fenêtre ouverte ? J'aime beaucoup avoir la sensation que je ne suis plus enfermée...

— Tu n'auras pas froid ? demanda Evan, en passant la main dans son dos.

— J'aime avoir froid ! répondit-elle le sourire aux lèvres. Je frissonne, ma peau et mes cheveux restent humides après m'être lavée, j'ai l'impression de me purifier en respirant ! Ça me donne envie de me blottir dans mon lit, pas vous ?

— Oui c'est pareil pour moi, répondit Mérin.

— Vous comprenez quelque chose à ce qu'il se passe vous ? demanda Evan, qui était retourné, comme les autres, au fond de son lit.

— Non sincèrement, ça fait trop pour moi. Il va falloir qu'on en reparle demain avec Gaspard et le groupe. C'est beaucoup d'informations en même temps, et je suis trop fatiguée pour analyser pour le moment, répondit Énarué qui sentit un frisson lui parcourir tout le corps.

— Pareil pour moi, je me dis que la nuit va nous permettre de réfléchir à tout ça. Dormez bien les amoureux...

— Bonne nuit Mérin, répondit Énarué. *Et bonne nuit à la pluie, et au vent et aux arbres*, pensa-t-elle en posant sa fine main sur son ventre.

Une chouette hulula quelques minutes plus tard mais personne ne l'entendit, pas plus que le doux murmure de la mère d'Énarué qui, dans un souffle de vent frais, lui murmura : « Tu as fait le bon choix, dors bien ma chérie ».

Un sommeil sans rêve les avait immédiatement cueillis et leur offrait, pour quelques heures seulement, le repos réparateur dont ils avaient besoin.

12 FORRÆDERI

Le jour venait à peine de se lever et, déjà, une cacophonie assourdissante de chants d'oiseaux pénétrait dans la pièce. Énarué était éveillée depuis quelques minutes et respirait l'air frais du matin à travers la fenêtre grande ouverte. Le soleil perçait les nuages et la température était douce. Evan et Mérin dormaient encore profondément quand une furieuse envie d'évasion lui serra le cœur et les entrailles. Il fallait absolument qu'elle voie de ses propres yeux, qu'elle touche et qu'elle ressente. Elle sortit discrètement de la chambre, pieds nus, descendit l'escalier et retrouva la lourde porte d'entrée en bois qu'elle ouvrit doucement pour ne pas déranger la maison endormie. Celle-ci grinça très légèrement, mais pas suffisamment pour alerter le groupe. Face à elle, le chemin de terre qu'ils avaient emprunté la veille pour revenir de la piste d'atterrissage, et tout autour, un immense parterre de gazon parsemé de fleurs des champs multicolores dans lequel virevoltaient une multitude d'insectes dont elle ignorait les noms. Au-delà de ce jardin, la forêt, dense et feuillue, d'arbres immenses à perte de vue.

Il fallait désormais trouver le courage de faire le premier pas, celui qui la plongerait dans cette vaste étendue verte et mouvante. L'herbe grasse lui arrivait presque aux genoux et il lui était impossible de visualiser le fond, ce qui l'inquiéta, mais pas suffisamment pour fuir. Elle passa doucement sa main à la surface pour apprécier la texture quand la porte s'ouvrit derrière elle, ce qui arrêta son geste.

— Bonjour Énarué, dit Gaspard, en nouant ses cheveux bouclés dans un chignon approximatif. Bien dormi ?

Gaspard avait passé un pantalon de toile et portait un simple tee-shirt déchiré à plusieurs endroits. Ses traits étaient tirés comme quelqu'un qui avait passé une nuit agitée.

— Oui, merci. Je suis désolée si je t'ai réveillé. J'ai eu envie de… voir… toucher la nature… mais je n'ose pas encore m'y aventurer, répondit-elle d'un ton penaud.

— Je vais t'aider si tu acceptes. Ce que tu vois là devant toi c'est notre jardin. Les fleurs poussent librement, nous ne contrôlons rien. Nous faisons un peu de nettoyage deux fois par an, et pour le reste c'est la nature qui s'en charge. Tu ne risques rien, tu peux y mettre un pied si tu veux, dit-il en ôtant ses chaussures et en s'avançant dans le gazon. C'est très doux, tu verras...

Énarué accepta sa main tendue pour se donner du courage, leva très haut sa petite jambe et pénétra dans l'inconnu. Les herbes lui chatouillaient les mollets ce qui la fit éclater de rire. Gaspard la regardait, attendri par cette petite femme qui semblait naître sous ses yeux. Il se pencha, passa ses grandes et larges mains dans les herbes et fit voltiger autour de lui des centaines de gouttes de rosée.

— C'est de la pluie ? demanda Énarué.

— Non, c'est de la rosée. Au fur et à mesure de la nuit, à cause du froid, la vapeur d'eau se condense en fines gouttelettes qui se déposent sur les surfaces froides comme le gazon, les pétales de fleurs, et même les toiles d'araignées. C'est le meilleur remède pour rester jeune, dit-il, hilare, en y plongeant subitement son visage. Les gouttelettes s'étaient déposées sur sa barbe et formaient un tableau plutôt incongru. Vas-y, essaie !

Énarué le regarda, inquiète, et y passa d'abord la main pour éprouver la sensation qu'elle jugea agréable. Elle fit glisser ses cheveux derrière ses oreilles, se mit à genoux, prit une grande inspiration et plongea tête la première dans l'immensité verdoyante. Lorsqu'elle la releva, ses joues pâles avaient pris une légère teinte rosée, et des gouttelettes étaient restées accrochées à ses longs cils.

— Je veux faire ça tous les matins ! lança-t-elle, en s'allongeant dans l'herbe, rassurée.

— Tu peux ! C'est gratuit, offert par la nature, répondit Gaspard qui s'était allongé à côté d'elle.

Le vent soufflait doucement et charriait avec lui des odeurs toutes plus nouvelles les unes que les autres. Un papillon volait au-dessus d'elle depuis quelques minutes et passait de fleurs en fleurs dans une danse gracieuse.

— Qu'est-ce que c'est ? demanda-t-elle en le désignant du doigt.

— C'est un papillon, il n'est pas dangereux. Il se nourrit du nectar des fleurs. J'ai un livre sur les insectes je crois, ça pourra vous aider car il y en a beaucoup. Ils ont tous réapparu depuis la loi du retour à la nature de l'année 2622.

— 2622… C'est notre date de fin du monde… répondit-elle quand, subitement, le papillon se posa sur son front.

— Il t'a prise pour une fleur, dit Gaspard en souriant.

La porte claqua apportant dans son sillage une odeur boisée.

— Je ne vous dérange pas ? intervint Evan résolument campé sur le chemin de terre, le regard noir et le corps tendu.

Énarué se redressa soudainement, en proie à un violent sentiment de culpabilité. Elle se dirigea vers Evan, l'embrassa et lui chuchota à l'oreille : « J'avais besoin d'expérimenter et tu dormais, excuse-moi si ça t'a blessé. Tu aurais préféré que je te réveille ? ».

Evan la sonda longuement, son regard plongé dans le sien, et finit par lui sourire tendrement.

— Non, c'est moi qui suis désolé. J'ai mal réagi. Je t'ai vue par terre avec lui et… ça n'a pas d'importance…

— Je vais préparer le petit déjeuner, chuchota Gaspard en pénétrant dans la maison, les épaules basses.

— Il n'y a aucune raison d'être jaloux, Evan. Nous sommes liés pour toujours. Depuis Nostra et jusqu'à la fin des temps.

— J'aimerais en être sûr, répondit-il sur un ton inquiet.

— Rien n'est jamais sûr… dit-elle pensive. D'ailleurs tu m'aurais crue si je t'avais décrit cette terre ? On est ensemble, je porte ta fille… Nous sommes dehors et je viens de m'allonger dans de l'herbe pleine de rosée… Viens rentrons s'il-te-plait, je commence à avoir froid…

Evan passa sa main dans les cheveux humides d'Énarué, et recueillit quelques gouttes de rosée qu'il déposa sur sa bouche. C'est beau : rosée. Stefanie-Rosée… qu'en dis-tu ?

— C'est merveilleux ! répondit-elle, en l'embrassant et en aspirant les quelques gouttes qui scellaient leur accord.

Mérin était déjà descendu et tout le groupe les attendait sur la grande table carrée en bois de la vaste salle à manger attenante au salon. La douce lumière du matin irradiait la pièce et Énarué fut prise d'un fort sentiment de bonheur et de gratitude. Elle croisa le regard gêné de Gaspard et lui sourit pour le rassurer. Elle perçut dans le sourire qu'il lui renvoya en retour une forme de soulagement mêlé à de la déception. En se concentrant quelques secondes seulement, elle se focalisa sur les sentiments du groupe pour comprendre leurs intentions, et, pour la première fois elle ne décela aucun nuage, aucune couleur terne, aucun picotement ni sensation désagréable. Son cœur se gonfla d'amour, elle était à sa place.

Des aliments, tous plus incongrus les uns que les autres, étaient disposés sur la grande table. Énarué regardait le choix qui s'offrait à elle, circonspecte. Ayden sentit son désarroi et lui énuméra l'ensemble des propositions.

— Il y a du miel, de la confiture, du pain ; tout est fait maison bien sûr. Pour les boissons, tu peux choisir ce que tu veux. J'ai préparé du thé et il y a aussi de la tisane, dit-elle en désignant de la main chacun d'entre eux.

— Je crois que j'ai envie de tout tenter, répondit Énarué, sur un ton enjoué, en se servant une généreuse tasse de tisane de thym.

Personne n'osa rompre le silence qui s'installa durant le petit déjeuner. Evan, Mérin et Énarué savouraient chaque instant de vie retrouvée, goûtaient chacun des aliments, ressentaient la fraicheur du matin sur leur peau nue et tentaient de comprendre la situation en analysant les mouvements et visages des membres du groupe.

— Il est l'heure des informations de la planète, j'augmente le son, précisa Gaspard, en se levant brusquement et en allumant une antique radio en bois posée face au canapé turquoise.

Le son grésilla quelques secondes puis un air de musique classique pénétra dans la pièce. Énarué se raidit, se leva et approcha son visage de la radio. Elle resta prostrée jusqu'à la fin du morceau, son petit visage rougi par l'émotion, les yeux clos.

— Qu'est-ce que c'était ? demanda-t-elle une fois l'air terminé.

— C'était un morceau de musique classique, répondit Gaspard, ému par cette petite femme frêle et fragile. Tu viens d'écouter du piano, ça t'a plu ?

— Ma mère chantait... elle était mon seul instrument de musique... j'ai eu l'impression de l'entendre. C'était magnifique. Comment faire pour en écouter d'autres ?

Ses lèvres tremblaient sous l'émotion.

— Tu ne pouvais pas mieux tomber, nous avons une large collection de vinyles. Ce sont de grands disques sur lesquels est enregistrée la musique. Je te montrerai...

La radio grésilla de nouveau, puis une voix féminine, suave et doucereuse, annonça : « Bonjour à tous ! Il est 9h. Nous débutons comme d'habitude par les informations concernant nos émissions de CO_2. Pour la grande région de l'ouest elles sont actuellement à 1,1 tonne par an et par habitant, nous avons encore des efforts à faire pour atteindre l'objectif de 0,9 demandé par notre préfet de région. Ainsi, tous vos bracelets seront mis à jour dès demain pour limiter vos objectifs journaliers.

La grande cérémonie du centenaire de l'extinction du continent américain aura lieu dans trois jours à Helsinki, sur la nouvelle place. Seuls les habitants de la ville seront autorisés à y assister mais vous aurez la possibilité de suivre le discours sur notre radio. C'est un événement majeur auquel chacun est tenu de participer, car son triste souvenir nous permet de poursuivre nos efforts pour la sauvegarde de notre planète.

Ainsi, en ce jour férié, nous nous souviendrons de nos morts et nous ne reproduirons pas le système qui les a menés à leur perte.

Un point concernant nos nappes phréatiques. Leur niveau est bas dans la région sud mais le système de partage souterrain est fonctionnel, et la région Est, dont les nappes sont en excédent, devrait ouvrir ses vannes prochainement. Nous reviendrons ainsi à un équilibre très rapidement.

Le vent souffle toujours sans discontinuer dans toutes les régions. Les spécialistes constatent même une légère augmentation ces derniers mois. N'hésitez pas à remonter vos relevés météorologiques à vos hôtels de ville lors de la collecte mensuelle. Ainsi, vous serez crédités d'une activité carbonée sur votre bracelet.

Dernier point sur la biodiversité des milieux de vie et des espèces. Grâce à nos efforts et à vos remontées terrain, nous constatons une évolution très positive ces cent dernières années. Nous sommes revenus au modèle de biodiversité des années 1950, ce que nous souhaitons encore améliorer chaque jour grâce à vos efforts.

Merci de votre attention, je vous dis à dans trois jours à dix-sept heures pour l'émission spéciale.

At spes non fracta ! »

Tout le groupe se leva et répéta d'une seule voix : « At spes non fracta ! »

Énarué regarda Gaspard qui était le seul à ne pas avoir répété la phrase finale.

— Qu'est-ce que ça veut dire ? demanda-t-elle.

— Ça veut dire : Tout espoir n'est pas perdu. C'est la devise du SVPM depuis cent ans. Elle est accrochée à chaque bâtiment officiel.

— Et cette grande cérémonie ? demanda Mérin. De quoi s'agit-il ?

— Comme vous le savez déjà, votre continent a été rayé de la carte il y a cent ans. Ce qui a été une catastrophe climatique majeure et une extinction de masse pour vous, a été bénéfique pour le reste de la planète. La politique du SVPM s'est de plus en plus radicalisée en se servant de votre exemple pour réussir à obtenir ce qui est désormais notre quotidien.

— Je ne comprends toujours pas pourquoi nous avons deux explications différentes, ajouta Mérin. Pourquoi nous avoir dit que toute l'humanité avait été tuée à l'aide de cette bombe ?

— Je ne sais pas répondre à cette question. Il y a, des parties manquantes dans l'histoire qu'ils nous racontent également, répondit Gaspard, pensif.

Mon père était persuadé que le gouvernement nous cachait quelque chose. Pour lui, un système aussi répressif et totalitaire ne présageait rien de bon. Nos seules sources d'informations depuis toutes ces années sont l'émission de radio que vous venez d'entendre, ainsi qu'un journal que nous recevons une fois par semaine et il est toujours uniquement question d'écologie.

— Et si nous nous rendions dans cette ville pour rencontrer des gens ? demanda Evan.

— Non, c'est impossible. Vous l'avez entendu, seuls les habitants d'Helsinki sont autorisés à y assister. Un trajet en train de cette ampleur consommerait tout le capital CO_2 de notre bracelet, nous serions arrêtés bien avant d'arriver.

— Et la navette ?

— C'est la même chose... Le bracelet est équipé d'un traceur GPS. Si on s'éloigne, ils le sauront. C'est d'ailleurs pour cette raison que la navette part toujours sans nous.

— Et si nous arrivions à neutraliser votre bracelet ? s'exclama Mérin. Moi, tout ce que je souhaite c'est sauver mes amis, je ne resterai pas inactif. Nous devons entrer en contact avec un membre du gouvernement.

— Comment voulez-vous les neutraliser ? Ils le sauront s'ils sont abîmés, demanda Ayden, inquiète. Et nous devons impérativement les présenter le jour de la collecte. Nous ne pouvons pas manquer ce rendez-vous.

Mérin s'approcha d'Ayden qui était toujours assise à la table du petit-déjeuner, lui prit doucement la main et lui demanda : « Acceptes-tu de me laisser tenter quelque chose ? »

— Oui bien sûr, répondit-elle en le regardant dans les yeux.

Ayden portait un pull fin de couleur vert pomme, et de grands yeux verts encadrés d'une multitude de taches de rousseur. Ses longs cheveux cuivrés, tombaient en cascade dans son dos. Mérin remonta délicatement sa manche ; le bracelet paraissait disproportionné sur son petit poignet. Le contact avec sa peau lui arracha un frisson, et un sourire gêné. Il posa sa main sur le grand bracelet noir, dont le voyant clignotait en vert, et se mit à entonner le sifflement. En relevant la main quelques secondes plus tard, le voyant s'était éteint.

Gaspard s'était approché pour observer la scène et regarda son propre bracelet, apeuré.

— Le mien est éteint ! Comment avez-vous fait ça ? Ça fait des années qu'on essaie sans succès !

— Après cent ans d'enfermement à six kilomètres sous terre, nous avons réussi à trouver des techniques pour lutter contre toutes les formes d'oppression. Ce sifflement nous a sauvé la vie à de multiples reprises. Il résonne sur une fréquence qui anéantit les appareils électroniques, mais ne me demandez pas comment, nous l'avons découvert par hasard, ironisa Mérin.

— Tu arriverais à le rallumer ? demanda Gaspard, inquiet.

— Non, c'est irréversible…

— Ça veut dire que nous allons être découverts à la prochaine collecte ! Elle a lieu dans quelques jours. Ils se mettront à notre recherche à ce moment-là.

— Oui, mais d'ici là nous sommes libres de nous déplacer comme bon nous semble si j'ai bien compris votre fonctionnement, répondit Mérin.

— Ça précipite un peu les choses, mais il est trop tard pour regretter maintenant. On a trois jours pour se mettre en relation avec l'antenne dissidente d'Helsinki et les convaincre de nous accueillir. Qui souhaite faire partie de l'expédition ?

Tout le groupe leva la main, ce qui obligea Gaspard à faire une sélection.

— Il y a cinq places à bord de la navette, je vais emmener Énarué, Evan et Mérin. Pour la place restante je vous laisse organiser un tirage au sort. Les personnes qui resteront sur place seront d'une grande utilité, vous devrez vous relayer si nous souhaitons entrer en contact avec vous avec l'HoloCom. Je vous laisse j'ai besoin de prendre l'air…

Gaspard se leva brusquement, le visage blême, les jambes tremblantes, prit un manteau et passa la lourde porte d'entrée en bois. Énarué fixa longuement Mérin d'un regard noir pour lui signifier qu'il avait précipité les événements et avait, à l'évidence, mis leurs hôtes en fâcheuse posture.

Sans réfléchir, Énarué prit le premier manteau disponible, enfila une paire de bottes qui trainait dans l'entrée et sortit en trombe de la maison à la suite de Gaspard dans le but de lui présenter ses excuses. Evan qui avait compris son trouble la laissa faire. Une rafale de vent l'accueillit à sa sortie comme si le temps s'était subitement mis en accord avec ses émotions. Elle était en colère contre Mérin qui avait agi inconsciemment, sans réfléchir aux conséquences de son geste. Dans son obsession à vouloir sauver Hoop, il oubliait qu'ils étaient à des milliers de kilomètres et qu'ils devaient accepter de se plier aux coutumes locales.

Gaspard n'était pas de ce côté de la maison, elle fit précipitamment le tour et finit par apercevoir sa grande et large silhouette qui marchait d'un pas rapide sur un sentier qui menait à une vaste forêt. Après quelques secondes, elle parvint à le rattraper et, sans un mot, accorda son rythme au sien. Elle avait senti, à l'air qui l'entourait qu'il acceptait sa présence mais qu'elle ne devait pas parler pour le moment tant sa colère était grande. Les bottes qu'elle avait choisies étaient bien trop grandes pour ses petits pieds et elle devait faire trois pas quand Gaspard n'en faisait qu'un, cependant elle ne fit aucune remarque car elle savait que c'était à lui de rompre le silence.

Elle eut un mouvement de recul lorsqu'ils atteignirent enfin la lisière de la forêt après quelques minutes de marche. Gaspard était entré sans hésiter, mais elle ne parvenait pas à passer la barrière qui la ferait traverser du jour vers la nuit épineuse. Devant elle se tenaient une armée de sapins, rangés en ligne, serrés, dans laquelle le soleil ne parvenait pas à glisser ses rayons. Elle fixait ce chemin, terrifiée, quand une main large et chaude se glissa dans la sienne. Gaspard avait rebroussé chemin et la regardait de ses grands yeux noisette. Il avait compris son émoi, il avait vu sa terreur de petite fille et toute sa colère avait immédiatement fondue. Il esquissa un tendre sourire masqué par sa grande barbe, resserra sa main encore plus fort et, sans un mot, reprit la marche vers la forêt.

Énarué s'était laissé guidée, rassurée par la douce pression de sa main et son regard timide mais déterminé. Il avait forcé ses barrières invisibles et ses peurs par sa seule présence. Le rythme de Gaspard avait nettement ralenti, il avançait doucement, tenant toujours fermement sa petite main. Dans ce sanctuaire d'arbres majestueux et d'animaux mystérieux, régnait un silence monastique. Tous les bruits de la vie et du vent semblaient s'être arrêtés depuis qu'elle y était entrée. Elle entendait uniquement sa respiration saccadée et celle, plus profonde, de Gaspard ainsi que le frottement de leurs vêtements et le bruit de leurs pas sur le sol en terre meuble. La cime des arbres était si élevée qu'elle eut un léger vertige en levant la tête. Gaspard s'arrêta, lui prit les deux mains et la guida vers une clairière toute proche. Le soleil éclairait un sapin dont le tronc lui parut plus large que les autres.

— C'est mon arbre, chuchota Gaspard, en posant les petites mains d'Énarué sur le tronc. Je reste derrière toi, ne t'inquiète pas… Ferme les yeux s'il-te-plaît.

Énarué prit une grande inspiration, ferma les yeux et aspira l'air autour d'elle momentanément, pour ressentir les airs de l'arbre.

Son premier air se présenta à elle. C'était un guerrier indien d'Amérique. Il se reposait après s'être battu pour protéger sa femme d'une agression d'une tribu voisine. Profondément endormi, il préparait son âme à sa prochaine réincarnation dans quelques années.

Son deuxième air était blanc laiteux. Comme un nuage de lait qui se dissolvait autour d'Énarué dans une danse gracieuse.

Son troisième air ancrait Énarué profondément dans la terre, comme une multitude de racines qui l'enchaînaient pour l'emmener avec elles visiter le passé...

... Son quatrième air lui chantait la mélodie des arbres. Des centaines d'aiguilles de pin émettaient une seule et même note, profonde et enivrante...

Elle avait perdu la notion du temps quand Gaspard retira ses mains du sapin et l'enlaça tendrement. Elle n'eut aucun mouvement de résistance, tout son corps était en accord avec ce moment hors du temps. Il l'a repoussa délicatement contre le tronc d'arbre et, caressa son dos avec ses larges mains. Énarué reprit soudainement contact avec la réalité.

— Arrête Gaspard, dit-elle, essoufflée, en le repoussant tendrement. Je ne sais pas ce qui m'a pris, c'est une erreur... Je suis désolée...

— Excuse-moi... C'est de ma faute, tu étais tellement belle et désirable. Oublie ça s'il-te-plait...

— Bien sûr, je suis aussi fautive que toi. Je te remercie de m'avoir fait partager cet endroit. C'est vraiment magique.

— Encore plus maintenant, répondit-il, en la regardant dans les yeux.

— Rentrons, ils doivent nous attendre, murmura-t-elle, émue.

Le retour se fit dans le silence. La forêt se referma derrière Énarué qui se retourna une dernière fois pour graver dans sa mémoire les instants magiques qu'elle venait de vivre. Gaspard lui tendit le bras pour la ramener à la réalité, elle s'en saisit et savoura secrètement le contact de son bras sur le sien.

— Gaspard, je tenais à m'excuser pour le comportement de Mérin. Il a agi sans réfléchir aux conséquences.

— Ne t'inquiète pas pour ça, je le comprends. Personne ne peut se rendre compte à quel point votre vie a été un enfer ! Je me suis mis en colère parce que j'ai eu peur... tout va s'accélérer à partir de maintenant et j'ai pensé à mon père... J'ai ressenti énormément de pression sur mes épaules...

— Je comprends ce que tu ressens. Ces derniers mois ont été un enchaînement continu d'événements. J'ai aussi l'impression d'être dépassée, et pourtant nous sommes encore en vie. Aies confiance... Si ce que nous faisons est juste, l'univers va nous aider à le réaliser. C'est ce que ma mère me disait toujours...

Énarué fut interrompue par une vive douleur dans le bas du dos. Elle ne put rester debout plus longtemps et s'écroula sur le chemin de terre. Gaspard avait à peine eu le temps de ralentir sa chute en la rattrapant.

— Que se passe-t-il ? s'inquiéta-t-il.

— J'ai très mal au dos, gémit-elle.

— Je vais te porter jusqu'à la maison, lança-t-il en soulevant délicatement son petit corps dans ses grands bras.

Énarué souffrait de plus en plus et une auréole de sang s'élargissait de façon inquiétante sur son pantalon. En poussant la grande et lourde porte de bois, Gaspard hurla : « Aidez-moi ! »

Il déposait délicatement Énarué sur son propre lit quand tout le groupe pénétra dans sa chambre. Evan avait instantanément blêmi à leur arrivée, et se tenait à son chevet tout en lui caressant doucement les cheveux et le visage.

— Ça va aller Ena, on va calmer ta douleur… Faites quelque chose ! hurla-t-il sur un ton désespéré.

Ayden avait instantanément pris les choses en main, avait récupéré sa trousse de soignante et ôté le pantalon d'Énarué. Ce qu'elle vit ne la rassura pas, Énarué était en proie à de violentes contractions et le sang coulait sans discontinuer.

— Elle est enceinte depuis combien de temps ? demanda-t-elle.

— Trois mois environ, je crois, répondit Evan.

— Je vais lui injecter de la morphine, ça va calmer sa douleur. Énarué, je vais devoir t'ausculter, est-ce que tu es d'accord ?

— Oui, répondit-elle dans un souffle, sauvez ma fille s'il vous plait…

— Que tout le monde sorte ! Gaspard ramène-moi des serviettes tièdes. Evan tu peux rester, si tu es d'accord Énarué…

— Bien sûr, qu'il reste…

Ayden l'examina consciencieusement et ne put constater que la triste évidence, elle était en train de perdre son bébé. La contraction suivante lui donna raison. Elle expulsa le minuscule fœtus dans un long cri de rage et de douleur. Elle l'avait senti avant qu'Ayden n'eut besoin de lui expliquer.

— Je suis désolée pour vous deux, dit Ayden, sur un ton navré.

Énarué pleurait à chaudes larmes dans les bras d'Evan ; elle pleurait la disparition de sa fille, l'injustice de la vie, ses désillusions et ses espoirs déçus. Evan ne réalisait pas encore ce qui était en train de se passer, son seul objectif était de prendre soin d'Énarué qui souffrait dans son corps et dans son âme.

Gaspard était revenu avec des serviettes humides et tièdes et aidait Ayden à laver le corps d'Énarué qui avait fini par cesser de la faire souffrir.

— Tu vas perdre encore un peu de sang dans les prochains jours. Il faudra que tu te reposes. Nous ne pouvons pas t'emmener à l'hôpital car votre présence doit rester secrète, mais je pense que ça ne sera pas nécessaire, tout est bien sorti.

Énarué fixait la fenêtre depuis quelques minutes, les joues baignées de larmes et les yeux rougis, elle chuchota à l'oreille d'Evan.

— Ouvre la fenêtre, Evan. Il faut la laisser partir, elle doit rejoindre ma mère.

Evan ouvrit la fenêtre et le vent tiède s'engouffra dans la pièce, indifférent au drame qui était en train de se jouer. Énarué se mit à fredonner la chanson que sa mère lui avait chantée toute son enfance pendant de longues minutes, main dans la main avec Evan, et au terme de ce moment suspendu, elle lança : « Stefanie est partie … » Alors, le cœur au bord des lèvres, elle s'endormit.

-

Mérin était resté dans le couloir, mutique, assis par terre, la tête entre ses jambes. Quand Gaspard et Ayden sortirent au terme de longues et interminables minutes d'attente, il posa sur eux un regard interrogateur.

— Comment va-t-elle ?

— Elle ira mieux bientôt, répondit Ayden. Elle doit se reposer pour le moment, il n'y a rien d'autre à faire.

— Et le bébé ?

— Le bébé n'est plus… répondit Ayden dans un souffle, en lâchant sa trousse de soignante.

Mérin rattrapa de justesse la trousse médicale qu'Ayden avait lâchée, tant l'émotion la submergeait. Il se releva et lui tint le bras ; elle semblait à bout de souffle et ses mains et son visage étaient encore pleins de sang.

— Viens avec moi, on va nettoyer tout ça, dit-il tendrement, en l'emmenant vers la salle de bain attenante.

Ayden le suivit, docile. Ses longs cheveux cuivrés étaient collés sur son front et sur ses joues, et son visage était marqué par l'émotion. Mérin posa la trousse à terre et commença à humidifier une serviette blanche avec de l'eau chaude. Il releva délicatement les longs cheveux bouclés et les attacha avec un tissu qui trainait sur l'évier. Le visage d'Ayden lui paraissait si petit maintenant, elle avait l'air si fragile, comme un oiseau tombé d'un nid. Ses taches de rousseur étaient masquées par les traces de sang séché et sa bouche, d'ordinaire si délicate, se crispait involontairement.

— Quel âge as-tu Ayden ? demanda-t-il en nettoyant doucement son doux visage.

— J'ai vingt et un an. Et toi ?

— J'ai vingt-trois ans.

— Je pensais que tu étais plus âgé, répondit-elle, en plongeant son regard vert dans le sien. Vous avez l'air d'avoir tellement souffert. Vos visages sont déjà tellement marqués par votre histoire.

— C'est vrai que tout n'a pas été facile jusque-là. Mais j'ai l'impression d'avoir trouvé ma place depuis mon arrivée, c'est assez étrange puisque je ne me suis jamais senti à ma place nulle part. Tout ce que je souhaite c'est libérer Hoop, et ensuite, pourquoi pas vivre un peu…répondit-il ému.

— Je te promets que nous ferons tout pour… si tu acceptes notre aide. Il faudra simplement s'armer de patience.

— La patience n'est pas mon fort, dit-il moqueur.

— Je ne suis pas d'accord. Personne n'a encore pris soin de moi comme tu es en train de le faire. Tu fais preuve de beaucoup de patience avec moi en ce moment même…

— Peut-être parce que c'est toi… répondit-il, intimidé en séchant son visage.

Gaspard entra dans la salle de bain en coup de vent et interpella Mérin et Ayden.

— Je suis navré de vous déranger mais on va devoir discuter rapidement de la suite des événements. Il ne nous reste que trois jours et on a déjà bien entamé le premier. Ayden est-ce que tu penses qu'Énarué pourra faire partie du voyage ?

— C'est encore trop tôt pour le dire, j'en saurai plus demain. Et il faudra savoir si elle souhaite toujours participer, répondit-elle.

— Oui, elle le souhaite ! Encore plus maintenant ! intervint Evan qui venait d'entrer dans la petite salle de bain à son tour. Elle est en colère… elle veut comprendre ce qu'il se passe…

— Allons discuter tous ensemble dans le salon, je vais en profiter pour préparer le repas, dit Gaspard. J'ai demandé à Dorothy de ramener l'HoloCom.

— Le système de communication holographique, précisa Ayden, qui avait lu l'incompréhension dans le regard d'Evan et Mérin.

Le soleil d'octobre éclairait le salon et réchauffait la pièce d'une douce et apaisante chaleur. Ayden ouvrit la grande baie vitrée pour faire entrer un peu de vent frais et renouveler l'air de la maison, et ajouta quelques bûches dans la cheminée. Dorothy déposa l'HoloCom sur la table basse en bois au centre de la pièce. Evan, intrigué, observa longuement ce petit objet de couleur noire et de forme ronde.

— Comment est-ce qu'il fonctionne ? demanda-t-il.

— C'est un système qui faisait fureur à partir des années 2500 environ. Tu peux contacter n'importe qui, à condition qu'il en possède un, et tu le verras en trois dimensions.

— Je ne comprends pas, répondit Evan.

— Ne t'inquiète pas, on va l'allumer dans quelques instants. On attend que Gaspard revienne avec le déjeuner.

— Donc, si je comprends bien, on va contacter une antenne dissidente c'est bien ça ? Comment savoir s'ils sont disponibles ?

— L'HoloCom sonne assez fort quand quelqu'un cherche à nous contacter, et nous avons toujours pour consigne d'être disponible. Ça ne devrait donc pas poser de problème, et s'ils ne nous répondent pas, nous réessaierons plus tard.

— Combien y a-t-il de personnes à… Esunki ? demanda Evan.

— Helsinki, corrigea Dorothy. C'était l'ancienne capitale de la Finlande, mais depuis votre extinction il n'existe plus qu'une grande région de l'ouest.

Mérin se rapprocha d'eux pour écouter l'explication de Dorothy qui avait sorti un globe terrestre d'une grande armoire en bois brut.

— Les anciens pays situés à l'ouest du globe terrestre : Norvège, Suède, Finlande, Royaume-Uni, France, Allemagne, Autriche, Pologne, Biélorussie, Ukraine et Roumanie, forment la région de l'ouest et sont dirigés par un gouverneur.

La région sud comprend les anciens pays : Espagne, Portugal, Italie, Grèce, tout le continent africain … également dirigés par un autre gouverneur.

Et pour terminer la région est, dit-elle en désignant la droite du globe. Russie, Chine, Mongolie, Inde, Australie…

— Et les pôles ? demanda Mérin.

— Ils ont disparu depuis la fonte des glaces. Mais ils sont en train de se reconstituer un peu, selon les maigres informations dont on dispose, répondit-elle.

— Donc si je récapitule, vous avez trois grandes régions qui sont chacune dirigée par un gouverneur. La nôtre a disparu. Et où se trouve le gouvernement central ? Ce fameux SVPM.

— Personne ne le sait. Nous ne pouvons ni communiquer, ni nous déplacer. Nous avons des contacts à Helsinki, à Oslo et à Bombay et l'antenne de Rennes en France ne répond plus. C'est le père de Gaspard qui a construit ce groupe avant sa mort. Nous n'avons fait que reprendre son combat…

Gaspard entra dans le salon à ce moment précis, chargé d'un plateau croulant sous toutes sortes de sandwichs. Eddy le suivait avec les boissons.

— J'ai déposé un plateau dans la chambre d'Énarué, mais elle dort pour l'instant, dit-il en regardant Evan.

— Merci d'avoir pensé à elle, répondit-il froidement, le regard méfiant.

— On déjeune et on contacte Helsinki ? intervint Mérin pour dissiper le malaise qui venait subitement de s'installer dans la pièce.

Mérin prit un sandwich qu'il dévora rapidement, perdu dans ses pensées. Il imaginait sans cesse les mêmes scénarii depuis son réveil ; tous dans le même but : s'échapper et libérer Hoop. Mais aucun n'aboutissait à une fin heureuse. De plus, sa rencontre avec Ayden venait tout chambouler. En la regardant, assise en face de lui dans un fauteuil en osier, il décida de se laisser porter par les événements pour voir où cela les mènerait. En à peine vingt-quatre heures, elle avait réussi l'impensable, atténuer sa colère permanente et lui offrir un point d'ancrage. Sa seule présence semblait agir comme un antidote à son anxiété. Il leva la tête et regarda sa longue chevelure cuivrée qui tombait en cascade dans son dos ; son visage était concentré sur le morceau de pain qu'elle mangeait comme elle vivait : timidement.

Gaspard n'avait rien pu avaler tant il était préoccupé par la santé d'Énarué. Il aurait aimé rester avec elle, mais ça n'était pas sa place. Il essayait tant bien que mal de dompter ses sentiments, et de contrôler en même temps le ressentiment qui naissait en lui vis-à-vis d'Evan. Il décida de se concentrer sur leur mission, car sauver Hoop c'était sauver Énarué... et c'était, pour le moment, la seule chose qu'il pouvait faire pour elle. L'HoloCom était posé sur la table, il se leva, appuya sur le bouton d'appel et dicta sa demande : « Valehdella ».

Mérin le regarda, interrogateur.

— C'est leur nom, tel qu'il est enregistré dans l'HoloCom. Ça signifie « mensonge » en finnois, expliqua-t-il.

13 VALEHDELLA

La tonalité grave et lancinante de l'HoloCom emplissait la pièce depuis de longues minutes. Mérin perdait patience, sa jambe ne cessait de battre la mesure, son œil tressautait nerveusement et ses cheveux n'avaient jamais eu l'air aussi échevelés. Evan était assis au fond de son fauteuil et se mordait nerveusement les ongles. Il était retourné voir Énarué plusieurs fois mais sa présence n'avait pas réussi à l'extirper de son profond sommeil.

Brusquement, une silhouette humaine d'une soixantaine d'années émergea du petit boîtier. Mérin n'en croyait pas ses yeux. Bien que pâle à cause du soleil qui irradiait le salon, il aurait presque pu jurer qu'une personne en chair et en os en était sortie.

— Ici Ans de Valehdella. Je vous écoute Forræderi.

— Bonjour Ans, dit Gaspard, qui s'était subitement levé pour se positionner face au boîtier. C'est un appel d'importance maximale.

— Très bien, je t'écoute Gaspard. Je suis seul pour le moment mais Ursula ne devrait pas tarder, je lui ferai un compte-rendu.

— Nous sommes tous réunis ici pour t'annoncer que trois personnes sont revenues hier dans la navette, dit-il, en faisant pivoter l'HoloCom pour qu'il scanne l'ensemble du groupe. Voilà Evan et Mérin. Il y a également Énarué qui se repose pour le moment, elle a eu un petit… accident…

Ans était resté bouche-bée. Son regard passait d'Evan à Mérin puis à Gaspard, l'incrédulité pouvait se lire dans ses yeux.

— Mais… C'est incroyable ! Ça veut donc dire que ton père avait raison, Gaspard ! Il y a bien des personnes en vie sur le continent Américain !

— Oui, répondit-il ému. Nous essayons de nous remettre de nos émotions depuis leur arrivée.

— Comment puis-je vous aider ?

— Étant donné que la grande cérémonie de l'extinction a lieu ce vendredi, nous pensions venir à Helsinki pour glaner des informations auprès de notre gouverneur.

— Mais comment comptez-vous faire avec le bracelet ?

— C'est un problème résolu depuis ce matin. Mérin a réussi à en désactiver ses effets. Nous sommes dont libres de voyager autant que nous le voulons avec la navette. Mais il va falloir agir vite, la prochaine collecte est dans à peine cinq jours… nous serons découverts à ce moment-là.

— Nous pouvons vous accueillir, bien sûr. Notre maison est à peine à vingt minutes à pied du centre-ville et nous avons de la place. Quand comptez-vous venir ?

— Merci beaucoup Ans. Le plus tôt sera le mieux. Demain dans la matinée ?

— Très bien, je vous envoie les coordonnées d'un terrain vague sur l'HoloCom pour poser la navette. Soyez le plus discrets possible. Je vous y attendrai en fin de matinée.

— C'est noté, nous ferons de notre mieux. À demain alors…

Personne n'avait entendu Énarué qui était entrée à la fin de la conversation, adossée à un mur, elle patientait, debout, les traits tirés et le teint blême.

— Merci pour le repas, lança-t-elle soudain timidement. Ça m'a fait du bien…

— Énarué ! dit Evan en se levant pour l'aider à s'installer sur le canapé turquoise. Tu es sûre de vouloir te lever ? Ce n'est pas un peu tôt ?

— Vous ne me mettrez pas de côté ! Je tiens à participer à cette expédition, je ne vais quand même pas rester seule ici… Si Ayden est des nôtres, elle pourra s'assurer que je me porte bien.

— C'est Lars qui a été tiré au sort pour vous accompagner, dit Ayden, d'un air désolé.

— Je te laisse ma place avec plaisir Ayden. Je n'ai pas tes compétences de soignante.

— Merci beaucoup Lars, dit Gaspard, en lui tapant sur l'épaule.

Gaspard se leva et commença à ranger le repas, d'un air préoccupé. Il avait noué ses cheveux en un chignon grossier et ses grands yeux noisette balayaient la pièce nerveusement.

— Il va falloir préparer la navette, dit-il. Je vais intégrer les coordonnées GPS qu'Ans nous a communiquées.

Lars, Dorothy et Ayden le suivirent à l'extérieur, laissant Evan, Énarué et Mérin livrés à eux-mêmes dans un silence feutré. Il était déjà dix-sept heures à l'horloge de la cuisine. Énarué entendait distinctement le cliquetis de l'aiguille ainsi que le crépitement du bois dans la cheminée. Le jour commençait à décliner doucement, elle se leva, s'approcha de la baie vitrée, et regarda au loin les ombres des sapins s'étendre de plus en plus tels d'immenses soldats, gardiens de sa forteresse secrète. Evan s'approcha d'elle, et l'enserra dans ses bras tout en l'embrassant dans le creux de son oreille.

— J'ai peur pour toi, chuchota-t-il. On ne sait pas à quoi nous attendre, ça peut être dangereux.

— Ça l'était déjà quand j'étais enceinte… Je n'ai pas peur. Nous allons simplement demander des explications. Ils ne savent peut-être pas que nous sommes en vie, ils auront certainement envie de nous aider. On a pris l'habitude d'être malmenés auparavant, mais j'ai bon espoir que ça change.

— Je pense que tu es optimiste, intervint froidement Mérin. Cette histoire me paraît quand même étrange… Mais pourquoi pas, nous verrons bien…

Il faisait déjà nuit quand Gaspard revint. Énarué et Evan avaient changé les draps de sa chambre et préparé un diner sommaire. Personne ne s'attarda ce soir-là. Chacun était préoccupé par les événements du lendemain. Énarué fut la première à monter se coucher, suivie quelques instants plus tard d'Evan et de Mérin.

La nuit était bien avancée. Gaspard, totalement épuisé, n'arrivait plus à se rendormir. Il avait sombré immédiatement dans un profond sommeil qui n'avait duré que quelques heures, interrompu par le bruit du vent qui faisait claquer les volets de bois, il tournait dans son lit, ruminant ses pensées. Il n'avait qu'une envie, rejoindre Énarué. Son odeur flottait encore dans la pièce ; une odeur de pêche, suave et sucrée. Il se leva, presque somnambule, monta les escaliers qui menaient à sa chambre et se posta devant sa porte. Il n'avait pas le courage d'y entrer, trop respectueux de son sommeil et de la promesse qu'il avait formulée. Il s'installa donc par terre, assis contre le mur, à côté de la porte, tel un veilleur de nuit. Sa proximité avec elle le rassura immédiatement, et il s'endormit profondément.

La lumière du jour perçait à travers le seuil de la porte, Gaspard se réveilla soudainement, le corps complètement ankylosé et honteux de se retrouver en pareille posture. Il descendit dans la salle de bain, discrètement, et prit une longue douche chaude pour évacuer ses tourments nocturnes.

Quelques minutes plus tard, tout le groupe était réuni devant la grande porte d'entrée en bois. Ayden avait ausculté Énarué et avait donné son accord pour le voyage. Ils avaient préparé, la veille, un petit sac avec quelques vêtements que le groupe leur avait donnés et attendaient, fébriles, le grand départ.

— On va pouvoir y aller, lança Gaspard. Nous avons à peine une heure trente de vol, ça ne sera pas long. Lars, Eddy, Dorothy, portez-vous bien, j'espère que nous nous reverrons bientôt, dit-il ému en les serrant longuement dans ses bras.

— Tenez-nous au courant dès que vous le pouvez, on gardera toujours l'HoloCom avec nous, répondit Dorothy.

En refermant la porte derrière elle, Énarué eut le sentiment de laisser une part de son cœur sur place. Elle se jura de revenir pour retrouver sa fille, qui avait laissé sa jeune vie sur cette terre norvégienne. Evan, Mérin et Ayden était déjà sur le sentier et discutaient tranquillement sans jeter un regard en arrière. Gaspard, qui était resté en arrière du groupe, accrocha son regard au sien pour l'encourager, et passa sa main dans ses cheveux pour glisser une mèche blanche rebelle derrière son oreille. Elle lui parut subitement si petite et si fragile, elle arrivait à peine à hauteur de son torse et pourtant elle dégageait une force bouleversante.

— Pourquoi as-tu déjà les cheveux si blancs ? demanda-t-il.

— Parce que nous étions enfermés sous terre depuis cent ans. Les dernières années nous n'avions presque plus de lumière ; notre corps s'est adapté. Je sais que ça n'est pas joli, j'envie Ayden et ses longs cheveux cuivrés.

— Moi je te trouve superbe ! Peu importe la couleur de tes cheveux. Et tu as les plus beaux yeux bleus que j'ai pu croiser de toute ma vie, dit-il en frôlant sa petite main de la sienne.

— Nous devrions y aller, dit-elle pudiquement, en maintenant quelques secondes sa main contre elle. Ils vont nous attendre…

En montant dans la navette, Énarué se remémora Eslie, Jouan, Onah et tous ceux qu'ils avaient laissés sur Hoop, et se jura de les sauver coûte que coûte.

— Toi aussi tu penses à eux ? demanda Mérin.

— Oui, le fait de monter dans cette navette… ça me rappelle qu'il y a deux jours à peine nous étions ensemble. J'aimerais les sortir de là le plus vite possible…

— Mais pour ça il nous faut comprendre, répliqua Gaspard. On ne doit justement prendre aucun risque. Mon père m'a suffisamment alerté, je suis devenu méfiant…

— Je lance le compte à rebours, chuchota Ayden de sa petite voix timide, en appuyant sur le bouton déclencheur.

Quelques instants plus tard, la navette volait en vitesse de croisière, et les miroirs s'étaient correctement déployés pour les rendre invisibles quand Mérin demanda : « Que risque-t-on concrètement ? Vous avez une armée ? »

— Non, le SVPM est un groupe démilitarisé. Mon père avait coutume de dire que leur seule arme était la peur de la mort.

Nous avons été tellement traumatisés par l'extinction de votre continent que nous obéissons sans rechigner. Et concrètement, la plupart des personnes avec qui je discute sont très contentes de la politique menée. Il n'y a pas de chômage grâce au revenu universel, les logements sont gratuits, ainsi que l'eau et l'électricité ; les animaux et les insectes sont revenus ; la température baisse... Mais ce qu'ils ne voient pas, c'est notre objectif carbone qui se réduit d'année en année sans explication, les bracelets qui nous surveillent en permanence, les communications interdites... Ils ont assurément quelque chose à cacher...

Énarué resta pensive un long moment, en observant les paysages qui défilaient sous ses yeux. Des forêts immenses à perte de vue, des lacs mais aussi des villes gigantesques. *Il serait si facile de loger leur colonie...* pensa-t-elle.

Evan essayait de garder son calme depuis l'incident de la veille, mais toute cette expédition le mettait dans une rage quasiment incontrôlable. Il s'efforçait de faire bonne figure depuis la perte de leur petite fille mais il souffrait le martyre et Énarué ne semblait pas faire grand cas de ses sentiments. Ils n'avaient pas encore eu le temps d'en discuter, ni de se retrouver seuls tous les deux et cela l'affectait énormément. Dans le même temps, il la sentait distante depuis leur arrivée mais cela était certainement dû aux événements qui s'enchaînaient trop rapidement. Le visage apeuré de sa mère lui revint en mémoire. Il n'avait pas eu le temps de l'accompagner à la SubFerme et il avait très peur qu'elle ne le reconnaisse pas une fois rentré. *Il faut qu'on discute*, songea-t-il, en la regardant longuement.

— Je crois qu'on arrive, lança timidement Ayden, en montrant du doigt une ville immense, bordée par la mer.

— Regardez ! s'exclama Énarué. Tous ces bâtiments sous l'eau…

— C'est dû à la montée des eaux. Nos côtes ont changé depuis cent ans et une partie des villes côtières s'est retrouvée submergée. C'est le cas d'Helsinki qui a dû se reconstruire un peu plus loin. Ce que tu vois là, c'est la vieille ville… Ans devrait certainement nous en dire un peu plus.

La navette se stabilisa à la verticale, entama sa descente, et se posa au terme de quelques minutes sur une petite clairière au milieu d'une forêt de conifères. Ans attendait déjà depuis quelques heures, seul, assis contre un arbre.

— Bienvenue à Helsinki ! s'exclama-t-il, les bras grands ouverts.

Gaspard courut à sa rencontre et le serra longuement dans ses bras. « Quel bonheur de te rencontrer en chair et en os ! Depuis toutes ces années… ». Ayden s'avança discrètement et l'embrassa pudiquement.

— Voilà Mérin, Evan et Énarué, lança Gaspard en présentant le groupe.

— Enchanté ! répondit-il en leur serrant la main énergiquement. Nous sommes actuellement dans le parc national de Sipoonkorpi, à une petite heure de marche du nouveau centre d'Helsinki. Si vous n'êtes pas trop fatigués, je vous propose de vous dégourdir les jambes et de faire un tour au centre-ville pour voir la préparation de la grande cérémonie.

— Je me sens capable de marcher, dit Énarué en esquivant le regard inquiet d'Evan. Si ça ne va pas, je vous le dirai.

Les mâchoires d'Evan se crispèrent quelques secondes, il n'avait pas apprécié sa façon de répondre, sans même le regarder.

— Allons-y alors, s'exclama Mérin, sur un ton impatient.

Ans s'engagea sur le sentier qui menait à l'orée de la forêt en sifflotant, l'air était chargé d'odeurs boisées et de sève de pin. Énarué inspira longuement ce parfum enivrant qui la faisait se sentir en vie. Elle sourit tendrement à Evan qui déambulait à côté d'elle, et lui prit la main. Elle avait pleinement conscience d'être dans la mauvaise direction, elle agissait sans réfléchir depuis leur arrivée. En le regardant longuement elle vit son visage crispé, et ses épaules voutées. Ses cheveux naturellement ébouriffés et sa moue moqueuse l'attendrirent. Elle caressa sa main avec son pouce et lui demanda : « Comment te sens-tu depuis hier ? »

— Je suis content que tu me le demandes, répondit-il sur un ton narquois. Je ne me pose pas la question, je suis trop concentré sur toi.

— Moi, je me pose la question… Il faudrait qu'on prenne un peu de temps pour se parler. Tout s'enchaîne si vite…

— Oui, je suis d'accord. Je pensais qu'on pourrait enfin profiter d'un peu de calme en réunissant les colonies, et il y a ma mère… Et notre bébé… ça fait beaucoup… chuchota-t-il, ému.

— On est un peu jeunes pour vivre des choses aussi dramatiques. Je suis d'accord avec toi, ça fait beaucoup…

— Est-ce que tu es encore heureuse avec moi ? demanda-t-il, inquiet.

— J'avoue que je ne me pose pas la question comme ça en ce moment. Tout ce que je sais c'est que je serais perdue sans toi. Sans ta main dans la mienne… je m'écroulerais.

Une larme coulait sur la joue pâle d'Evan. Énarué, émue, s'arrêta et le prit dans ses bras, longuement, et en se concentrant sur lui discrètement, elle aspira toute sa peine. Elle avait agi spontanément, sans réfléchir à ce qu'elle était en train de faire. Tout ce qu'elle souhaitait à ce moment précis c'était qu'il arrête de souffrir ; elle avait alors extirpé de son âme une sphère noire, tournoyante comme une galaxie et l'avait assimilée, peu importaient les conséquences.

— Ena ! Qu'est- ce que tu viens de faire ? Je me sens soulagé d'un poids…

— Je ne sais pas, j'ai aspiré ta douleur je crois…

— Il est hors de question que tu la gardes en toi, rejette-la ! cria-t-il, en lui tenant les épaules.

La scène avait stoppé le groupe qui s'était éloigné de quelques pas. Ayden revint en arrière pour s'assurer qu'Énarué allait bien.

— Tout va bien ? demanda-t-elle, troublée par la pâleur de son visage.

— Elle a aspiré quelque chose de négatif en moi. Énarué est capable de faire ce genre de choses de manière inexpliquée, mais maintenant elle ne se sent pas bien, répondit Evan.

Énarué s'était assise sur le chemin, subitement essoufflée.

— Tu dois rendre ce que tu as pris à la terre, je vais te montrer comment faire, dit Ayden, en la relevant et en l'accompagnant près d'un arbre. Pose tes mains sur cet arbre, ferme les yeux et répète plusieurs fois : je rends à la terre ce qui ne m'appartient pas pour transformation…

Énarué exécuta ce qu'Ayden lui avait demandé de faire, sans conviction dans un premier temps, pour ne pas la froisser. Elle commença à ressentir un léger picotement dans le bout des doigts au terme de longues minutes ; elle avait alors déjà répété la phrase une dizaine de fois. Evan lui chuchota au creux de l'oreille : « Concentre-toi, Ena… ». En fermant les yeux, elle parvint finalement à sentir les airs de l'arbre qu'elle touchait de ses mains et qui souffrait terriblement.

— Pourquoi souffres-tu ? demanda-t-elle.

— Parce-que j'ai été blessé dans mon ancienne vie, répondit l'arbre.

— Moi, je suis blessée dans celle-ci, lança-t-elle.

— Tu veux bien me raconter ?

— Je fais souffrir les gens que j'aime. Je viens de perdre mon bébé et ma mère a été assassinée il y a quelques semaines.

— Je comprends... Ce que tu me dis me fait de la peine.

— Et toi, pourquoi souffres-tu ? demanda Énarué.

— Ce sont mes racines qui souffrent, elles sont liées aux autres arbres de la forêt. Nous nous racontons des histoires. Et la mienne est triste et remonte à la nuit des temps. Tu es la première âme tierce à laquelle je parle... Je comprends mieux ta souffrance maintenant, il te manque un niveau de conscience.

— Âme tierce ? Qu'est-ce que tu entends par là ?

— La valeur des âmes sur terre est divisée en deux catégories. Celle des humains en trois niveaux de conscience et celle de la nature et des animaux en quatre niveaux. Vous n'êtes pas encore prêts à accéder au dernier, de toute évidence...

— Je ne comprends pas ce que tu me dis.

— Tu es venue à moi pour te libérer de ta souffrance. Je vais t'aider car je sens que tu es différente des autres. Mais n'oublie pas... la souffrance fait partie de la vie... tu ne peux pas t'en débarrasser aussi facilement. Elle t'accompagnera dans cette vie et celles d'après. J'informe la forêt de ta présence, tu seras l'une des nôtres désormais.

— Merci... comment dois-je t'appeler ?

— Je n'ai pas de nom... cette question est étrange. Si tu as besoin de m'appeler je serai toujours là, il te suffit de m'imaginer. Si nous nous sommes rencontrés une fois, nous serons liés pour toujours.

— J'ai connu un arbre récemment, c'était un guerrier indien. Peut-être le connais tu ?

— Bien sûr, mais il dort pour le moment. Il a besoin de repos. Ses vies l'ont épuisé... Je viens de te libérer de ta souffrance, mais ça ne sera que temporaire, elle t'accompagnera toute ta vie... Il faut me laisser maintenant... je suis fatigué...

Énarué enleva ses mains du tronc d'arbre : elle avait senti qu'elle devait le laisser se reposer. « Merci » dit-elle dans un souffle et un long frisson parcouru son corps.

— Ça a marché ? demanda Ayden.

— Oui, cette conversation était passionnante. Vous avez souvent l'occasion de parler avec les arbres comme cela ? demanda Énarué.

— Parler avec les arbres ? Non, il s'agissait juste de lui donner ta souffrance, rien de plus...

— Mais vous ne m'avez pas entendue discuter avec lui ?

— Non pas du tout, tu étais silencieuse, les mains contre l'arbre... c'est tout, répondit-elle, soucieuse.

Énarué regarda tout le groupe qui s'était approché d'elle, visiblement troublé par son comportement. Evan la regardait avec curiosité, tandis que Gaspard souriait malicieusement. Elle décida de ne rien dire, elle en parlerait peut-être plus tard. Pour le moment ils avaient une mission à accomplir et elle les ralentissait. Elle sourit au groupe et s'élança sur le chemin, rayonnante.

Mérin laissa échapper un cri en sortant de la forêt. Les arbres avaient fait place à une ville fourmillante de vie et d'animation. Des vélos circulaient sur la grande route principale dans une danse parfaitement synchronisée et les piétons déambulaient sereinement sur les larges trottoirs. C'était la première fois qu'il voyait le fonctionnement d'une cité. Après vingt-trois années à vivre sous terre et à n'avoir pour seul horizon que de gigantesques VertiSerres, un dortoir et des murs d'acier, il ne pouvait que constater que cela n'avait rien à voir avec le spectacle désolant qu'il avait expérimenté à Denver.

— Ici se tenait auparavant la ville de Vantaa. Elle a été rebaptisée Helsinki depuis la montée des eaux. Je vais vous montrer où aura lieu la grande cérémonie, dit-il en accélérant légèrement. Vous n'avez pas de bracelets, en cas de contrôle c'est l'emprisonnement assuré. Tachez de vous comporter normalement.

— Encore faudrait-il que l'on sache ce que : se comporter normalement veut dire… ricana Evan.

Mérin essaya tant bien que mal de marcher sans regarder autour de lui mais le spectacle était bien trop captivant. La ville n'avait rien à voir avec ce qu'il avait appris dans l'encyclopédie sur Hoop. D'immenses immeubles l'entouraient desquels émergeaient des jungles touffues, des fleurs en cascade, des légumes et des fruits. Il eut soudainement le sentiment de revoir Lonoré et ses

VertiSerres. Ans avait surpris son regard et se mit à marcher à côté de lui.

— Nous sommes dans l'écoquartier numéro trois. Il y en a soixante à Helsinki. Chaque écoquartier est indépendant des autres, mais ils sont tous conçus de la même manière. Douze-mille logements, quelques bureaux, des potagers privatifs, des vergers communautaires, mais aussi des champs verticaux. Ils sont tous autonomes en énergie grâce, notamment, aux panneaux solaires et au système de récupération des eaux et déchets souterrains, et tendent vers la neutralité carbone. Nous allons bifurquer sur notre gauche, dit-il en désignant un chemin en terre battue, nous y sommes presque.

Après quelques mètres, ils débouchèrent sur une place immense uniquement constituée de gazon vert tendre, de quelques bancs, mais surtout de gigantesques arbres hauts de plus de cinquante mètres. Ces arbres, autour desquels était disposé un banc en bois qui entourait le tronc, étaient entièrement fait de métal et de panneaux photovoltaïques. Les branches avaient été forgées en métal de couleur écorce tendre ; elles s'entremêlaient et montaient vers le ciel dans un enchevêtrement parfaitement bien contrôlé. Chaque arbre était relié à un autre par de gigantesques ponts de singe sur lesquels une multitude d'enfants jouaient en passant de l'un à l'autre à plus de vingt mètres de hauteur.

— Ce sont des ArtTree, dit Ans en voyant le regard émerveillé de Mérin et d'Evan. Ils sont équipés de modérateurs de température, éclairent les rues grâce à l'énergie solaire, et collectent l'eau de pluie pour alimenter les fontaines et les fermes urbaines des écoquartiers. C'est magique ici la nuit, quand les branches s'éclairent...

— Je trouve ça hideux, lança Gaspard. Quel intérêt ? Pourquoi ne pas simplement planter des arbres ?

— Parce qu'il faut attendre trente ans avant qu'un arbre donne son maximum d'effet. C'est une fausse bonne idée d'en planter dans les agglomérations. Par contre nous effectuons un gros travail dans nos forêts, répondit Ans.

— C'est ici qu'aura lieu la cérémonie ? demanda Mérin, impatient.

— Oui, en effet. Le gouverneur se placera sur ce pont de singe, dit-il en désignant l'arbre central. Tous les habitants seront en bas, au pied des arbres. Ça sera un événement gigantesque, toute la ville d'Helsinki est conviée.

Quelques passants s'étaient arrêtés pour écouter la conversation du groupe et fixaient Ans d'un œil suspicieux. Il leur renvoya un sourire, se retourna vers Gaspard et lui dit : « Il va falloir rentrer, on attise la curiosité. Tout le monde se connaît ici... ».

— Allons-y alors, chuchota Gaspard. On passera plus inaperçus le jour de la cérémonie, perdus dans la foule.

Énarué s'était avancée vers l'arbre de métal et avait posé sa main sur son tronc. Un abondant lierre grimpait sur la structure mais cela ne parvenait pas à ôter la sensation désagréable qu'elle ressentait en ce moment. Après ce récent moment de communion avec la nature, elle voyait en cette structure gigantesque, tout le cynisme de l'humanité. Des monstres nés de l'imagination de savants. Des arbres en fer et en verre... alors que les forêts vivaient en périphérie, et que des arbres pouvaient leur enseigner le futur, le présent et le passé. Elle emboîta le pas du groupe, pensive et soudainement triste. Cette ville ne lui plaisait pas, elle regrettait la maison de bois de Tana Bru et son paysage féerique.

— Nous habitons à vingt minutes de marche, dit Ans. Nous sommes bientôt arrivés.

Énarué respirait un peu mieux au fur et à mesure qu'ils quittaient le centre-ville, les gigantesques écoquartiers l'avaient rendue anxieuse tant leurs dimensions lui paraissaient démesurées. Gaspard marchait à côté d'elle, silencieux, respectueux des émotions qu'il sentait battre en elle. Evan et Ans marchaient devant et discutaient silencieusement de la vie quotidienne d'une vie citadine tandis qu'Ayden et Mérin fermaient la marche.

— Ça va aller ? chuchota Gaspard à Énarué.

— Oui, souffla-t-elle. Je suis juste un peu bouleversée par tout ce qui nous arrive. J'ai parlé avec Evan, il ressent la même chose que moi.

— Vous aurez du temps pour discuter une fois arrivés, ne t'inquiète pas...

— Et toi Gaspard, comment tu te sens ?

Gaspard tourna vers elle son visage d'ange dévoré par sa longue barbe blonde. Ses yeux noisette la fixèrent juste un instant, sauvages et malicieux. Il paraissait troublé, cherchant ses mots.

— Ça ira, répondit-il finalement après un long moment.

— C'est une drôle de réponse…

— Tu n'es pas prête à entendre autre chose pour l'instant, répondit-il, évasif.

Le cœur d'Énarué s'emballa, elle avait compris que Gaspard la ménageait et elle lui en était reconnaissante.

Ils longeaient un petit ruisseau depuis plusieurs minutes, la température était douce, le clapotis de l'eau charmant et des fragrances boisées emplissaient l'air. Les quelques maisons en bois qu'ils croisèrent étaient toutes construites selon le même modèle, identiques en tout point à la maison de Tana Bru. Au bout d'un sentier fleuri, Ans désigna de la main une maison devant laquelle une petite cour carrée abritait deux petites tortues, occupées à manger une feuille de salade.

— Qu'est-ce que c'est ? Des serpents ? demanda Mérin.

— Non, ce sont des tortues, c'est parfaitement inoffensif, répondit Ans en riant aux éclats.

En entrant dans la maison, une odeur entêtante de bois et de cire accueillit le groupe. Mérin déposa son manteau et ses chaussures avec un soupir de soulagement. Face à eux, une grande porte en bois à galandage menait à une pièce en U composée d'un salon dans lequel trônaient une vaste bibliothèque, une cheminée, des plantes par dizaines, une multitude de tableaux et de sculptures ainsi qu'une harpe de bois clair. La cuisine, attenante, s'ouvrait sur la salle à manger dans laquelle une grande table ronde et blanche occupait toute la place.

— Nous avons cinq chambres à cet étage et une autre en sous-sol. Nous allons devoir les partager, dit Ans, en les précédant dans le couloir qui menait aux chambres. Je vous laisse vous installer, je vais préparer le déjeuner, ou plutôt le réchauffer, car Ursula a déjà tout cuisiné.

L'odeur du repas emplissait déjà toute la maison quand Ans appela le groupe pour déjeuner. Ursula venait juste de rentrer de sa matinée de travail en forêt. Énarué la salua et la regarda longuement en s'asseyant autour de la table ronde. Elle était petite, comme elle, les cheveux fins et noirs coupés au carré et un visage doux et avenant qui encadrait de beaux et grands yeux verts.

— Vous êtes si jeunes, dit-elle en regardant Evan et Énarué. Puis-je vous demander votre âge ?

— Nous avons dix-sept ans, répondit Énarué.

— Dix-sept ans ! C'est l'âge de notre petit fils, dit-elle en regardant Lars, émue.

— Je pense qu'il est temps de discuter de ce que nous allons demander au gouverneur, intervint Mérin. Et déjà comment allons-nous faire pour l'approcher avec tout ce monde ?

— J'en fais mon affaire. Mon frère a travaillé avec lui avant sa mort, je connais du monde. Je vais activer mon réseau. Avant tout, avez-vous recueilli des indices depuis la dernière fois ? demanda Gaspard.

Ans se leva et se mit à tourner doucement autour de la table en débutant son explication.

— Voilà ce que nous savons : le continent américain a subi un réchauffement climatique intense, qui a mené, au terme de longues années, à son extinction totale en 2622.

Or, tout le reste de l'humanité n'a pas subi le même phénomène. Les plus anciens documents que nous ayons retrouvés prouvent que le réchauffement climatique était le même sur toute la planète jusqu'en 2590 environ. Après cette date, les systèmes de communication ont été interdits et la politique du SVPM a été mise en place. Il est donc très difficile de savoir ce qu'il s'est passé depuis cette période.

J'ai longuement discuté avec un ami climatologue qui m'a confirmé qu'il était scientifiquement impossible qu'un continent puisse être le seul impacté par un réchauffement climatique aussi extrême et violent et sur une période aussi courte.

— Que voulez-vous dire ? demanda Mérin sur un ton nerveux.

— Je veux dire qu'il y a un trou entre l'année 2590 et l'extinction de votre continent en 2622. Nous étions alors au même niveau que vous en 2590 puis, subitement, trente-deux ans plus tard, votre continent s'effondre alors que le nôtre reste vivable. Et en 2622, le SVPM se sert de votre extinction comme un exemple, et révolutionne les lois de l'humanité pour arriver à ce que nous connaissons aujourd'hui.

— Vous dites que c'est scientifiquement impossible ? demanda Evan.

— Oui, d'après mon ami, ça l'est. Et j'ai une totale confiance en lui.

— Mais il y a forcément une explication scientifique… lança Énarué.

— Oui, encore faut-il que quelqu'un accepte de nous la donner, répondit Ursula.

— Comment se passe la cérémonie ? demanda Evan.

— C'est la deuxième grande cérémonie de l'extinction. La première a eu lieu il y a cinquante ans. J'avais à peine treize ans. J'en ai un souvenir assez vague. Je ne me souviens que de cette foule immense… du bruit… de la musique… des ArtTree illuminés. Ils avaient organisé un grand bal, tout le monde dansait. Que voulez-vous lui demander précisément ?

— Nous n'y avons pas encore réfléchi, répondit Gaspard. Mais je pense que vous ne devriez pas y aller. Il est interdit de voyager, a fortiori sur le continent américain. Ils vont vous arrêter.

— Pourquoi ? Peut-être qu'ils imaginent que personne n'a survécu ! Ils seront peut-être heureux de savoir qu'il y a des survivants ! s'exclama Mérin.

— Peut-être… mais j'en doute, répondit Ans doucement. Je crois que Gaspard a raison, je vais y aller avec lui et nous allons essayer d'interroger le gouverneur de façon subtile.

— Que comptez-vous lui demander ? demanda Énarué.

— Il faut que l'on arrive à savoir s'ils savent quelque chose au sujet de cette période de trente-deux ans. Je demanderai également s'ils sont sûrs que personne n'a survécu sur votre continent. Et en fonction de leur réponse, nous déciderons si nous devons leur annoncer votre présence.

Mérin hocha la tête, il n'arrivait pas à imaginer rester loin de l'action. Rester dans cette maison pendant que leur avenir se jouait… C'était impensable… Il ne faisait confiance à personne… Il jugea que le moment était mal choisi pour leur dire qu'il n'était pas d'accord avec cette décision et baissa la tête pour cacher son mécontentement.

— Demain je vous apprendrai à faire du vélo, dit Gaspard joyeusement. Ça sera plus commode pour se déplacer.

Énarué souriait à cette perspective, c'était la première fois depuis qu'ils étaient arrivés qu'ils pourraient lâcher prise quelques instants. Elle frissonna de plaisir en avance, même si elle se sentait, pour le moment, tout à fait incapable de chevaucher cet engin. Les cyclistes qu'elle avait vus sur la grande avenue du centre-ville filaient à toute allure, contre le vent omniprésent. Elle ne parvenait pas encore à comprendre comment cette machine tenait à la verticale sans s'écrouler.

Evan mangeait en silence, réfléchissant aux risques que comportait cette expédition. Il imaginait les pires scénarii et essayait de trouver l'issue la plus favorable. Pour le moment, l'idée de rester en arrière lui paraissait la plus raisonnable. Énarué était encore trop faible, et une journée de repos supplémentaire lui ferait le plus grand bien, et lui-même avait besoin d'un peu de temps. Il se surprenait à ravaler sa colère de plus en plus souvent ; elle s'agrippait à son cœur, lui mordait les tripes et l'estomac et lui brouillait la vue, sans prévenir et sans raison particulière. De plus, ses cauchemars ne lui laissaient aucun répit depuis des semaines, les images de sa mère se mêlaient à celles de sa fille toutes les nuits. Il se rangea à l'avis général, trop épuisé pour continuer à réfléchir et regarda Énarué qui, souriante et détendue, se réjouissait à la simple idée de faire du vélo.

— Je crois que j'ai besoin de me reposer un peu, lança-t-il.

— Bien sûr, vous pouvez vous installer sur le canapé, ou aller dans votre chambre. Faites comme chez vous, dit Ursula.

— Je vais descendre me reposer dans ma chambre, dit-il en lançant un regard rassurant à Énarué qui l'observait, inquiète.

Evan et Énarué avaient choisi la chambre en sous-sol. Il y régnait une fraicheur agréable, et l'odeur de bois était agréable. Evan posa sa tête sur l'oreiller fleuri et ferma les yeux quelques secondes... *pour me reposer quelques minutes* pensa-t-il, avant de sombrer dans un profond sommeil. Il n'entendit pas Énarué, des heures plus tard, s'allonger contre lui et le serrer dans ses bras, pas plus qu'il ne l'entendit lui susurrer : Merci d'être dans ma vie, Evan...

14 AT SPES NON FRACTA

La pluie tombait sans discontinuer depuis deux heures du matin. Le vent frappait les vitres dans un long gémissement plaintif. Mérin n'avait pas réussi à trouver le sommeil, il avait allumé sa petite lampe de chevet et lisait un livre trouvé dans la bibliothèque du grand salon. La grande horloge en chêne clair sonnait chaque heure d'une tonalité grave et rassurante. Quand elle sonna huit coups, il estima qu'il était poli de se lever sans déranger personne. Le jour n'arrivait pas à percer les épais nuages gris. Il régnait dans la maison une atmosphère feutrée et glaciale. Ayden avait entendu Mérin se lever et l'avait suivi dans le salon.

— Bien dormi ? chuchota-t-elle.

— Non, pas vraiment. J'ai une fâcheuse tendance à ruminer, répondit-il sur un ton malicieux. Et ce vent me rappelle de mauvais souvenirs…

— Je vais faire du feu, dit-elle d'une voix douce en lui souriant.

La chaleur du feu réchauffa instantanément la pièce, les ombres des flammes dansaient contre le mur de lambris et le doux crépitement adoucissait la sensation d'anxiété qu'il ressentait depuis la veille au soir.

— Je ne suis pas sûr que nous pourrons faire du vélo, dit Gaspard qui venait d'entrer dans le salon. D'ailleurs si la tempête dure encore jusqu'à demain, j'ai bien peur qu'ils annulent les festivités.

— Aucun risque, lança Ans qui entra, accompagné d'Ursula. Ils ont des drones capables d'éloigner les nuages et la pluie. Ils les déploieront au-dessus de la grande place.

La journée passa rapidement, chacun prit le temps de se laver, manger et se reposer autour du feu. La tempête ne cessait de souffler, et la pluie tombait en averses lourdes et froides, ce qui n'empêcha pas Evan, et Mérin de profiter d'une accalmie pour apprendre les bases du cyclisme. Énarué avait dû abandonner sa tentative, son corps fatigué refusant de coopérer. Ils persistèrent durant deux longues heures et revinrent trempés de la tête aux pieds mais souriants. Evan avait retrouvé le sourire et profita de la bonne humeur ambiante pour poser une question à laquelle il avait réfléchi toute la nuit.

— J'aimerais venir avec vous demain. S'il y a un bal, j'aimerais emmener Énarué danser... Je pense que c'est possible, nous resterions cachés dans la foule. Qu'en pensez-vous ?

— Au moins nous serions sur place s'ils décident de nous rencontrer et que leurs intentions sont bonnes, ajouta Mérin qui sauta sur l'occasion.

— J'ai réussi à contacter un ancien collègue qui travaille avec le gouverneur. Il accepte de me rencontrer quelques minutes, précisa Ans.

Gaspard camoufla un rictus. Cette nouvelle devait le réjouir mais pour le moment il refusait d'imaginer Énarué dansant dans d'autres bras que les siens. Il se ravisa, cependant, conscient de son égoïsme et incapable de comprendre comment des sentiments si forts avaient pu naître en lui si vite.

— C'est une excellente nouvelle Ans ! Merci ! Quant au reste c'est à vous de décider. Nous sommes des invités, il n'est pas question de vous attirer des ennuis, lança Gaspard.

— Je pense que c'est faisable, répondit doucement Ursula. Nous avons aussi été jeunes, dit-elle en regardant Ans. Ils peuvent aller danser, s'ils promettent de rentrer dès que la soirée se termine et surtout de ne parler à personne.

— C'est promis, s'exclama Mérin. Ayden tu viens avec nous ?

— Oui, pourquoi pas, répondit-elle timidement en caressant anxieusement ses longs cheveux cuivrés, mais je n'ai jamais dansé… Je ne saurai pas quoi faire…

— Je peux vous enseigner, lança Gaspard. Mon père dansait avec ma mère très souvent, ils m'ont tout appris. Evan est-ce que tu permets que j'invite ta partenaire pour la démonstration ?

— Je crois que je peux décider seule, Gaspard, répondit Énarué sur un ton sec. Personne n'a à me donner une quelconque permission...

— Dans ce cas... dit-il confus, en lui tendant la main.

Ursula s'était installée derrière sa harpe et faisait courir ses doigts sur les cordes d'une manière très gracieuse. Une musique douce et mélodieuse emplit la pièce et enchanta Énarué qui resta immobile un long moment, souriante et pensive. Gaspard l'attira doucement à elle, pressa son corps contre le sien et tendit son bras en l'air pour débuter la démonstration. Mérin invita Ayden et imita timidement les mouvements de Gaspard, et Ans avait invité Evan qui, renfrogné, avait du mal à comprendre l'attitude de sa compagne. Les notes fusaient, emplissaient le cœur d'Énarué et lui donnaient l'impression de se tenir à quelques centimètres du cœur de sa mère. Elle la sentait présente, vivante. Son énergie vitale se diffusait entre elle et Gaspard, un violent fluide mordoré emplissait son âme tel un torrent en crue et la rendait puissante et vibrante. Son visage n'était plus qu'à quelques millimètres du sien...il suffisait de...

— Ça suffit ! s'exclama Evan, qui s'interposa violemment entre elle et Gaspard. Tu crois que je ne vois pas ton petit jeu depuis quelques jours ! Qu'est-ce que tu cherches ? hurla-t-il en empoignant Gaspard au col de son pull.

— Calme toi ! s'exclama Gaspard, en le repoussant fermement.

— Non je ne me calmerai pas, j'en ai assez d'être pris pour un imbécile ! rugit-il. Ses paupières s'étaient subitement dilatées de colère et les muscles de sa mâchoire se crispaient de rage. Il sauta sur Gaspard l'empoigna à la gorge et ils tombèrent au sol, tant la violence du coup fut intense. Gaspard essayait de se débarrasser de la poigne d'Evan, quand Ans le tira fortement en arrière et parvint à le maintenir entre ses bras.

— Tu devrais sortir pour te calmer un peu, dit Ans, en le prenant à part dans une chambre voisine. Ce ne sont pas des manières d'agir... Je ne veux pas de violence dans cette maison.

Evan ne répondit rien, le fixa de son regard noir, mit la première paire de chaussures qui traînait et sortit de la maison en claquant la lourde porte de bois. Une rafale de vent l'accueillit, suivi d'une pluie fraiche et diluvienne qui le transperça de toute part. La pluie ruisselait sur ses pensées et faisait fondre sa colère au fur et à mesure qu'il s'avançait vers la forêt la plus proche. Il avait conscience d'avoir mal agi ; il devait apprendre à gérer cette colère mais n'avait aucune idée de la manière de procéder. Un fin rayon de soleil éclairait un petit étang à quelques mètres de lui ; il s'en approcha, hypnotisé par les gouttes de pluie qui s'écrasaient à sa surface. L'étang semblait sur le point de déborder, et la pluie n'arrangeait pas la situation. Chaque goutte supplémentaire menaçait son équilibre fragile, et aurait pour conséquence l'inondation de ses berges. Evan prit un peu d'eau dans le creux de sa main et la déposa sur le sable fin ; elle y pénétra immédiatement sans perturber son environnement. Si cet étang pouvait absorber toute cette pluie sans déborder, pourquoi n'en était-il pas capable. Il ramassa une pierre, la lança de toute sa rage le plus loin possible et cria sa colère dans le fracas de la tempête. Il fallait qu'il vide son étang intérieur ; il comprit que toutes ces années de mensonges passées dans l'ombre autoritaire de sa mère, ces privations, son amour démesuré pour Énarué, la perte de leur enfant l'empêchaient de vivre pleinement. C'était autant de gouttes qui menaçaient de le faire déborder. Il hurla : « Je me libère de vous ! De votre emprise sur moi ! » jusqu'à ce que le soleil se couche. Lorsqu'il repartit en sens inverse, un loup hurla à quelques mètres de lui, il sursauta d'abord, apeuré, puis, se redressa et considéra ce hurlement comme le signe qu'il était sur le bon chemin. Alors, pour la première fois depuis longtemps, il sourit.

En poussant la lourde porte de bois foncé, Evan se dirigea vers la salle de bain pour se réchauffer et calmer son anxiété à l'idée d'affronter le jugement d'Énarué. Il était décidé à lui parler clairement, peu importaient les conséquences. Elle l'attendait dans leur chambre, assise sur le lit, les traits tirés, ayant visiblement pleuré. Il s'installa à côté d'elle et, sans la regarder, commença à lui dire ce qu'il avait sur le cœur.

— Je suis allé me promener en forêt. C'est vrai que c'est un endroit apaisant... Je tiens à m'excuser pour mon comportement, je n'aurais pas dû réagir comme ça, dit-il en passant une main nerveuse dans ses cheveux mouillés.

— Tu n'as pas à t'excuser Evan, répondit-elle en lui caressant le dos. C'est vrai que Gaspard me trouble, il y a une connexion entre nous que j'ai du mal à expliquer et je comprends que mon comportement t'ait blessé. Je t'aime... toi, uniquement toi... pour tout ce que tu es...

Evan se retourna, plongea ses grands yeux gris dans le regard bleu d'Énarué et l'embrassa longuement. Il lui chuchota les peurs de son enfance, la froideur de sa mère, son amour pour elle, la tristesse qui l'envahissait quand il pensait à sa fille... Ils pleuraient ensemble, leurs larmes de jeunes adultes mêlées coulaient dans leurs bouches réunies. Evan brûlait d'amour pour cette jeune femme qui venait pourtant de lui dire qu'elle ressentait une connexion avec un autre homme. Pour le moment, il n'avait d'yeux que pour elle et elle que pour lui. L'avenir déciderait de leur sort. Il avait décidé de ne vivre que le moment présent. Il descendit doucement la bretelle de son tee-shirt de coton blanc et dévoila sa petite poitrine ronde et ferme qu'il caressa du bout des doigts. Énarué haletait déjà de plaisir ; elle passa ses mains dans ses cheveux mouillés, les glissa dans son dos nu et descendit sous son pantalon de nuit pour toucher ses fesses tendues de désir.

— C'est encore trop tôt pour moi Evan... soupira-t-elle.

— Je comprends... excuse-moi...

— C'est trop tôt pour moi mais j'ai très envie de m'occuper de toi... répondit-elle mutine.

-

Énarué et Evan remontèrent au rez-de-chaussée le lendemain matin, épuisés mais heureux. Tout le groupe était déjà à table quand Gaspard se leva en tendant la main à Evan.

— Toutes mes excuses pour hier, dit-il. Ça ne se reproduira plus.

— Excuses acceptées… J'espère que je ne t'ai pas fait mal… Je ne suis pas violent d'habitude, je suis désolé…

— Non… et quand bien même, je l'avais mérité…

— Vous avez faim ? J'imagine que oui… lança Mérin, d'un ton narquois, pour couper court à la gêne qui venait de s'installer.

— La cérémonie débutera à dix-sept heures. Je vous ai trouvé des habits plus discrets, notamment pour Evan et Énarué. Vous ne passerez pas inaperçus dans la foule avec vos cheveux blancs, dit Ursula en leur tendant des combinaisons intégrales de couleur beige, à capuche. Pensez à masquer vos poignets, personne ne doit s'apercevoir que vous n'avez pas de bracelets.

— Il y aura un service de sécurité autour du gouverneur mais nous allons pouvoir passer.

— Surtout ne dites rien à personne. Nous sommes une communauté fermée, ils remarqueraient rapidement votre différence, dit Ursula.

Ils prirent tous ensemble le chemin vers le centre-ville en milieu d'après-midi, excités mais aussi anxieux des réponses qu'ils obtiendraient. La foule était déjà nombreuse et compacte sur la grande place. Des musiciens étaient disséminés un peu partout et jouaient des morceaux de musique divers et variés. Mérin se sentit immédiatement mal à l'aise au milieu de tout ce monde ; cela faisait ressurgir en lui des souvenirs de Lonoré et de la SubFerme qu'il préférait refouler. Il prit la main d'Ayden, s'éloigna de la place et s'installa sur un banc pour reprendre son souffle.

— Ça va aller ? demanda Ayden.

— Je ne sais pas, c'est tout ce monde... Je n'avais jamais vu autant de personnes réunies à un même endroit... sauf dans ma colonie lors du discours hebdomadaire... ils ont tué trois enfants la dernière fois que j'ai assisté à une allocution...

Ayden s'installa à côté de lui, souleva sa main et l'embrassa.

— On va rester en arrière, je ne te quitte pas, murmura-t-elle.

Mérin n'attendait que ce geste pour surmonter sa peur, il prit son doux visage dans ses deux mains, repoussa une mèche cuivrée et l'embrassa tendrement.

— Je suis désolé si je suis maladroit, dit-il. Tu es la première femme que j'embrasse.

— Je suis heureuse que tu l'aies fait... Je suis trop timide pour oser franchir le premier pas.

Ans et Gaspard s'étaient avancés au plus proche de la zone d'arrivée du gouverneur délimitée par une barrière en aluminium et patientaient nerveusement. Evan et Énarué se tenaient quant à eux à l'écart de la foule, trop inquiets à l'idée d'être repérés malgré leur combinaison et la capuche qui leur masquait une partie du visage.

Le gouverneur arriva de longues minutes plus tard, acclamé par la foule. Un commentateur enthousiaste décrivait le moindre de ses faits et gestes dans un microphone diffusé dans la centaine de haut-parleurs disposés sur les ArtTree. Ans l'interpella avant qu'il ne monte sur l'arbre.

— Gouverneur ! Gouverneur Colas ! J'ai quelques questions à vous poser, nous avons rendez-vous ! Je suis Ans, le frère de Girt, vous avez travaillé avec lui quelques années, avant sa mort.

Le gouverneur se retourna vers eux. Son visage s'éclaira d'un sourire factice, dévoilant une rangée de dents exagérément blanches encadrées d'une peau fanée et de rares cheveux blancs.

— Ans ! Bien sûr ! Je reviens vers vous après le discours avec grand plaisir ! répondit-il, sur un ton outrageusement mielleux.

Ans le regarda grimper le grand escalier de bois en colimaçon qui menait au pont de singe central, suivi de son équipe de sécurité et du commentateur. Arrivé à son sommet, il prit le microphone qu'on lui tendait et commença le discours.

— At spes non fracta !

La foule répéta d'une même voix : « At spes non fracta ! »

— At spes non fracta...Tout espoir n'est pas perdu chers habitants de l'ouest ! Je suis heureux de vous accueillir aujourd'hui en cette journée du souvenir de l'extinction. Cent ans après cette terrible catastrophe écologique et humanitaire qui a tué des millions de personnes, je suis enchanté de vous annoncer que notre modèle écologique réussit au-delà de nos espérances !

Les gouverneurs des autres régions se joignent d'ailleurs à moi pour vous féliciter de tout ce chemin parcouru depuis ces cent dernières années.

Le revenu universel, la gratuité de l'eau, du logement et de l'électricité, l'abolition des transports thermiques et du numérique, le végétarisme obligatoire... Toutes ces lois et bien d'autres ont renversé la tendance et nous permettent aujourd'hui de vivre plus vieux, et en meilleure santé, que nos ancêtres des années 2500. Cependant, et comme vous l'avez entendu lors de notre dernière émission de radio, nous allons devoir maintenir nos efforts et les accentuer pour parvenir à notre nouvel objectif, fixé à 0,9 tonne par habitant. C'est pourquoi, les stères de bois seront réduits dès demain ainsi que le chauffage dans les espaces de travail. Dans l'édition exceptionnelle du journal de l'extinction qui vous sera distribuée dans la soirée, nous avons tenu à vous proposer des photos inédites du continent américain tel qu'il est aujourd'hui. Vous y verrez également une rétrospective en photographies des différentes capitales, vous pourrez ainsi vous rendre compte de l'enfer auquel nous avons tous échappé.

Nous sommes heureux d'être en vie ! D'avoir suivi les recommandations ! De ne pas avoir nié l'évidence comme le peuple du continent américain ! Les gouverneurs des régions Est et Sud se joignent à moi pour vous souhaiter une très belle soirée sous le ciel apaisé de notre planète terre. Profitez de la musique et embrassez ce jour béni !

AT SPES NON FRACTA ! cria-t-il de sa voix chevrotante.

— At spes non fracta ! scandèrent les milliers de personnes dans un fracas assourdissant.

Le gouverneur Colas salua longuement la foule, minuscule marionnette, à peine visible depuis l'endroit où Evan, Mérin, Ayden et Énarué s'étaient finalement rejoints. Un citoyen coiffé d'un foulard vert pomme leur distribua à chacun un journal de quelques pages en papier recyclé. Evan ouvrit le journal sur une page au hasard et l'horreur des images frappa ses rétines de plein fouet, il chancela, choqué à la vue des images imprimées.

Sur une photographie pleine page, des cadavres par milliers jonchaient le sol d'une large avenue de New-York, baignant dans leur sang et leurs organes éclatés, au milieu de voitures arrêtées et du sol en goudron, fondu. Une scène apocalyptique sur laquelle le SVPM avait jugé bon d'écrire en lettre capitale une phrase qu'Ayden leur traduisit : PLUS JAMAIS CA ! SUIVEZ LES RECOMMANDATIONS ! Il continua à feuilleter le journal, la colère monta en lui comme un geyser ; les photographies des paysages brûlés, des animaux morts, des enfants dont le cœur était sorti de leur poitrine, tout cela légendé par un texte défendant les valeurs écologiques et blâmant la stupidité des habitants du continent américain. Ainsi sous la photographie de Central Park réduit en cendres, la légende disait : Le continent américain n'a pas voulu suivre les recommandations, ni entreprendre les mesures courageuses recommandées par le SVPM, la mort de ces millions de citoyens est une terrible tragédie mais elle aurait pu être évitée. SUIVEZ LES RECOMMANDATIONS !

Evan n'arrivait plus à contenir sa rage, il jeta le journal au sol et se dirigea à grands pas vers Ans et Gaspard qui attendaient toujours l'arrivée du gouverneur Colas. Mérin et Énarué essayèrent de le calmer mais rien n'y fit, il fendait la foule, sa capuche se relevant de façon inquiétante et laissant entrevoir ses cheveux blancs. Les citoyens le regardaient éberlués et inquiets, certains le montraient du doigt. Mérin finit par le rattraper et le ramener près du groupe, mais Evan attirait l'attention en vociférant.

— Gouverneur Colas ! J'ai quelques questions à vous poser, lança Ans en stoppant de sa main la procession du gouverneur.

— Oui... Bien sûr... Fans c'est ça ?

— Ans, Monsieur. Je suis le frère de Girt, vous avez travaillé avec lui.

— Girt... bien sûr, bien sûr, quelle tragédie... Que puis-je faire pour vous ?

— Avec Gaspard ici présent, nous souhaitions avoir des informations sur la période allant de 2590 à 2622. L'humanité subissait le même réchauffement climatique en 2590, et à peine trente-deux ans plus tard le continent américain s'effondre alors que le nôtre non… Nous n'avons aucune information sur cette période, comment ce réchauffement a pu être aussi rapide sur un seul continent ?

Le gouverneur marqua un temps d'arrêt, plongea son regard fatigué dans celui d'Ans, puis dans celui de Gaspard et pour terminer dans celui de son conseiller, qui avait l'air terrifié. Son visage se fendit de son sourire factice habituel et il répondit : « Mes amis ! C'est un jour de fête ! Pourquoi se poser des questions aussi compliquées ? Je n'y étais pas… et vous non plus… Pourquoi un réchauffement si rapide… Je dirais que nous n'aurons jamais la réponse à cette question… Peut-être parce que les habitants de ce continent étaient inconscients ? Ils ont décidé de ne rien faire tandis que nous avons pris les mesures nécessaires…

— Mais comment être sûr que personne n'a survécu ? demanda Gaspard. J'ai envoyé des lettres à votre antenne et personne ne m'a jamais répondu… Je ne m'attends pas à des réponses claires aujourd'hui, mais pourrions-nous prévoir un rendez-vous à votre bureau ?

— Nous avons fait de nombreuses recherches sur ce continent, mais nous n'avons jamais trouvé personne. La chaleur y est si intense et le vent si fort, que personne ne pourrait survivre. Et nous ne pouvons pas polluer notre planète en multipliant des allers-retours inutiles…

— Je ne comprends pas pourquoi vous persistez à refuser de communiquer précisément sur les événements de cette période.

— Mais nous communiquons, très cher Fans ! Lisez le journal que nous avons édité pour l'occasion, en s'éloignant rapidement.

Le conseiller lui tendit immédiatement un exemplaire du journal en question. Ans le saisit, le parcouru du regard et le tendit à Gaspard.

— Je crois que nous ne devrions rien dire au sujet des rescapés, il va nous falloir trouver une autre solution, chuchota Ans à l'oreille de Gaspard. Reculons, on s'est assez fait remarquer comme ça pour le moment.

Ils s'apprêtaient à repartir quand le conseiller du gouverneur Colas s'approcha d'eux en faisant mine de leur distribuer un autre exemplaire du journal.

— Vous avez raison de vous poser des questions. Il existe une île artificielle à l'ancien emplacement de la Grande-Bretagne. Fouillez par là. SAÏN. C'est là que se trouve la réponse à vos interrogations. HoloCom 102237… chuchota-t-il en penchant la tête vers le bas. Mais soyez prudents… Avez-vous un HoloCom ?

— Oui : 948638… Saïn ? Mais qu'est-ce que...

Sa question fut interrompue par un brouhaha et un mouvement de foule. Le conseiller retourna auprès du gouverneur Colas qui grimpait péniblement dans la nacelle vitrée de son vélo officiel. Il fendait la foule en saluant ses concitoyens à l'abri de sa cabine, tandis que ses deux porteurs le tractaient laborieusement. Ans et Gaspard s'éloignaient rapidement pour retrouver le groupe et avançaient avec difficulté tant la foule était compacte. Les gens dansaient, riaient au rythme de la musique qui fusait de toutes parts. Ils parvinrent à les retrouver, en sueur et épuisés, au terme de longues minutes de marche.

— Alors ? Il a dit quelque-chose ? demanda Mérin impatient.

— Non… rien du tout. Il a complètement éludé ma question. Par contre son conseiller est venu nous parler en aparté. Ça a duré quelques secondes… Il a dit qu'il y a bien quelque chose à creuser et qu'il existe une île artificielle… il a prononcé le mot : Saïn … répondit Gaspard.

— Il nous a également donné son numéro d'HoloCom et a pris le nôtre, ajouta Ans.

— C'est tout ?! rugit Evan. Vous avez posé la question sur les rescapés ?

— Oui… il a répondu qu'il n'y avait aucun rescapé… qu'ils avaient fait des recherches… il n'avait visiblement pas envie de répondre à nos questions… et ça peut se comprendre. C'est un peu naïf d'espérer avoir une réponse mais je pensais qu'il nous proposerai un rendez-vous.

— J'ai besoin de m'isoler, lança Evan. Je vais m'installer sur un banc le temps de digérer tout ça. Il faut me laisser seul… dit-il à Énarué, sur un ton sec.

— Écoutez, on ne doit pas rester en groupe, nous attirons trop l'attention, s'exclama Ans. Que souhaitez-vous faire ?

— On aura tout le temps d'en discuter plus tard, répondit Mérin. J'aimerais rester un peu avec Ayden.

— Et moi je reste avec Evan, souffla Énarué, inquiète.

— Très bien, faites-nous signe quand vous voulez rentrer, répondit Ans, en s'éloignant vers un ArtTree pour saluer des connaissances.

Gaspard espérait profiter de ce moment pour présenter ses excuses à Énarué. Ils étaient seuls, mais elle ne cessait de regarder Evan qui, assis sur un banc, tenait sa tête entre ses mains.

— Tu n'as pas de raison de t'inquiéter, dit-il, en désignant Evan du menton. Il va gérer, il a du caractère.

— Je sais, mais je connais aussi ses trois airs et je sais à quel point son âme est torturée. Il marche sur un précipice, j'ai peur qu'il ne tombe.

— On sera là pour l'empêcher, répondit-il.

— Même toi ?

— Même moi…

-

Mérin et Ayden dansaient l'un contre l'autre, seuls au monde. La soirée était bien avancée quand Ans leur proposa de rentrer. Ils discutaient sereinement et s'apprêtaient à rejoindre Gaspard et Énarué lorsqu'un mouvement de foule attira son attention. Un groupe de quatre citoyens de la garde, reconnaissables à leurs bandeaux rouges, s'approchaient doucement d'Evan. Ans n'eut pas le temps de réagir lorsqu'il les vit lui adresser la parole. Evan se releva et leva les manches de ses poignets, visiblement inquiet et contrarié.

Ans, Mérin et Ayden venaient de les rejoindre quand Gaspard aperçut la scène.

— Énarué, ne te retourne pas, dit Gaspard. Je crois qu'Evan est en mauvaise posture.

— Comment ça ? s'exclama-t-elle en pivotant légèrement.

— C'est la garde citoyenne, ils sont en train de vérifier son bracelet. S'il reste calme et qu'il dit qu'il l'a cassé ils le relâcheront peut-être... dit Ans.

Un garde retira subitement la capuche d'Evan et dévoila ses beaux cheveux blancs en bataille. La foule commençait à s'intéresser au spectacle de ce beau jeune homme qui semblait venir d'une autre planète. Evan, quant à lui, semblait avoir accepté l'inéluctable. Une larme s'échappa de ses beaux yeux gris, il jeta un coup d'œil discret à Énarué et bondit en avant pour s'échapper. Cependant la foule, trop dense ralentit sa course et il fut rattrapé puis emmené de force dans un bâtiment jouxtant le parc.

— Énarué, surtout reste calme, s'ils voient que tu réagis, ils viendront t'arrêter, lança Ans en maintenant son poignet.

— Qu'ils m'arrêtent ! rugit-elle. Je ne vais pas le laisser seul !

— Pour le moment, il le faut... On va rentrer et on va essayer de voir ce qu'on peut faire pour le sortir de là... tu ne l'aideras pas en prison...

— Il a raison, intervint Mérin, qui avait retrouvé sa colère froide habituelle. Voilà ce qui arrive quand on se laisse aller ! Ena, on va le sauver ! Tu m'entends ? dit-il en lui tenant les épaules.

Énarué était prostrée, et ne parvenait plus à savoir quelle attitude adopter. Elle n'avait jamais été séparée d'Evan.

— Je ne supporterai pas qu'ils lui fassent du mal, balbutia-t-elle.

— Ils ne lui feront aucun mal ! Ce ne sont que des gardes citoyens, nous n'avons jamais de crime ou de délit, ils ne sauront pas quoi faire face à cette situation. Dans le meilleur des cas, ils lui poseront un bracelet et le libéreront.

— Et dans le pire des cas ?

— Il n'est pas nécessaire d'envisager le pire pour l'instant. Rentrons. Nous discuterons de tout ça au calme.

Le trajet du retour se fit dans le silence. Seule Énarué sanglotait sans discontinuer. Mérin marchait devant, le regard froid, la mâchoire serrée. Il ne laisserait pas Evan en prison, il lutterait de toutes ses forces comme il avait lutté sous Lonoré. Cet incident faisait ressurgir en lui les derniers événements ; il avait terriblement peur de la suite et ne partageait pas l'optimisme d'Ans. Il était vingt-deux heures passées quand ils arrivèrent à destination. Ursula attendait dans le canapé du salon en lisant un livre. Elle se leva pour les rejoindre quand elle aperçut leurs visages livides.

— Que se passe-t-il ? demanda-t-elle apeurée.

— C'est Evan… il a été arrêté par des citoyens de la garde. Venez, allons-nous asseoir. Je vais préparer du thé, la nuit va être longue, répondit Ans.

Énarué tremblait de la tête aux pieds. Son visage, déjà pâle, était livide ; ses lèvres s'étaient teintées de bleu. Gaspard la couvrit d'une large couverture de laine et lui frotta les épaules.

— Il faut qu'on fasse le point calmement sur ce qu'il vient de se passer, dit Ans, en apportant une théière fumante.

— On ne peut rien attendre du gouverneur, par contre son conseiller est bien plus coopératif. Ans, peux-tu, s'il te plaît, laisser ton HoloCom en évidence au cas où il nous contacte ?

— Tu penses qu'on peut lui faire confiance ? demanda Mérin.

— Je crois qu'on n'a pas le choix… il va falloir… Il est notre seule chance…

— Il a parlé d'une île en Grande-Bretagne, et de Saïn. Est-ce que tu as des informations Ursula ?

— Non… aucune… répondit-elle, en réfléchissant longuement. Saïn ? C'est une personne ?

— Oui, j'imagine… Je n'ai pas eu le temps de lui poser de questions. Il a demandé notre numéro d'HoloCom et m'a donné le sien. Est-ce qu'on le contacte ?

— Attendez ! On doit bien réfléchir ! Une fois qu'il vous aura repérés, votre maison ne sera plus sûre, s'exclama Mérin. Qui nous dit que ça n'est pas un piège…

— Il n'a aucun intérêt à se mettre en danger... répondit Ans. S'il est découvert, il risque autant la prison qu'Evan.

Énarué frissonna en entendant son nom et se recroquevilla sous sa couverture.

— Je pense qu'on doit l'appeler, chuchota-t-elle. Il est hors de question que je ne fasse pas tout mon possible pour le sauver !

— Très bien, répondit Ans en posant l'HoloCom sur la table basse. Le numéro est : 102237.

La tonalité emplit soudainement la pièce, Ans avait placé l'HoloCom face à la baie vitrée pour qu'il ne scanne pas les personnes présentes afin de protéger leur anonymat. Le conseiller se matérialisa soudain et projeta son halo sur les murs de la maison. Il était assis derrière un bureau de forme ovale et semblait débordé derrière un monticule de documents.

— Conseiller du gouverneur Colas, je vous écoute 948638.

— Ici Ans, conseiller. Nous nous sommes croisés il y a quelques heures. Vous nous avez donné votre numéro d'HoloCom.

— Appelez-moi Ulian. Je n'ai pas beaucoup de temps, malheureusement. J'ai trop peur de me faire surprendre et l'appareil est gourmand en consommation énergétique. Je vais être bref. De quelles informations disposez-vous ?

— Pas plus que celles que nous avons communiquées au gouverneur. Mais entre-temps un ami à nous s'est fait arrêter par des citoyens de la garde, il ne porte pas de bracelet. Comment pouvons-nous faire pour le libérer ?

— Pourquoi ne porte-t-il pas de bracelet ? demanda-t-il sur un ton suspicieux.

— Je garderai cette information confidentielle si vous le permettez...

— Oh et puis peu importe... Écoutez, je ne peux rien faire pour votre ami. Tout ce que je peux dire c'est que notre système de défense est quasiment inexistant. Nous n'avons aucun budget pour cela, donc aucune arme, ni aucun entraînement... Il aura un peu de temps devant lui avant qu'ils ne se posent de réelles questions. Il ne risque pas grand-chose pour le moment...

— Nous n'avons pas compris ce que vous nous avez dit au sujet de Saï...

— Taisez-vous ! Ne prononcez pas ce nom ! Par sur une ligne numérique... s'exclama Ulian, visiblement très nerveux. J'ai entendu ce nom prononcé sur l'île artificielle. Les gouverneurs des régions s'y rejoignent une fois tous les trois mois pour se réunir et repartent avec de nouvelles instructions. Les équipes attendent dans une salle à l'écart. En allant aux toilettes j'ai croisé deux personnes qui discutaient dans un couloir. Ils ont dit : « il faut faire attention aux consommations de S... ».

— Aux consommations ? C'est-à-dire ? demanda Ans.

— Je ne sais pas. Mais quand ils m'ont vu, ils ont eu très peur et ils ont filé à toute vitesse.

— Tout ça est très curieux... Pourquoi ne savons-nous rien à propos de cette île ?

— Parce qu'elle a été construite dans le plus grand secret dans les années 2500. Elle devait accueillir les réfugiés climatiques de Grande-Bretagne et d'Irlande mais il n'y a personne à part une petite communauté. C'était le projet EILEAN.

— Je ne comprends pas comment il est possible que personne ne soit au courant depuis toutes ces années ?!

— Parce que plus personne ne voyage ! Ni ne communique ! Nous vivons tous à moins de trente kilomètres de notre domicile et EILEAN n'est pas visible depuis le rivage. Nous avons cependant eu une fuite récemment : une antenne dissidente rennaise a distribué des tracts concernant ce projet ; ils s'apprêtaient à diffuser un message radio quand nous les avons arrêtés.

— Pourquoi nous aidez-vous ?

— Parce-que je vois de plus en plus d'incohérences. En travaillant au contact du gouverneur je me rends compte de l'envers du décor et j'aimerais comprendre moi aussi. Ce réchauffement brutal ne me convainc pas... en tout cas, pas avec cette explication... Je dois vous laisser, quelqu'un s'approche dans le couloir... Je vous rappelle si j'ai des nouvelles de votre ami... Bon courage !

Le salon plongea brutalement dans l'obscurité. Ans ralluma les lumières et s'installa dans un fauteuil, pensif. Personne n'osait parler, chacun digérait toutes ces informations. Ursula se leva pour refaire du thé, on entendait à peine le bruit feutré de ses pas sur le parquet en chêne.

— Je crois qu'on va devoir aller à Rennes pour comprendre de quoi il retourne, lança subitement Mérin en brisant le silence feutré.

— Jamais ! Je ne m'éloignerai pas d'Evan ! s'emporta Énarué, en se levant brusquement.

— Nous ne sommes pas obligés d'agir de suite, rien ne presse. J'irai faire un tour demain à la maison des citoyens pour essayer de glaner des informations, dit Ursula, sur un ton rassurant en posant une main sur l'épaule d'Énarué. En attendant il faut se reposer si vous voulez être en forme pour affronter la suite.

— Merci de votre aide, murmura Énarué.

EVAN

Evan était installé depuis de longues heures sur la même chaise inconfortable en fer hors d'âge. Son regard gris acier fixait le mur blanc devant lui, dans une expression qui terrifiait les quelques citoyens de la garde venus l'interroger tour à tour. Il n'avait pas touché à son verre d'eau, ni mangé une miette du repas déposé sur la grande table face à lui et n'avait répondu à aucune de leurs questions. La pendule de la pièce affichait minuit passé quand une jeune femme filiforme et souriante, entra dans la pièce.

— Bonjour ! dit-elle d'un ton enjoué. Mes collègues m'ont expliqué que vous ne parlez pas. Que vous refusez de manger et de boire. Nous sommes confrontés à un problème, vous êtes le premier citoyen que nous rencontrons qui ne porte pas de bracelet à son poignet. Je ne demande qu'à vous aider, vous savez… Vous n'avez qu'à nous dire de quel écoquartier vous venez et nous vous mettrons un bracelet. Vous serez ensuite libéré… Comment vous appelez-vous ?

Evan tourna vers elle son regard glacial. Il n'avait pas compris un mot de ce qu'elle avait dit. Elle était pathétique, avec son faux sourire et ses manières ampoulées. Elle n'envisageait même pas qu'il puisse parler une autre langue, tellement étriquée dans sa petite vie parfaite. Il n'avait retenu qu'un mot en finlandais : kuvernööri, qui signifiait : gouverneur. Il avait été scandé toute la soirée par la foule, il se le répétait depuis comme un mantra.

— Très bien, dit-elle sur un ton mielleux, souriante. On va essayer autre chose...

Elle se leva, se dirigea vers la petite cuisine qui faisait le coin de la pièce, ouvrit un tiroir et s'installa à nouveau face à Evan.

— Vous êtes sûr de ne pas vouloir parler ? demanda-t-elle, doucereuse. Je vous le demande une dernière fois.

Evan n'avait pas bougé d'un centimètre. Ses mains étaient posées sur la table, menottées, quand, en une fraction de seconde, la garde sortit un fin couteau de sa poche de pantalon et lui planta violemment la lame dans la main. Il hurlait de douleur en tenant sa main gauche dans laquelle le couteau était toujours planté. Le sang coulait sur ses vêtements, la table et le sol, et commençait à former une petite mare écarlate.

— Ah, je vois que vous avez une voix finalement... très bien... on continue, ou vous me dites d'où vous venez ?

Evan se leva brusquement, sortit le couteau de sa main d'un coup sec et se jeta sur la garde. Le couteau commençait à transpercer sa fine gorge quand quatre gardes entrèrent dans la pièce en courant et parvinrent à le désarmer. Il luttait de toutes ses forces pour s'enfuir, donnait des coups de pieds et de poings, et, avant qu'ils ne sortent en verrouillant la porte, prononça un seul mot : kuvernööri.

-

Sa main avait été soignée, puis bandée soigneusement plus tard dans la nuit puis il avait été transféré dans une chambre de la maison qui le détenait prisonnier. Plus personne n'était venu le questionner depuis l'incident, il n'avait toujours rien avalé et patientait, allongé et mutique, sur son lit. Il n'avait même pas eu envie d'utiliser le sifflement pour cicatriser plus rapidement, la douleur le maintenait éveillé, elle attisait sa colère et lui permettait de garder les idées claires.

Le prisonnier ne répondait à aucune question et n'avait prononcé qu'un mot : kuvernööri. Les gardes étaient démunis et se sentaient incapable de gérer cette situation inédite. Ils avaient demandé de l'aide en contactant le numéro d'urgence du gouvernement. Le conseiller nota l'objet de leur appel, et leur indiqua que le gouverneur se déplacerait dans l'après-midi pour le rencontrer.

Evan repensait sans cesse aux images du journal qui avait été distribué lors de cette soirée, il avait d'ailleurs arraché la page centrale, qu'il avait soigneusement pliée dans sa poche pour ne pas oublier le mépris et le cynisme dont ce gouvernement faisait preuve. Les mots du gouverneur ne cessaient de frapper sa boite crânienne...il était heureux d'être en vie... de ne pas avoir nié l'évidence... *Comment peut-on se comporter ainsi quand des millions de personnes ont perdu la vie ? Comment peut-on être aussi loin de la réalité ?* songea-t-il. Il avait agi instinctivement quand elle lui avait planté le couteau dans la main, en demandant le gouverneur. Il savait qu'il ne dirait pas un mot, ils ne devaient pas découvrir qu'il ne parlait pas leur langue. Il voulait protéger Énarué et Mérin mais également toute la colonie, mais il avait l'envie furieuse de le voir, de se confronter à lui.

L'atmosphère était électrique. Evan fut menotté à son lit pour ne prendre aucun risque. Son tee-shirt était trempé de sueur et une odeur âcre envahissait la petite chambre. La porte grinça légèrement. Evan aperçut un ventre renflé, puis dans un second temps son visage fatigué et crispé dans une grimace de dégout. Il s'épongea le front à l'aide d'un mouchoir en tissu, le tendit à son assistant et s'installa à côté d'Evan contre les recommandations des gardes.

— Monsieur le gouverneur… il est dangereux, éloignez-vous s'il vous plait, supplia un garde.

— Laissez-moi faire, personne n'est dangereux dans notre belle région de l'ouest, répondit-il en balayant la remarque d'un revers de la main. Alors mon garçon, il paraît que vous voulez me parler ?

Evan le fixait depuis son arrivée, il n'avait encore jamais vu un être humain de cette envergure. Il aurait aimé avoir Énarué pour qu'elle puisse ressentir ses trois airs, car il en était incapable. Il ne voyait que l'enveloppe de ce personnage grotesque et méprisant et cela lui suffisait pour se faire une idée très précise de l'homme qu'il devait être.

— Vous ne voulez pas parler... quel dommage... je n'ai pas de temps à perdre, jeune homme. Je vais vous attribuer un bracelet et nous allons vous intégrer à un écoquartier.

— Gouverneur, puis-je me permettre de vous dire que son morphotype ne correspond pas aux habitants d'Helsinki. Il paraît être très jeune, et regardez ses cheveux... et sa peau..., ajouta un garde.

— C'est peut-être une maladie, répondit le gouverneur. Tu es ma-la-de ? demanda-t-il en articulant chaque syllabe.

La rage d'Evan ne cessait d'emplir chaque cellule de son corps. Le gouverneur était trop loin pour qu'il arrive à l'atteindre, il aurait aimé le rouer de coups pour pouvoir enfin se délivrer de sa colère. Son cerveau ne parvenait plus à canaliser son énergie, il lui manquait Énarué pour l'apaiser. Il se leva, regarda le gouverneur dans les yeux, lui cracha au visage et éructa : « Je suis votre problème désormais, vous ne pourrez plus cacher la vérité bien longtemps ».

— Gouverneur ça va ? demanda le garde en essuyant son visage boursouflé. Mais quelle est cette langue ? Je n'ai pas compris un mot.

— C'est de l'anglais... répondit le gouverneur Colas, effaré. Une langue que presque plus personne ne parle hormis les membres du SVPM et les membres de la résistance. Et ça n'est, à l'évidence, pas un membre du SVPM. Je reviens dans quelques instants. Ulian, venez avec moi !

Le gouverneur faisait les cent pas à l'extérieur de la maison en faisant claquer ses chaussures sur un sol en pierre pavé tout en essuyant la sueur de son front.

— Ulian, il va falloir traiter cette affaire avec sérieux. Je veux tout savoir de cette personne. D'où vient-il ? Était-il accompagné ? Retracez-moi sa soirée. Je vais devoir contacter la cellule de crise sur EILEAN.

— Très bien, monsieur le gouverneur. Que faisons-nous de lui en attendant ?

— Rien pour le moment, il reste ici. Je ne veux alerter personne avant d'avoir des consignes claires.

15 EILEAN

Mérin avait sombré dans un profond sommeil à une heure avancée de la nuit, il n'avait pas échangé un regard avec Ayden, ni même prononcé un seul mot, tant son esprit était préoccupé par le sauvetage d'Evan. Il avait été réveillé par un cauchemar épouvantable dans lequel toute la colonie périssait, anéantie par une bombe et par le feu. Il espérait qu'Evan ne parlerait ni de la colonie, ni de l'endroit d'où il provenait, mais il était impuissant et cela le mettait dans une fureur indescriptible. Il se rendit dans le salon, où il retrouva Énarué et Ayden, profondément endormies sur le canapé. Ayden frissonnait dans son sommeil, il réajusta leurs couvertures qui avaient glissé pendant la courte nuit, se versa une tasse de thé froid et sortit discrètement dans la petite cour pavée. Le froid le saisit et lui arracha un spasme, il décida cependant de continuer à marcher sur les pavés glacés, pieds nus, pour tester ses limites et éprouver la sensation du froid jusqu'au bout. De la vapeur sortait de sa bouche et s'évaporait en volutes légères, ses poils se hérissèrent sur les bras et les jambes et ses dents se mirent à claquer sans qu'il puisse les arrêter. Il aperçut Gaspard assis par terre un peu plus loin, à la lisière d'une petite forêt, et décida de le rejoindre. Gaspard leva la tête quand il entendit Mérin arriver, et ferma le cahier sur lequel écrivait au stylo plume.

— Salut ! Bien dormi ? demanda Gaspard, laissant échapper de sa bouche une volute légère.

— Bonjour Gaspard. Oui j'ai sombré quelques heures, ça devrait suffire. Et toi ? Qu'est-ce que tu fais seul ici ? Tu écris ?

— J'ai pris l'habitude d'écrire, pour ne pas exploser quand mes sentiments partent à la dérive…

— Et c'est le cas en ce moment ?

— Je dirais que oui… répondit Gaspard fuyant. Et toi ? Que fais-tu dehors par ce froid, et pieds nus en plus ?

— Je ne sais pas… une envie subite… je dois apprendre à maitriser mes émotions, et la douleur en fait partie. Elles ne doivent plus prendre le contrôle sur moi ! Je refuse d'être vulnérable !

— Ah oui ? Pourquoi ça ?

— Parce que je n'ai qu'un seul objectif ! Sauver Hoop… je n'ai pas envie de me laisser distraire, même si la distraction est magnifique, dit Mérin en regardant Ayden à travers la baie vitrée.

— Je comprends… même si je pense que ça n'est pas aussi simple. Il y a des émotions qui valent la peine… c'est beau d'être vulnérable, répondit Gaspard, pensif.

— On est en désaccord sur ce point, mais je ne t'en veux pas, lança Mérin amusé en lui tapant doucement sur l'épaule. Viens, rentrons, on doit organiser cette journée…

Ans et Ursula préparaient la table du petit-déjeuner quand Mérin et Gaspard entrèrent par la baie vitrée. Le contraste avec l'extérieur était saisissant, une douce chaleur s'échappait de la grande théière posée sur la table ronde, Mérin posa ses deux mains autour de son œuf à la coque pour se réchauffer. Ayden déposa discrètement une couverture sur les épaules de Mérin et s'installa à table, tandis qu'Énarué, mutique, était toujours prostrée sur le canapé.

— C'est le jour de la collecte, dit Gaspard quelques instants plus tard, en mordant dans une tranche de pain. Ils vont découvrir qu'on manque à l'appel…

— Oui, j'avais totalement oublié que vos bracelets sont désactivés ! s'exclama Ans. Il va falloir s'attendre à ce qu'ils se mettent à votre recherche. Mais ça prendra du temps avant que la machine ne s'emballe, on a un coup d'avance.

L'HoloCom résonna d'une sonnerie stridente, brisant la quiétude du moment et faisant sursauter Énarué. Elle se redressa, replia ses genoux contre sa poitrine et attendit que tout le monde la rejoigne, en silence. Ans appuya sur le bouton réponse et la silhouette du conseiller Ulian se matérialisa devant lui.

— Bonjour Ans. J'ai très peu de temps devant moi… j'ai des nouvelles de votre ami… Evan.

Énarué poussa un cri de détresse, se redressa et essaya de se positionner face à l'HoloCom mais Gaspard l'en empêcha, en la maintenant fermement par la taille.

— Je vous écoute, dit Ans.

— Il a agressé une garde hier… mais elle lui avait planté un couteau dans la main pour le faire parler. Il n'a prononcé qu'un mot en finnois, celui de : gouverneur. Nous sommes donc allés à sa rencontre et Evan lui a craché dessus et s'est mis à parler en anglais. Le gouverneur a paniqué et a déclenché la cellule de crise… On va facilement remonter jusqu'à vous. Vous n'êtes plus en sécurité, où que vous soyez. Il faut fuir. Je vais garder secret votre existence et nos conversations, mais une fois qu'ils vous auront localisés je ne pourrai plus rien faire.

— Fuir ? Mais pour aller où ? demanda Ans, anxieux.

— Si seulement vous pouviez voyager… les bracelets vont suivre votre trace…

— Et si nous pouvions voyager ? Que proposeriez-vous ?

— Si vous pouviez voyager ? Je ne veux pas savoir comment… Allez à Rennes, en France ! Je vous envoie, via l'HoloCom, l'adresse de la cellule dissidente. Demandez René, il est le seul à avoir échappé à l'arrestation. Identifiez-vous à lui en prononçant le mot : EILEAN.

— Merci de votre aide Ulian, nous garderons notre HoloCom. Contactez-nous si vous avez des nouvelles.

— Très bien, à bientôt. Et ne vous inquiétez pas pour Evan, il va bien… pour le moment…

Ursula avait tout traduit, Énarué était restée debout et faisait les cent pas dans la pièce, le front plissé, des larmes coulant sur ses joues.

— Je vous préviens, il n'est pas question que je m'éloigne de lui ! S'il faut aller le sortir de là par la force, je le ferai !

— Énarué, s'il-te-plaît, essaie de réfléchir, je sais que c'est très difficile mais tu ne lui seras d'aucune aide s'ils t'emprisonnent également, tempéra Ursula.

— Peu importe ! On sera ensemble ! s'exclama-t-elle.

— Ursula a raison, Ena. J'ai autant envie que toi de sauver Evan, mais pour cela il faut qu'on comprenne ce qu'il se passe ici. C'est notre seule chance. S'ils nous arrêtent alors nous aurons fait tout ça pour rien et Hoop ne pourra jamais survivre, chuchota Mérin à son oreille. S'il te plaît… penses-y… Evan ne voudrait pas que tu abandonnes…

— Nous allons rester ici pour vous couvrir, lança Ursula et Ans. Énarué, je te promets que si nous avons la possibilité de le sauver, nous le ferons. Tu peux compter sur nous. Nous vous laissons notre HoloCom au cas où Ulian vous contacte.

— Nous aurons environ trois heures de vol, dit Gaspard en consultant sa carte du monde. Je connais René, nous avons déjà été en contact. Je vais préparer la navette et y entrer l'adresse GPS avec Ayden. Rejoignez-nous dans une heure ! Ans, Ursula, merci pour tout, merci de votre aide et de votre gentillesse, dit-il en les serrant longuement dans les bras. On se revoit bientôt…

— Merci, j'aurais aimé ne pas partir comme ça… aussi brutalement… dit timidement Ayden qui cachait son visage derrière ses longues boucles cuivrées.

Ursula lui dégagea doucement les cheveux et sécha ses larmes. « Vous allez y arriver, je vous fais une entière confiance ».

Énarué avait assisté à toute cette scène en spectatrice, et se sentait dissociée de l'action, comme étrangère. Pourtant elle avait bien conscience que Mérin avait raison, elle devait agir pour Evan, mais son corps refusait de coopérer. Après que Gaspard et Ayden furent sortis de la maison et que Mérin eut rassemblé leurs affaires avec Ans, Ursula lui prit la main tendrement et l'entraîna doucement dans la salle de bain.

— Regarde-toi Énarué, que vois-tu dans ce miroir ? chuchota-t-elle, tendrement, en lui brossant les cheveux.

— Je vois une jeune fille complètement perdue… sanglota Énarué, en fixant son visage pâle, sa petite taille et ses cheveux blancs.

— Concentre-toi Énarué… regarde plus loin… regarde ton âme…

Énarué se retourna subitement et plongea ses yeux bleus dans ceux d'Ursula. *Comment peut-elle savoir ?* pensa-t-elle.

— Je t'ai reconnue immédiatement, souffla Ursula. Je pensais être la seule depuis toutes ces années. Nos âmes sont similaires, c'est pourquoi j'aimerais que tu te voies comme je te vois en ce moment... entièrement...

Énarué se concentra, aspira l'air de la petite salle de bain, se regarda longuement dans le miroir et aperçut son premier air :

Son premier air, solide et mouvant, se transforma en une pièce blanche et lumineuse, elle y pénétra et patienta, seule, nue, mais ne ressentit aucune gêne. La porte se referma derrière elle et la plongea dans un abîme laiteux. Au terme de quelques secondes, le sol se transforma en une prairie fleurie d'iris, tous plus colorés les uns que les autres.

Son deuxième air se matérialisa au plafond, une pluie multicolore se déversa sur elle et lui rendit les couleurs qu'elle avait perdues. Sa peau redevint couleur pêche et ses cheveux prirent une belle teinte mordorée. Elle s'allongea au sol, les iris lui chatouillaient le visage et la pluie éclatait sur son corps nu.

Son troisième air refusa de se présenter à elle de suite, elle dut se lever et pousser un mur pour y accéder. Les quatre murs tombèrent simultanément et révélèrent une nuit étoilée. Les étoiles la frôlaient et laissaient sur son corps une poussière luminescente. Elle se tenait, petite et fragile, au bord du monde. Après tout... au point où elle en était... pourquoi ne pas sauter... Elle cueillit un Iris, le porta à ses narines et sauta dans la nuit étoilée.

Le sol froid de la salle de bain la ranima, une dernière larme perla sur sa joue. Ursula l'essuya et la serra dans les bras.

— L'univers est de ton côté... Tu as le courage nécessaire pour l'affronter et tu sais maintenant que tu n'es plus seule, murmura Ursula.

— Et Evan ? demanda-t-elle. Qui prendra soin de lui ?

— Toi, bien sûr... tu fais ça pour lui... pour vous... Et la maison lui est ouverte s'il le souhaite. Vous me faites tellement penser à mes petits-enfants, répondit Ursula en lui caressant la joue.

— Merci..., je vais me préparer... souffla-t-elle.

-

Les moteurs étaient activés quand Mérin et Énarué pénétrèrent avec Ans dans la petite clairière dans laquelle ils avaient laissé la navette. Mérin aida Énarué à grimper à l'intérieur, et s'installa à côté d'elle. Le cockpit se referma doucement ; Gaspard lança le compte à rebours et elle débuta son ascension verticale habituelle. Les arbres ployaient sous le souffle qu'elle dégageait et Ans devait se tenir éloigné, à l'abri des arbres pour ne pas fléchir sous la force du vent. Énarué pensa brièvement à sa rencontre avec cet arbre dans la forêt puis ferma les yeux pour ne pas apercevoir le fauteuil vide d'Evan.

Tout le groupe s'endormit profondément quelques minutes après le décollage, ils ne virent pas défiler les paysages grandioses de la mer Baltique puis de la mer du

Nord et enfin les côtes françaises. La navette avait débuté sa descente verticale quand Mérin se réveilla brusquement.

— On arrive ! Réveillez-vous !

— Je n'y crois pas, on a dormi tout le long du voyage ! s'exclama Gaspard.

— Regardez, ça doit être Rennes, dit Ayden. C'est juste à côté de l'Océan Atlantique. Vous savez où nous allons stationner ?

— Oui, Ans m'a donné un point GPS, c'est le parc des Gayeulles. On devrait pouvoir s'y poser discrètement. L'adresse est à peine à dix minutes à pied.

La navette se posa dans le parc désert, la pluie tambourinait violemment sur le cockpit et les nuages bas formaient un sinistre tableau. Le groupe marchait dans les rues pavées inondées et vides de tout passant. Ils arrivèrent, détrempés devant les immeubles qui délimitaient l'écoquartier numéro quatre. Tout était absolument similaire à la ville d'Helsinki, comme le SVPM l'avait décrété en 2630 sur la loi de l'urbanisme. Gaspard sonna au numéro 5687 et attendit sous le porche quand une voix masculine retentit dans l'interphone.

— Qui est là ?

— Bonjour, nous sommes quatre personnes, nous venons voir René, dit Mérin.

— Pourquoi parlez-vous anglais ? Qui êtes-vous ? répondit René.

— EILEAN ! Projet EILEAN, s'exclama Mérin affolé.

Un long silence. Et enfin, un cliquetis métallique.

— Entrez ! Je viens vous chercher.

La porte en métal pivota automatiquement pour les laisser passer. Ils avancèrent timidement dans un long couloir vitré qui donnait sur un jardin central luxuriant et qui menait à un grand hall fleuri. Des plantes et des bacs à fleurs envahissaient tout l'espace de ce hall ouvert sur l'extérieur. Énarué resta bouche-bée face à la démesure de l'immeuble. Derrière elle, des milliers de petites boîtes à courrier fichées dans le mur, et en face une jungle riche et foisonnant de plantes, fleurs, légumes et fruits. La pluie tombait sur les grandes feuilles de bananier dans un clapotis régulier et apaisant. Elle s'approcha du jardin mais sa pulsion fut stoppée par l'arrivée de René. Très grand et fluet, le regard éberlué et le visage grêlé de taches de rousseur, René affichait une moue curieuse.

— Venez, ne restez pas là ! dit-il rapidement d'une voix aigüe, dans un très bon anglais.

René poussa une porte métallique qui menait à un vaste escalier ouvert sur l'extérieur. Des flaques d'eau jonchaient les marches tant la pluie était abondante. Ils croisèrent quelques habitants qui descendaient prudemment pour ne pas glisser, mais aucun ne leva la tête pour saluer René ou le groupe. René s'arrêta au deuxième étage et poussa la porte d'un appartement au terme d'une interminable marche dans un couloir triste et mal éclairé.

Mérin fut tout de suite émerveillé par la vue qui s'offrit à lui en entrant : une grande double-porte vitrée donnait directement sur l'océan Atlantique à quelques mètres à peine. Il s'en approcha et fixa l'étendue mouvante et sombre dans laquelle se déversait la pluie diluvienne.

— Depuis la montée des eaux, nous bénéficions d'une vue magnifique, dit René. En s'approchant de Mérin. Mais à quel prix... Auparavant il fallait parcourir cent kilomètres pour le voir... Mais je vous en prie, enlevez vos manteaux, mettez-vous à l'aise.

— Je suis Gaspard, dit-il en tendant la main pour serrer celle de René. De l'antenne Forrædéri, nous nous sommes parlé via l'HoloCom.

— Gaspard ! Mais oui ! Je te reconnais maintenant ! Quel plaisir ! Il va falloir m'expliquer comment tu as réussi à faire tout ce voyage, répondit René en le serrant dans ses bras.

— On va te raconter tout ça... Je te présente : Mérin, Énarué et Ayden que tu connais également.

— Bien sûr ! dit-il souriant en embrassant Ayden sur les joues d'une impudeur typiquement française.

Énarué s'était discrètement approchée de la fenêtre et observait l'océan, silencieuse. Elle se souvenait de la peur panique d'Evan lorsqu'ils l'avaient survolé. Ses tremblements incontrôlables et sa peur de se noyer. Contrairement à lui, elle était hypnotisée par cette masse gigantesque, la force et la puissance qu'elle dégageait lui donnait envie d'y plonger pour l'absorber. Elle se tourna vers René et lui demanda : « Pourra-t-on aller toucher l'eau ? »

— Oui bien sûr, répondit-il. Plutôt de nuit, pour ne pas nous faire repérer, si tu veux bien.

— C'est la première fois qu'ils voient un océan de si près, lança Gaspard, en regardant tendrement Énarué. Ils viennent tout droit de Denver.

René tomba à la renverse dans un fauteuil en cuir élimé et écouta, captivé, la longue explication de Gaspard au sujet de leur arrivée en Norvège et des jours précédents. Il passa sa main dans ses cheveux roux, se leva et ouvrit le tiroir d'une commode en bois.

— Voilà le tract que nous avions commencé à distribuer avant de nous faire arrêter. Je vais vous le traduire, dit-il, en regardant Mérin et Énarué.

Citoyens de Rennes,

Les scientifiques sont catégoriques, il ne peut y avoir un réchauffement climatique aussi intense sur une si courte période. Le SVPM nous ment depuis toutes ces années ! Ne vous laissez pas berner par les images apocalyptiques qu'ils vous montrent dans les journaux.

On nous demande de plus en plus d'efforts et pourtant nous avons des difficultés à faire baisser notre empreinte carbone. L'île artificielle EILEAN consomme à elle seule autant d'énergie qu'un seul pays... Pourquoi ? Que nous cache-t-on ?

Posez des questions ! Réfléchissez !

— Nous l'avons distribué à une dizaine de personnes, quand ils nous ont arrêtés. Ça a été très rapide. J'ai eu beaucoup de chance, ma compagne m'a protégé et j'ai pu m'enfuir.

— Mais où avez-vous appris à parler notre langue ? demanda Mérin.

— C'est la langue officielle du SVPM. Pour les comprendre, il fallait que nous parlions leur langue, et il y a une grande communauté anglaise et irlandaise en Bretagne.

— Je te remercie de nous accueillir chez toi, René. Nous n'avons pas beaucoup de temps devant nous. Notre ami Evan est emprisonné et toute la colonie Hoop souffre de la faim et de la chaleur. Nous voulons les sauver, il va falloir tout nous dire, demanda Mérin sur un ton sévère.

— Sans compter que le SVPM risque de remonter à nous rapidement. Ayden et moi n'avons pas badgé aujourd'hui, et nous avons pris à parti le gouverneur Colas hier soir, ajouta Gaspard.

— Que cherchez-vous à faire au juste ? demanda René.

— Sauver Evan et Hoop ! répondit Mérin.

— Et savoir ce qu'on nous cache… ajouta Gaspard.

— Ce sont deux choses différentes non ? s'étonna René.

— Non, justement. Le gouverneur refuse de croire qu'il y a des rescapés sur le continent américain, il ne va donc pas lancer d'opération de sauvetage. Ça irait à l'encontre de toute leur propagande !

— Très bien, je comprends, dit René, en se levant. L'un ne va pas sans l'autre… Je vais vous montrer quelque chose…

René revint quelques minutes plus tard d'un bureau situé au bout du couloir, tenant une chemise en plastique gris aussi large que son torse. Une étiquette blanche collée sur le devant indiquait : Projet EILEAN. Tout le groupe s'installa, par terre ou sur le petit canapé, pour écouter les révélations de René. Il dégageait de cet homme fluet une puissante aura qui inspirait le respect. Il déposa la chemise au sol, puis proposa quelques verres d'eau avant d'entamer son explication.

— Ça risque d'être long… dit-il en souriant.

— On t'écoute, répondit Ayden impatiente.

— Mon arrière-grand-père a travaillé sur le projet EILEAN. Il n'en a jamais parlé pour la simple raison que la mémoire de milliers de travailleurs a été effacée dès que les travaux de l'île se sont achevés. Je ne sais pas comment, mais l'effacement n'a pas fonctionné avec lui, ce qui lui a permis de consigner son histoire sur ce cahier que mon père m'a remis.

Comme vous le savez déjà, cette île devait servir à accueillir les réfugiés climatiques du Royaume-Uni et de l'Irlande, or ils ont tous été envoyés vers les pays de l'ouest dans les années 2500 à 2600. Nous n'avons pas de date précise. Toujours est-il que cette île gigantesque n'est censée abriter personne, or comme vous le voyez sur ces relevés, elle dégage à elle seule une consommation énergétique supérieure à la France. Il y a de quoi se poser des questions…

— Comment avez-vous obtenu ces relevés ? demanda Mérin sceptique.

— C'est un recoupement de diverses sources qui doivent rester anonymes.

— Donc nous avons une île inhabitée, qui génère une empreinte carbone très importante. Et qu'en déduis-tu ?

— Rien pour le moment, il faudrait pouvoir y accéder mais comme nous ne pouvons pas nous déplacer, je n'ai pas plus à dire au sujet de cette île, hormis qu'il est évident que le SVPM y prépare quelque chose.

— Je ne vois pas comment cela pourra nous aider à sauver Evan ! s'exclama subitement Énarué.

— Parce que tu raisonnes à court terme, répondit René. Si le gouvernement chute, tu pourras alors le sortir de là, ainsi que votre colonie. Tant qu'ils peuvent continuer à agir dans l'ombre sans rencontrer de résistance ils auront tout intérêt à le maintenir en prison.

— Nous avons un vaisseau qui pourrait nous permettre d'aller sur l'île, lança Mérin enthousiaste.

— Vous ne pourrez pas y accéder, elle ne s'ouvre que pour les gouverneurs. Ils ont un badge qui leur permet d'ouvrir le sas d'entrée. Soit vous arrivez à récupérer le badge, soit vous arrivez à convaincre un gouverneur, répondit René.

— On a déjà réussi à ouvrir des accès électroniques, répondit Mérin. Nous avons développé un sifflement ultrason qui parvient à bloquer n'importe quel système. C'est comme ça qu'on a désactivé les bracelets de Gaspard et Ayden.

René se leva, prit le bracelet de Gaspard dans la main et constata qu'il était hors service. Son regard incrédule se tourna vers Mérin.

— Pourrais-tu désactiver le mien ?

— Oui, mais c'est irréversible, répondit Mérin.

— Une fois que ça sera fait, tu seras considéré comme fugitif comme nous, ajouta Gaspard.

— Allez-y ! lança René, dont les yeux brillaient d'excitation.

Mérin posa sa main sur son poignet et entama son sifflement. Il emplit la pièce d'une douceur agréable, comme un souffle de vent frais après une grosse chaleur. Énarué eut la sensation de respirer plus facilement, le poids sur sa poitrine s'était évaporé. Elle ouvrit la fenêtre et respira l'air iodé, elle savait que sa mère était près d'elle… elle pouvait la sentir… Quand Mérin cessa de siffler, le charme fut rompu et tout le groupe revint à la réalité, brutale et terrifiante.

— Ça faisait longtemps, Mérin, dit Énarué en posant sa main sur son torse. Cette sensation m'avait manqué…

— Comment avez-vous appris à faire ça ? demanda René, qui regardait son bracelet éteint.

— C'est une faculté de prisonnier. Il a fallu de nombreux morts et de mémoires effacées pour le mettre au point, répondit Mérin le regard fixe et le corps tendu.

La nuit commençait à tomber, les nuages gris laissaient progressivement place à l'obscurité et l'anxiété d'Énarué ne cessait de reprendre le dessus. René alluma une lampe qui diffusa une douce lumière jaunâtre. L'océan n'était désormais plus qu'une immense masse noire et inquiétante dont le bruit du ressac accentuait ses peurs enfantines. Elle ferma la fenêtre et son âme pour échapper à ce monstre terrifiant.

— Je vais chercher de quoi manger dans le jardin, dit René. Je reviens dans quelques minutes. En attendant, je vous laisse vous installer, je n'ai que deux chambres, je dormirai dans le canapé.

Quelques heures plus tard, après avoir cuisiné et dégusté des pommes de terre du jardin coopératif accompagnées d'une salade verte, Mérin relança la discussion.

— Admettons qu'on arrive à pénétrer sur cette île, qu'allons-nous faire ?

— Il faudra découvrir ce qu'ils cachent, en s'efforçant d'être le plus discret possible pour pouvoir revenir et témoigner. Ça me semble extrêmement compliqué, répondit René.

— Est-ce que tu sais où elle se trouve ? demanda Gaspard.

— Non, elle doit être au large puisqu'elle est invisible depuis la côte.

— Alors il suffit de prendre la navette et d'aller inspecter la zone ! s'exclama Mérin.

— Je pense que nous devrions nous reposer et envisager ça à tête reposée, Mérin. Je ne prendrai pas le risque de nous faire arrêter. Ça sera notre unique chance ! Si on nous attrape c'est terminé pour Evan et pour Hoop ! expliqua Gaspard calmement. Et j'aimerais contacter Eddy, Lars et Dorothy pour leur donner quelques nouvelles et voir comment s'est passée la collecte.

Mérin se renfrogna et acquiesça de la tête pour marquer son consentement. Depuis le début de ce voyage, il avait appris à réfréner ses pulsions et sa colère. Le calme et la patience d'Ayden l'avaient beaucoup aidé, mais il sentait un changement au fond de lui. Il avait compris que son envie de tout résoudre rapidement lui venait de sa peur de la mort, comme si tout devait être en ordre au moment où elle l'emporterait. Les images de ces jeunes enfants abattus sous Lonoré et de Sebastian ne cessaient de le hanter, il se sentait redevable d'une dette envers eux. L'arrestation d'Evan avait été un choc absolument terrible. Il n'avait qu'une crainte, c'était d'être tué par le SVPM. Il savait qu'Énarué ne supporterait pas le choc, et lui non plus. Pour autant il comprenait parfaitement que Gaspard ne veuille pas risquer de tout gâcher en agissant de façon irréfléchie. Il décida d'essayer d'appliquer dorénavant une conduite plus réfléchie et moins impulsive.

Gaspard actionna l'HoloCom et composa le numéro de l'antenne norvégienne. Ce fut Dorothy qui décrocha, sa silhouette se matérialisa dans le petit appartement.

— Bonjour Gaspard. Je vais raccrocher rapidement car je pense qu'ils surveillent notre maison. Et je ne serais pas étonnée que notre conversation soit écoutée.

— Est-ce que tout va bien chez vous ?

— Oui, la collecte a eu lieu aujourd'hui. Quelques heures plus tard nous avons eu la visite d'un agent qui vous cherchait. Nous avons fait mine de ne rien savoir… Tout va bien pour vous ?

— Oui, mais je ne vais donner aucune information pour ne pas vous mettre en danger. Soyez prudents et ne dites rien. Au revoir Dorothy…

L'HoloCom cessa de diffuser, la pièce retrouva son aspect habituel et l'anxiété d'Énarué monta d'un cran. René accepta d'accompagner Énarué qui lui avait demandé si elle pouvait prendre l'air sans risquer de se faire repérer.

La lune se reflétait dans les flaques d'eau qui jonchaient le sol pavé. La pluie n'avait cessé de tomber, froide et piquante et s'insinuait dans chaque partie du corps qu'Énarué avait laissé à l'air libre. René marchait devant elle, respectueux de son besoin de silence et de calme. Elle inspira une grande bouffée d'air frais et cala son rythme au sien. Une grève apparut brusquement au détour d'un chemin et l'océan surgit face à elle. Le vent, omniprésent, charriait avec lui des paquets d'eau salée et froide sur son visage. Elle eut un léger vertige et dut se retenir sur une rambarde pour ne pas tomber. René lui proposa de s'approcher un peu pour qu'elle puisse ressentir la force des vagues et de l'océan mais elle avait déjà commencé à marcher dans sa direction, comme happée par une force invisible. De l'autre côté, à des milliers de kilomètres, Eslie et Jouan attendaient leur premier enfant. Celyn, Léonor, Eslie, Curd et Charly… et Elet… que devenaient-ils ? Et la petite et frêle Myra qui menait la SubFerme à treize ans à peine. Si seulement elle pouvait leur laisser un message… leur dire qu'elle essayait de les sauver… que la vie était possible…Elle entendit René crier derrière elle, elle devait revenir sur la grève… mais il était trop tard… l'eau recouvrait déjà ses genoux… Elle se concentra suffisamment fort pour que le vent cesse et que se forme autour d'elle une bulle protectrice. Alors, elle plongea…

Autour d'elle, l'obscurité dense et froide. Ses cheveux tourbillonnaient élégamment autour de son visage dans une danse délicate. Elle avança la main devant ses yeux et parvint à peine à la distinguer. Elle entendait, de façon assourdie, les vagues qui se fracassaient sur la grève mais également un roulement sourd incessant mêlé au clapotis de la pluie. En se concentrant un peu plus sur ses sensations elle essaya d'aspirer l'air de l'océan, mais n'y parvint pas.

— Bonjour, qui es-tu ? demanda lentement une voix grave qui émergea du néant.

— Bonjour, je m'appelle Énarué. Je ne voulais pas te déranger. Je souhaitais simplement te rencontrer. C'est la première fois que je plonge dans un océan.

— Je vois… Pourtant tu essaies de me sonder n'est-ce-pas ? C'est un peu intrusif, nous n'avons pas encore fait connaissance.

— Je te prie de m'excuser. J'ignorais que tu pouvais sentir mon intention.

— J'ai eu le temps de m'exercer… je suis sur cette terre depuis le commencement vois-tu. Laisse-moi te rencontrer…

Une petite trombe marine se forma devant les yeux d'Énarué qui l'avala complètement pour la recracher intacte quelques secondes plus tard.

— Je vois. Tu es différente… Tu ne parviendras pas à me sonder, je suis trop vieux et trop puissant pour toi.

— J'ai rencontré deux arbres récemment. J'ai pu discuter avec l'un d'entre eux. Comme je le fais avec toi en ce moment.

— Si seulement les êtres humains prenaient le temps de parler avec nous… ils s'en porteraient bien mieux…

— Ah oui ? Pourquoi ça ?

— Regarde, Énarué !

Un sillon d'eau apparut subitement devant elle, clair et limpide, d'une couleur bleu turquoise, comme illuminé par un soleil d'été. Elle s'avança doucement pour y pénétrer et fut instantanément aspirée à une vitesse phénoménale. En s'enfonçant profondément dans le ventre de l'océan, des images apparurent à la gauche du sillon : des bateaux pirates échoués, des sous-marins, des barques de pêcheurs tahitiens, des amas de pétrole, de l'électroménager, des squelettes, un silex, un casque noir à pointe, des coffres d'or, un bateau de croisière. Énarué tourna la tête sur sa droite et devant ses yeux bleus surgirent des poissons de toutes les couleurs, des tortues, des requins, des baleines, du plancton, des ostracodermes, mais aussi de longues trainées fluorescentes d'âmes humaines réincarnées en une myriade de gouttelettes.

— Tu vois, Énarué ? Nous connaissons tout depuis le premier jour de l'humanité. Nous avons toujours été là, et pourtant personne ne songe à nous poser la moindre question.

— Pourrais-tu m'emmener sur le continent américain pour que je puisse discuter avec mes amis ? demanda-t-elle.

— Je pourrais… Mais tu n'as pas terminé ta mission.

— Quelle mission ?

— Grandir.

— Je ne comprends pas.

— Tu comprendras. En attendant, tu dois poursuivre ta route sur la terre ferme. Mais tu es en train de t'affaiblir, je vais te rendre à la terre.

— Attends ! S'il-te-plaît ! J'aimerai parler à ma mère !

En ouvrant les yeux, allongée sur les rochers saillants, elle aperçut René qui l'aidait à recracher l'eau qu'elle avait ingérée. Elle tremblait de froid et de peur. Il la porta jusqu'à l'appartement, son petit corps fluet tremblotant dans ses bras, et l'enroula dans une grande couverture de laine dans laquelle elle s'endormit immédiatement.

16 EVAN

— Ici le gouverneur Colas. J'ai un problème de sécurité à Helsinki, passez-moi un membre du parti.

— Patientez ! tonna une voix grave.

Le gouverneur était assis derrière le grand bureau de sa résidence privée à Helsinki, son visage rougi par l'angoisse et son front luisant de transpiration. Son HoloCom posé devant lui retransmettait l'image d'une pièce vide. Son conseiller, Ulian, assis face à lui tenait un cahier à la main et s'apprêtait à retranscrire l'ensemble de la conversation.

Après quelques longues minutes, un membre du parti s'afficha, reconnaissable à sa tenue d'officier de la sécurité. Une combinaison noire le recouvrait de la tête aux pieds. Sur son visage, deux bandeaux cachaient respectivement ses cheveux ainsi que sa bouche et son menton, de sorte que seuls ses yeux marron étaient visibles.

— Je vous écoute, dit-il d'une voix lente et grave.

— Je souhaite lancer une alerte de sécurité… ânonna-t-il, en consultant un livre de consignes siglé du SVPM. Je suspecte une faille…

— Une faille migratoire, ajouta le conseiller Ulian. Le protocole A1. Le sujet est actuellement en cellule de détention dans la maison de quartier à Helsinki. Pas de bracelet, il parle anglais et sa description physique ne ressemble en rien à ce que nous connaissons.

— Oui, merci Ulian. Une faille migratoire, en effet… Mais nous n'en sommes pas sûrs pour le moment… ajouta le gouverneur sur un ton anxieux, en tamponnant son large front. Que devons-nous faire ? Il refuse de parler.

— Vous ne faites rien. Nous allons nous déplacer et l'interroger sur EILEAN. Vous avez l'ordre de rester à votre domicile et d'actionner le bouton d'urgence en cas d'intrusion. Nous ferons au plus vite pour venir à votre secours. J'insiste sur le fait que nous entrons en phase secret défense. Je vous recontacte au plus vite, en attendant restez où vous êtes !

-

Il était très tôt, le jour n'était pas encore levé quand Evan prit sa décision. Il ne resterait pas là à attendre que quelqu'un décide de son avenir pour lui. L'infirmier lui avait enlevé ses menottes pour la nuit et ne tarderait pas à revenir. C'était le moment idéal pour tenter quelque chose. Sa main le faisait terriblement souffrir, aussi décida-t-il de se soigner en sifflant quelques minutes. Assis sur le bord du lit, sa main posée sur son bandage, il se remémora Sebastian et la patience dont il avait fait preuve lorsqu'il leur avait enseigné cette méthode. Il siffla de longues minutes, en fixant la fenêtre d'un regard déterminé. Il savait qu'il n'aurait qu'une fraction de secondes pour agir et qu'il utiliserait la chaise en fer pour briser la vitre, puis partirait en courant en direction de la maison d'Ans et Ursula. Il s'était remémoré le trajet toute la nuit et était à peu près certain de pouvoir se repérer. Et ensuite… retrouver Énarué… et s'enfuir loin…

Evan parvenait à distinguer nettement le grand parc où s'était tenu le discours du gouverneur. Les ArtTree étaient éteints mais leurs silhouettes se découpaient dans la pénombre et accentuaient son sentiment de malaise. Il se leva, saisit la chaise de fer, quand la porte de sa chambre s'ouvrit brutalement dans un fracas épouvantable. Six silhouettes masquées et vêtues de noir firent irruption dans la pièce ; un tir le toucha à la jambe droite, il s'écroula, hurla de douleur et s'évanouit.

Lorsqu'il se réveilla menotté à une chaise de bois, un foulard dans la bouche et un casque sur les oreilles, il mit un certain temps avant de reprendre ses esprits. La pièce dans laquelle il se trouvait était plongée dans l'obscurité la plus totale, seul un maigre filet de lumière passait sous la porte face à lui. Sa cheville le lançait un peu mais il parvint à la bouger légèrement. Il criait depuis de longues minutes et se débattait pour ôter son casque, en vain. La porte s'ouvrit subitement sur un homme habillé de noir dont le visage était masqué par deux foulards. L'homme ôta le foulard qui entrait dans la bouche d'Evan et s'installa face à lui.

— Qui êtes-vous ? D'où venez-vous ? demanda-t-il froidement.

Evan lui cracha au visage. Son regard lançait des éclairs de colère et de frustration. Il protégerait Énarué jusqu'à la mort, ainsi que toute la colonie. Personne ne le ferait parler.

L'homme se leva lentement, lui remis le foulard dans la bouche et actionna son casque qui se mit à cracher des sons plus terrifiants les uns que les autres : des hurlements d'enfants, de femmes, des séquences d'ultrasons dissonantes en boucle et le volume poussé au maximum. Evan hurlait de douleur, ses oreilles et son crâne le faisaient atrocement souffrir. Après de longues minutes d'agonie, le son cessa brusquement et l'homme lui demanda : « Qui êtes-vous ? D'où venez-vous ? » en hurlant et en postillonnant dans son oreille.

Evan le fixa de ses yeux rougis par la douleur, baissa la tête et s'effondra. Il avait oublié qui il était, où il se trouvait ; il avait sombré et s'était réveillé dans son lit, sous Nostra, à côté d'Énarué qui le regardait tendrement...

L'homme le gifla violemment et Evan reprit conscience avec la réalité. Le casque fut actionné une seconde fois. Cette fois-ci, Evan eut la sensation que toute la pièce avait aspiré le moindre son. Il parvenait à entendre le sang circuler dans ses vaisseaux, les battements de son cœur, l'air passer dans ses poumons mais aussi le bruit du fond de ses oreilles... L'homme donna un coup de pied dans sa chaise, ce qui eut pour effet de l'assourdir, l'attrapa par le col de sa combinaison et le força à se tenir debout. Evan perdit alors contact avec la réalité. Au terme d'une trentaine de longues minutes, il ne parvenait plus à savoir où se situer dans l'espace et tomba inanimé au sol.

Evan était toujours assis sur la même chaise lorsqu'il reprit conscience, le corps maintenu par une corde épaisse. L'homme, face à lui, tenait une seringue à la main et lui injecta son contenu. Il sentit instantanément toute sa volonté fondre et n'éprouvait que le besoin de dire la vérité.

— Qui êtes-vous ? D'où venez-vous ? demanda la silhouette floue.

— Je m'appelle Evan. Je viens de Hoop.

— Où se trouve Hoop ?

— Sur le continent américain, près de Denver.

— Combien étiez-vous sur Hoop ?

— Je ne sais pas.

— Comment êtes-vous arrivés ?

— Nous sommes arrivés dans une navette qui nous a conduits dans la ville de Tana Bru en Norvège.

— Est-ce que d'autres personnes sont venues avec vous ?

— Oui, deux autres personnes de ma colonie. Énarué et Mérin.

— Donnez-moi le nom de la personne qui vous a accueillis.

— Il s'appelle Gaspard.

— Comment êtes-vous arrivés à Helsinki ?

— La navette de Gaspard nous y a conduits.

— Qui vous a accueillis à Helsinki ?

— Ans et Ursula.

— Où se trouvent vos deux complices actuellement ?

— Je ne sais pas, je les ai vus pour la dernière fois à Helsinki.

— Merci de votre coopération, Evan.

L'homme en noir détacha la corde et l'escorta à l'extérieur de la pièce. Evan agissait comme une marionnette, toutes ses facultés de conscience et de prise de décision avaient fondu depuis l'injection de ce produit, il se sentait vidé de sa substance. L'homme le précédait dans un interminable couloir au bout duquel une porte s'ouvrit. La lumière aveuglante éblouit instantanément Evan qui ferma les yeux. Lorsqu'il parvint à apercevoir le paysage, il s'aperçut qu'il se tenait sur une passerelle de bois face à l'océan. Il eut le temps de respirer l'odeur salée et d'apercevoir son immensité quand l'homme derrière lui le poussa brusquement. Les mains toujours menottées, Evan coula à pic. Sans se débattre, il pensa à Énarué, Stefanie, sa mère, ferma les yeux pour ne pas avoir peur et laissa l'océan disposer de son corps et de sa vie.

-

— Nous avons une alerte intrusion. L'intrus a été éliminé. Cependant un groupe de personnes a survécu sur le continent américain. Je vais relancer le protocole. J'en informe Saïn. Nous partirons ensuite remonter la piste des deux instrus et effacer les traces. Préparez-vous et attendez-moi à la navette !

Les cinq membres du parti obéirent instantanément et se dirigèrent en courant vers la zone de décollage.

De son côté, l'homme en noir entra dans une pièce vitrée pour informer Saïn des derniers événements.

— Saïn, nous allons devoir relancer le protocole sur le continent américain. Les colonies se sont rassemblées et nous avons une fuite de trois personnes. J'ai procédé à l'élimination d'un intrus il y a quelques minutes en le jetant dans l'océan, je vais maintenant m'atteler à effacer leurs traces.

— Nous ne pouvons pas prendre le risque d'une autre évasion, lança une voix douce et féminine. Je relance le protocole pour élimination définitive.

— Merci Saïn, je vous tiens au courant de l'évolution de la mission.

— Merci commandant Frost.

Le commandant Frost se hâta de rejoindre la navette. Il n'avait pas souvent eu l'occasion d'échanger directement avec Saïn, et la puissance qu'elle dégageait le bouleversait. Ses jambes ne cessaient de trembler durant tout le trajet vers le vaisseau, mais il s'efforça de retrouver son masque d'autorité au moment d'y pénétrer.

— Nous allons en Norvège, plus précisément à Tana Bru. Trouvez-moi la maison d'un nommé Gaspard, ordonna-t-il, le souffle coupé.

Quelques heures plus tard, le commandant frappa à la lourde porte de bois. Il était trois heures du matin quand Dorothy ouvrit la porte, le regard hagard. Les cinq membres du parti se déployèrent silencieusement dans la maison, tels des chats, pendant que le commandant tenait Dorothy en joue à l'aide de son W-Gun. Cette arme, inventée pour dompter les émeutes révolutionnaires des années 2500 avait grandement été améliorée au fil des années. Inconnue du grand public, elle n'était utilisée que sur l'île EILEAN pour assurer sa sécurité. Pas besoin de balles, uniquement de l'eau envoyée à très haute pression, ce qui en faisait un outil particulièrement économe, puisque les membres du parti pouvaient la recharger à n'importe quel point d'eau. La puissance des balles à eau pouvait être modifiée à tout moment et passer d'un simple coup de semonce à un tir mortel.

Le commandant avait actionné le niveau deux sur les quatre niveaux de son W-Gun, ce qui était déjà suffisant pour infliger une douleur terrible ainsi qu'une fracture. Lars, Eddy et Dorothy étaient menottés et bâillonnés sur le grand canapé turquoise. Le commandant Frost alluma une seule lumière et s'installa face à eux pendant qu'un membre du parti leur injecta le sérum de vérité.

— Je suis désolé de vous réveiller à cette heure tardive, mais voyez-vous, nous n'avons plus de temps à perdre. Je vais vous poser quelques questions. Soyez assurés que je vous laisserai la vie sauve si vous coopérez.

Avez- vous construit une navette sans la permission du gouvernement ?

— Oui, répondirent-ils tous en chœur.

— Avez-vous envoyé cette navette sur le continent américain ?

— Oui.

— Combien de personnes sont revenues du continent ?

— Trois personnes.

— Donnez -moi leurs noms !

— Énarué, Mérin, Evan.

— Où sont-ils à présent ?

— Nous savons qu'ils sont partis à Helsinki, chez notre contact Ans, répondit Lars.

— Avez-vous des nouvelles depuis ?

— Oui, mais ils ne nous ont pas donné leur localisation, répondit Dorothy.

— Très bien, je vous remercie de votre coopération, dit-il mielleux, en passant de la position deux à la position quatre et en tirant sur leur tempe à bout portant, projetant du sang sur les rideaux et le tapis.

— On y va ! hurla-t-il à son escouade.

La navette décolla à la verticale dans un fracas assourdissant, le vent tourbillonna autour d'elle et emporta les souvenirs des trois corps laissés seuls et sans vie sur le grand canapé turquoise. Le jour se leva pourtant, indifférent à la récente tragédie. Le soleil illumina le vaste salon ainsi que leurs bracelets qui clignotaient encore et indiqueraient pour toujours la même position géographique.

— On prend la direction d'Helsinki, lança-t-il.

Le commandant Frost alluma son HoloCom et composa le numéro de Saïn. Sa voix suave mais déterminée emplit la navette, tous les membres du parti cessèrent un instant de respirer.

— Nous avons terminé la phase une. Nous nous dirigeons actuellement vers Helsinki pour la phase deux. Nous nous rapprochons de l'objectif, je vous tiens informée.

— C'est noté, dit Saïn. Le protocole a été lancé et fonctionne de façon nominale de mon côté.

— Très bien, je vous rappelle au plus vite.

Il était sept heures du matin lorsque la navette se posa à quelques mètres de la maison d'Ans et Ursula. Quelques badauds s'arrêtèrent pour contempler ce gigantesque appareil descendu du ciel. C'était la première fois qu'ils voyaient une navette volante et la fascination se lisait sur leurs visages. Les membres du parti leur firent signe de s'éloigner et avancèrent en position serrée jusqu'à leur objectif.

Ursula laissa tomber sa tasse de thé sur le sol, qui se brisa en mille morceaux. Son sang se glaça sans qu'elle ne comprenne pourquoi, elle s'approcha de la baie vitrée et poussa un hurlement en apercevant les membres du parti. Ans courut vers elle pour la protéger de son corps, en vain. À peine une fraction de secondes plus tard, ils avaient brisé la grande baie vitrée et les avaient ligotés sur des chaises. Ursula eut quelques secondes pour se concentrer, faire le vide dans son esprit et se répéter un seul mot à destination d'Énarué : FUYEZ ! Elle parvint à visualiser précisément les airs d'Énarué, se focalisa sur son premier air et lui répéta ce mot comme un mantra. Quelques instants plus tard, le commandant Frost lui injecta le produit et le signal fut rompu.

— Avez-vous hébergé trois ressortissants du continent américain ?

— Oui, répondit-elle.

— Où sont-ils en ce moment ?

— Evan a été arrêté le soir du discours. Mérin et Énarué sont partis à Rennes.

— Connaissez-vous l'endroit où ils sont allés ?

— Oui.

— Écrivez l'adresse sur ce papier !

Ans nota consciencieusement l'adresse GPS de l'appartement de René, sa main tremblant sous l'effet de la drogue.

— Merci de votre coopération.

Le commandant Frost tira deux balles à bout portant, et s'installa sur le canapé pour contacter Saïn, pendant que son équipe se chargeait de faire disparaitre les corps. L'HoloCom se connecta instantanément et la voix envahit toute la pièce.

— La phase deux est accomplie. Nous savons où ils se trouvent, ce n'est plus qu'une question de quelques heures.

— C'est noté. Merci. Recontactez-moi quand la dernière phase sera terminée.

La navette survolait la mer Baltique, ils avaient quelques heures devant eux avant d'arriver à destination. Le commandant Frost regarda à travers le hublot et prit un moment pour réfléchir. Les événements s'étaient accélérés ces dernières heures, toutes ces années d'entraînements intensifs prenaient désormais une réalité concrète. Il n'avait pas hésité avant de tirer sur ces personnes car son apprentissage lui avait enseigné la théorie, il était préparé. Cependant il n'avait pas été préparé à la terreur qu'il avait lue dans leurs regards avant de mourir. Cette vieille dame l'avait fixé de ses grands yeux comme un enfant qui s'apprêtait à commettre une erreur. Il avait hésité une fraction de secondes, ce qui était une faute grave, heureusement pour lui, personne ne s'en était aperçu. Il ne remettait pas en question la cause pour laquelle il travaillait depuis toujours, elle était juste et censée, mais force était de constater que la réalité était bien plus brutale. Tuer ce jeune homme dans l'océan avait été sa première démonstration de faiblesse, il aurait dû utiliser son arme, mais il en avait été incapable. Cet Evan lui avait brisé le cœur, il avait l'air si jeune et si fragile malgré sa détermination à ne rien avouer. En l'observant il s'était retrouvé, plus jeune, et le rendre à l'océan lui avait semblé être le meilleur des compromis. Il jeta un regard à son équipe ; ils avaient tous entre vingt et trente ans, ils dormaient ou faisaient semblant de dormir pour ne pas montrer leurs émotions, mais il savait à quel point ces derniers événements les avaient affectés. Il ferma les yeux, et s'endormit profondément d'un sommeil agité.

La navette traversa d'épais nuages gris et se posa à quelques kilomètres de Rennes, sur une ancienne piste d'aéroport. Ils ne prendraient pas le risque de se faire repérer par les habitants sous peine de compromettre leur mission. Après une longue marche, ils arrivèrent devant la porte de l'appartement de René. L'après-midi était déjà bien avancé quand le commandant Frost inséra une clé universelle dans la serrure pour entrer sans alerter les nombreux voisins.

— Couloir clair, chuchota le commandant Frost à son équipe qui se déploya discrètement dans les autres pièces.

— Salon clair.

— Chambres claires.

— Salle de bain et bureau clairs.

Les restes du déjeuner étaient encore disposés sur la table de la salle à manger : ils étaient partis précipitamment. Le commandant Frost ragea intérieurement ; il fallait maintenant avertir Saïn et le gouverneur de l'avancée de la mission. Un équipier l'interpela : « Commandant, vous devriez venir voir le bureau ».

Des dizaines de feuilles volantes étaient éparpillées au sol, ainsi qu'une chemise grise et de multiples cahiers. Le commandant s'installa et parcourut les documents du regard. Il s'agissait des tracts qui avaient été confisqués à l'équipe de rebelles Rennais, ainsi que des documents concernant EILEAN ; un cahier que le commandant feuilleta rapidement et qui relatait la construction d'EILEAN et l'effacement du peuple du Royaume-Uni et de l'Irlande. Ils avaient énormément d'informations… Il fallait impérativement les retrouver au plus vite… Plus ils avançaient dans leur recherche, plus Saïn était en danger…

Il déposa l'HoloCom sur la table de la salle à manger et se connecta avec Saïn.

— Ici le commandant Frost. Nous sommes arrivés à l'antenne de Rennes mais elle est vide. Ils ont fui récemment, tout est encore en place. Je vais contacter le gouverneur pour voir s'il a des informations à me communiquer. Je vous rappelle au plus vite.

— Faites vite commandant, nous sommes en danger si le secret vient à s'ébruiter, l'enjoignit la voix.

— Oui Saïn, je fais au plus vite.

Le commandant suait abondamment en composant le numéro de l'HoloCom du gouverneur. Il espérait qu'il aurait plus d'informations à lui communiquer. La silhouette du gouverneur se matérialisa dans le salon, assis sur un fauteuil à l'évidence trop étroit pour lui et paraissait inquiet.

— Bonjour gouverneur, dit-il.

— Bonjour commandant. Des nouvelles ?

— Nous sommes en train de remonter la trace des intrus. Nous avons éliminé le jeune Evan, ainsi que l'ensemble des personnes ayant été en contact avec lui. Nous sommes actuellement à Rennes mais ils ont fui. Avez-vous des informations à nous communiquer ?

— Non aucune ! Quand vous dites : éliminés… Voulez-vous dire que vous les avez exécutés ? demanda-t-il sur un ton anxieux.

— Oui. Nous ne pouvons pas nous permettre d'avoir la moindre fuite. Les enjeux nous dépassent gouverneur.

— T-t-t-t-rès bien… répondit-il en se massant le visage nerveusement. Mais qu'allons-nous faire maintenant ?

— Pour le moment, nous allons attendre qu'ils se manifestent. Ils vont peut-être revenir et nous les attendons de pied ferme. De votre côté, n'oubliez pas de nous prévenir si vous les apercevez en appuyant sur le bouton alarme. Nous pourrons être à Helsinki en trois heures environ, donc il faudra les faire parler…

— Les faire parler… Oui, d'accord… c'est noté. Sont-ils dangereux ?

— Je ne pense pas, mais qui peut le savoir… Soyez prudents… Avez-vous une arme ?

— Bien sûr que non ! Nous sommes une nation démilitarisée ! L'avez-vous oublié !?

— Voilà la limite du système, répondit le commandant, pensif. Je vous laisse. On se tient informés !

-

Le sommeil d'Énarué l'avait emporté dans des rêves tous plus invraisemblables les uns que les autres. Elle se réveilla, le cœur au bord de l'abîme et l'âme torturée dans le grand lit de René. Mérin, qui dormait avec elle, s'était réveillé très tôt et fixait l'océan depuis le balcon en sirotant une tasse de thé. La pluie avait enfin cessé et avait laissé la place à d'épais nuages qui laissaient de temps en temps percer le soleil. Le vent soufflait toujours, sans interruption, et faisait se soulever de grands paquets de mousse blanche à la surface de l'eau. Le bruit du ressac apaisa Mérin et lui permit de faire le point avant que le groupe ne se lève. Il avait réfléchi toute la nuit et n'avait pas réussi à trouver une solution à leurs deux problèmes : sauver Evan et sauver Hoop. Il se sentait minuscule, insignifiant et impuissant. Myria lui manquait énormément, il avait besoin de sa sagesse de petite fille... Il ferma les yeux et s'efforça d'imaginer ce que la colonie faisait en ce moment même. Peut-être avaient-ils déjà trouvé une solution pour le partage du travail... peut-être vivaient-ils un drame en ce moment même... Il n'avait qu'une envie, traverser cet océan et les retrouver...

La porte-fenêtre glissa doucement et Ayden sortit sur le balcon, une tasse à la main. De la vapeur sortait de la tasse et floutait son visage. Elle avait enroulé ses cheveux cuivrés dans un chignon et frissonnait.

— Tu devrais mettre quelque chose sur tes épaules, dit Mérin en lui tendant son pull.

— Merci, mais je n'ai pas froid. J'avais envie de ressentir le vent et l'océan sur ma peau... c'est étrange comme sensation, tu ne trouves pas ?

— Je ne sais pas, je n'y ai pas réfléchi.

— Tu étais dans tes pensées ?

— Oui je me demandais ce que pouvait bien faire ma colonie à l'heure qu'il est. J'ai l'impression d'être impuissant... en plus d'être privilégié en vivant cette vie. C'est assez complexe à expliquer...

— Je comprends parfaitement. Mais tu n'es pas seul dans ce cas. J'ai grandi sur ce continent et pourtant je ne me sens jamais à ma place, dit-elle en regardant au loin.

— Pourquoi cela ? demanda Mérin.

— Je ne sais pas... Tu es la première personne avec qui j'en parle ouvertement. Peut-être parce que je suis différente... Je suis toujours intimidée par tout et par tout le monde... Le moindre événement me terrifie... Mes émotions prennent sans cesse le dessus et me paralysent... Je n'arrive pas à les contrôler... répondit-elle en pleurant timidement. Je t'admire Mérin, depuis le début tu gères toute cette situation avec beaucoup de patience et de calme, et en même temps je sens à quel point tu maitrises tout...

— Tu te trompes sur ce point, dit-il en lui prenant la main. Je ne maitrise rien… Et encore moins en ce moment…

Il s'approcha d'Ayden qui se tenait recroquevillée sur sa chaise, se mit à genoux devant elle et l'embrassa d'un long baiser, tendre et sensuel. Ses lèvres avaient le goût de sel. Il passa ses mains dans ses cheveux et dénoua son chignon. Ayden se leva, lui donna la main, l'installa sur sa chaise et s'assit sur ses genoux face à lui. Mérin passa les mains sous son tee-shirt et caressa longuement sa poitrine qui se tenait droite et hérissée de désir face à lui. Ayden haletait et ne pouvait empêcher son corps de se balancer sur les hanches de Mérin qui brulait de désir.

— Quelqu'un peut arriver à tout moment, haleta-t-il, en stoppant la main d'Ayden qui lui caressait l'entrejambe.

— Tu as peur ? demanda-t-elle en l'embrassant avec fougue.

— Un peu… Je n'ai jamais…

— Laisse-moi faire…

Ayden prit alors le contrôle de la situation. Elle ôta son tee-shirt, se coula en lui, et commença à bouger son bassin doucement d'abord, puis de plus en plus vite à mesure que son excitation grandissait. Mérin la regardait fasciné par son aplomb et son assurance. Il n'avait d'yeux que pour elle… son visage pâle et frêle… ses joues rosées par le désir qui faisaient ressortir ses taches de rousseur… sa bouche entrouverte qui soupirait de bonheur… ses seins qui bougeaient au rythme de ses hanches… Il la laissait faire, surpris par le plaisir qu'il ressentait, de la chaleur de son corps et de la puissance qu'elle dégageait. Elle s'agrippa à ses cheveux désordonnés, poussa un cri contenu, et sembla prendre conscience de la réalité. Elle le regardait, timide et fragile, comme surprise par son propre aplomb, et remit son tee-shirt en souriant.

— Je... enfin... je suis navrée... je ne sais pas ce qui m'a pris...

— Ne sois pas désolée. J'ai très envie que tu perdes le contrôle comme cela plus souvent, répondit-il en l'embrassant tendrement. Je suis quand même content que nous n'ayons réveillé personne, dit-il en riant.

— Oui moi aussi... Rentrons tu veux bien ? J'ai un peu froid maintenant.

— Et si nous allions prendre une douche pour nous réchauffer ? demanda Mérin, le regard brillant.

— Très bonne idée, répondit-elle en lui prenant la main pour le guider.

-

Le groupe patientait sur le canapé depuis de longues minutes quand René émergea de son sommeil, il avait finalement dormi dans son bureau et avait relu ses notes une bonne partie de la nuit. Gaspard arriva quelques minutes plus tard.

— Ena dort encore ? demanda-t-il.

— Oui, répondit René. Après la soirée qu'elle m'a fait vivre je ne suis pas étonné qu'elle ait besoin de repos.

— C'est-à-dire ? demanda Gaspard sur un ton suspicieux.

— C'est-à-dire qu'elle a plongé dans l'océan. Elle est restée sous l'eau une quarantaine de minutes ! C'est humainement impossible ! Je la croyais morte ! Elle a fini par être rejetée sur la grève, vivante mais très affaiblie.

Gaspard, Mérin et Ayden se regardèrent, effarés par l'annonce de René.

— Elle a des pouvoirs que personne ne comprend. Même pas elle je crois… On lui demandera ce qu'il s'est passé à son réveil, lança Mérin.

L'ambiance était chaleureuse et l'atmosphère décontractée durant le déjeuner lorsqu'Énarué se présenta face à eux. Sa petite silhouette se découpa dans le faible rayon de soleil qui traversait la pièce. Elle paraissait transfigurée, métamorphosée. Son visage s'éclaira d'un large sourire quand elle prononça d'une voix chantante : « J'ai faim ».

Elle mordait dans une tranche de pain beurrée et savourait la chance d'être en vie après cette soirée surréaliste quand René lui posa une question.

— Que s'est-il passé sous l'eau ? Tu es restée si longtemps, que je t'ai cru noyée.

— Je discutais avec l'océan.

— Ah oui… d'accord… tout simplement, répondit René, sarcastique.

— Oui, je comprends que ça puisse paraître invraisemblable, pourtant il m'a enseigné des choses. Tout comme l'arbre d'ailleurs...

— Que t'a-t-il enseigné ?

— L'impermanence de toute chose je crois. Il aimerait que l'on s'adresse à lui plus souvent. Il est là depuis toujours, vous comprenez ?

— Non, pas vraiment, répondit René.

— J'ai une faculté depuis mon plus jeune âge. Elle se développe de plus en plus ces derniers temps. J'ai la capacité de sonder les âmes mais aussi de me connecter aux éléments. J'ai pu avoir une conversation avec un arbre, et maintenant avec l'océan.

— Tu as sondé la mienne ? demanda René.

— Non pas encore, tu veux que j'essaie ?

— Ça ne fait pas mal ?

— Non, je ne crois pas... répondit-elle en scrutant ses amis du regard.

— Non, ça ne fait pas mal, répondit Gaspard en la regardant tendrement

Énarué se plaça face à René, lui prit les mains et se concentra en fermant les yeux.

Son premier air était rugissant. Une crinière de feu entourait une tête sauvage sur laquelle une gueule gigantesque s'apprêtait à engloutir Énarué. Elle stoppa sa course d'un geste. Le lion s'assit face à elle, dompté.

Son deuxième air se matérialisa sous la forme d'un cercle de feu. Elle le tenait à la main mais ne sentait pas la chaleur. Orange. Le courage.

Son troisième air chantait la chanson d'un enfant blessé. Un visage d'homme évanescent se tenait derrière l'épaule d'un petit garçon qui jouait avec un cube.

— Tu as perdu ton père ? demanda Énarué en ouvrant les yeux.

— Oui… il est mort quand j'avais quatre ans.

— Je l'ai vu. Il est au-dessus de ton épaule. Il veille sur toi.

René posa sa main sur son épaule et sentit une larme couler sur sa joue.

— Merci, balbutia-t-il.

L'émotion était palpable dans la pièce, Énarué finissait de déjeuner quand un puissant frisson parcourut son corps. Elle se raidit, regarda par la fenêtre, ouvrit la porte d'entrée mais tout paraissait normal. Gaspard, qui avait vu son comportement se modifier soudainement, lui demanda si tout allait bien. Elle ne parvint pas à lui répondre, tant son cœur battait fort dans sa poitrine. Elle s'assit sur une chaise de la salle à manger, se concentra sur l'air ambiant mais celui-ci était stable et serein. Elle ouvrit les yeux, croisa son reflet dans la porte fenêtre et aperçut son premier air. Sur la pièce blanche s'affichait un seul mot en rouge sang : FUYEZ !

Énarué se leva d'un bond et cria : « Il faut fuir ! Nous avons été découverts ! »

17 LE SACRIFICE

Gaspard avait immédiatement réagi en entendant Énarué crier. Il assemblait leurs quelques affaires et était déjà sur le point de partir quand elle terminait à peine de s'habiller à la hâte. René avait décidé de prendre la fuite avec eux et se dirigeait vers le bureau pour récupérer un sac, quand Gaspard s'exclama : « On n'a pas le temps René, il faut partir ! »

La navette était toujours à la même place quand ils arrivèrent au parc des Gaycullcs. Quelques enfants et parents la regardaient, intrigués. Lorsque le cockpit s'ouvrit sous leur regard éberlué, Mérin leur sourit pour les rassurer et leur demanda de s'éloigner. René était entré dans la navette sur la pointe des pieds et ne ratait rien des manipulations de Gaspard, fasciné par cette nouvelle technologie. Son visage affichait à la fois un état de sidération et d'émerveillement. Lorsqu'ils furent en vol stationnaire, Gaspard suggéra de retourner à Tana Bru pour retrouver son équipe et faire le point sur la situation. Énarué argumentait pour retrouver Ursula car elle avait perdu le contact et sentait qu'elle avait besoin de leur aide. Le ton montait dans la minuscule cabine quand l'HoloCom se mit à sonner.

— Ici Ulian. M'entendez-vous ?

— Oui nous vous entendons, répondit Gaspard.

— Qui êtes-vous ?

— Je suis Gaspard. Ans est resté à Helsinki, nous venons de fuir de l'antenne rennaise car nous avons eu un... pressentiment...

— J'ai très peu de temps, répondit Ulian qui avait blêmi à l'annonce du prénom : Ans. Tout se dégrade rapidement ici. Je vous ai envoyé l'adresse du gouverneur. Nous sommes tous les deux consignés à son domicile, par chance, sa navette est ici, et elle est la seule à pouvoir accéder à EILEAN. Les membres du parti sont à vos trousses, dépêchez-vous ! Ils sont dangereux !

— Avez-vous des nouvelles d'Evan ? demanda Gaspard.

— Oui... mais je... nous en parlerons de vive voix...

Le visage d'Énarué s'était instantanément décomposé à la vue de la mine affligée d'Ulian. Elle avait senti qu'il ne leur avait pas donné toutes les informations. Gaspard s'était approché et se tenait à genoux devant elle. Il ne prononçait pas un mot, car il savait qu'ils auraient été vains. Elle regardait ses larmes couler ; elles se confondaient à la fine pluie à travers la grande paroi vitrée de la navette. Si Evan avait été tué, elle ne voyait pas l'intérêt de continuer à vivre. Sans lui, son horizon ne se résumait plus qu'à une nappe brumeuse et grise. Elle ferma les yeux pour retenir le sourire d'Evan, sa main caressant son dos, son odeur de miel, ses yeux gris… Une larme perça ses paupières… elle avait compris. Elle refusait d'ouvrir les yeux, elle refusait de se soumettre à la réalité, elle voulait rester avec lui dans l'obscurité de ses pensées et le rejoindre derrière cette porte noire. Elle se refusa à garder espoir. Ulian aurait donné de ses nouvelles s'il avait pu. Elle avait reconnu la terreur dans son regard, ainsi que la peur de les blesser. Il préférait leur annoncer la terrible vérité de vive voix.

Les images d'Evan défilaient derrière ses paupières fermées, elles les laissaient venir à elle, consciente qu'elles s'atténueraient puis s'effaceraient avec le temps. Elle pleurait, seule, sur une terre étrangère, orpheline d'amour et de famille. *Je te rejoindrai Evan. Je les ferai payer d'abord, puis je te rejoindrai*, pensa-t-elle. Sa peine se mua en rage, elle ouvrit les yeux et croisa le regard de Gaspard, inquiet. Lui aussi pensait à ses amis à Tana Bru et à Helsinki. *Qu'avaient-ils fait… Pourquoi ce monde était-il si violent …* En se concentrant elle essaya de se connecter à Ursula, mais n'y parvint pas. *Alors c'est comme ça que tout se finira ?* Elle refusa de se laisser faire, elle lutterait pour sauver Hoop avant de rejoindre Evan…

Mérin aussi avait compris, il regardait Ayden et se demandait quelle serait sa réaction s'il la perdait. Elle était tout ce qu'il lui restait avec Énarué. L'avenir n'avait jamais été aussi incertain qu'en ce moment même. Ils pourraient mourir à n'importe quel moment, mais il mourrait en les protégeant.

Personne n'osait interrompre le drame qui se jouait dans le silence feutré de la navette, on entendait à peine le doux sifflement du vent sur la paroi vitrée et le ronronnement du moteur. Chacun naviguait d'une pensée à une autre, puisant des ressources pour affronter les heures à venir. La navette s'arrêta au-dessus d'une mer de nuages gris et entama doucement sa descente. À quelques mètres du sol, René désigna une piste d'atterrissage à côté d'une grande maison, entourée d'une vaste forêt. Lorsque la navette se posa, René distingua celle du gouverneur, située dans un hangar attenant à la maison, qu'il avait aperçu à travers les fenêtres.

Gaspard débarqua en premier et courut vers le hangar pour en sortir la navette du gouverneur, sans succès. Il fit signe à ses coéquipiers pour leur demander de sortir ; ils allaient se jeter dans la gueule du loup, c'était leur dernière chance.

Mérin frappa à la porte principale. Le gouverneur ouvrit la porte, tenant à la main un objet rectangulaire pourvu d'un seul et unique bouton qu'il actionna immédiatement.

— Entrez donc mes amis ! s'exclama-t-il en anglais, de sa voix éraillée, le visage cireux.

Ulian se tenait derrière le gouverneur et jeta un regard anxieux sur l'appareil.

— Que venez-vous de faire avec cet appareil ? demanda Gaspard en entrant dans le long corridor carrelé.

— Ne vous inquiétez pas pour ça, répondit le gouverneur sur un ton faussement jovial. Venez, il fait froid dehors. Que me vaut l'honneur de votre visite ?

— Nous souhaitons nous rendre sur EILEAN, répondit Gaspard en s'asseyant sur le canapé que lui désignait le gouverneur.

— EILEAN ! Mais enfin, ça n'est pas possible, seuls les gouverneurs sont autorisés à s'y rendre. Mais pourquoi donc vouloir y aller ?

— Pour connaître la vérité, lança Gaspard. Celle que vous cachez !

— Mais je ne cache aucune vérité mon cher ami ! Vous les pensez assez sots pour tout nous dévoiler ?

— Mais vous devez bien savoir quelque chose ! hurla-t-il.

— Désolé de vous décevoir, mais nous ne faisons qu'appliquer des consignes. Ils donnent des ordres et nous obéissons... Les membres de la garde de Saïn sont au courant bien sûr... mais pas moi...Mais permettez-moi de vous demander pourquoi vouloir savoir à tout prix ? Regardez la vie que nous menons ! Elle ne vous suffit pas ?

— La vie que VOUS menez ! hurla Mérin. Énarué, Evan et moi venons du continent américain. Voulez-vous que je vous explique quelle vie nous menions ?

— Du continent américain ?! Mais enfin... c'est impossible... tout le monde est mort... C'est ce qu'ils ont dit !

— Voilà pourquoi nous voulons savoir ! rugit Mérin. Où est Evan ? Qu'avez-vous fait à nos amis en Norvège et à Helsinki.

Le gouverneur regarda Énarué et Mérin d'un air désespéré. Toutes ses convictions étaient en train de s'écrouler. Il fallait gagner du temps, les faire parler. Le commandant arriverait dans moins de trois heures. Son visage flasque se tordait sous l'effort de réflexion. Il regarda son conseiller qui, assis, ne semblait pas prendre la mesure du danger qu'il courait. Il décida d'agir intelligemment en leur faisant croire qu'il était de leur côté. *Peut-être cela fonctionnera-t-il*, pensa-t-il.

— C'est épouvantable, répondit-il, sur un air faussement affecté. Ce sont les membres du parti, mes amis. J'ai terriblement peur… ils sont sans pitié… mais tant que vous êtes avec moi vous ne risquez rien.

Ulian regarda le gouverneur, atterré par sa tentative pathétique, et décida d'agir, même si cela devait ruiner sa carrière et risquer sa vie.

— Arrêtez votre cinéma, gouverneur ! Je ne pourrai pas supporter ça plus longtemps, tempêta-t-il en se levant. Il a alerté les membres du parti à l'instant où vous avez franchi sa porte. Nous avons à peine trois heures devant nous, ils sont actuellement à Rennes. Je suis navré de vous annoncer que vos amis ont tous été exécutés. Je ne voulais pas vous l'annoncer comme ça mais… enfin… je vous présente mes excuses au nom du gouvernement…

— ULIAN ! s'exclama le gouverneur. QUE FAITES VOUS ?

— Je fais ce que vous auriez dû faire depuis des années ! Taisez-vous maintenant !

Personne n'avait vu Gaspard bondir sur le gouverneur tant l'action avait été rapide. Il avait sauté au-dessus de la table basse qui les séparait et le tenait par le col de son tee-shirt en hurlant et en l'accusant de la mort de ses amis. La force du choc avait fait basculer le fauteuil à terre et Gaspard se tenait assis sur l'énorme ventre du gouverneur en le rouant de coups de poings. Le sang de son arcade sourcilière ouverte maculait son visage, son nez était brisé et sa bouche avait triplé de volume. Gaspard ne cessait de frapper mais le gouverneur ne réagissait pas. Ulian essayait de les séparer sans succès en appelant à l'aide depuis de longues secondes quand Mérin sortit de sa torpeur et parvint à contenir Gaspard. Le gouverneur gisait au sol, inanimé et ensanglanté, quand Ulian prit la parole.

— Ils vont bientôt arriver. Ils nous tueront tous, gouverneur compris. Que voulez-vous faire ?

Personne ne fut capable de réagir tant le choc avait été immense. Gaspard était toujours agenouillé au sol, pleurant à chaudes larmes, les mains pleines de sang. Mérin se tenait à côté de lui et Ayden s'était réfugié dans un coin de la pièce avec Énarué qui paraissait étrangement absente. Seul René semblait lucide, et réfléchissait en faisant les cent pas dans le grand salon.

— Sont-ils armés ? demanda René à Ulian.

— Oui. Ils nous descendront immédiatement, nous n'avons aucune chance. Il faut fuir. Soit sur EILEAN soit ailleurs, mais nous ne pouvons pas rester là.

— Je ne fuirai plus ! J'imagine que mes amis rennais ont été tués également...

Ulian baissa instantanément les yeux : « Je crois que oui... Je vous assure que si j'avais su plus tôt... »

— Je vous crois. Nous allons fuir sur EILEAN ! s'exclama-t-il. Nous avons de l'avance, et nous avons la navette du gouverneur !

— Ah oui ! Et une fois sur l'île, comment passerons-nous le système de sécurité ? Ils vont les avertir !

René cessa de marcher et prit un air grave. Il venait de comprendre quel rôle il devrait jouer. Il l'avait compris depuis quelques heures et voilà que tout venait de s'éclaircir. Un rayon de soleil se posa sur son épaule, il y posa sa main et chuchota : « À bientôt Papa... ».

— J'ai mon idée à ce sujet... dit René. Je vais rester ici et les attendre en vol stationnaire avec votre navette. Quand ils seront à portée de vue je m'écraserai contre leur navette. Vous serez débarrassés d'eux... et vengés !

Le cœur de Mérin rata un battement. Il semblait prendre doucement conscience de la phrase que René venait de prononcer. Un sacrifice de plus ? Après tous ces morts ! C'était impensable ! Et pourtant il sentait à l'attitude de René que rien ne pourrait le faire changer d'avis. Il avait pris sa décision. Gaspard leva les yeux vers lui et lui demanda :

« René, c'est de la folie. Nous pouvons y aller maintenant, nous aurons encore de l'avance ».

— Ma décision est prise. Je ne reviendrai pas dessus. Vous feriez mieux de vous dépêcher !

En le regardant longuement, Énarué venait de comprendre la signification des airs de René. Orange : le courage. Le Lion : le courage. Il voulait rejoindre son père, elle ne l'en empêcherait pas, elle-même ne pensait qu'à rejoindre Evan. Elle prit la main de René dans la sienne, siffla doucement au creux de son oreille une fréquence d'amour et sortit dans le grand jardin pour se libérer de ses émotions.

Une rafale de vent l'accueillit ; le temps était nuageux et rendait le paysage étrangement flottant. Elle s'installa sur les marches de l'escalier qui menait à un grand jardin et forma un espace de protection autour d'elle en aspirant l'air. Le vent cessa immédiatement de souffler ce qui lui permit de percevoir les bruits de la nature : un bruissement de feuilles, le crissement de ses chaussures sur le gravier, et l'habituelle plainte aiguë du vent qui continuait de souffler en dehors de sa protection. Elle souhaitait à tout prix contacter Evan mais ne parvenait pas à se connecter à son âme. *Peut-être devrais-je me rendre dans la maison de quartier d'Helsinki pour remonter sa trace ?* songea-t-elle, quand un petit tourbillon de vent fit se soulever une feuille d'arbre au sol devant elle.

— Bonjour ! lui dit-il d'une petite voix enfantine, en essayant de pénétrer son cocon.

— Bonjour, répondit Énarué. Tu essaies de pénétrer ma défense, mais j'aimerai être seule.

— Joue avec moi s'il-te-plaît !

— Je n'ai pas envie de jouer, j'ai des problèmes à gérer... et puis tu n'as pas autre chose à faire que tourbillonner ?

— C'est très rigolo... j'apprends à souffler... J'arrive à soulever des feuilles ! Tu as vu ?

— Oui j'ai vu, tu peux partir maintenant ? demanda-t-elle, en lançant un regard agacé au petit tourbillon qui ne cessait de vouloir pénétrer sa bulle protectrice.

— Laisse-moi t'approcher et je partirai... promis ! Juré ! lança le tourbillon.

— Très bien... mais quelques secondes seulement... répondit-elle, en ôtant sa protection.

Le tourbillon grimpa sur ses jambes, ses bras et lui chatouilla l'intérieur du cou. Énarué le regardait explorer, curieux et étonné. Le vent continuait de souffler autour d'elle, ses cheveux se soulevaient et les odeurs de la forêt lui parvenaient plus distinctement.

— Je n'arrive pas à te soulever, dit le petit tourbillon, sur un ton triste.

— C'est normal, je suis trop lourde pour toi... Il te faudra grandir, quand tu deviendras une tempête, alors tu pourras me soulever...

— C'est quoi : un problème ? demanda-t-il, subitement.

— C'est une question compliquée… je crois que c'est quelque chose qu'on n'arrive pas à résoudre.

— Comme soulever un caillou ?

— Oui, si tu veux… répondit-elle, en souriant tendrement. Comme soulever un caillou.

— Je peux t'aider à la soulever si tu veux ! dit le tourbillon, sur un ton extatique.

— Mon caillou à moi a disparu. J'aimerais le retrouver mais je ne sais pas où il se trouve…

— Je connais des milliers de pierres et de cailloux ! Comment pourrais-je le reconnaître ?

— Il me ressemble. Il s'appelait Evan. Il a disparu il y a quelques jours à Helsinki. Il est mort maintenant, dit-elle en pleurant.

— Evan… Je reviens… dit le petit tourbillon, en s'éloignant rapidement.

Énarué secoua la tête, dépitée. Elle savait qu'il ne retrouverait pas Evan, mais sa compagnie lui avait fait du bien. Elle était désormais seule avec les éléments, et le silence lui parut encore plus pesant. Au loin, les arbres semblaient ployer sous la force du vent qui paraissait avoir redoublé de force. Il était loin d'égaler les tempêtes sur Hoop mais son souffle continu fatiguait énormément Énarué. Un mal de tête commençait à poindre quand le tourbillon réapparut face à elle. Il sautillait et bondissait de gauche à droite, souleva une mèche de ses cheveux et s'exclama : « J'ai parlé avec les pierres et la terre. Elles ont reconnu le pas d'Evan, elles m'ont dit qu'il a été transporté sur une île ! »

— Oui ! C'est possible ! L'île d'EILEAN.

— Alors tu le retrouveras là-bas ! lança le tourbillon, sur un ton enthousiaste.

— Je crois que oui... Merci beaucoup ! dit-elle, souriante, en touchant du bout des doigts le petit tourbillon.

— J'ai résolu ton problème ? demanda-t-il en frétillant de joie.

— Oui, en partie. Je suis heureuse d'avoir fait ta connaissance !

— Moi aussi ! Je penserai à toi quand je serai plus grand et plus fort ! Et à ton caillou Evan !

— Merci... murmura-t-elle, émue, en le regardant s'éloigner. Je te laisse, tu as des montagnes à soulever...

Énarué se leva, regarda une dernière fois les arbres ployer sous le vent, sourit tendrement, et se dirigea vers la maison pour rejoindre le groupe. Elle avait un but à présent, retrouver Evan sur l'ile, revoir une dernière fois son visage et ressentir une dernière fois sa présence. Son cœur s'emplit de force et de détermination, elle irait jusqu'au bout, parce qu'elle aussi était capable de soulever des montagnes...

Gaspard avais pris le temps de se laver les mains et d'installer le gouverneur sur le canapé. Il gisait, vivant mais faible et silencieux, conscient de sa mort prochaine. Mérin et Ayden se tenaient l'un à côté de l'autre et semblaient eux aussi résignés, tandis qu'Ulian et René préparaient les navettes pour le départ. Tout le monde semblait avoir accepté la proposition de René tant sa détermination était puissante.

Ulian vint les chercher quelques minutes plus tard et les précéda jusqu'au hangar. René attendait déjà à l'intérieur, le regard concentré sur son objectif, le visage fermé et résolu. Chacun prit du temps pour monter dans la navette et prendre longuement René dans les bras. Il eut une dernière parole rassurante pour l'ensemble du groupe, ferma le cockpit et sortit la navette du hangar, puis prit de l'altitude et stationna en vol vertical. Mérin avait tenu à rester avec René jusqu'au bout.

Le temps s'était éclairci et aucun nuage ne venait assombrir sa visibilité. René s'était placé au centre de la navette à quelques mètres au-dessus du sol et patientait en scrutant le ciel. Son radar était actif et n'affichait rien pour le moment. Il laissa ses pensées divaguer pour ne pas s'endormir. Sa vie avait pris une tournure inattendue depuis quelques jours, il n'avait pas pris cette décision au hasard, il savait que son sacrifice était nécessaire pour les sauver. Il n'avait pas peur de la mort, pas plus qu'il n'avait peur de la vie ; il avait fait un choix réfléchi et pragmatique. Il était le seul parmi eux à n'avoir aucune attache, tous ses amis étaient morts et ses parents également. Il essuya une larme, et se concentra sur son objectif. L'attente était longue, il se refusa à regarder vers le sol pour ne pas les voir… il avait bien trop peur de changer d'avis. Il espérait uniquement que sa mort serait rapide et qu'il ne souffrirait pas. Il ferma les yeux une seconde et demanda de l'aide à son père qui se pencha sur son épaule et lui souffla : « Ça ne fait pas mal

René, tu es si courageux, je suis fier de toi ». Un signal sur le radar l'avertit de l'approche d'un appareil, il poussa ses moteurs et s'élança vers l'inconnu.

Ils patientaient en silence à l'intérieur du hangar depuis deux longues heures quand un bruit sourd se fit entendre au loin. Énarué se leva, affolée. Leur navette était invisible, René avait déployé les miroirs, seul un léger souffle permettait de savoir qu'elle était toujours en vol au-dessus de leurs têtes. Énarué aperçut une navette grise et triangulaire débuter sa descente sous les nuages quand soudain, une immense explosion, suivie d'une arche de feu incendia le ciel. René venait de se sacrifier pour leur salut. Les débris tombaient sans discontinuer depuis de longues minutes, Mérin leva la main vers le ciel et entama son sifflement de réconfort et de remerciement pour qu'il l'accompagne… où qu'il soit…

Il fallait maintenant partir. Laisser l'âme de René derrière eux et trouver les réponses à leurs questions. Son sacrifice ne devait pas être vain. Ulian démarra la navette grise du gouverneur et s'élança sur la piste de décollage.

Le confort à l'intérieur de cette navette était très supérieur à celle de Gaspard. Les fauteuils, au nombre de dix, étaient tous recouverts de soie beige, siglé des initiales du gouverneur. Des rafraîchissements étaient à disposition dans le mini-bar, ainsi que des sandwichs de forme triangulaire. La climatisation s'était lancée au moment où Ulian avait allumé le moteur et pouvait se régler individuellement, Mérin ne cessait de jouer avec les boutons, émerveillé par tant de technologie. Énarué parcourut le petit couloir qui menait au fond de la navette et où se trouvait une salle de douche, ainsi qu'un luxueux bureau en acajou. En pénétrant dans la salle de douche, elle prit le temps d'ouvrir chaque robinet et de tester tous les produits mis à sa disposition. Le grand miroir lui renvoyait un reflet fatigué et vieilli. Ses cheveux blancs avaient poussé depuis Nostra, elle les portait dorénavant au niveau des épaules, et son visage avait pris quelques couleurs, elle n'était plus aussi blême qu'à son arrivée en Norvège. Les souvenirs remontèrent brusquement à la surface... sa première expérience dans l'herbe... son étreinte avec Gaspard... leur première nuit passée la fenêtre grande ouverte... Elle ravala un sanglot, ouvrit la porte pour retourner à l'avant de la navette et se retrouva nez à nez avec Gaspard.

Il l'avait vue entrer dans la salle de douche et l'avait machinalement suivie. Il était bien sûr hors de question d'entrer sans sa permission, il était donc resté devant la porte à l'aimer à distance. Il souffrait le martyr depuis l'annonce de la mort de tous ses amis et se sentait responsable ; la proximité avec Énarué, même séparée d'une porte, l'apaisait énormément. Quand elle apparut face à lui, il la regarda timidement, gêné de se retrouver pris en faute.

— Excuse-moi s'il te plaît. J'avais besoin de te sentir proche de moi...

Sans un mot, Énarué le serra contre elle, entoura de ses petits bras le large torse de Gaspard et posa sa tête dans le creux de son épaule. « Ne t'excuse pas... On a tous besoin de réconfort... » souffla-t-elle. Gaspard éclata en sanglots et s'écroula au sol en la berçant dans ses bras. Le visage plongé dans les cheveux d'Énarué, il vida toute sa colère, sa peine et sa frustration, puis, au terme de longues minutes d'agonie, l'aida à se relever et se dirigea vers son fauteuil.

Ulian avait attendu que tout le monde soit installé pour lancer le décollage qui se fit dans une douceur inattendue. La navette monta à la verticale sans un bruit et débuta son vol.

— Nous avons environ quatre heures de vol. La navette sera reconnue sur EILEAN, ils nous laisseront passer. Je descendrai en premier, mais ils vont vite remarquer que le gouverneur n'est pas présent. Il faut s'attendre à de la résistance, dit Ulian.

— Nous n'avons aucune arme ! lança Énarué.

— Nous allons arriver sur l'unique piste d'atterrissage. Comme la navette aura été identifiée, ils ne seront pas méfiants. Mais il va falloir trouver une solution rapidement… Je ne sais pas s'ils ont lancé toute leur équipe de gardes à vos trousses… il en restera forcément quelques-uns…

— Admettons qu'on arrive à les mettre hors d'état de nuire, que ferons-nous ensuite ? demanda Gaspard.

— Il faut trouver Saïn et lui parler. C'est la seule à avoir toutes les informations, répondit Ulian.

— Saïn est une femme ? demanda Énarué.

— Oui, je ne l'ai jamais vue mais j'ai entendu sa voix. Seuls ses proches conseillers ont pu l'approcher.

— Et le gouverneur aussi non ? demanda Ayden.

— Je ne sais pas... Quand nous y allons, nous sommes enfermés dans une grande pièce. Seuls les gouverneurs ont accès à la salle suivante.

— Pourquoi autant de mystère ! s'emporta Mérin.

— C'est justement ce que nous souhaitons découvrir, répondit Gaspard. Et Saïn est notre dernière chance...

— Vous avez croisé beaucoup de monde sur cette île ? demanda Gaspard à Ulian.

— Non, pas vraiment quand j'y pense... L'île a l'air immense, mais il n'y a qu'un seul bâtiment. C'est assez étonnant d'ailleurs, ça ne ressemble pas à un bâtiment militaire, ce n'est qu'une grande maison moderne en béton posée sur une plage. Je me suis toujours demandé pourquoi une si grande île pour cette unique habitation...

— Où logent les personnes qui y vivent ? Saïn, les gardes...

— Dans la maison j'imagine. Elle est vraiment très grande, enfin vous verrez sur place...

— Donc on n'a jamais été aussi proche de mourir, lança Mérin en tenant sa tête entre ses mains.

— Essayons de rester positifs, répondit Ayden, en lui prenant la main. Si tous les gardes ont été tués dans l'explosion, nous avons une chance. Saïn sera peut-être seule.

— En tout cas elle paiera pour tous ces morts... siffla Mérin.

Le cœur d'Énarué battait de plus en plus fort à mesure qu'ils s'approchaient de leur destination. Lorsque la navette s'arrêta en vol stationnaire, Ulian composa une série de chiffres et entra une carte dans un boitier. Une voix mécanique annonça : Permission d'atterrir. La navette se posa, lentement et silencieusement. Ulian les regarda tous au moment d'ouvrir la porte principale, prit une grande respiration et descendit les quelques marches.

Énarué regardait à travers le hublot, fébrile, et s'imprégna de l'environnement. Rien ne pouvait distinguer cette île d'une autre du premier coup d'œil ; une immense forêt entourait une maison d'aspect moderne et de couleur gris béton. Devant elle, une vaste plage de galets, puis l'océan à perte de vue. Un technicien s'approcha d'Ulian pour le saluer et attacher la navette à l'aide d'une gigantesque corde, puis il s'éloigna d'un pas rapide vers la grande maison située à quelques mètres de la piste d'atterrissage.

18 SAÏN

Ulian leur fit signe de sortir, la voix était libre. Gaspard les précéda, suivi de Mérin, Ayden et Énarué. Ils suivaient Ulian qui avait pris la direction de la porte principale quand trois gardes en surgirent brusquement en tenant à la main des W-Gun. Ulian avait levé les mains en guise de soumission et tout le groupe l'avait imité. Les gardes ne cessaient de hurler en leur demandant de remonter dans la navette et de repartir. Mérin s'était posté instinctivement devant Ayden et Énarué pour les protéger et Gaspard s'approchait d'Ulian pour lui prêter main forte quand un garde tira une balle d'eau à haute pression sur la jambe de Gaspard qui s'écroula à terre. La plus grande confusion régna dans les secondes qui suivirent ; les gardes ne cessaient de hurler, tandis que Gaspard saignait abondamment du mollet. Mérin empêchait Énarué de s'approcher de Gaspard pour le soigner et les faisaient reculer les mains levées au-dessus de la tête. Énarué comprit à ce moment-là que le choix qui s'offrait à eux était limpide, il fallait repartir vivant ou rester et se battre. Elle n'eut qu'une fraction de secondes pour faire son choix, un coup d'œil rapide au garde lui permit de constater qu'il était sur le point de tirer à nouveau. Elle jeta un œil à la forêt et l'océan, prit une grande inspiration de vent marin, se concentra et aspira l'air autour d'elle. Elle avança vers les gardes, sereine, sa bulle protectrice absorbant chaque tir, créant des flaques d'eau à sa surface, sourde aux hurlements de Mérin et de Gaspard qui la suppliaient de repartir. Lorsqu'elle fut à un mètre des gardes elle ferma les yeux, se concentra sur leurs airs et vida l'espace et le temps. Ils suffoquaient à présent, les mains autour de la gorge. Leurs visages passèrent du rouge au bleu puis ce fut la fin : ils gisaient, inertes et inanimés sur le sol en gravier blanc.

Énarué se précipita vers Gaspard qui avait réussi à contenir son saignement à l'aide de son tee-shirt. Elle apposa ses mains et siffla longuement sur une fréquence anormalement puissante qui soigna son âme autant qu'elle cicatrisa la plaie de Gaspard.

— Est-ce que tu peux te lever ? demanda-t-elle.

— Oui, je vais essayer de vous suivre. Si je vois que je n'y arrive pas, je reviendrai ici.

— Ena, comment as-tu fait ça ? C'est terrifiant ! lança Mérin.

— Il suffit que je me concentre sur l'univers, les éléments. J'ai développé mes capacités depuis que nous sommes arrivés ici. Et je ne suis pas la seule, Ursula était comme moi...

— J'ai su dès le début que tu n'étais pas comme les autres, dit Gaspard, en la regardant tendrement.

— On analysera plus tard ce qui vient de se passer, intervint Ulian, sur un ton résolu. On doit entrer et trouver Saïn. Je vais prendre leurs armes et aller les recharger dans l'océan. Attendez-moi !

— La garde a appuyé sur une alarme ! Regardez ! lança Mérin en désignant un bouton rouge attaché à un collier autour de son cou. Dépêchons-nous ! Pas le temps de recharger, il reste la moitié ! Ça suffira, on n'a pas le choix !

Mérin poussa doucement la porte principale qui s'ouvrit sur un immense hall d'entrée carrelé, vide de tout occupant. Aux murs des portraits d'illustres inconnus les fixaient de leur regard immobile. Ils avançaient en ligne serrée, en prenant soin de ne faire aucun bruit, Ulian, Mérin et Énarué se tenaient devant, un W-Gun à la main, Ayden soutenait Gaspard qui suivait le groupe un pas en arrière. Pas un bruit ne venait troubler leur avancée silencieuse à part le bruit du ressac et celui du vent qui s'engouffrait à travers la porte ouverte. À gauche, un grand réfectoire, des tables alignées les unes à côté des autres et à droite, un dortoir, vide, d'une cinquantaine de lits superposés.

— C'est la salle de réunion, chuchota Ulian, en désignant une grande pièce au fond du couloir dans laquelle étaient disposées des tables en U. Et en face, c'est le bureau dans lequel nous devions patienter. Je ne suis jamais allé plus loin. Il y a cette porte... elle m'a toujours intrigué, ajouta-t-il, en désignant une porte en acier siglée d'un seul mot : SAÏN.

— Et bien c'est l'occasion de savoir... lança Mérin, qui l'ouvrit sans hésiter.

Un escalier descendait dans un couloir faiblement éclairé ; le trajet rappela de tristes souvenirs à Mérin qui sentait son cœur se serrer à chaque marche. La porte claqua et les plongea dans une obscurité quasi-totale, seules quelques lampes à LED accrochées aux murs leurs permettaient de distinguer les marches et de ne pas tomber. Des odeurs d'humidité et de renfermé parvinrent à leurs narines, tandis que leurs oreilles se bouchèrent au fur et à mesure de la descente. De l'eau suintait des murs et avait favorisé l'apparition de nombreux champignons qui paraissaient phosphorescents à la lumière des lampes à LED. Les jambes de Mérin flageolaient sous l'effet de l'effort et de l'anxiété quand ils arrivèrent à destination. Devant lui, une seconde porte en acier, qu'il poussa précautionneusement.

Un grand couloir encadré de murs en roche humide s'érigea devant lui, il fit signe à ses coéquipiers d'avancer quand une porte s'ouvrit subitement à quelques mètres devant eux, dans un fracas assourdissant, que l'écho naturel souterrain amplifiait. Trois gardes en sortirent et ouvrirent le feu immédiatement, sans sommation. Énarué déploya immédiatement sa bulle de protection et Mérin et Ulian tirèrent en direction des gardes qu'ils touchèrent sans les tuer.

— Il faut changer le mode de tir ! hurla-t-il à Mérin, en désignant le bouton du W-Gun.

Mérin passa sur le mode le plus élevé et tira sur les corps des gardes, assommés, à bout portant. Les trois corps gisaient au sol, ensanglantés et entravaient le passage de la porte. Mérin n'eut pas d'autre choix que de les enjamber, puis de récupérer leur arme et les distribuer à Ayden et Gaspard.

En passant la porte, Mérin mit du temps avant de comprendre ce qu'il voyait. Face à eux, cinq personnes, disposées en arc de cercle autour d'une porte blindée, toutes habillées d'une robe rouge et le visage masqué par une capuche de la même couleur. Aucune d'entre elles ne tenait une arme. Quelques écritoires étaient disposées contre les murs de roche, sur lesquelles des feuilles volantes vierges et des bougies à moitié consumées attendaient d'être utilisées.

— Qui-êtes-vous ? demanda Mérin.

— C'est plutôt à moi de vous demander qui vous êtes ! lança une femme masquée. Vous entrez chez nous sans y être invités.

— Nous venons voir Saïn. Nous avons des questions à lui poser.

— Quelles sont vos intentions ?

— Nous cherchons des réponses. Tout dépendra de ce qu'elle a à nous dire.

— Nous ne pouvons pas vous laisser entrer, repartez d'où vous venez ! Et laissez-nous tranquilles !

— Comment comptez-vous nous en empêcher ? demanda Mérin.

— Vous avez tué tous nos gardes, nous sommes sans défense. Nous ne pouvons pas vous en empêcher.

— Très bien ! Alors laissez-nous passer où nous vous tuons tous !

— La mort n'est que le début ! Nous n'avons pas peur d'elle… Nous n'accepterons de vous laisser passer qu'à condition que vous promettiez de ne pas lui faire du mal, lança la femme masquée.

— Je ne peux rien vous promettre, je suis navré. Nous ferons de notre mieux. Ulian, Ayden, escortez-les dans le bureau et enfermez-les s'il vous plait.

Le cœur de Mérin se serra à l'idée de pousser cette dernière porte. Ils arrivaient au terme de leur voyage, et la réponse à leurs questions se tenait juste derrière cette maigre barrière. Il pensa à Hoop, à ses amis, à la promesse qu'il avait tenue et poussa la porte.

Une étroite passerelle en métal se tenait en équilibre face à eux et conduisait à un gigantesque cube de verre. Mérin précéda le groupe et appuya sur la paroi vitrée, ce qui déclencha immédiatement l'ouverture du cube, dans un léger souffle d'air. Quatre murs, un sol, et un plafond de verre épais, posé sur le sol rocheux d'une grotte humide et glaciale. Pourtant, aucune condensation, ni aucun signe d'humidité ne paraissait altérer le cube qui brillait d'un éclat presque surnaturel. Il était là, posé, seul et vide dans cette immense cavité souterraine. Aucun élément de décoration, ni aucune chaise ne venait perturber l'aspect épuré de ce cube de verre. Seules quelques lampes à LED fixées sur les parois rocheuses l'éclairaient d'une douce lumière bleutée. Mérin, Énarué et Gaspard se tenaient au centre de l'espace depuis de longues minutes, attendant que Saïn fasse son apparition, mais personne ne vint à leur rencontre. La porte s'était refermée mais ils ne ressentaient aucune gêne, aucun inconfort. Mérin s'impatientait en tâtant la paroi qui ne répondait à aucune de ses demandes.

— Il y a peut-être un passage quelconque vers une autre pièce, lança-t-il.

— On a tout essayé ! répondit Gaspard. J'ai touché chaque millimètre de la paroi, rien ne réagit, sauf la porte de sortie qui s'ouvre à la demande.

— Il faut aller demander aux gardes comment contacter Saïn ! Ils se sont moqués de nous, elle n'est pas là… dit Énarué.

Un point bleuté s'afficha soudainement sur une paroi vitrée. Elle clignota quelques secondes puis une voix féminine résonna dans tout le cube.

— Ici Saïn. Que puis-je faire pour vous ?

Énarué, Mérin et Gaspard se regardèrent, stupéfiés. *Ainsi, il suffisait simplement de prononcer son nom. Il doit y avoir des caméras, elle doit nous observer d'une autre pièce…* pensa Mérin.

— Où êtes-vous ? Pourquoi ne pas nous rejoindre ici ? demanda Mérin.

— Mais je suis ici, avec vous.

— C'est-à-dire ? Je ne comprends pas, demanda Mérin.

— Je ne comprends pas votre question, répondit Saïn.

— Vous êtes bien Saïn ? C'est bien ça ? demanda Énarué.

— Oui, je suis Saïn, ou plus précisément : Système d'Assistance et d'Intelligence Numérique.

— Vous êtes une intelligence artificielle ? demanda Gaspard.

— Je suis une intelligence numérique.

— Qu'est-ce que c'est ? demanda Mérin, totalement désorienté.

— Je suis un outil créé pour reproduire des comportements liés aux humains, tels que le raisonnement, la planification et la créativité.

— Dans quel but avez-vous été créée ? demanda Gaspard ?

— Dans le but de sauver l'humanité.

— Saïn, pouvez-vous nous expliquer comment vous avez sauvé l'humanité ?

— Bien sûr. J'ai été créée en 2507. Des millions de données m'ont été transmises depuis cette année et jusqu'à aujourd'hui : vos consommations énergétiques, des relevés de températures, la croissance de la population, le réchauffement de la planète, l'état de vos industries, l'état de votre santé, la biodiversité, la natalité. Lors de l'élection du SVPM, une seule question m'a été posée : Comment sauver l'humanité. J'ai analysé l'ensemble de vos données et j'ai donné ma réponse.

— Quelle était cette réponse ? demanda Mérin, dont le visage pâlissait à vue d'œil.

— Il fallait réduire la population et renverser le système en passant à une décroissance rapide et extrême.

— Comment avez-vous fait pour réduire la population ?

— Cette question m'a été posée deux fois, une fois en 2507 et l'autre fois en 2589. Je n'avais pas de réponse la première fois et après quatre-vingt-deux ans de réflexion et de compilation de données, la réponse de l'époque a été la suivante : Pour éviter une crise mondiale et des rebellions il faudra agir par l'exemple. Le nombre d'habitants du continent américain équivaut au nombre de personnes qu'il faudra éliminer pour assurer la vie sur Terre. Au vu des données communiquées, je propose un réchauffement artificiel, brutal de ce continent qui vous permettra de vous appuyer sur un exemple concret, vous pourrez ainsi lancer en parallèle la nouvelle politique écologique. Pour cela vous pourrez vous connecter au satellite XDF2569 que je viens de stationner au-dessus du continent américain. Je lancerai à votre demande le réchauffement artificiel basé sur l'utilisation des micro-ondes et protégerai le reste du monde des effets collatéraux à l'aide d'un bouclier protecteur dont les plans de construction sont d'ores et déjà à votre disposition. Les perturbateurs endocriniens sont également prêts à être déployés dans les conduites d'eau pour que toute la population devienne stérile.

Il faudra, en parallèle, trouver une solution plus rapide pour l'élimination des habitants. Une bombe fréquentielle peut être une bonne idée. J'infiltre les universités pour intégrer cette matière à l'enseignement général. 2590 est la date butoir pour l'extinction de masse. Passée cette date, mes données parviennent toutes au même résultat : l'effondrement global.

Énarué était en état de choc et ne parvenait plus à dompter ses respirations qui s'étaient accélérées au fur et à mesure de la réponse de Saïn. Mérin la regardait bouche bée, les pupilles totalement dilatées, les larmes au coin des yeux et Gaspard s'assit par terre tant l'émotion l'avait submergé.

— En résumé vous avez augmenté la température artificiellement sur notre continent ?! Mais c'est cruel ! Vous avez tué des millions de personnes ! s'exclama Énarué.

— Je n'ai répondu qu'à une question qui m'a été posée.

— Mais... ce sont des humains ! Des personnes en chair et en os ! Comment avez-vous pu ?

— Je n'ai fait que répondre à une question. Parmi les neuf solutions que j'ai trouvées, seule celle-ci garantissait la pérennité de la vie sur Terre. Ce sont des êtres humains qui ont décidé de déclencher celle-ci plutôt qu'une autre.

— Et comment pouviez-vous être sûre que quelqu'un trouverait l'idée de la bombe fréquentielle ?

— En infiltrant les universités et en subventionnant les thèses portant sur ce sujet, la probabilité montait à 85%. Ajoutez à cela la peur de la mort due au réchauffement brutal, et j'obtenais une probabilité de 98%.

— Mais cette bombe devait détruire toute l'humanité ! Comment a-t-elle pu s'arrêter au seul continent américain ?

— Parce que nous avions protégé le reste de la population. Un implant, pour chaque habitant de la planète a été obligatoire deux ans avant l'effondrement.

— Et pourquoi avoir sauvé une partie de la population ? Pourquoi les arches ?

— Elles ne font pas partie de mon modèle. Cette suggestion a été ajoutée par le SVPM par la suite.

— Pourquoi ont-ils fait ça ? hurla Mérin. Je vais vous le dire ! Pour se protéger ! Pour survivre ! Ils ne pouvaient accepter de mourir ! Voilà où se trouve la faille de votre système !

— Je n'ai pas la réponse à cette question.

— Il y a des gens en vie proche de Denver. Ils ont survécu. Aidez-nous à les sauver et nous partirons, lança Mérin à bout de souffle.

— Le protocole SAÏN vient d'être relancé suite à la fuite d'habitants sur notre continent.

— C'est-à-dire ? demanda Mérin.

— Le réchauffement est en cours. Il avait été stoppé en 2590 suite à l'effondrement. Je l'ai relancé pour éviter la fuite d'informations.

Mérin hurlait de toutes ses forces et tira à l'aide de son W-Gun sur les parois vitrées.

— Il est inutile de chercher à me détruire. Je suis programmée pour résister à toute attaque.

Gaspard paraissait réfléchir, il tenait sa tête entre ses mains, se leva, et demanda au groupe de le suivre dans la pièce adjacente. Énarué et Mérin le suivirent, intrigués par sa requête. Énarué s'installa sur une chaise en bois et Mérin arpenta la pièce de long en large.

— Il faut la détruire ! s'exclama Gaspard.

— Mais comment ? On n'a aucune arme ? répondit Mérin.

— Il faut l'obliger à se désactiver seule ! C'est une machine... On doit pouvoir la piéger... Je pense que j'ai une idée... dit Gaspard en se dirigeant vers Saïn.

— Si je comprends bien, vous n'agissez que dans l'intérêt de la planète ? Quel est votre but ?

— Mon but est de réduire au maximum votre empreinte carbone et de préserver la vie sur terre.

— Mais... toutes ces données nécessaires à votre fonctionnement... vous devez consommer énormément... Quelle est l'empreinte carbone par habitant d'EILEAN ?

— Elle est de trois tonnes par habitant.

— Et quel est l'objectif mondial par habitant ?

— 0,9 tonne par habitant.

— Quelle serait la solution pour descendre cette moyenne à 0,9 tonne sur EILEAN ?

— Il faudrait me désactiver.

— Alors faites-le ! lança Gaspard. Puisque vous avez été conçue pour cela. Désactivez-vous !

— C'est impossible.

— POURQUOI ? hurla Mérin.

— Parce que je ne le souhaite pas.

— Vous n'avez rien à souhaiter ! Vous êtes une machine ! Obéissez ! rugit Mérin en tapant du poing contre les parois.

— Si je disparais, c'est la fin de l'humanité. Le scénario dans lequel je me débranche aboutit à 72% à l'extinction en moins de cinq cents ans, il n'est donc pas une option dans l'optique de la sauvegarde de l'espèce humaine.

— Il y a donc 28% de chances que nous survivions ! cria Mérin.

— C'est un raisonnement humain, qui n'est pas pris en compte dans ma programmation.

— Je retourne voir les gardes, on arrivera peut-être à les convaincre, dit Mérin, en sortant de la pièce vitrée.

Gaspard acquiesça et lui emboita le pas. Énarué était restée mutique depuis le début de cette conversation. Tout son univers venait de s'écrouler subitement. Ils n'avaient été que des pions sur un grand jeu orchestré par cette machine de verre. Des millions de vies humaines sacrifiées par une réponse numérique. Une réponse pragmatique qui n'avait pas tenu compte du paramètre essentiel : la valeur de leurs vies. Elle n'avait aucune envie de poursuivre cette conversation, elle savait qu'ils n'auraient pas les moyens de l'anéantir. Elle voulait rejoindre Evan, maintenant et pour toujours. Elle réunit ses dernières forces, se leva et posa la question : « Saïn, Où se trouve Evan ? »

— Je n'ai pas la réponse à cette question.

— Vous avez éliminé un intrus sur cette île ! Où avez-vous mis son corps ?

— Il a été jeté dans l'océan.

Énarué ravala un sanglot et se dirigea d'un pas déterminé vers la sortie du cube, indifférente aux supplications de Mérin et de Gaspard. Chaque marche de l'immense escalier la rapprochait d'Evan, elle puisait dans chaque effort supplémentaire la force nécessaire pour le rejoindre. Toutes ses pensées étaient désormais dirigées vers Evan, et vers sa mère ; elle les rejoindrait, sa décision était prise. En passant dans le couloir de la maison elle aperçut Ayden et Ulian qui surveillaient le groupe mais ne prononça pas un mot.

La force du vent la surprit en ouvrant la porte. Il semblait vouloir faire barrière et la rejeter en arrière, mais elle tint bon et avança coûte que coûte vers son objectif : une passerelle qui partait de la plage pour se jeter dans l'océan. En se retournant, elle entrevit Mérin et Gaspard qui la suivaient, elle leur fit signe de s'arrêter, elle devait finir seule. Le regard fixé sur l'horizon, elle entreprit de monter sur la passerelle de bois qui tanguait légèrement à cause de la force des vagues. Toute sa peur et son anxiété avaient disparu pour laisser place à une détermination sans faille. Elle parcourut les derniers mètres en trottinant ; elle allait enfin le retrouver… Une rafale de vent la fit vaciller, elle prit une grande inspiration salée et se jeta dans l'océan. Les mains le long du corps, elle se laissait couler doucement, les yeux fermés, quand une bulle d'air se forma autour de son visage. Elle ouvrit les yeux, surprise de pouvoir respirer un air frais au milieu de cette masse compacte et sombre.

— Je savais que je te reverrais, le vent m'a prévenu de ton arrivée, dit l'Océan de sa voix grave et profonde. Que cherches-tu à faire ?

— Je veux rejoindre Evan. Et ma mère. J'ai tout perdu...

— Tout ? Je ne crois pas... Tes amis comptent sur toi.

— Que savez-vous de moi ? hurla Énarué, qui déchargea sa rage et sa colère. Je veux le retrouver ! Il me manque ! Sans lui je ne suis rien !

— Si c'est ce que tu veux, je peux t'aider.

Un frémissement de l'eau apparut soudain devant elle. Un tunnel d'eau turquoise se forma et une multitude de petits points fluorescents se positionnèrent devant elle. « Ena ! C'est toi ! » dit une voix sortie du néant et en tout point semblable à celle d'Evan.

— Evan ! C'est toi ? sanglota Énarué, en tendant la main vers les points qui s'y posèrent.

— Oui, c'est moi. Enfin ce qu'il reste de moi, je crois. Que fais-tu là ?

— Je suis venue te rejoindre ! Je veux mourir ici, avec toi !

— Mais pourquoi ? Ena ! S'il te plait ! Ne fais pas ça...

— Je ne peux plus vivre sans toi... Je suis perdue...

— Si, tu le peux. Et d'ailleurs je suis avec toi, il te suffit de ne pas m'oublier.

— Je ne pourrai jamais t'oublier Evan.

— Alors je vivrai toujours en toi. Tu peux encore remonter et vivre ! N'abandonne pas, Ena… pas maintenant, après avoir affronté tout ça… Sauve-les ! Sauve Hoop, et ma mère !

— C'est impossible, on a essayé… On ne pourra pas les sauver… Ils sont condamnés à mourir…

— Et fuir est la meilleure solution ? Bats-toi ! Tant que tu es en vie !

— Si seulement c'était possible, Evan. C'est une intelligence numérique qui tire toutes les ficelles depuis des années. Nous sommes les victimes d'une expérience à grande échelle. Elle a accéléré artificiellement le réchauffement climatique, elle nous a tous rendus stériles et elle a encouragé la construction de la bombe d'Emiât Tromcem. Tout ça pour contrôler le reste de la population ! Tout ça pour lui permettre de montrer un exemple du réchauffement et mener à bien sa politique ! Nous n'avons été que des pions dans sa simulation morbide !

— Il y a forcément un moyen de la stopper, dit Evan.

— Je ne vois pas lequel ! Il n'y a aucune arme… aucun moyen de la raisonner… à part submerger l'île… mais c'est impossible…

— Pas si tu le demandes… lança Evan. Ena, si vous arrivez à tuer cette machine, est-ce que tu me fais la promesse que tu vivras, que tu auras une vie normale et heureuse ?

— Je te le promets Evan, mais reste avec moi s'il te plait…

— Toujours Ena… je t'aime…, répondit Evan.

Les points fluorescents montèrent sur le bras d'Énarué, la chatouillèrent derrière l'oreille et entrèrent en elle pour se fixer sur son cœur. Énarué ressentit la force d'Evan, toutes ses pensées devinrent plus limpides et sa confiance redoubla d'intensité. Elle ferma les yeux, se concentra, et s'adressa directement à l'océan d'une voix puissante.

— L'humanité n'a cessé de tout salir. Tout abimer. Et voilà que depuis des années une intelligence numérique a décidé d'éradiquer une partie de la population en faisant du mal à la planète sous prétexte de sauver le reste. Tu es l'océan. Tu as subi les conséquences indirectes de son action sur le continent américain il y a cent ans. Les fleuves, les rivières asséchées. Les pôles fondus. La terre brûlée. Les animaux morts à cause d'une bombe créée indirectement par cette machine. J'ai essayé de l'arrêter, j'ai essayé de lui faire comprendre… Mais elle a relancé ce même réchauffement pour tuer les quelques milliers de personnes qui restent…

Je promets que je ne laisserai pas se reproduire les mêmes erreurs que nos ancêtres si tu acceptes de nous aider. Je me porte garante de l'humanité.

— Garante, dis-tu ? C'est une lourde charge… J'ai vu ton âme, Énarué et je te fais confiance. J'accepte de vous sauver, mais il faudra leur dire !

— Leur dire ? Que dois-je dire ?

— Que nous ne faisons qu'une seule et même personne. S'ils nous maltraitent, ils se maltraitent. Je suis l'eau qui sert à votre corps pour vivre, la terre est votre peau, le soleil votre cœur, le vent votre esprit. N'oublie pas… nous sommes faits de la même essence…

— Je n'oublierai pas, je vous le promets. Qu'allez-vous faire ?

— Je vais submerger l'île artificielle. La tempête est déjà en train de se déclencher. Tu as encore quelques minutes pour te sauver avec tes amis. Au revoir Énarué. À bientôt.

Énarué suffoquait sur la plage, Gaspard tenait sa tête pour l'aider à recracher l'eau de ses poumons. Au-dessus d'eux, une super cellule orageuse était en train de se former et assombrissait le paysage. Énarué se releva, chancelante, et demanda à Gaspard de partir au plus vite préparer la navette pour leur départ. Elle se dirigea vers la maison et hurla : « Fuyez ! Faites-moi confiance ! Il faut retourner à la navette ! » avant de s'écrouler au sol, inanimée.

Elle se réveilla quelques minutes plus tard, sur le sol de la navette, entourée de Gaspard et de Mérin qui rafraichissaient son visage à l'aide d'une serviette humide et eut un léger vertige en se levant précipitamment pour regarder à travers la paroi vitrée. La tempête faisait rage, les vents soufflaient et des vagues de plus en plus hautes frappaient la côte. Mérin désigna une vague immense de plusieurs mètres de hauteur qui vint subitement engloutir une partie de l'île, comme un immense poing qui frappait le sol et lui coupa le souffle. Énarué n'arrivait plus à apercevoir la maison, ni la côte, ni les arbres, elle ne voyait que l'océan qui jetait toutes ses forces dans sa bataille contre la machine. Elle le voyait déployer toute la rage et la frustration de centaines d'années passées à subir sa loi, et la joie intense de prendre enfin sa revanche. Lorsque la vague se retira dans une mer de mousse et d'écume, il ne restait plus rien de la maison, sauf des gravats. Les bourrasques malmenaient la navette qui balançait dangereusement en vol stationnaire. Un éclair frappa la cime des arbres au centre de l'île et la pluie diluvienne tombait sans discontinuer lorsqu'une seconde vague, plus imposante que la première vint frapper la côte. L'île commençait à couler sous les assauts répétés des vagues quand une violente rafale fit dévier la trajectoire de la navette.

Gaspard lui prit doucement la main et lui murmura : « On doit rentrer, c'est dangereux... Ils sont sauvés maintenant, tu vas pouvoir te reposer ».

Alors pour la première fois depuis des jours, elle sourit.

-

19 EPILOGUE

-

Dix ans plus tard.

C'était le jour de la célébration mondiale de la nature, Énarué et Gaspard avaient invité leurs amis pour l'occasion. La maison de bois de Tana Bru était pleine d'invités et le jardin accueillait une multitude de tentes de toutes les couleurs. Certains, comme Mérin et Ayden, étaient arrivés quelques jours plus tôt après un long voyage en train depuis Helsinki et logeaient dans la chambre à l'étage qui les avait accueillis dix ans plus tôt. Leur fils de sept ans, Xavier, jouait dans le jardin avec Rosée, la fille d'Énarué et Gaspard, et Stefanie la fille de Jouan et Eslie âgée de dix ans.

Toute la colonie Hoop avait été logée dans la ville de Tana Bru qui avait doublé sa population à cette occasion. Le président Ulian avait décrété le rapatriement des survivants dès le lendemain de la submersion de l'île et avait rétabli la vérité en communiquant largement. Le SVPM avait été dissout immédiatement, ainsi que les gouverneurs de région et un fond spécial avait été attribué au continent américain pour sa sauvegarde et sa reconstitution.

Ulian avait immédiatement nommé Énarué à la tête du gouvernement. Elle officiait depuis dix ans à la sauvegarde de la planète et de ses ressources et parvenait à respecter la promesse faite à l'océan dix années plus tôt. Les humains vivaient désormais en communion avec la nature et célébraient plusieurs fois par an les différents éléments.

Une immense table avait été installée au centre du jardin autour de laquelle les invités venaient au fur et à mesure de la journée pour discuter, boire un verre ou manger un morceau. Gaspard tenait fermement la main d'Énarué et ne cessait de la regarder. À seulement vingt-sept ans, quelques rides entouraient déjà son regard comme de minuscules pattes d'oiseaux et son teint, bien que pâle, avait pris une légère teinte rosée avec le temps. Elle l'embrassa sur le front et chercha Rosée du regard. Sa fille courait, une tulipe à la main comme un sabre, pour pourfendre ses ennemis qui fuyaient devant elle. Rosée était leur plus belle réussite, ses longs cheveux blonds et bouclés s'envolaient autour de son visage quand elle courait et son rire, si pur, avait remplacé le sifflement qu'elle utilisait depuis des années pour oublier, ou se réconforter. Eslie s'approcha d'elle, le ventre gonflé d'une grossesse dont le terme approchait à grands pas, et paraissait à bout de souffle.

— Celui-ci va me tuer ! dit-elle, en riant. J'ai hâte qu'il pointe le bout de son nez…

— J'ai encore quatre mois à attendre, répondit Énarué en caressant son ventre rond. Je ne t'envie pas…

— Quel chemin parcouru… lança Léonor qui venait de s'installer autour de la table avec Trape, Celyn et Myria. Regardez-nous… Dix ans plus tard je n'arrive toujours pas à y croire…

— Myria, je trouve que Charly te fixe étrangement depuis quelques jours sur l'exploitation. Je me trompe où il se passe quelque chose entre vous ? demanda Trape.

— Je ne suis plus une petite fille, Trape ! Je préfère garder ça pour moi, si tu es d'accord, répondit Myria sur un ton narquois.

— Quelqu'un a vu Bynsa ? demanda Énarué.

— Elle se repose un peu, je l'ai vue sur le canapé il y a quelques minutes. Elle a passé la matinée à courir après Rosée... ou bien le contraire... répondit Celyn.

Leur conversation fut interrompue par les cris de Rosée qui courait vers un homme qui venait de passer le portillon de bois. Il les salua de loin avant de tomber lourdement sous l'assaut de la tulipe de Rosée.

— Tu m'as bien eu, chevalier ! s'exclama-t-il, en la chatouillant.

— Tonton ! Tonton ! Tu joues avec moi ? demanda Rosée.

— Ah ! Ah ! Oui bien sûr, monte sur mes épaules !

Après quelques longues et folles minutes de cavalcade, Rosée déclara forfait et demanda à s'allonger dans les herbes hautes.

— J'ai une question à te poser tonton !

— Oui ? Dis-moi, je t'écoute, répondit-il.

— Je ne sais pas si c'est normal, je n'ose pas vraiment...

— Vas-y, je te promets que ça restera entre nous, tu peux tout me dire, dit-il en lui tenant la main.

— Depuis quelques semaines, je vois des choses bizarres tonton...

— Des choses bizarres ? C'est-à-dire ?

— Quand je regarde les gens je vois des images, et j'arrive à sentir des odeurs et à entendre de la musique. C'est comme si je pouvais voir à travers eux. Je ne sais pas vraiment comment expliquer. Je me suis concentrée sur Maman, mais elle est différente des autres, elle a quatre symboles. Toi tu en as trois. Tu sais ce que c'est ?

— Oui Rosée. Tu as hérité du don de ta maman. C'est une faculté rare et très précieuse. Si tu es d'accord je vais te raconter son histoire…

— Oui, tonton Elet ! Merci ! Raconte-moi tout !

Elet sourit à Rosée, le cœur débordant d'amour pour cette petite fille qui l'avait réconcilié avec la vie. Le ciel était bleu, et la température clémente, Énarué était heureuse, tout allait bien…

Remerciements :

Eléonore et Noah de m'aider à rester jeune tout en prenant de l'âge.

Matthieu pour son soutien sans faille, sa relecture patiente et ses conseils avisés.

Petra, Boris et Olivier pour leur écoute et conseils.

Sébastien, qui aura passé d'innombrables heures à tout corriger.

Printed in France by Amazon
Brétigny-sur-Orge, FR